Knaur.

Im Knaur Taschenbuch Verlag ist außerdem folgendes Buch der Autorin erschienen:
Die Promijägerin

Über die Autorin:
Gabriella Engelmann, geboren in München, ist gelernte Buchhändlerin. Sie arbeitet heute als Kinderbuchlektorin, spezialisiert auf Kinderbücher von Promis, und Literaturscout. Gabriella Engelmann lebt in Hamburg. Näheres über die Autorin auf ihrer Homepage: www.gabriella-engelmann.de

Gabriella Engelmann

Jagdsaison für Märchenprinzen

Roman

Knaur Taschenbuch Verlag

Sagen Sie uns Ihre Meinung zu diesem Buch:
frauen@droemer-knaur.de

Besuchen Sie uns im Internet:
www.knaur.de

Originalausgabe Dezember 2005

Ein Unternehmen der Droemerschen Verlagsanstalt
Th. Knaur Nachf. GmbH & Co. KG, München

Redaktion: Susanne Bartel
Umschlaggestaltung: ZERO Werbeagentur, München
Umschlagabbildung: Photonica / Reggie Casagrande
Satz: Ventura Publisher im Verlag
Druck und Bindung: Clausen & Bosse, Leck
Printed in Germany
ISBN-13: 978-3-426-63281-9
ISBN-10: 3-426-63281-0

2 4 5 3 1

Die Fahrkarten bitte!«, schallt es unsanft an mein Ohr, während ich gerade versuche, auf dem Weg nach Frankfurt noch etwas Schlaf zu finden. »Personalwechsel in Hannover. Noch jemand zugestiegen?«

Nein, bin ich nicht, ich sitze schon seit Hamburg hier, murmle ich und kuschle mich tiefer in meinen neuen dunkelbraunen Strickmantel. Während der Zug sich wieder in Bewegung setzt, drehe ich mich auf die andere Seite, um wieder nahtlos in meinen Traum einsteigen zu können.

Dort laufe ich gerade Hand in Hand mit meinem neuen Freund Christoph am Strand von Kampen entlang, meine langen Haare (woher habe ich die denn auf einmal?) flattern im Wind, meine Wangen sind gerötet, und eine Möwe zieht am Himmel ihre Kreise. Plötzlich dreht Christoph sich zu mir um (klar, ich liege, unsportlich wie ich bin, tempomäßig mal wieder weit zurück) und wirft sich vor mir auf die Knie.

»Wollen Sie …?«

Ah, denke ich, jetzt kommt's, der Antrag. Finde ich richtig süß von Christoph, dass er gleich so förmlich ist – allerdings ist das ja auch dem Anlass angemessen. Also, jetzt geht es wohl los: Ich bekomme den ersten Heiratsantrag meines Lebens!

»Wollen Sie … mir nicht endlich Ihre Fahrkarte geben? Personalwechsel in Hannover. Ich muss jetzt alle Fahrscheine kontrollieren, auch Ihren!«

Ups, mit einem Schlag bin ich hellwach.
Diesmal brauche ich Gott sei Dank nicht so lange wie sonst, um mein Portemonnaie zu finden, denn ich habe mir eins in Knallrot gekauft – das fällt immer ins Auge, egal wie müde man ist und erspart einem das lästige Suchen. Nachdem dieses Prozedere abgeschlossen ist, hänge ich wieder meinen Gedanken nach. Das mache ich eigentlich fast am liebsten. Aber am allerliebsten denke ich im Moment über Christoph nach.
Es kommt mir vor, als läge der Tag, an dem wir zusammengekommen sind, Lichtjahre zurück, dabei ist es noch gar nicht so lange her, dass wir ein Paar sind. Ich hätte nie damit gerechnet. Nicht dass ich unansehnlich wäre. Das nun gerade nicht. Aber ich bin nur eine kleine (und nicht wirklich schlanke, wenn ich ehrlich bin) Lektorin, Christoph Köllisch ist Verleger, jung und gut aussehend dazu. Was sollte der schon an mir finden. Außerdem hatte er bis vor kurzem noch diese Superfrau Carlotta als Freundin: groß, erfolgreich, gertenschlank. Dagegen kam ich mir vor wie das berühmte hässliche kleine Entlein. Trotzdem hatte ich mich in ihn verliebt. Meinen Chef.
Weil er so schöne dunkelbraune Augen hat.
Weil er so gut duftet.
Weil sein Lachen so ansteckend ist, dass man die ganze Welt umarmen möchte.
Weil niemand schönere Hände hat als er.
Weil, weil, weil, weil … weil er eben der tollste Mann ist, der mir je begegnet ist.
Der Mann meiner Träume.
Mein Märchenprinz, wenn man so will.

Drei Wochen sind Christoph und ich jetzt schon zusammen (na ja, eigentlich sind es fünfzehn Tage, um genau zu sein), aber es kommt mir vor, als wären es drei Wochen. Fünfzehn Tage ist es her, dass Christoph mich bei der Buchpremiere eines unserer Autoren nach einem Schwächeanfall meinerseits wieder belebt und wachgeküsst hat. Wie bei Dornröschen. Oder war es Cinderella? Schneewittchen? Ach egal, ich bin nicht so sattelfest in Märchen – ist ja auch nicht mein Ressort als »Promijägerin«. Der Begriff wurde extra für mich erfunden! Denn in meinem Beruf geht es um Prominente aus allen Sparten der Gesellschaft, die ich dafür gewinnen muss, ein Buch in unserem Verlag Bader & Köllisch zu verlegen. Also gehören in mein »Jagdgebiet« eher Frauen wie Heidi Klum oder Madonna, und die sind ja an sich recht emanzipiert. Die brauchen keinen Prinzen, der sie wachküsst. Die wissen selbst am besten, wo's langgeht. Und entscheiden selbst, wen sie küssen und wen nicht.
Hmmm, Küssen ist auch ein schönes Thema ...
Christoph ist wirklich sensationell auf diesem Gebiet. Ich finde, unsere vollen weichen Lippen ergänzen sich hervorragend. Wie zwei Samtkissen.
Ich vermisse Christoph. Immerhin ist es schon ganze zwei Stunden her, dass er mich zur Bahn gebracht hat, um danach den Flieger nach München zu besteigen, wo er und mein zweiter Chef, Herr Bader, heute eine Besprechung haben. Von München aus fliegt er dann nach Frankfurt, wo die Buchmesse stattfindet, sodass wir uns heute Abend auf alle Fälle sehen werden. Und natürlich heute Nacht!
Hmmm, auch das ist wieder ein schönes Thema, über das ich gerne nachdenke. Denn Christoph ist nicht nur ein echtes

Kusstalent, sondern auch in anderer Hinsicht sehr begabt. Nachts kommt also momentan keine Langeweile auf, und ich bekomme kaum Schlaf. Das ist auch der Grund, weshalb ich jetzt zumindest dösen werde, denn das soll ja bekanntlich auch gegen Müdigkeit helfen.

Schade, dass meine beste Freundin Annalena, unermüdliche PR-Frau unseres Verlages, mit der ich ein Büro teile, nicht dabei ist. Normalerweise wären wir ja zusammen gefahren, aber weil sie noch so viel im Verlag zu tun hatte, kommt sie erst morgen auf die Buchmesse. Ganz schön langweilig ohne sie! Für gewöhnlich spielen wir in der Bahn Memory, erzählen uns Männergeschichten, lackieren noch mal schnell die Fingernägel oder schlafen. Okay, für Letzteres braucht man prinzipiell ja nicht zu zweit zu sein, aber es hat so etwas Gemütliches, wenn wir beide unsere Köpfe zusammenstecken. Außerdem duften ihre Haare so lecker. Ich darf morgen nicht vergessen, sie zu fragen, welches Shampoo sie benutzt.

Annalena ist in den letzten Tagen etwas merkwürdig, überlege ich, während ich die vorbeiziehenden Dörfer betrachte. So still und in sich gekehrt, das passt gar nicht zu meiner sonst so quirligen Freundin. Sie hat auch gar nichts mehr von diesem Heiko erzählt, in den sie sich vor einigen Wochen verliebt hat, und zu dem geplanten Kennenlerntreffen zwischen ihm und mir ist es auch nicht gekommen. Okay, ich gebe zu, ich war ein wenig zu sehr mit mir selbst und vor allem mit Christoph beschäftigt, das könnte dazu beigetragen haben, dass sie sich etwas zurückgezogen hat, aber normalerweise freut sie sich mit mir, wenn ich verliebt bin. Ab jetzt werde ich mich wieder mehr um meine beste Freundin kümmern, nehme ich mir vor, denn mich beschleicht der Verdacht, dass ich in den letzten Wochen und Monaten mal wieder viel zu egoistisch war. Die ganze Aufregung um die Memoiren von Miguel Vargas und der Trip nach Mallorca, den ich extra antreten musste, um den störrischen Künstler zu diesem Projekt zu überreden. Dazu kamen noch die ganze Aufregung um Ramon, meine mallorquinische Urlaubsliebe, mit dem mich jetzt eine freundschaftliche Beziehung verbindet, die anstrengende Promijägerei und der Beginn meiner Beziehung mit Christoph.

Na ja, offiziell ist es ja noch gar keine Beziehung, denn wir haben beide beschlossen, das Ganze vorerst nicht an die große Glocke zu hängen. Schließlich arbeiten wir zusammen, und Christoph ist mein Vorgesetzter. Wir wollen einfach noch ein wenig abwarten, ob sich das mit uns auch wirklich festigt, bevor wir im Verlag die Pferde scheu machen. ICH finde zwar, wir sind schon irre gefestigt, aber Männer müssen die Dinge eben manchmal unnötig verkomplizieren. Auch wenn das sonst immer uns Frauen nachgesagt wird.
Ich danke Gott immer noch auf Knien, dass Christoph damals so schlau war, erst im Nebenraum von Miguels Buchpräsentation – also unter Ausschluss der Öffentlichkeit – über mich herzufallen und mich zu küssen.
Und diese Heimlichtuerei hat ja auch etwas Hocherotisches und Aufregendes. Wir simsen uns alle fünf Minuten (das mit den internen Mails lassen wir sicherheitshalber, unnötig, unseren EDV-Menschen in unser Liebesleben einzubeziehen), sodass Annalena schon protestiert, weil sie das ewige Gepiepe beim Eingang einer Kurzmitteilung nervt. Und, na ja, das Simsen an sich ist ja auch keine besonders lautlose

Angelegenheit, wenn ich ehrlich bin. Obwohl ich mich schon wundere, wie Annalena das mit ihrem Headset auf den Ohren überhaupt mitkriegt. Hilfreich wäre es natürlich in jedem Fall, wenn ich endlich mal das Einstellen der »Lautlos«-Funktion lernen würde, aber das ist ein anderes Thema …

Natürlich tripple ich auch mehrfach am Tag unter den fadenscheinigsten Vorwänden (Ich wollte dir die Aktennotiz lieber persönlich vorbeibringen. Kannst du mal den Vertrag gegenlesen? Ist die Kalkulation auch richtig? Wie findest du das Cover? Wie findest du mich?) in Christophs Büro. Mann, was bin ich froh, dass seine Assistentin Angela gerade Urlaub hat. Sonst hätten wir das mit der Geheimhaltung gleich vergessen können. Frauen haben ja Sensoren für so was. Da lobe ich mir meine Freundin Annalena, die schweigt wie ein Grab. Selbst unter Folter würde sie mich NIE verraten!

Als ich darüber nachdenke, überfällt mich wieder das schlechte Gewissen. Ich nehme mein Handy aus der Tasche, um sie anzurufen, obwohl die Verbindung auf dieser ICE-Strecke meist recht schlecht ist. Jetzt klingelt es in unserer Besenkammer, wie wir unser gemeinsames Büro aufgrund der quasi nicht vorhandenen Größe nennen.

»Verlag Bader & Köllisch, Annalena Kluge am Apparat, was kann ich für Sie tun?«

Wow, Annalena klingt, als würde sie in einem Hotel arbeiten. Da hören die in der Regel auch erst nach zehn Minuten mit ihrer Ansprache auf, wenn man schon längst den eigentlichen Grund des Anrufs vergessen hat.

»Annalena, Süße, wie geht es dir? Ich habe gerade über dich nachgedacht, und ich finde, dass du in letzter Zeit so merkwürdig bist. Ich mache mir richtig Sorgen um dich! Weißt du

was? Wenn wir aus Frankfurt zurück sind, machen wir uns mal wieder einen richtig schönen Abend bei Paolino, unserem Lieblingsitaliener. Nur du und ich. Das heißt, du kannst ja auch Heiko mitbringen, dann lerne ich ihn jetzt wirklich endlich kennen. Annalena? Bist du noch dran?«
Aber alles, was ich höre ist: »Li ss du rufst, te ee, weh dich t.«
O nein, wir sind in einem Funkloch und das, wo ich doch gerade meine liebste Annalena anrufe. »Rz ter n m an«, schnarrt es weiter, und ich schalte betrübt das Handy aus. Hat anscheinend momentan keinen Sinn.

Zweieinhalb Stunden später erreiche ich endlich Frankfurt. Das Taxi bringt mich zu meiner Unterkunft, dem Hotel Maritim. Es ist ein beeindruckender riesiger Kasten und liegt nur einen Steinwurf vom Messegelände entfernt. Ich möchte ja nicht wissen, was die Zimmer hier kosten, aber trotz seines beständigen Drängens auf »Kostenminimierung«, das unseren Senior-Verleger Herrn Bader auszeichnet, wird an Messeübernachtungen nicht gespart, denn nur ein ausgeruhter Mitarbeiter ist ein effizienter Mitarbeiter. Der besonders fleißig Termine absolvieren, Standdienst übernehmen und Kunden betreuen kann. Und das ist es ja schließlich, worum es auf so einer Messe geht!
Ich betrete die Lobby und checke ein. Während ich meine Anmeldung ausfülle, sehe ich aus dem Augenwinkel einige bekannte Verlagsgrößen und Promis. Kein Wunder, denn auf dieser Messe wird es nur so wimmeln von Memoirenschreibern aller Couleur. Wer weiß? Möglicherweise stolpere ich gleich im Fahrstuhl über Heidi Klum, die ja jetzt auch unter die Autorinnen gegangen ist. Vielleicht sollte ich mir ihr

Buch auch mal kaufen, damit ich weiß, wie ich – quasi im Handumdrehen – schön, schlank und blond werde, mit Beinen bis unters Kinn?

Aber apropos Fahrstuhl. Der ist gerade meine Hauptsorge. Ich habe nämlich panische Angst vor Fahrstühlen und benutze, wo es geht, die Treppe (ist ja auch viel gesünder). Ich hoffe und bete, dass mein Zimmer nicht gerade im fünfzehnten Stock liegt.

»Welches Zimmer ist es denn?«, frage ich zaghaft die Rezeptionistin, die einen äußerst schlecht gelaunten Eindruck macht (na ja, ich würde mich auch nicht freuen, wenn ich so eine hässliche Uniform tragen müsste und den ganzen Tag mit Amerikanern und Russen zu tun hätte, die ihre Zigaretten in der Blumendeko am Tresen ausdrücken) und mir sichtbar genervt meinen Plastikchip rüberschiebt.

»Zimmer 2634. Die Fahrstühle finden Sie vorne rechts, der Page wird Ihnen gleich mit dem Gepäck helfen.«

2634? Bedeutet das, dass ich im sechsundzwanzigsten Stock untergebracht bin? In Zimmer 34? Oder dass ich im zweiten Stock in Zimmer 634 logiere?

»Ähem, entschuldigen Sie bitte?«, starte ich einen höflichen Versuch, Licht ins Etagendunkel zu bringen. »Im wievielten Stock befindet sich denn mein Zimmer?«

Die Rezeptionistin wirkt nun noch unnahbarer als vorhin und hebt indigniert ihre rechte Augenbraue. Wow, ich bin echt beeindruckt, so sieht sie fast aus wie Greta Garbo in ihren besten Zeiten!

»Im sechsundzwanzigsten. Ist daran irgendetwas nicht in Ordnung?«

»Ähem, nein, grundsätzlich nicht«, stammle ich. »Es ist nur

so, dass mich Fahrstühle etwas nervös machen, und in den sechsundzwanzigsten Stock kann ich ja schlecht zu Fuß raufgehen, oder?«
»Sie können ganz beruhigt sein, Frau, ähm …«
»Teufel, Marie Teufel«, antworte ich, bemüht, eine emotionale Beziehung zu dieser Eisprinzessin herzustellen.
»Frau Teufel, ich versichere Ihnen, Sie können vollkommen beruhigt sein, die Fahrstühle werden regelmäßig gewartet, es kann gar nichts passieren.«
Mit dieser Erklärung wendet sie sich einem Japaner neben mir zu, den ich fast übersehen hätte, weil er so klein ist. Allerdings löst die Information über den TÜV für Fahrstühle noch nicht mein eigentliches Problem, das doch mehr mit Klaustrophobie zu tun hat als mit der Angst vor einem Absturz. Mittlerweile steht auch schon der Page vor mir, wild entschlossen, sich meiner Koffermassen anzunehmen.
»Frau Stark«, sage ich, nachdem der Japaner wieder verschwunden ist, nun einen Tick energischer, »ich habe panische Angst vor Fahrstühlen und hätte wirklich sehr gerne ein Zimmer, das ich auch zu Fuß erreichen kann, also bis maximal fünfter Stock. Ist das möglich?«
»Nein, ist es nicht«, antwortet Frau Stark, formal zwar höflich, aber offensichtlich völlig indigniert. »Es ist Messezeit, und da sind wir leider komplett ausgebucht.«
Man sieht ihr an, dass sie am liebsten sagen würde: »Da können Sie froh sein, überhaupt ein Zimmer in unserem Hotel bekommen zu haben, so spät, wie Ihr Verlag mal wieder reserviert hat.«
Stimmt, es IST Messe, und da habe ich ganz offensichtlich schlechte Karten. Doch SO leicht gebe ich nicht auf:

»Können Sie nicht mal in Ihrem Computer nachsehen?«, frage ich schmeichelnd. »Vielleicht gibt es Reisende, die heute erst einchecken und denen es egal ist, in welchem Stock sie wohnen. Zum Beispiel Werner Stumm und Sven Hansen, Mitarbeiter unseres Verlages, die heute ebenfalls anreisen.«
Ich finde mich mit dieser Idee ziemlich schlau und sehe Frau Stark triumphierend an.
»Meinen Sie, dass Herr Stumm oder Herr Hansen gerne ein Nichtraucher-Zimmer hätten?«, bekomme ich nun wieder Gegenwind von Frau Stark, die sich anscheinend, komme was wolle, mir gegenüber behaupten möchte. »Soweit ich weiß, ist Herr Stumm starker Raucher und hat seit Jahren dasselbe Zimmer. So steht es zumindest in unseren Gästebemerkungen.«
Eins zu null für Frau Stark, denke ich und merke, dass hinter mir bereits einige Gäste unruhig werden. Wahrscheinlich haben sie Mitleid mit mir, denn der Tonfall, den Frau Stark am Leib hat, entspricht so gar nicht den Gewohnheiten einer Mitarbeiterin eines Top-Hotels. Wäre ich gemein, würde ich denken, sie hat ihre Tage …
»Okay, okay, Sie haben gewonnen«, murmle ich zerknirscht und trete den Rückzug an.
»Keine Sorge, wird schon gut gehen«, versucht der Page mit dem herzigen Namen Valentin, den ich seinem Namensschildchen entnehmen kann, mich zu trösten. Wirklich süß, der Kleine. Sieht ein bisschen aus wie Leonardo DiCaprio damals in »Titanic«, als er noch nicht so aufgequollen war wie jetzt.
Während ich mit meinem Beautycase zum Fahrstuhl gehe (hoch erhobenen Hauptes, versteht sich), klingelt mein Handy.

»Na, Süße, wo steckst du, alles klar?«
Es ist Christoph, und mein Herz macht einen Satz. Ich erzähle ihm von Frau Stark und dem Versuch, mich zu sabotieren, indem sie meiner Fahrstuhl-Paranoia Vorschub geleistet hat. Christoph lacht (Ich LIEBE sein Lachen!) und verspricht mir, Frau Stark einer genauen Betrachtung zu unterziehen, wenn er wieder da ist.
»Wann kommst du denn endlich?«, quake ich in den Hörer. »Es ist so doof hier ohne dich.«
»Ich bin gegen 21.00 Uhr da. Ich schaffe erst die spätere Maschine, weil wir hier doch mehr zu besprechen haben als ursprünglich gedacht. Nimm doch einfach ein schönes Bad, köpf eine Flasche aus der Minibar und mach's dir gemütlich. Oder geh mit Herrn Stumm zum Bertelsmann-Club-Empfang. Das ist doch was für dich. Viele Promis auf einem Haufen!«
Ich WILL aber nicht, maule ich innerlich vor mich hin. Gegen die Badewanne und die Minibar ist ja prinzipiell nichts einzuwenden, aber doch nicht allein. Und dann auch noch in luftiger Höhe im sechsundzwanzigsten Stock!
Aber vielleicht ist der Clubempfang tatsächlich eine gute Idee. Schließlich trifft sich bei dieser Party alles, was in der Buchbranche Rang und Namen hat, und wer weiß? Vielleicht könnte ich bei dieser Gelegenheit mal meine Fühler ausstrecken, ob sich Bertelsmann nicht für eine Clubausgabe von Miguels Memoiren interessiert? Außerdem kann man da sicher nett essen und trinken …
»Okay, dann gehe ich eben zu den Bertelsmännern«, höre ich mich zu meiner eigenen Überraschung sagen. »Und dann treffe ich Joachim Unseld und verführe ihn. Tja, war nett mit dir, Christoph.« (Joachim Unseld ist der in Ungnade

gefallene Sohn des Suhrkamp-Verlegers, Gott hab ihn selig, und ist nicht nur ein literarischer Schöngeist, sondern ein gut aussehender dazu. Den würde ich wirklich zu gerne mal in natura sehen!)
»Dann grüß Herrn Unseld von mir! Wir sehen uns dann, wenn ich in Frankfurt bin. Viel Spaß heute Abend«, sagt Christoph und legt einfach auf.
Danke, den werde ich haben, denke ich und ärgere mich über mich selbst. Was ist denn auf einmal in mich gefahren? Ich war noch NIE bei diesem Empfang, und ich habe auch nicht im Entferntesten die Absicht, heute dahin zu gehen. Aber ich will auch nicht wie das typische Frauchen im Hotelbettchen auf meinen Liebsten warten und aus einem Fläschchen trinken. So weit kommt es noch! Man muss als Frau interessant bleiben. Okay, dann also zum Clubempfang.
Leonardo DiCaprio guckt mittlerweile etwas genervt, weil ich immer noch VOR dem Fahrstuhl stehe und nicht drin bin. So komme ich natürlich nie in den sechsundzwanzigsten Stock.
»Ist es Ihnen lieber, wenn ich mitfahre?«, fragt der Kleine, und ich finde, dass das eine sehr gute Idee ist.
Wenn wir stecken bleiben, können wir beide zusammen alle Songs des »Titanic«-Soundtracks singen. Ich bin Kate Winslet, was figurtechnisch ja durchaus passen könnte, und er Leonardo DiCaprio, der mir netterweise sein vermodertes Holzbrett zur Verfügung stellt, um mich zu retten. Respektive sein Handy und seine Kontakte zum Fahrstuhl-TÜV.
Doch alles läuft nach Plan, und noch ehe sich die ersten Panikschweißperlen auf meine Stirn mogeln können, öffnet sich auch schon wieder die Tür, der Weg in die Freiheit.

»Ich hole bloß mal eben Ihr Gepäck«, verspricht Valentin/Leonardo/Page und macht sich pfeifend von dannen. Spinne ich, oder pfeift er wirklich »My heart will go on«?
Minuten später steht er wieder vor meiner Tür, schwer keuchend, was mich angesichts meiner Gepäckmassen auch nicht weiter wundert. Ich wusste wie immer nicht, was ich anziehen soll, und habe einfach alles eingepackt, was auch nur vielleicht in Frage kommen könnte.
Nachdem Valentin die Koffer in mein Hotelzimmer gewuchtet hat, schenke ich ihm mein strahlendstes Lächeln und zehn Euro, winke ihn huldvoll hinaus und sehe mich um. Als Erstes inspiziere ich das Badezimmer. Wow! So eine riesige Badewanne habe ich noch nie gesehen. An der Tür hängt ein flauschiger Bademantel, und Frotteepantoffeln stecken in einer durchsichtigen Hülle …
Im Zimmer steht ein Strauß roter Rosen. Und im silbern glänzenden Kühler badet eine Flasche Sekt. Allmählich habe ich den Eindruck, gar nicht auf einer Geschäftsreise zu sein, sondern in den Flitterwochen. Neugierig öffne ich die Karte, die an dem Sektkühler lehnt.
»Das Maritim-Hotel heißt Sie herzlich willkommen und wünscht Ihnen eine angenehme und erfolgreiche Messe!«
Oh, das ist ja gar nicht von Christoph (dachte irgendwie, das seien Willkommensgeschenke von ihm), murmle ich enttäuscht. Na ja, macht nix, er hat mich in den letzten Tagen schließlich mit genügend Aufmerksamkeiten überschüttet.

Ernüchtert beschließe ich, dass es nun wirklich an der Zeit ist, Kontakt zu meinen lieben Kollegen aufzunehmen.
»Na, Werner, wo steckt ihr?«, frage ich Herrn Stumm, der

sich zusammen mit unserem Lektor Sven Hansen und der Vertriebsassistentin Frauke Müller im Auto auf dem Weg nach Frankfurt befindet und vermutlich immer noch ein wenig beleidigt ist, weil ich nicht mitfahren wollte. Aber ich fahre nun einmal lieber mit der Bahn. Ist gemütlicher. Und es gibt einen Speisewagen, falls einen der kleine Hunger packt.
»Könnt ihr mich heute auf dem Bertelsmann-Empfang einschleusen? Ich habe meine Einladung nämlich im Verlag vergessen«, lüge ich schamlos, denn ich hatte niemals eine. Irgendwann bin ich vom Verteiler gestrichen worden. Vielleicht, weil ich mich immer mit zehn Personen angemeldet habe, aber nie aufgetaucht bin? Verstehe gar nicht, wo das Problem ist, auf diese Weise habe ich doch weder Essen noch Getränke noch Luft zum Atmen verbraucht, oder?
Wir verabreden uns für 20.00 Uhr im Foyer des Hotels, also bleibt mir noch genug Zeit, um meine Sachen auszupacken und ein Bad zu nehmen. Ich drehe den Wasserhahn auf und sehe mich genauer im Badezimmer um. Ich traue meinen Augen kaum: Da steht doch tatsächlich eine Flasche mit Duschgel von Dior Addicte, meinem neuen Lieblingsparfüm. Die »Cashmir-Phase« ist überwunden, aber geblieben ist mein Hang zu schweren, pudrigen Düften. Auch an dieser Flasche lehnt eine Karte, die ich eigentlich gar nicht lesen will. Da steht bestimmt wieder nur: »Das Maritim-Hotel wünscht Ihnen nach einem anstrengenden Messetag Ruhe und Erholung.« Aber neugierig wie ich bin, reiße ich dennoch den Umschlag auf und erkenne zu meinem Entzücken Christophs Handschrift: »Ich liebe dich«, steht da, weiter nichts. Schlicht und ergreifend. Ich bin so gerührt, dass ich mich setzen muss. Dabei rutsche ich fast in die Badewanne, so glatt ist die Verkleidung.

»Ich liebe dich« ist ein Satz, den ich bisher noch nicht von ihm gehört habe. Dafür ist es ja auch noch zu früh zwischen uns, denke ich. Aber wie schön das klingt. Und jetzt habe ich es sogar schriftlich. Wenn wir uns streiten, kann ich die Karte jederzeit als Beweisstück A der Staatsanwaltschaft vorlegen. Singend tänzle ich durch das Zimmer, während das Wasser einläuft. Ich kann froh sein, wenn das bis 19.30 Uhr erledigt ist, so riesig ist die Wanne.
Die Zeit will ich natürlich nicht ungenutzt verstreichen lassen und telefoniere ein wenig herum. Ich informiere meine Mutter, dass ich heil angekommen bin und auch genug zu essen und zu trinken habe, und ja, ich habe auch ein Bettchen und eine Minibar. Aber wenn ich ganz ehrlich bin, will sie das gar nicht wirklich wissen, denn sie gehört mitnichten zum Modell »Glucke« oder »Mutter des Jahres«, eher im Gegenteil. Sie ist so was von jung geblieben und mutteruntypisch, da kann man manchmal glatt vergessen, dass wir in einem verwandtschaftlichen Verhältnis zueinander stehen und nicht in einem freundschaftlichen. Während früher die Mütter all meiner Freundinnen immer wissen wollten, ob man auch warm angezogen war oder seine Hausaufgaben gemacht hatte, erkundigte sich meine Mutter lediglich danach, ob sie sich meine ›Bravo‹ ausleihen dürfe, oder ob ich ihren neuen hippen Schal tragen wolle.
Meine Mutter ist nämlich Trendforscherin, und dieser Beruf hat's echt in sich. Ständig muss sie Zeitschriften lesen, Leute zu irgendetwas befragen und soziologische Gutachten schreiben. Oder irgendwo schlaue Vorträge halten. Hamburgs schicke Restaurants lerne ich eher durch sie kennen als umgekehrt.
Auch jetzt ist es ihr größtes Anliegen zu erfahren, wie die

Hotelausstattung ist, und ob ich auf dem Weg nach Frankfurt interessante Menschen kennen gelernt habe. Nachdem dies so weit geklärt ist, starte ich einen neuen Versuch bei Annalena, diesmal zu Hause.

»Pronto«, meldet sich eine Stimme, und wenn ich es nicht besser wüsste, würde ich denken, sie sei ihre eigene italienische Putzfrau.

»Selber Pronto. Hallo, Süße! Wie geht's dir? Das hat vorhin ja nicht so toll geklappt mit dem Telefonieren.«

Annalena will wissen, wie die Fahrt war, und natürlich wie das Zimmer ist. Ich erzähle ihr von meinem kleinen Fahrstuhl-Dilemma und von den beiden Fragen, mit denen ich mich nun herumplagen muss:

a) Was ziehe ich zum Clubempfang an?
b) Wie komme ich ohne Leonardos Hilfe wieder in die Lobby?

Annalena lacht, als sie die Story von Frau Stark hört und schlägt mir vor, das Klaustrophobie-Problem doch mal professionell mit Hilfe eines Therapeuten anzugehen. Aber trotz des heiteren Gesprächsinhaltes werde ich das Gefühl nicht los, dass mit meiner Freundin wirklich etwas nicht stimmt.

»Alles in Ordnung mit dir?«, frage ich besorgt. »Ich finde, du klingst so komisch. Ist irgendwas mit Heiko?«

Und dann geht's los. Annalena weint und weint, und zwischen Naseputzen und Stoßseufzern erfahre ich, dass Heiko sich von ihr getrennt hat.

»Aber weshalb denn, um Himmels willen?«, kreische ich entsetzt in den Hörer. »Hat der Typ denn noch alle Tassen

im Schrank? Wer verlässt denn so eine tolle Frau wie dich? Und vor allem: weshalb?«
Angeblich haben Annalena und er unterschiedliche Lebensauffassungen, erfahre ich nun und kapiere erst recht nichts mehr. Wie kann denn so ein studentisches Bürschchen von 25 Jahren oder so (wie alt ist Heiko eigentlich?) überhaupt schon so feste Vorstellungen vom Leben haben, dass diese nicht kompatibel mit denen einer 32-Jährigen sind? Der Sache will ich auf den Grund gehen!
Während wir weitertelefonieren, hole ich einen Piccolo-Sekt aus der Minibar (mit der großen Flasche warte ich lieber auf Christoph, falls wir uns heute noch sehen) und kippe das erste Glas in einem Zug hinunter. Na warte, denke ich, während der Alkohol meine Sinne zu vernebeln beginnt. Na warte, Bürschchen, das tust du meiner Annalena nicht ungestraft an!
Wir beschließen, uns dem Thema am nächsten Tag in aller Ruhe zu widmen, auch wenn die Messe dabei etwas störend sein könnte. Aber wir werden es schon irgendwie schaffen, uns unter einem Vorwand abzuseilen. Bis dahin schlage ich Annalena vor, ebenfalls ein Gläschen zu trinken, sich eine Pizza zu bestellen und den Pizzaboy zu vernaschen oder alternativ sämtliche Folgen »Desperate Housewives« zu gucken, die sie auf Video hat. Und morgen schmieden wir einen Heiko-Vernichtungsplan, der sich gewaschen hat.
Diese Vorstellung scheint meine Freundin für den Moment etwas aufzuheitern, und ich tröste sie damit, dass wir uns ja bald schon wieder sehen.
Während ich mich immer noch wundere, wie das geschehen konnte, postiere ich mich vor dem Kleiderschrank, der

jedoch, wie ich feststellen muss, vollkommen leer ist. Was eventuell daran liegen mag, dass ich meine Sachen noch gar nicht ausgepackt habe.
Leicht angeschickert mache ich das Radio an und öffne seufzend den ersten von drei Koffern. Aus dem Sender HR3 ertönt gerade »Männer sind Schweine«, ein Song, den ich aufgrund der aktuellen Ereignisse laut und hemmungslos mitgröle. Also, für mich persönlich kann ich das gerade gar nicht unterstreichen, aber wer meiner Freundin zu nahe kommt, hat in mir einen Feind fürs Leben, jawohl!
Ich sehe mich schon im Geiste in meinem Rächerinnenkostüm, einem Trenchcoat mit nix drunter, die Haare flammend rot und eine Fluppe im Mundwinkel. Im Strumpfhalter habe ich – wie raffiniert! – eine kleine süße Pistole (wie heißen die Dinger noch gleich? Baretta? Beretta? Barilla?), die ich Heiko bei passender Gelegenheit an die Brust setzen werde. Genauer gesagt ziele ich damit direkt auf sein Herz, welches offensichtlich nicht mehr bereit ist, für Annalena zu schlagen. Und dann stelle ich ihn vor die Wahl: entweder ein rascher, blutiger Tod in jungen Jahren oder Annalena.
Oder würde mir in diesem Falle ein schwarzer Hosenanzug besser zu Gesicht stehen? Ich weiß es nicht. Irgendwie vermisse ich Blondi, mein personifiziertes Gewissen, meine imaginäre Stilberaterin, meine Vertraute in Fragen der Figur und Ästhetik. Zu dumm, ich habe vergessen, ihr zu sagen, dass Buchmesse ist, und nun sitzt sie vermutlich daheim bei meiner Katze Sissi und wundert sich, wo ich abgeblieben bin. Na ja, sie hat mich in letzter Zeit sowieso nicht oft zu Gesicht bekommen, weil ich die meiste Zeit bei Christoph war …
Manchmal ist mir Blondi so präsent, als wäre sie tatsächlich

real und nicht bloß eine Figur, die mich seit einiger Zeit in meinen Gedanken begleitet, ähnlich, wie einst »mein Freund Harvey« James Stewart eskortiert hat und ihm half, alle Klippen und Unwägbarkeiten des Lebens zu umschiffen. Genauso ist es mit Blondi: Wann immer ich sie brauche, ist sie da. Zumindest, wenn ich fest genug an sie glaube ... Manchmal kann ich sie allerdings auch nicht ausstehen, zum Beispiel, wenn sie in meine Menüpläne reinpfuscht und die ewige Asketin raushängen lässt.

Vom Rächerinnenoutfit komme ich natürlich unweigerlich wieder zur Frage des Stylings für heute Abend. Ich trinke noch den einen oder anderen Schluck, sehe mir verschiedene Kombinationen prüfend an und beglückwünsche mich zu meiner Entscheidung, so viele Kleidungsstücke mitgenommen zu haben.

Langsam komme ich richtig in Fahrt!

HR3 ist ein toller Sender! Ich hangle mich von J. Lo über Anastacia zu Reamonn. Lauthals singe ich »Cause you're my star, shining on me now« und fühle mich so richtig beschwingt. Nachdem ich mich endlich für meine schwarz-weiß gestreifte Bluse, eine schwarze, glänzende Hose und eine bombastische Kette mit Strasskreuz entschieden habe, beginne ich meine Sachen in den Kleiderschrank zu verfrachten. Was eine ziemliche Aktion ist, da an der Kleiderstange diese dämlichen Pseudo-Gestelle hängen, in die man seine Klamotten einhaken muss, damit man nicht mit den Kleiderbügeln durchbrennt, weil man zu Hause immer nur die billigen Drahtbügel aus der Reinigung hat, auf denen nun mal nicht »Prada« oder »Gucci« steht.

Während ich vor mich hin fluche, weil ich so viel Zeug mitgenommen habe, fühle ich auf einmal etwas Nasses an meinen Füßen (ich trage nur Strümpfe, weil ich mich meiner Schuhe bereits entledigt habe).
Was ist denn das?
Entsetzt starre ich auf den Boden. Was ich dort sehe, lässt mir sämtliche Haare zu Berge stehen. Der Teppichboden ist nass und wird von lustigen, kleinen Schaumkrönchen geziert.
Ob das Zimmermädchen den Fußboden shampooniert und nicht daran gedacht hat, dass das Ganze noch trocknen muss?
Plötzlich schießt es mir wie ein Blitz durch den Kopf: die Badewanne! Ich habe vergessen, dass ich Wasser in die Badewanne habe einlaufen lassen! Und offensichtlich nicht nur in die Wanne, sondern in das gesamte Badezimmer, wie ich feststelle, als ich die Tür öffne und mir das Wasser entgegenkommt. Vor Schreck schmeiße ich die Tür gleich wieder zu, was natürlich nichts hilft. Erst mal sollte ich ja wohl den Wasserhahn abdrehen.
Also mache ich die Tür vorsichtig wieder auf und wate durch das Nass zur Badewanne. Dort hat sich mittlerweile so einiges selbständig gemacht und schaukelt munter auf den Fluten. Eine kleine gelbe Gummiente, ein Naturschwamm (beides noch original verpackt, versteht sich) und eine Duschhaube. Na, die brauche ich nun auch nicht mehr, denke ich und schaffe es nur knapp an den Hahn, der ziemlich schwer zu erreichen ist, jetzt, wo die Wanne mehr als randvoll ist …
Ich verlasse das Badezimmer fluchtartig, werfe die Tür zu, unter der das Wasser munter weiter in das Schlafzimmer sprudelt, setze mich auf das Bett, kippe ein weiteres Glas Sekt (Wahnsinn, wie viel in so einer Piccoloflasche drin ist) und

starre vor mich hin. Irgendetwas muss ich ja nun tun. Aber was? Wenn ich in diesem Zimmer bleiben will (worauf ich ja eigentlich keine Lust habe), muss ich jetzt wohl oder übel jemanden verständigen. Aber wen? Ratlos betrachte ich die Liste, die neben dem Telefon liegt. Zimmerservice? Wohl nicht, obwohl ich durch die Aufregung totalen Hunger bekommen habe. Rita vom Beautysalon? Nein, die ist auf Menschen spezialisiert, nicht auf die Renovierung von Badezimmern. Housekeeping? Ja, das klingt irgendwie Vertrauen erweckend. Ich wähle also mit zitternden Händen die 196.
»Hallo?«, meldet sich da eine Stimme, und ich bin eine Sekunde lang irritiert, weil sich keiner mit dem erwarteten »Housekeeping« meldet. »Ramona Lesch vom Housekeeping am Apparat. Was kann ich für Sie tun?« (Na bitte, geht doch!)
»Äh, mein Name ist Marie Teufel. Ich rufe von Zimmer (wie war noch gleich die Zimmernummer?), ja, äh, also von Zimmer – die Nummer sage ich Ihnen später – aus an und habe da ein kleines, sagen wir's ruhig offen: ein Problem.«
Ich atme tief ein und überlege, wie ich Ramona Lesch am besten von meinem Unglück in Kenntnis setze, ohne allzu blöd dazustehen. Ich schildere also in knappen, kurzen Sätzen die Situation, natürlich nicht, ohne zu betonen, dass ich keineswegs die Schuld an diesem Missgeschick trage.
Doch bedauerlicherweise ist Ramona nur ein Azubi, der vertretungsweise im Housekeeping arbeitet und sonst eigentlich im Service eingesetzt ist.
Ramona schlägt mir aus diesem Grunde vor, doch an der Rezeption anzurufen und mein Missgeschick mit Frau Stark zu diskutieren. Und mit diesem guten Rat legt sie einfach auf.

Ich bin ja bereit, jeden anzurufen, Jack the Ripper, Mussolini, Dieter Bohlen, aber NICHT meine neue Erzfeindin Frau Stark.
Ich nehme noch einen Schluck Sekt und wandere im Zimmer auf und ab. Ein Blick auf die Uhr sagt mir, dass ich mich allmählich beeilen muss, wenn ich heute noch wie geplant zum Clubempfang will.
Okay, versuche ich mich zu beruhigen und mir selbst Mut zu machen.
Im Grunde muss ich ja nur an der Rezeption anrufen.
Muss ja nicht zwangsläufig Frau Stark sein, die da ans Telefon geht, schließlich ist sie nicht die einzige Rezeptionistin dieses Hotels, auch wenn sie sich offensichtlich so fühlt. Und wenn ich sie doch am Apparat habe, werde ich einfach ganz cool eine Kollegin verlangen, schließlich ist unser Verhältnis ja nicht das beste, und man will ja, dass der Gast sich wohl fühlt, oder etwa nicht?
Klopfenden Herzens wähle ich die Nummer der Rezeption:
»Das Maritim-Hotel in Frankfurt, mein Name ist Cordula Stark, was kann ich für Sie tun?«
Zack, werfe ich den Hörer auf die Gabel. Ich kann diese Stimme und diese eiskalte Art nicht ertragen! Wie die schon klingt! So blasiert! Und dass ich im Maritim-Hotel in Frankfurt bin, weiß ich mittlerweile selbst, dazu brauche ich nicht Frau Stark.
Aber Cordula – plötzlich muss ich kichern –, also Cordula möchte ich nun wirklich nicht heißen. Die Arme! Mit diesem Namen kann man einfach keine Lebensfreude ausstrahlen.
Okay, dann also auf ein Neues, schließlich bin ich mit meinem Problem nicht einen Millimeter weiter.

»Das Maritim-Hotel in …« Blablabla, ich warte ab, bis Cordula ihren Sermon beendet hat und spreche so energisch ich kann in den Hörer:
»Marie Teufel hier von Zimmer Nummer …« (Verflixt, warum habe ich blöde Kuh immer noch nicht nachgesehen, welche Zimmernummer ich habe?)
»Ach, Sie sind's, Frau Teufel. Gibt es irgendwelche Probleme? Brauchen Sie jemanden, der Sie nach unten begleitet?«
Blöde, unhöfliche Kuh, denke ich, versuche aber ruhig zu bleiben, weil ich ja jetzt in echten Schwierigkeiten bin.
»Nein, brauche ich nicht. Ich brauche jemanden hier oben, und zwar aus anderen Gründen. Ich, äh, also das Badezimmer, äh, es ist also so … die Wanne ist übergelaufenundnunist daskomplettebadezimmernassundichbrauchedringendihrehilfe!« Puh, nun ist es also raus. Bravo, Marie!
»Verstehe«, entgegnet Cordula Stark trocken. »Ich schicke Ihnen sofort jemanden vom Housekeeping hinauf.«
Okay, war ja gar nicht so schlimm, konstatiere ich und klopfe mir selbst innerlich auf die Schulter.

Während ich meine Kollegen verständige, dass es bei mir heute Abend ein klitzekleines bisschen später werden wird, klopft es auch schon an der Tür. Hinter riesigen Bergen von Handtüchern und einem Eimer erkenne ich ein dunkelhaariges junges Mädchen, vielleicht Ramona, mit der ich eben telefoniert hatte. Stumm, weil verschämt, zeige ich auf den Fußboden und auf die Badezimmertür.
Flugs verschwindet meine Retterin im Badezimmer und startet mit der Reinigungsaktion.
»Kann ich Ihnen helfen?«, frage ich nach einer Weile, weil

mich das schlechte Gewissen plagt. Was kann denn das arme Ding (als Azubi bekommt man immer die miesesten Jobs!) dafür, dass ich den Wasserhahn vergessen habe? Keine Antwort. Dann nicht ... Ist mir auch recht! Um die Wartezeit zu überbrücken, blättere ich in einer neuen Ausgabe der Zeitschrift »Amica« herum, die ich mir zu Lektürezwecken mitgenommen habe. Normalerweise lese ich ja eher Bücher, aber angesichts der Tatsache, dass wir wegen der Buchmesse hier sind, ist das ein wenig wie Eulen nach Athen tragen. Wie langweilig, gähne ich, als ich einen Blick in das Inhaltsverzeichnis werfe: Brad Pitt will nach der Trennung von Jennifer Aniston wieder kein Sex-Symbol sein (in den kommenden Ausgaben ist es dann wahlweise Tom Cruise, Keanu Reeves oder Orlando Bloom), ein Artikel über Schlafstörungen (die habe ich zwar momentan, aber aus anderen Gründen), Rezepte für den neuesten Koch-, pardon, Cuisine-Trend: Fusion Food. Auch das interessiert mich nicht wirklich, schließlich habe ich zum Thema Kochen ein leicht gestörtes Verhältnis. Es sei denn, ich sehe zu, wie Kochschnuckel Tim Mälzer den Kochlöffel schwingt, alles zackdizack kurz und klein schnibbelt und in null Komma nichts ein Menü zaubert, für das ich mein Leben geben würde. Vorausgesetzt, Tim würde anschließend gebührend um mich trauern.
Dann komme ich zur Kulturseite. Für meinen Job ja nicht ganz unwichtig.
Überschrift: »›Chick-Lit‹, die neue Gattung der Pilcher-Romane für die moderne Frau ab zwanzig.«
Das finde ich interessant, denke ich und lehne mich genüsslich zurück. Sicher steht da was über Ildikó von Kürthy, meine absolute Lieblingsautorin. Das MUSS ich einfach lesen!

Der Artikel selbst könnte schon von ihr stammen. Ich lache mich krumm und kringelig bei der Beschreibung dieser Art von Romanen und fühle mich zuweilen an mich selbst erinnert. Die Heldinnen dieser Bücher – steht da – arbeiten in der Regel in Medienberufen, haben eine beste Freundin, mit der sie Frust und Freude teilen, greifen mit schlafwandlerischem Geschick nach den falschen Männern und haben Figurprobleme. Ihr Denken kreist nahezu ausschließlich um das eigene Ego, und zu ihren Müttern haben die Protagonistinnen dieser Bücher ein eher gespaltenes Verhältnis.
Jetzt wird die Autorin des Artikels kritischer und stellt empirische Betrachtungen darüber an, ob eine Ildikó von Kürthy (pah, hab ich's doch gewusst!) nicht eigentlich eine moderne Hedwig Courths-Mahler sei. Nur seien heute die Protagonistinnen keine Gouvernanten oder Lehrerinnen mehr, sondern, wie beschrieben, Redakteurinnen, Kontakterin in einer Werbeagentur, Grafikerinnen oder aber Lektorinnen. Das Objekt ihrer Begierde sei dementsprechend auch kein Graf, Baron, Gutsbesitzer oder sonstiger Herr von Adel, sondern Chefredakteur, Besitzer oder Artdirector einer Werbeagentur, Inhaber eines Grafikstudios oder Verlagsleiter und Geschäftsführer eines Verlages. Nun beginne ich zu schlucken. Okay, so weit gibt es gewisse Übereinstimmungen zwischen mir und den jungen Chicklit-Heldinnen und ja – es ist wahr –, auch ich habe zuweilen Probleme mit meiner Figur. Aber womit ich keinesfalls dienen kann, ist dieses neurotische Verhältnis zu meiner Mutter. Ansonsten klingt es in der Tat, als sei ich gerade einem dieser Romane entsprungen. Ich merke, wie mich allmählich ein ungutes Gefühl beschleicht. Soll ich jetzt beleidigt sein?

Einen flammenden Leserbrief an die Redakteurin schreiben? Der Welt mitteilen, dass ich nun einmal nicht immer gewillt bin, mich mit der drohenden Klimakatastrophe zu beschäftigen, die weltpolitische Lage in Turkmenistan zu verfolgen und meine Kleidung immer nur von ethisch korrekten Herstellern zu kaufen?

Ist es denn wirklich so schlimm, sich einfach mal NUR amüsieren zu wollen?

Von einer Welt zu lesen, in der es Märchenprinzen gibt, die verirrte Prinzessinnen retten, auch wenn diese Prinzessinnen im realen Leben sehr wohl auf eigenen Beinen stehen und denken können? Die sich zuweilen aber nach ein wenig Romantik in ihrem Leben sehnen? Haben wir nicht schon als kleine Mädchen vom Prinzen auf dem weißen Pferd geträumt? Der in unser Leben galoppiert kommt, uns zu sich hinaufzieht auf den Rücken des edlen Rosses und zu seinem Schloss bringt, wo ein Leben wie im Märchen auf uns wartet? Wollen wir nicht alle heiraten und endlich mal ein schönes langes Kleid mit Schleppe tragen? Vielleicht sogar ein Diadem im Haar?

Das alles würde ich der Redakteurin liebend gerne schreiben, aber wenn ich das Hotelzimmer so betrachte, stelle ich fest, dass ich momentan ganz andere, weitaus banalere Probleme habe.

Wo bleibt eigentlich die kleine Azubine, frage ich mich gerade, als sich die Badezimmertür öffnet und ein Haufen klatschnasser Handtücher mit einem Schwung auf dem Boden landet. Danach spricht Ramona, adrett gekleidet mit einem hellblau-weiß gestreiften Kittel, in ihren Piepser. Ich mache mich ganz klein und will eigentlich gar nicht hören, was sie sagt.

»Hallo, Frau Stark, Ramona Lesch hier. Bin im Zimmer 2634 und habe versucht, alles zu trocknen. Das ist aber leider nicht so einfach, weshalb ich vorschlagen würde, dass der Gast ein neues Zimmer bekommt. Vielleicht kann ja jemand mit einem Heizlüfter nach oben kommen, dann ist bis morgen wieder alles in Ordnung, aber bis dahin müsste die Dame woanders untergebracht werden.«

Neues Zimmer? Mit einem Schlag bin ich hellwach.

»Frau Stark wird sich gleich bei Ihnen melden«, versichert mir Ramona, und ehe ich mich bedanken oder mein Portemonnaie zücken kann, ist sie auch schon verschwunden. Nun klingelt das Zimmertelefon.

»Cordula Stark hier. Frau Lesch vom Housekeeping hat mich informiert, dass sie mit allen zur Verfügung stehenden Mitteln versucht hat, den Wasserschaden zu beseitigen. Da aber eine nicht unerhebliche Menge Wasser auf den Teppichboden geflossen ist, müssen wir diesen mit einem Heizlüfter trocknen lassen, damit die Feuchtigkeit komplett verschwindet, und der Boden nicht anfängt zu schimmeln. Aus diesem Grunde habe ich Sie umquartiert. Valentin, unser Page, wird Ihnen in einigen Minuten mit dem Gepäck helfen.«

Während ich noch verdutzt vor mich hin starre und überlege, ob mich das Ganze wohl etwas kosten wird, und, wenn ja, wie viel (aber so eine Heizlüfter-Aktion ist doch sicher eine Kleinigkeit für ein Hotel wie dieses), klopft es auch schon an der Tür. Vor mir steht – mit einem breiten Grinsen – Leonardo DiCaprio.

»Na, das haben Sie ja toll hingekriegt. Kompliment!«, grinst

er und schnappt sich die ersten beiden Koffer. »So erfolgreich hat sich bisher kaum einer Frau Stark widersetzt.«
»Ich verstehe nicht ganz«, stottere ich und versuche, schnell meine restlichen Klamotten von den Pseudobügeln zu zerren und in den dritten Koffer zu stopfen.
»Na, Sie wollten doch gerne ein Zimmer haben, das weiter unten liegt.«
»Ja, und?«, frage ich und begreife noch immer nicht.
»Ja, nun haben Sie es. Das neue Zimmer ist im zweiten Stock, da haben Sie es nicht so weit zu Fuß.«
Na, das ist ja die Nachricht des Tages, denke ich und kann mein Glück kaum fassen. Rasch hole ich noch mein neues Schaumbad aus dem Badezimmer, versuche, dabei möglichst keine Spuren zu hinterlassen und kehre dem Ganzen den Rücken zu. Pah, blödes Zimmer, ich ziehe jetzt in die untere Hälfte des Hotels, jawohl!

Um 20.30 Uhr (immerhin habe ich mich trotz dieser Transaktion lediglich eine halbe Stunde verspätet) fahren Werner, Sven und ich zum Clubempfang. Frauke muss vorher noch in die Messehalle, um zu prüfen, ob mit dem Aufbau des Standes auch alles geklappt hat. Sie will dann später nachkommen.
»Wo findet der Empfang eigentlich statt?«, erkundige ich mich in dem Bemühen, durch flotte Konversation darüber hinwegzutäuschen, dass die Jungs eine halbe Stunde in der Lobby auf mich warten mussten.
»Im Japan-Center«, antwortet unser Vertriebsleiter kurz und knapp. Schließlich heißt er nicht umsonst Herr Stumm. Seine kommunikativen Momente bewahrt er sich für seine Kundengespräche auf.

Da wir natürlich keinen Parkplatz in der Nähe gefunden haben, klappere ich in meinen Highheels über Frankfurts Pflaster und breche mir dabei fast die Knöchel. Endlich sind wir da, und schon bahnt sich das nächste Problem an: Der Empfang findet im fünfundzwanzigsten Stock statt, hoch über den Dächern Frankfurts. Mir ist klar, dass ich jetzt keinesfalls rumzicken darf, sonst werfen die beiden Jungs mich sofort über Bord und amüsieren sich ohne mich. Also steige ich mit einem wahrlich heroischen Gesichtsausdruck in den Fahrstuhl, schließe die Augen und denke an etwas Schönes. An Christoph, an Annalena und an meine Katze Sissi. Ob Jens sie wohl anständig versorgt? Diesmal habe ich die Fütterung meines Raubtiers nämlich meinem Nachbarn anvertraut, damit meine Freundin Martina (meine zweitliebste nach Annalena, wenn man das so kategorisieren kann) nicht eine Woche lang damit belastet ist. Wahrscheinlich sitzt Sissi gerade vor ihrem Futternapf und hört mit Jens den neuesten 80er-Jahre-Sampler mit den Stray-Cats …
Es macht »Pling«, und der Fahrstuhl öffnet sich: Gott sei Dank, wir sind da!
Laute Musik, jede Menge Zigarettenqualm, Essensgerüche und ein Gemisch verschiedenster Parfüms schlagen uns entgegen wie eine Wand. Na, das kann ja heiter werden! Diese stickige Luft und die vielen Menschen, das ist gar keine gute Kombination für eine Klaustrophobikerin wie mich. Dennoch sehe ich mich neugierig um (meine Neugier war schon immer stärker als jede Art von Angst), während Werner und Sven sich sofort in Richtung Bar abseilen. So sind sie, die Männer. Erst mal ein Bier, und dann kann es losgehen!
Während ich mich so umgucke und natürlich niemanden

entdecke, den ich persönlich kenne, beobachte ich die Branchengrößen, die ich bislang nur auf Fotos in der Fachpresse gesehen habe: ein Jahrmarkt der Eitelkeiten. »Frau Teufel? Marie Teufel, sind Sie das?«, ertönt plötzlich eine weibliche Stimme dicht neben meinem Ohr, und ich drehe mich um. Vor mir steht ein langbeiniges blondes Wesen mit Engelsgesicht und vollen Lippen. Eine Art Venus von Botticelli, nur in dünn und jung. O mein Gott, das ist doch nicht etwa …
»Erinnern Sie sich noch an mich? Laura von der Osten. Ich habe vor einem Jahr ein Praktikum bei Bader & Köllisch gemacht.«
Sie sieht mich erwartungsvoll, aber auch ein wenig herablassend an, während ich innerlich zusammenzucke, weil mich ein ungutes Gefühl beschleicht. Laura von der Osten, Protegé eines unserer Verlagsinvestoren, Tochter aus gutem Hause, Intelligenzbestie und Schönheitskönigin. Ich dachte, die hätte sich für immer aus meinem Leben verabschiedet …
»Oh, hallo Frau von der Osten. Das ist ja eine Überraschung! Wie geht es Ihnen denn, was machen Sie denn jetzt so?«, erkundige ich mich und versuche, mir nicht anmerken zu lassen, dass ich mir weit angenehmere Gesprächspartnerinnen vorstellen könnte.
»Ich bin gerade mit meiner Magisterarbeit fertig geworden und jobbe bei diversen Verlagen, um mich auf dem Laufenden zu halten. In Frankfurt arbeite ich als Messehostess beim Köhler Verlag.«
Köhler Verlag, wow, denke ich, da wollte ich auch schon immer arbeiten. Die verlegen wundervolle Kunst- und Theaterbücher – ist eher die obere Liga, zu der ich es in diesem Leben wohl nicht mehr bringen werde. Denn ich muss ja

schnöde Promis jagen, statt mich den schönen Künsten zu widmen.

»Und was haben Sie jetzt vor?«, frage ich beherzt weiter. Soll mir keiner vorwerfen, ich sei nicht kommunikativ.

»Ich möchte gerne Lektorin werden, so wie Sie«, spricht das holde Wesen und sieht mich mit einem himmelblauen Augenaufschlag an. (Komisch, dieses Verhalten passt gar nicht zu der Laura von der Osten, die ich kenne.) »Das Praktikum bei Ihnen hat mir damals so gut gefallen, dass ich sehr, sehr gerne bei Bader & Köllisch arbeiten würde. Wenn nicht gleich als Lektorin, dann gerne auch in einer anderen Abteilung. Hauptsache, ich finde einen Einstieg.« (Seit wann ist die denn so bescheiden?)

»Ich kann mich gerne mal im Verlag umhören, wenn Sie möchten. Bei uns wird ja immer wieder mal was frei. Schreiben Sie mir doch mal die Adresse auf, unter der ich Sie erreichen kann«, biete ich großherzig an, obwohl ich eigentlich keinen gesteigerten Wert darauf lege, diese Venus wieder bei uns durch die Verlagsräume geistern zu sehen und schon gar nicht durch Christophs Büro!

»Das wäre wirklich nett von Ihnen«, antwortet sie erfreut, kramt in ihrem Louis-Vuitton-Täschchen und zückt ihre Visitenkarte:

Laura von der Osten
Elbchaussee 256
20234 Hamburg

»Einen Moment, ich schreibe Ihnen noch meine Handynummer und meine E-Mail-Adresse auf«, sagt sie, während ich andächtig auf die Adresse blicke. Blankenese (oder Nienstedten, Othmarschen?) ist natürlich ein bisschen was anderes als Eppendorf …

»Hier«, spricht die Venus triumphierend und hält mir die Karte, die sie auf der Rückseite handschriftlich bekritzelt hat, unter die Nase.

Diese Schrift ruft ungute Erinnerungen in mir hervor.

Ich erinnere mich deutlich daran, dass Pakete oder Briefe, die sie in ihrer Praktikumszeit verschickt hatte, mit schöner Regelmäßigkeit zurückkamen, wahlweise mit dem Vermerk »Postleitzahl fehlt«, »Empfänger unbekannt verzogen« – oder es stand einfach gar keine Adresse drauf.

Vermutlich hatte es ihren Intellekt und ihren Höhere-Tochter-Status total unterfordert, derart profane Tätigkeiten auszuüben. Wozu gibt es schließlich Personal?

Nach diversen postalischen Flops hatte ich sie kurzerhand aus dem Bereich Postverkehr entfernt und sie mehr dem Kopier- und Ablagewesen zugeordnet, bis sie eines Tages einen Aufstand machte, weil sie bei uns angeblich nichts lernen würde. (Womit sie natürlich Recht hatte, wenn ich ehrlich bin.)

Wenn ich mich richtig erinnere, schaltete sich danach sogar Papa von der Osten, Golfkumpan meines Chefs Bader, ein und bat energisch darum, man möge seiner Tochter doch etwas qualifiziertere Tätigkeiten zuteilen. Am liebsten hätte er es sicher gesehen, wenn Laura selbst unter die Autorinnen gegangen wäre, sind es doch momentan häufig die Damen mit den Adelstiteln, welche die Bestsellerlisten stürmen (Ildikó VON Kürthy, Steffi VON Wolff). Und die Vorstellung, das eigene Töchterchen könne eines Tages zu diesem Kreis gehören, ließ sein Vaterherz sicher höher schlagen.

Der väterliche Protestanruf hatte auf jeden Fall zur Folge, dass ich Fräulein von und zu bergeweise Manuskripte sichten ließ, wobei sie sich zunehmend glücklich und WAHNSINNIG WICHTIG fühlte. Es verging daraufhin kaum eine Stunde, in der sie nicht meine oder die Urteilsfähigkeit meiner Kollegen in Frage gestellt und uns mit Nachfragen und Buchideen bombardiert hätte.

Einen Monat später entschwand Laura von der Osten mit einem Zeugnis in der Hand, und weder Annalena noch ich weinten ihr eine Träne nach. Nein, ganz im Gegenteil. Wir waren beide froh, diese Frau losgeworden zu sein, die alle männlichen Mitarbeiter im Verlag zu Schuljungen hatte mutieren lassen, die sich geradezu überschlugen, ihr Gefälligkeiten anzubieten (Kann ich Ihnen vielleicht ein Croissant vom Bäcker mitbringen? Soll ich Ihnen in den Mantel helfen? Darf ich Sie zum Abendessen einladen? Wollen Sie mich heiraten?), die sie natürlich mit einem lässigen Schulterzucken abtat.

Während ich aufgrund der unguten Erinnerungen noch überlege, wie ich die Expraktikantin am besten wieder loswerden könnte, steigt mir ein bekannter und geliebter Herrenduft in die Nase. Ein Duft, den man sehr selten riecht, und den ich eindeutig Christoph zuordne. Gleichzeitig spüre ich den Hauch einer Berührung, ein flüchtiges Streicheln, auf meinem Rücken.
»Herr Köllisch«, rufe ich und wirble herum, während ich aus dem Augenwinkel Laura von der Osten wahrnehme, die das Geschehen interessiert verfolgt.

Ob sie etwas gemerkt hat?
Wie gut, dass ich immerhin so viel Geistesgegenwart hatte, Christoph nicht mit seinem Vornamen anzusprechen und ihm nicht um den Hals zu fallen.
Aber ein wenig verfänglich war die Situation schon, denn woher sollte ich eigentlich wissen, wer da so plötzlich hinter mir aufgetaucht ist?
Am liebsten würde ich auf der Stelle mit Christoph von dieser Party verschwinden. Ich habe ihn so vermisst! Doch die Höflichkeit gebietet es, dass ich ihn zumindest noch mit Laura von der Osten bekannt mache, die sich leider noch immer nicht in Luft aufgelöst hat und ganz offensichtlich darauf besteht, mit meinem Freund Kontakt aufzunehmen.
»Herr Köllisch, das ist Laura von der Osten, eine ehemalige Praktikantin. Erinnern Sie sich noch an sie?«
»Aber natürlich«, antwortet Christoph nun zu meiner großen Verwunderung. »Haben Sie mir nicht damals bei meinem Ablage-Desaster geholfen?«
Wenn überhaupt, dann hat sie es verursacht, knurre ich innerlich (denn für profane Ablagetätigkeiten war sich das Fräulein von der Osten natürlich ebenfalls VIEL zu schade), während ich versuche, Christoph weg von ihr und an die Bar zu ziehen.
»Wie nett, Sie wieder zu sehen«, fährt dieser jedoch ungerührt fort. »Jetzt fällt es mir wieder ein: Sie waren mir damals bei der Vorbereitung einer Power-Point-Präsentation eine große Hilfe. Richtig? Was machen Sie denn jetzt so?«, erkundigt sich mein Freund äußerst interessiert, während ich innerlich vor Wut koche. Ich habe natürlich absolut keine Ahnung von technischen Raffinessen wie Power Point und werde sie ver-

mutlich auch nie haben. Laura von der Osten dagegen, das muss ich neidlos anerkennen (bei Louis-Vuitton-Täschchen schaffe ich das leider nicht), kann beziehungsweise konnte mit Computern und Technik umgehen wie keine Zweite. Aber muss Christoph mir das gleich so auf die Nase binden?
Grummelnd suche ich das Terrain mit den Augen nach Werner und Sven ab, während Frau Expraktikantin und Christoph sich weiter gegenseitig ansäuseln. Wie nicht anders zu erwarten, unterrichtet die Osten nun auch noch Christoph von ihrer Jobsuche, und hilfsbereit, wie er nun mal ist, versichert er ihr natürlich, er werde versuchen, ihr zu helfen. Na, das fehlte ja gerade noch!
Gott sei Dank tauchen in diesem Moment tatsächlich Werner und Sven auf und stürzen sich nun ebenfalls voller Begeisterung auf die Elbchaussee-Prinzessin. Die Chance muss ich nutzen.
»Lass uns in den Nebenraum gehen«, flüstere ich Christoph zu und ziehe ihn so unauffällig wie möglich mit mir. Keine so gute Idee, wie sich herausstellt, denn innerhalb von Sekunden sind wir umringt von den Top Ten der Branche, die offensichtlich froh sind, sich auf ein neues Opfer konzentrieren zu können. Ein wenig verlegen stehe ich daneben und wechsle von einem Fuß auf den anderen, weil meine Absätze zu hoch sind, und mein Magen in den Kniekehlen hängt.
Mmhh, das Büfett sieht wirklich lecker aus, diagnostiziere ich mit dem Blick der Expertin: Sushi-Variationen, Garnelen am Spieß, Kartoffelgratin, Lachs in Blätterteig, Panna Cotta und Früchtevariationen an Mascarpone-Sauce. Allerdings ist absolut nichts zu entdecken, das auch nur halbwegs nach »gesund« oder »kalorienarm« aussieht, vom Sushi mal

abgesehen. Aber diesen kalten, mit unappetitlichem Seetang umhüllten Dingern mag ich mich heute Abend irgendwie nicht nähern. Also Attacke auf die Garnelen!

»Na, schmeckt's dir?«, fragt Christoph, der sich von seinen Kollegen befreit hat. Unwillkürlich zucke ich zusammen, wie immer, wenn ich esse. Als fühle ich mich bei etwas Verbotenem ertappt.
Mein gespaltenes Verhältnis zu meinen üppigen Formen ist seit der Beziehung zu Christoph noch nicht viel besser geworden, auch wenn dieser behauptet, er liebe »jedes Pfund« an mir. Wie aber kann es dann sein, dass ihm Hungerhaken wie seine Exfreundin Carlotta, Alexandra Kamp oder Michelle Hunziker gefallen? Ich finde, ich passe absolut nicht in dieses Beuteschema, also muss er sich geirrt haben. Geh doch zurück zu Laura von der Osten, die nimmt garantiert noch nicht einmal ein Salatblatt zu sich, und wenn doch, dann sicher ohne Essig-und-Öl-Dressing, dafür mit ein paar Spritzern Leitungswasser und Zitrone, würde ich am liebsten sagen und schiebe verschämt meine Serviette über die zehn Garnelenspießchen auf meinem Teller, in der Hoffnung, diese so dezent verschwinden lassen zu können. Und dann ärgere ich mich über mich selbst. Wegen meiner ewigen Unsicherheit. Dabei kommt mir wieder der »Amica«-Artikel in den Sinn, und momentan habe ich das Gefühl, das wandelnde Klischee zu sein.
Damit ist jetzt endgültig Schluss, beschließe ich, und das werde ich Blondi auch gleich mitteilen, wenn ich wieder zu Hause bin. Sie hat eine Kündigungsfrist von vier Wochen zum Quartal, die werde ich fairerweise einhalten, aber das

war's dann auch. Dann ist sie nämlich sogar noch rechtzeitig zu Weihnachten verschwunden und nervt nicht rum, wenn ich mich im Supermarkt nicht zwischen Dominosteinen und Zimtsternen entscheiden kann. Vielleicht nehme ich dann auch einfach beide, pah!

Mutig, aber auch, um meinen neuen Entschluss durch Taten zu untermauern, ziehe ich entschlossen die Serviette wieder weg, frage Christoph »Möchtest du auch noch etwas vom Büfett?« und stolziere los, ohne die Antwort abzuwarten. Jetzt ist das Kartoffelgratin dran. Mann, wie lecker! Ich könnte mich da reinlegen und den Rest meines Lebens nichts anderes mehr essen.

Christoph ist netterweise kein Spielverderber und nimmt sich auch etwas. Das ist ja das Gemeine: Christoph isst ebenfalls für sein Leben gern und kann fatalerweise auch noch fantastisch kochen. Und natürlich sieht man IHM das keineswegs an. Das liegt zum einen an guten Genen, zum anderen aber sicher auch an der Tatsache, dass er regelmäßig Sport treibt. Im Gegensatz zu mir. Ich hasse Sport ja bekanntermaßen. Obwohl, im vergangenen Sommer wäre ich beinah sportlich geworden. In einem Anfall von Gesundheitsbewusstsein habe ich mir ein supertolles Sportoutfit gekauft, das fast so viel gekostet hat wie ein Kleinwagen. Wenn schon Sport, dann wenigstens gut angezogen hatte ich gedacht. Zum regelmäßigen Joggen hat es mich aber doch nicht motiviert. Ein paarmal um die Alster geschlichen (und dabei fatalerweise Christoph, damals noch Herrn Köllisch für mich, getroffen), aber damit hatte es sich dann auch. Der Grund für die Überziehung meines Girokontos hängt nun säuberlich im Schrank, denn alle Jogging- oder Walkingambitionen, die

jemals latent vorhanden waren, haben sich seit dem herbstlichen Einbruch früher Dunkelheit und Kälte quasi von selbst erledigt. Da liege ich doch lieber wieder auf der Couch und sehe mir interessiert ein Fitness-Video an.
Aber sollte ich nicht vielleicht doch in den Club Meridien eintreten? Der ist gleich bei mir um die Ecke und bietet gerade Sonderkonditionen für Neueinsteiger an. Ich werde darüber nachdenken.
Wohlwollend!
Aber nicht mehr heute.
Nachdem wir gegessen und noch mit ein paar Leuten geplaudert haben, ist es genug für den heutigen Tag, und wir treten geschlossen den Rückzug an. Es ist zwar schwer, Werner und Sven von Laura von der Osten loszueisen, aber es muss sein. Denn es ist eindeutig spät. Und morgen beginnt die Buchmesse!

Im Hotel angekommen, nicken Christoph und ich uns zu, was so viel bedeutet wie: Ich treff dich in zehn Minuten in deinem Zimmer. »Dein« Zimmer ist in diesem Falle Christophs, das eine Etage über meinem liegt. Schnell mache ich mich ein wenig frisch. Sammle das eine oder andere Utensil zusammen, das ich für die Übernachtung in Christophs komfortabler Suite benötige und bete inständig, mir möge niemand begegnen, den ich kenne. Als ich meine Zimmertür öffne, schaue ich hektisch nach links und rechts, als ob ich eine Straße überqueren wollte. Gott sei Dank ist der Gang leer. »Guten Abend, Frau Teufel, kommen Sie alleine klar?«, vernehme ich jedoch kurz darauf eine männliche Stimme hinter mir, kaum dass ich meine nächtliche Wanderung durch das Hotel begonnen habe. Sofort bleibe ich stehen und drehe mich hektisch um, während ich die Röte des Sich-ertappt-Fühlens in meinem Gesicht spüre. Aber es ist nur Valentin/Leonardo/Page, der arme Kerl hat anscheinend noch immer Dienst. Allerdings ist er nicht mehr in Uniform, hat leicht zerstrubbelte Haare und sieht mich an wie ein Hundewelpe, der gestreichelt werden möchte. Sofort fühle ich Muttergefühle in mir aufwallen.

»Was machen Sie denn noch im Hotel? Haben Sie nicht endlich mal frei?«, frage ich, besorgt um Leonardos knappe Freizeit.

»Doch, ich habe frei (ach, deshalb ohne Uniform!), aber wenn ich ehrlich bin« – spricht's und tritt verlegen von einem Fuß auf den anderen –, »konnte ich mich heute noch nicht von hier trennen. Und um genauer zu sein, konnte ich mich nicht von IHNEN trennen. Deshalb gehe ich schon den ganzen Abend hier auf und ab, in der Hoffnung, Sie zu treffen.«

Nein, wie süß, denke ich und bin zutiefst gerührt. Das Welpenbaby will tatsächlich gestreichelt werden und sucht zu diesem Zweck meine Nähe. Aber wie reagiere ich am besten? In lange Gespräche kann ich mich jetzt keinesfalls verwickeln lassen, weil es zum einen schon sehr spät ist, und zum anderen Christoph auf mich wartet, der sich sicher längst wundert, wo ich bleibe.

»Wohnen Sie denn im Hotel?«, frage ich, zugegeben nicht besonders intelligent, aber irgendwas muss ich ja sagen.

Und ehe ich mich versehe, lasse ich mich auf eine nächtliche Zwiesprache mit einem mir völlig fremden Pagen ein und vergesse dabei fast Raum und Zeit. Nach etwa zehn Minuten (SO lange kann Christoph sich ja wohl noch gedulden!)

lassen wir uns beide häuslich auf dem Teppichboden des Hotelflurs nieder, und ich kann mich gerade noch beherrschen, Leonardo nicht in mein Zimmer zu bitten. Er wirkt so rührend naiv, gutherzig und süß und ist derart offensichtlich in mich verknallt (das ging aber schnell), dass ich ein Herz aus Stein haben müsste, ihn jetzt in die kalte Herbstnacht zu schicken, ohne ihm zugehört zu haben. Wir plaudern und plaudern, und mir ist, als hörte ich ein paarmal das Telefon in meinem Zimmer klingeln. Egal. Leonardo erzählt gerade eine traurige Geschichte aus seiner Kindheit. Ich erwäge kurz, Christoph eine SMS zu schicken, habe mein Handy aber nicht dabei und höre also weiter zu.

Plötzlich vernehme ich am Ende des Ganges Stimmen. Eine männliche und eine weibliche.

»Ich kann mir das, wie gesagt, nicht erklären. Wir waren verabredet, und das passt so gar nicht zu Frau Teufel, ich mache mir wirklich Sorgen!«

Mist, das ist Christoph, der mit einer uniformierten Frau (Cordula Stark!) um die Ecke biegt. Die hat wohl den so genannten »Teildienst«, von dem Leonardo mir gerade erzählt hat. Das Hundebaby verliert in einem Bruchteil von Sekunden die Fassung und flüstert »Scheiße«, ein Wort, das ich nicht besonders mag, aber in diesem Fall durchaus passend finde. Noch sind die beiden weit entfernt. Sollen wir die Flucht ergreifen? Leonardo sieht mich flehentlich an, und intuitiv spüre ich, dass er keineswegs von Frau Stark bei einem nächtlichen Rendezvous mit einem Gast erwischt werden möchte. Ehe ich mich versehe, schließe ich die Tür auf und zerre Leonardo in mein Zimmer.

Sekunden später klopft es auch schon. Ich höre Christoph

sagen: »Eigentlich brauchen Sie nicht zu klopfen, denn wäre sie in ihrem Zimmer, wäre sie auch ans Telefon gegangen«, und schwupps, stehen die beiden auch schon vor mir. Christoph sieht mich erstaunt, aber auch erleichtert an. Leonardo versteckt sich derweil im Badezimmer, wo ich ihn hineinbugsiert habe, als es klopfte.

»Na, dann scheint ja alles in Ordnung zu sein«, stellt Frau Stark fest und wirft mir einen strengen Blick zu. »Ich wünsche Ihnen beiden eine gute Nacht.« Mit diesen Worten verschwindet sie wieder. Gott sei Dank!

»Wo bist du denn gewesen? Ich habe mir Sorgen gemacht«, sagt Christoph und zieht mich an sich. Mist, wie erkläre ich ihm denn nun Leonardos Anwesenheit in meinem Badezimmer?

Ich sehe schon im Geiste vor mir, wie Christoph die Badezimmertür aufreißt, Valentin sich hinter den Duschvorhang retten will, Christoph auch diesen zur Seite reißt, und die beiden sich grimmig in die Augen blicken.

Und dann wirft einer von ihnen den Fehdehandschuh.

Vermutlich wird das Christoph sein und nicht Valentin, denn er ist es ja schließlich, den ich hier gerade schändlich betrüge. Und dann beginnt das Duell. Mit echten Waffen. Aber mit welchen? Das ist mir momentan noch nicht so ganz klar … Vielleicht spritzen sie sich mit dem Duschschlauch nass? Shampoonieren sich gegenseitig die Haare? Beschmieren sich mit meiner Zahnpasta? Besprühen sich mit meinem Parfüm? (Nein, bitte, alles, nur das nicht, für derlei Aktionen war es eindeutig zu teuer!)

Dann werden sich die beiden gegenseitig Kinnhaken geben, ich werde – weil ich ja beide irgendwie mag – dazwischen-

springen und einen Schwinger, der eigentlich für das Kinn des Kontrahenten gedacht war, abbekommen, aufschreien und schließlich ermattet zu Boden sinken.
Erwachen werde ich im Krankenzimmer des Hotels (so was werden die hier ja hoffentlich haben), während sich der Hotelarzt und eine hämisch grinsende Frau Stark über mich beugen. Während der ärztlichen Notversorgung wird Doktor Hasenfuß (so heißt der bestimmt) feststellen, dass ich einen Tumor habe.
Gleich hinter dem rechten Ohrläppchen.
Ein Fleck, den ich bislang fälschlicherweise als Pickel tituliert habe. Der mir aber nun zum Verhängnis werden wird, und das mit Recht.
Weil ich ja gerade meinen Freund mit einem welpenhaften Pagen betrogen habe …

»So, Frau Teufel, das Problem ist behoben. Da hatte sich nur etwas im Abfluss verklemmt«, ertönt auf einmal Valentins Stimme aus dem Badezimmer und reißt mich schlagartig aus meinem Albtraum. »Ich denke, Sie können jetzt problemlos duschen. Gute Nacht.«
»Gute Nacht«, antworte ich verwirrt und wechsle noch einen kurzen Blick mit meinem Pagen, hinter dem sogleich die Tür ins Schloss fällt. Eigentlich schade, dass er schon geht. Jetzt, wo die Sache doch noch gut ausgegangen ist, und ich vermutlich keinen todbringenden Tumor habe …
»Aber warum hast du denn nichts von dem Klempner gesagt, dann hätte ich mir keine Sorgen machen müssen«, fragt Christoph vorwurfsvoll und bemerkt Gott sei Dank gar nicht, dass Leonardo keinerlei Werkzeug bei sich hatte.

Und so verbringen wir mit einiger Verspätung unsere erste gemeinsame Nacht in einem Hotel ... Eine sehr schöne, wenn auch kurze Nacht, in der ich – ich muss es zu meiner Schande gestehen – von Leonardo und mir auf der Titanic träume.

Mittwochmorgen, der erste Messetag.
Mit einem zeitlichen Abstand von zehn Minuten zu Christoph (das hatten wir so vereinbart, zur Täuschung) betrete ich den Frühstücksraum. Dort sitzt mittlerweile der Rest der Verlagsmannschaft. Auch Angela, Christophs Assistentin, ist natürlich da, und ich freue mich ehrlich, sie zu sehen. Sie ist dreiundvierzig Jahre alt, ein sehr natürlicher Typ, immer gut gelaunt und lächelt mich auch heute wieder strahlend an. Doch irgendetwas an ihr ist heute anders als sonst. Ob das an ihrem Urlaub liegt, den sie gerade hatte? Sie sieht irgendwie so »mittig« aus, so zufrieden ...
Nach einem ausgiebigen Frühstück verlassen wir alle das Hotel und machen uns auf den Weg zum Messegelände.

Wie immer überkommt mich ein Schauer angesichts der Menschenmassen verschiedenster Nationen, die für knapp eine Woche nach Frankfurt gekommen sind: Agenten aus Korea, Lektoren aus der Ukraine, Übersetzer aus Spanien, Drucker aus Hongkong, Vertriebler aus Deutschland – sie alle sind hier, weil sie nur eines im Sinn haben: Bücher. Irgendwie macht es mich unheimlich stolz, ein – wenn auch nur kleines – Rädchen in diesem Betrieb zu sein.
Unser Messestand ist wunderschön geworden, und mein Blick schweift über unser ausgestelltes Verlagsprogramm:

Da sind mittlerweile einige Titel, die auf mein Konto gehen. Und dort steht auch das Buch, das mir in den letzten Monaten besonders ans Herz gewachsen ist, und das nicht nur, weil mein Name als Co-Autorin auf dem Cover prangt, sondern natürlich auch, weil die Premiere zu diesem Buch der Auftakt zu meiner Beziehung mit Christoph war: Miguel Vargas und Marie Teufel, Miguel Vargas – ein Leben in Bildern.

»Viel Glück für die Messe«, flüstere ich den Ausstellungsexemplaren zu und schaffe es vor lauter Rührung kaum, mich von ihrem Anblick zu lösen.

Angela und Christoph verschwinden in der Messekabine, vermutlich, um den Tagesplan noch einmal durchzugehen. Gegen 11.00 Uhr wird Herr Bader erwartet, da muss der Stand tipptopp in Schuss sein, denn mein lieber Chef kennt keine Gnade.

»Frau Teufel, kommen Sie mal bitte?«, ertönt auf einmal Christophs Stimme (wie praktisch, wo ich doch gerade an ihn gedacht habe), während Angela seine Kabine mit hochrotem Kopf verlässt.

Hatten die beiden etwa Ärger?

Betont langsam trete ich ein, soll ja keiner sehen, wie sehr ich mich danach sehne, ein paar Minuten mit meinem Liebsten zu kuscheln.

Doch Christoph sieht nicht danach aus, als wolle er ein kurzes Schäferstündchen mit mir abhalten.

»Setz dich mal bitte«, sagt er in einem energischen Tonfall, der keinen Widerspruch duldet. Auf seiner Stirn hat sich eine steile Falte gebildet, wie immer, wenn Christoph konzentriert ist oder ihn etwas sehr beschäftigt.

»Versprich mir, das, was ich dir jetzt sage, noch keinem zu erzählen.«
Ich nicke zustimmend und bin gespannt, was jetzt kommt.
»Auch nicht Annalena, hörst du? Keinem!«
Wieder nicke ich bekräftigend und versuche, einen seriösen Gesichtsausdruck aufzusetzen. Hat Christoph vielleicht gerade ein Übernahmeangebot bekommen?
»Angela ist schwanger. Sie ist in der dreizehnten Woche und hat es mir gerade erzählt, weil ihr Arzt ihr aufgrund ihres Alters geraten hat, jede Anstrengung und jede Form von Stress zu vermeiden. Im Grunde genommen dürfte sie gar nicht auf der Buchmesse sein.«
Wow, denke ich zuerst, mit dreiundvierzig eine reife Leistung! Und dann: Was habe ich jetzt damit zu tun? Will Christoph, dass ich meinen Job als »Promijägerin« aufgebe und stattdessen seine Assistentin werde? Oder soll ich auf Babysitter umschulen?
»Ähem, das ist ja eine sensationelle Neuigkeit«, versuche ich, wenigstens etwas zu dieser neuen Situation zu sagen.
Deswegen hatte Angela also diesen undefinierbar glückseligen Gesichtsausdruck.
»Ist sie denn dann ab sofort krankgeschrieben, oder was bedeutet das jetzt konkret für dich?«
»Das bedeutet konkret, dass ich mir so schnell wie möglich eine neue Assistentin suchen muss, damit Angela sie einarbeiten kann, und es nicht zu Ausfällen kommt, falls sie sich nicht wohl fühlt, oder der Arzt ihr Bettruhe verordnet. Und da ist mir diese – wie hieß sie noch gleich – eingefallen, die wir gestern getroffen haben. Du hast doch ihre Karte. Wärst du vielleicht so lieb, sie anzurufen und zu fragen, ob sie heute

oder morgen mal zu einem Gespräch vorbeikommen kann? Du würdest mir damit einen großen Gefallen tun.«
»Wie-hieß-sie-noch-gleich« heißt Laura von der Osten, und du tust doch nur so, als hättest du ihren Namen vergessen, weshalb sie auch nur über meine Leiche deine Assistentin wird, tobe ich innerlich, während ich äußerlich ein harmloses Gesicht mache und versuche, meinen Freund von diesem schrecklichen Plan abzubringen.
»Meinst du denn wirklich, Frau von der Osten ist qualifiziert für diesen Job?«, frage ich scheinheilig. »Willst du nicht lieber bis nach der Messe mit einer so wichtigen Entscheidung warten? Angela könnte doch schon mal einen Entwurf für eine Anzeige erstellen, ihn dir vorlegen und von hier aus wegfaxen, wenn dir der Text gefällt. Und dann trudeln die ersten Bewerbungen ein, wenn wir wieder in Hamburg sind«, schlage ich vor und finde mich dabei irre konstruktiv.
»Ich habe weder Zeit noch Lust, mich mit dem Kram zu befassen. Und Frau von der Osten (aha, JETZT weiß er den Namen ja doch plötzlich!) erscheint mir durchaus qualifiziert. Außerdem sucht sie einen Job, und ich habe einen.«
Eins zu null für Christoph ... Also versuche ich es mit einer neuen Taktik.
»Ich glaube, ich habe die Karte in meiner anderen Tasche. Da komme ich vor heute Abend nicht mehr dran«, schwindle ich und hoffe, mit dieser Lüge das blonde Unheil von mir und meinem Leben abwenden zu können.
»Dann sei doch so lieb und geh beim Köhler-Verlag vorbei und frag sie persönlich. Sie hat doch gesagt, dass sie da als Messehostess jobbt, oder?«
Nach dieser Äußerung von Christoph steigt Ärger in mir

hoch. Ja klar, ICH gehe da vorbei! Ich habe ja keine Termine auf dieser Messe und warte nur darauf, Botengänge dieser Art für ihn erledigen zu dürfen. Pah, das werden wir ja noch sehen, schnaube ich in mich hinein, lächle Christoph jedoch treuherzig an und verspreche hoch und heilig, mein Bestes zu tun. Warum macht Angela das eigentlich nicht? Schließlich ist sie doch immer noch seine Assistentin, nicht ich ...

»Vielen Dank, das ist ganz lieb von dir«, bedankt sich Christoph und zieht mich an sich. Mmhh, wie lecker er wieder duftet!

Okay, okay, ich gebe mich fürs Erste geschlagen, und alles in mir schmilzt vor lauter Liebe dahin. Ich habe Mühe, mich von Christoph loszureißen, aber jeden Moment kann Herr Bader auftauchen, und der würde es mit Sicherheit nicht lustig finden, wenn wir hier knutschend wie die Teenager in der Messekabine stünden.

Jetzt wird es leider Zeit, aktiv zu werden, schließlich ist Buchmesse, ermahne ich mich verliebt, nachdem ich Christoph schweren Herzens verlassen habe. Widerwillig werfe ich einen Blick auf meinen Terminplan. Puh, da wartet ja ganz schöner Stress auf mich! Ich verlasse schnell unseren Stand, vermeide jeden Blickkontakt mit Angela, die gerade Prospekte sortiert, und stürze mich ins Getümmel.

Nachdem ich meine Termine (Meeting mit der Managerin der Schauspielerin Valerie Nussbaum, Besuch im Filmforum wegen einer möglichen Verfilmung von Miguels Buch, Treffen mit einer Autorin mit Spezialgebiet Kosmetik für einen Promi-Beautyratgeber – alles in allem recht produktiv) beendet habe, begebe ich mich direkt zum Stand des Köhler-

Verlags. Doch als ich mich diesem nähere und Laura von der Osten schon von Weitem erkennen kann, wie sie einem gut aussehenden Herrn vor Begeisterung quasi um den Hals fällt, kann ich leider nicht anders, als auf dem Absatz kehrtzumachen und zu unserem Stand zurückzugehen. Diese Frau ist blondes Gift! Nur über meine Leiche wird die Christophs Sekretärin!

An unserem Stand sind Werner und Frauke gerade hektisch damit beschäftigt, alles Mögliche umzuräumen, weil Herr Bader bei seiner Visite einen seiner gefürchteten Tobsuchtsanfälle bekommen hat. Wie man es auch macht, irgendetwas findet er immer, was ihm nicht gefällt. So sind auch meine Bücher von Miguel Vargas der neuen Ordnung zum Opfer gefallen und stehen nun nicht mehr an prominenter Stelle, sondern in einer dunklen Ecke im Nirgendwo.

»Was soll das denn?«, frage ich und funkle Werner kampfeslustig an. »Wessen bescheuerte Idee war das? So sieht die Bücher doch kein Mensch! Mann, das Buch ist unser Werbeschwerpunkt! Weiß vielleicht irgendjemand von euch, was das bedeutet?«, gifte ich in die Runde.

»Wenn ein Buch zum Schwerpunkttitel deklariert wird, bedeutet es, dass ihm die volle Presseaufmerksamkeit gilt und natürlich auch prominente Werbeplätze zur Verfügung gestellt werden. Und daher sollte es am Messestand in vorderster Front stehen«, doziert eine mir sehr vertraute und sympathische Stimme.

»Annalena, da bist du ja endlich!«, rufe ich und umarme meine Freundin freudestrahlend, als hätte ich sie seit Jahren nicht mehr gesehen.

Blass sieht sie aus, klein und dünn. Noch dünner als sonst.

Das Fähnchen, das sie heute trägt, schlottert um sie herum, als sei es mindestens zwei Nummern zu groß. Während ich zunehme, wenn ich ein Rezept auch nur anlese, nimmt Annalena in null Komma nichts ab, sobald ihr etwas aufs Gemüt schlägt. Da bringt sie in nur ein paar Tagen gut und gerne vier bis fünf Kilogramm weniger auf die Waage, und das kann bei einem Fliegengewicht wie ihr nicht ganz ungefährlich sein.
»Gib mir deinen Koffer und den Mantel, ich packe alles in die Kabine, und dann gehen wir erst einmal was essen!«, befehle ich Annalena deshalb und schnappe mir ihr Gepäck. Ihr »Gepäckchen«, wenn man es genau nimmt. Beschämt werfe ich einen Blick auf ihr kleines Metallköfferchen, das mir noch nicht mal als Beautycase ausgereicht hätte.
Das ist auch ein entscheidender Unterschied zwischen uns beiden: Annalena weiß im Gegensatz zu mir immer sehr genau, was sie wann und wo anziehen wird, und schafft es mühelos, wenige Teile so unglaublich raffiniert miteinander zu kombinieren, dass sie jeden Tag aussieht, als hätte sie etwas komplett anderes an.
»Komm, es gibt leckere Frankfurter Bratwürstchen für den echten Schnäppchenpreis von nur fünfundzwanzig Euro das Paar!«, versuche ich, Annalena zu locken, als ich wieder aus der Kabine trete, und sie so aussieht, als würde sie jeden Moment in Tränen ausbrechen.
»Magst du ein Taschentuch?«, frage ich und halte ihr ein ganzes Päckchen hin. »Kannst du ruhig annehmen, ich lade dich trotzdem zu den Würstchen ein«, scherze ich munter weiter, während meiner Freundin bereits eine Träne nach der anderen die Wangen hinunterkullert. Es zerreißt mir das Herz, sie so zu sehen.

Als wir uns mit viel Mühe einen Platz in einem der Cafés ergattert haben und von unseren Würstchen nichts mehr übrig ist, erfahre ich endlich, was zu der Trennung von Heiko geführt hat.

Mit der Zeit wurde Annalena zusehends genervter von Heikos enger Bindung an seine Familie. Die beiden konnten kaum einen Schritt tun, ohne dass nicht einer der kleinen Brüder oder seine Schwester dabei war. Auch wenn sie ihren Freund in dessen Wohnung besuchte, war dieser nie allein. Irgendein Freund oder Studienkollege saß immer da, oder die Mutter hatte gerade Kuchen vorbeigebracht. All das war Annalena eines Tages zu viel geworden, sie hatte mit Heiko Klartext geredet und ihm bei dieser Gelegenheit auch gleich unmissverständlich klargemacht, dass er keinesfalls mit Kindern rechnen könne, sollte diese Beziehung von Dauer sein. Rums, das hatte dann wohl gesessen und zu den »unüberbrückbar unterschiedlichen« Lebensvorstellungen geführt. Im Grunde war es gekommen, wie ich es bereits geahnt hatte. Aber das konnte ich ja jetzt schlecht sagen …

»Mann, Süße, nimm's doch nicht so schwer«, versuche ich meine Freundin zu trösten, die noch immer ganz aufgelöst ist. »Vielleicht überlegt er es sich ja noch anders. Du fehlst ihm ganz bestimmt, er war doch so verliebt in dich, das Gefühl kann doch nicht wegen dieser blöden und völlig verfrühten Kinderfrage einfach weg sein?«

»Aber genau das ist es ja«, schnieft Annalena weiter in ihr Taschentuch. »Ich dachte ja auch, er würde sich noch mal melden, aber das ist jetzt schon über zwei Wochen her …«

Über zwei Wochen? Ich bin total geschockt. Der Kerl hat

sich vor über zwei Wochen von Annalena getrennt, und sie hat mir nichts davon gesagt.

»Und wenn du ihn eifersüchtig machst? Bestimmt empfindet er doch noch etwas für dich und muss nur ein bisschen angestupst werden, um sich darüber klar zu werden, dass es sich lohnt, um eure Liebe zu kämpfen.«

Um eure Liebe zu kämpfen ... Was rede ich denn da? Ich klinge ja selbst wie Hedwig Courths-Mahler!

Annalena sieht nicht so recht überzeugt aus, fuhrwerkt jedoch mit den Krümeln ihres labberigen Toasts im Senf herum. Ein erstes Zeichen von Dynamik, eine menschliche Regung – ich schöpfe Hoffnung.

»Aber mit wem denn?«, fragt sie und sieht mich dabei mit ihrem unnachahmlichen Annalena-Blick an, bei dem ich jedes Mal vor Bewunderung in den Boden versinken könnte, so toll ist der.

»Ähm, weiß ich so auf die Schnelle jetzt auch nicht, du hast doch sonst massenweise Typen, die hinter dir her sind. Da musst du entweder Altbestände reaktivieren oder einfach mal hier das Terrain erkunden.«

»Auf der Buchmesse? Hast du dich hier jemals ernsthaft umgesehen?«, ruft Annalena entsetzt, und ich stelle mit Freuden fest, dass ihre gesunde Gesichtsfarbe endlich wieder zurückgekehrt ist. Okay, okay, muss ich bei näherer Überlegung zugeben, meine Freundin hat Recht. Die Messe mit all ihren Verlegern, Lektoren, Autoren und Buchhändlern ist – bis auf wenige Ausnahmen – wirklich kein ideales Jagdrevier. Aber in der Not frisst der Teufel Fliegen, und jetzt muss ein Mann für Annalena her! Und möglichst einer, der aus der Nähe von Hamburg kommt und Heiko das Fürchten lehrt. Durch die

regionale Einschränkung scheiden bedauerlicherweise alle italienischen und französischen Verlagsleute (unter denen man mit Sicherheit fündig werden würde) aus. Also müssen wir uns an den deutschen Ständen umsehen. Vielleicht stolpern wir ja unversehens über einen PR-Referenten (die müssen in der Regel auch optisch was hermachen und Leute in Grund und Boden quatschen können) oder einen jungen Literaten mit dunklen Locken, ausgeleiertem Cordjackett und leicht vergeistigtem Gesichtsausdruck, der gerade irgendeinen Preis eingeheimst hat. Also, jetzt nicht so was wie den Förderpreis der Stadt Bad Godesberg, beziehungsweise schon etwas in der Art, nur irgendwie nationaler. So was wird doch wohl noch zu finden sein.
»Lass uns heute Abend mal beim dtv-Empfang vorbeischauen«, schlage ich Annalena vor und bin stolz auf meine Idee. »Dort stehen immer so um die zweihundert Leute rum, da wird sich doch irgendwas Präsentables auftreiben lassen.«
Beschwingt von dieser Vorstellung und von der Aussicht, den Messetag eine Stunde früher als geplant im angenehmen Rahmen zu beenden, machen wir uns wieder auf den Weg zurück zum Stand.
»Und, hast du sie erwischt?«, fragt Christoph bei unserer Rückkehr, und ich habe Mühe, mich zu erinnern, wen er wohl meinen könnte. »Wann kommt sie denn?«, bohrt mein Freund weiter, und allmählich dämmert es mir: Stimmt, ich sollte ja Laura von der Osten rekrutieren …
»Sie hat die ganze Messe über keine Zeit, weil sie als einzige Hostess am Köhler-Stand ist und nicht abgelöst werden kann«, lüge ich schamlos und hoffentlich, ohne rot zu werden.

»Oh, das ist aber schade«, sagt Christoph und sieht für meinen Geschmack etwas zu enttäuscht aus. »Könntest du sie dann bitte trotzdem noch einmal anrufen und mit ihr einen Termin in Hamburg vereinbaren?«

»Mach ich«, knurre ich, während ich meinen Mantel in der Kabine aufhänge und in Gedanken bereits Mittel und Wege ersinne, wie ich mich drücken kann.

Der Rest des Tages plätschert unendlich langsam dahin, ich führe sterbenslangweilige Gespräche mit irgendwelchen Ghostwritern, ab und zu unterbrochen von potenziellen Jung-Autoren, die mit schöner Regelmäßigkeit den Stand stürmen, um uns Lektoren von ihren literarischen Errungenschaften zu erzählen.

Dann endlich ist es 17.30 Uhr und somit Zeit, uns auf den Weg zum Weinempfang zu machen. Werner und Sven erzähle ich was von »einem Termin, der spontan dazwischengekommen ist«, was ja irgendwie auch stimmt. Annalena restauriert sich rasch noch ein wenig auf der Toilette und ist dann startklar für den Angriff auf die männliche Spezies. Auf den ersten Blick bietet sich jedoch leider keine geeignete Beute an. Die einzigen Männer, die wirklich schnuckelig aussehen, sind die Jungs vom Catering-Service. Die wären zwar sicherlich eine nette Abwechslung für zwischendurch, taugen aber nicht für unsere Zwecke. Außerdem kommen sie aus Frankfurt und sprechen deshalb meist hessisch, ein echt abartiger Dialekt. Wenn ich schon »Kann isch mal de Aschebescher weggseln?« höre, vergeht mir alles, und auch Annalena verzeiht derartige sprachliche Entgleisungen nicht. So trinken wir also tapfer unseren Wein, lächeln fröhlich in die Runde und versuchen, wichtig auszusehen, sobald sich

jemand vom dtv-Verlagsteam nähert. Es sind schon zwanzig Minuten vergangen, und es ist niemand in Sicht, der annähernd unseren Vorstellungen entspricht.
»Die wirklich wichtigen Leute kommen immer erst später«, flüstere ich Annalena zu und übersehe dabei völlig, dass diese These auf uns beide kein so gutes Licht wirft ... »Lass uns noch etwas warten, da geht bestimmt noch was.«
Um die Wartezeit zu überbrücken, schlendern wir derweil an den Nachbarständen vorbei, das kann man dann wenigstens noch als Konkurrenzbeobachtung deklarieren. Während mein Blick über zahllose bunte Buchreihen schweift, entdecke ich auf einmal in der hinteren Ecke einen Stand, dessen Buchcover Hirschgeweihe und Waffen zieren.
»Guck mal, Annalena«, zische ich ihr zu, »ist das nicht witzig? Das muss ein Jagdverlag sein, so was wie »Wild und Fang« oder »Treib und Jagd«. Lass uns da doch mal schauen, das ist bestimmt lustig!«
»Findest du?«, mault Annalena, gelangweilt und frustriert, weil dieser Abend nun sicher nicht mehr das bringen wird, was sie sich vorgestellt hat.
»Keine Widerrede«, entgegne ich und zerre sie mitsamt unseren dtv-Weingläsern ein paar Meter weiter.
Halali – es ist tatsächlich ein Fachverlag zum Thema Jagen. Der Stand ist ganz in Grün gehalten, und von überall blicken einem weidwunde Rehe und hechelnde Jagdhunde entgegen. Doch nicht so lustig, wie ich angenommen hatte, wenn ich an all die armen Tiere denke, die dran glauben müssen, nur weil ein paar Idioten auf Pferden ihrem angeblich angeborenen Jagdinstinkt nachgehen müssen.
»Kann ich Ihnen behilflich sein?«, höre ich auf einmal eine

tiefe, angenehme Stimme, während ich noch ganz versunken bin in die Betrachtung eines Jagdkalenders.
»Nein danke, eigentlich nicht. Ich finde die Jagd und alles, was damit zusammenhängt, schrecklich. Ich weiß, dass es aus forstwirtschaftlichen Gründen ab und zu notwendig ist, Tiere zu töten, aber trotzdem finde ich die Vorstellung furchtbar, auf Kaninchen oder Rehe zu schießen. Ich wollte mich hier nur mal kurz umsehen, und das habe ich ja nun getan. Einen schönen Tag noch«, antworte ich energisch und trete den Rückzug an.
»Sie wollen schon gehen? Das ist aber schade«, spricht die Stimme unbeirrt weiter, sodass ich mich nun doch genötigt fühle, meinen Blick von den kleinen Wildschweinen loszureißen, die sich fröhlich auf dem Januar-Bild tummeln. Wie hießen die noch mal gleich? Irgendwas mit »inge«, ach ja, Frischlinge, jetzt fällt's mir wieder ein. Irgendwann muss ich mal wieder daran arbeiten, dass mein ehemals vorhandenes Allgemeinwissen nicht immer weiter baden geht, weil ich mich nur noch mit der Lektüre von »Bunte« oder »Gala« beschäftige …
Als ich also meinen Kopf hebe, sehe ich warme, dunkle Augen, die zum Gesicht eines etwa 45-jährigen Mannes gehören. Sein grau meliertes Haar fällt wellig (SEHR distinguiert), er hat eine Pfeife im Mundwinkel, die, wenngleich sie nicht brennt, doch einen angenehmen Duft von Vanilletabak verströmt. Bekleidet ist der Herr mit den sympathischen Lachfältchen mit einer Cordhose und einem karierten Flanellhemd. Nicht ganz mein Stil, aber nicht so übel, denke ich und fahnde nach Annalena. Die blättert ebenfalls in einem Kalender herum (Motiv Tierbabys), und ich habe den Eindruck, dass sie schon wieder den Tränen nahe ist.

Klar, auch Annalena leidet unter dem »Bambi-Syndrom«. Wie alle aus unserer Generation haben wir »Bambi« in viel zu jungen Jahren gesehen und mitgelitten, als das arme Kleine wegen blutrünstiger Jäger seine Mutter verlor und stattdessen den Hasen Klopfer als neuen Freund gewann, der aber natürlich kein echter Muttterersatz sein konnte. Erst Jahre später habe ich erfahren, dass Bambi – im Gegensatz zu meinen damaligen Vorstellungen – männlich ist, was wiederum ein eigenartiges Licht auf seine Beziehung zu dem ollen Hasen Klopfer wirft. Ich sehe vor meinem geistigen Auge schon die Schlagzeile der »Bild«-Zeitung, wenn es mal irgendwann nichts mehr über Heidi Klum und Seal zu berichten gibt: »Späte Enthüllung: Bambi und Klopfer schwul – eine Bedrohung für unsere Kinder?«
Irgendwo habe ich mal gelesen, dass Walt Disneys Mutter (oder war es der Vater?) gestorben ist, als Walt noch ein Kind war, und das hat bis heute ein fatales Elternsterben in sämtlichen Disney-Filmen zur Folge. Man betrachte nur den Tod von Simbas Vater in »König der Löwen« – das ist kaum auszuhalten. Man kann ja noch nicht mal unbeschadet »Findet Nemo« angucken, die Geschichte des vorwitzigen kleinen Clownsfischs, der sich blöderweise in der Toilette verschwimmt und aus diesem Grunde im Aquarium eines australischen Zahnarztes landet. Auch da stirbt die Mutter gleich zu Beginn des Films. Es ist eine Tragödie!
Doch nun zurück zur Jagd: Ich betrachte weiterhin abwechselnd den Kalender und den netten Herrn, dem ich keine Position zuordnen kann. Ist er Verleger? Vertriebsleiter? PR-Mann? Just in diesem Moment sagt er jedoch:
»Darf ich mich vorstellen, mein Name ist Günther Maaßen.

Ich bin Autor des Buches ›Sanfte Jagdmethoden‹ und einiger weiterer Titel, die sich um das Thema drehen. Ich vertrete hier am Stand gerade einen Freund, den Verleger, der mal kurz weg musste.«
Ah, da haben wir ihn doch, den Autor. Leider kann Annalena sich mitnichten von dem Anblick der Tierbabys losreißen, und so ist es wohl meine Aufgabe, dieses Geschenk des Himmels für sie festzunageln. Ich quassle also los, was das Zeug hält.
Endlich bemerkt auch Annalena, dass ich mich mit einem attraktiven Herrn unterhalte, und sie kommt rasch angewackelt, um zu sehen, ob sich hier vielleicht etwas Interessantes anbahnen könnte.
»Darf ich vorstellen, Annalena Kluge vom Verlag Bader & Köllisch – Herr Maaßen, Autor des Buches ›Sanfte Jagdmethoden‹ und nur Standaufpasser.«
»Freut mich«, sagt Günther Maaßen, während er Annalena anschaut und so aussieht, als würde er das auch ernst meinen. »Möchten Sie beide sich nicht einen Moment setzen?«
Auja. Setzen ist eine gute Idee, denn meine hohen Schuhe nerven schon die ganze Zeit. Allerdings will ich auf keinen Fall dabei stören, wenn Annalena und dieser Autor sich unterhalten. Ich glaube, ich sollte lieber unter einem Vorwand das Weite suchen. Während ich noch überlege, welchen Grund ich für mein plötzliches Verschwinden ins Feld führen könnte, sehe ich aus dem Augenwinkel Christoph und Laura von der Osten am dtv-Stand stehen und sich angeregt unterhalten. Um Gottes willen! Ich muss da sofort hin!
»Mich müssen Sie bitte entschuldigen, ich habe da drüben gerade jemanden entdeckt, den ich unbedingt sprechen muss.

Vielleicht komme ich ja gleich wieder. Kann ich Ihnen so lange meine Freundin hier lassen?«, frage ich Herrn Maaßen hastig und stürze, ohne seine Antwort abzuwarten, Richtung Christoph. Ich sehe zwar Annalenas verdutztes Gesicht, aber da muss sie jetzt durch.

»Herr Köllisch, Frau von der Osten, wie schön, Sie beide hier zu sehen«, heuchle ich eine Minute später freudige Erregung angesichts der Tatsache, dass die blonde Venus gerade mit meinem Freund anstößt und dabei zart und hold errötet. Möge ein Blitz zwischen die beiden fahren und Frau von und zu umgehend atomisieren!

»Hallo, Frau Teufel, ich habe Sie schon gesucht«, vernehme ich nun Christophs Stimme. Als ich mich zu ihm wende, bemerke ich seinen angesäuerten Blick. »Ist es nicht toll, dass Frau von der Osten und ich uns hier zufällig über den Weg gelaufen sind, obwohl sie doch am Köhler-Stand so beschäftigt ist? Aber wie heißt es doch so schön? Das Schicksal hat uns zusammengebracht. Wir trinken gerade darauf, dass Frau von der Osten am ersten November im Verlag als meine Assistentin anfängt. Wollen Sie nicht auch einen Schluck, Frau Teufel?«

Ob ich einen Schluck will? Hier muss man wohl eher von »brauchen« sprechen. »Na, dann meinen herzlichen Glückwunsch!«, sage ich lahm und nehme einen tiefen Zug aus meinem dtv-Kontingent.

Wie kann ich jetzt bloß noch verhindern, dass das blonde Gift ab November in Christophs Büro rumtänzelt? Erst mal gilt es, Zeit zu schinden, also setze ich ein harmloses Gesicht auf und versuche, so zu tun, als mache mir das Ganze nicht im Geringsten etwas aus.

»Frau von der Osten wird also am ersten November beginnen und sich von Angela einarbeiten lassen. Sie bringt ja schon einige Vorkenntnisse aus ihrer Praktikumszeit bei uns mit, sodass sie uns bei der Vertretertagung bestimmt schon optimal unterstützen kann.«

Während ich mich fühle, als hätte mir jemand eine Keule über den Schädel gezogen, lächelt Laura von der Osten erst Christoph und dann mich strahlend an. Das Grinsen wird dir schon noch vergehen, tobe ich innerlich. Wenn du denkst, dass du dich mit deinem Höhere-Töchter-Aristokratinnen-Charme und deinen blonden Locken an meinen Freund ranschmeißen kannst, dann hast du dich aber schwer geschnitten!

»Ja, Vertretertagung, Unterstützung, finde ich gut«, lüge ich und wirke mitnichten so souverän, wie ich es eigentlich beabsichtigt hatte. Muss ich eigentlich hier noch länger stehen und dem jungen Glück meine Aufwartung machen? Irgendwie sehen beide so aus, als erwarteten sie von mir Standing Ovations, ein Ständchen oder meinen Segen.

Doch ich habe Glück, und Annalena nähert sich unserem Trio, das Gesicht ebenfalls zart gerötet und offensichtlich wieder besserer Stimmung.

»Herr Köllisch, wie schön, Sie zu sehen. Da kann ich Sie gleich fragen, wie das Programm für heute Abend aussieht. Ist etwas Gemeinschaftliches geplant, oder könnte ich mich vielleicht absetzen? Ich habe nämlich gerade eine Einladung zum Essen erhalten, die ich wirklich gerne annehmen würde.«

Tss, tss, meine Annalena. Schon ist der Heiko-Kummer vergessen, und die Jagd beginnt aufs Neue. Aber ich freue mich, dass schon mein erster Verkupplungsversuch Früchte zu tragen scheint.

»Gehen Sie ruhig«, sagt denn nun auch Christoph gönnerhaft, »gemeinsame Termine haben wir erst ab morgen. Machen Sie sich einen schönen Abend, viel Spaß.«
»Und nicht vergessen, Frühstück ist morgen um 7.30 Uhr«, füge ich noch naseweis hinzu und kann mir ein triumphierendes Grinsen nicht verkneifen, während Annalena schon auf und davon ist.
»Und was machen wir drei nun?«, fragt Christoph, und ich denke, ich höre nicht recht. Wir DREI? Hat der sie noch alle?
»Also, ich müsste noch etwas Dringendes mit Ihnen bereden, wegen Miguel Vargas. Leider geht das nur unter vier Augen, Sie wissen schon …«, hilfesuchend sehe ich meinen Freund an. Ich möchte diesen Abend nicht mit einem blonden Anhängsel verbringen. Doch nicht Christoph, sondern der liebe Gott hat Mitleid mit mir, denn Laura von der Osten erzählt ungefragt, auch sie habe heute Abend bereits ein Date, aber ob man nicht vielleicht morgen …
Eine halbe Stunde später sitzen Christoph und ich endlich allein im Auto. Der Rest der Mannschaft ist noch ins Café Laumer zur Rowohlt-Verlagsparty gegangen, wonach mir nun gar nicht der Sinn steht. Lieber möchte ich mit Christoph romantisch zu zweit essen gehen. Eigentlich wollten wir einen neuen Thailänder ausprobieren, doch irgendwie ist die Stimmung zwischen uns etwas angespannt, zum ersten Mal, seit wir ein Paar sind.
»Sag mal, Marie, was sollte das eben eigentlich?«, unterbricht auch schon Christophs Stimme die Stille. »Hast du etwas gegen Laura von der Osten, oder warum benimmst du dich ihr gegenüber so merkwürdig?«
O Gott, was soll ich denn jetzt darauf antworten? Mit einer

Lüge? Gute Idee, nur leider fällt mir so spontan keine ein, die mein Verhalten plausibel erklärt. Aber wenn ich die Wahrheit sage, zeige ich Christoph damit nur, wie unsicher ich eigentlich bin und dass ich gelegentlich zu Anfällen von Eifersucht neige. Nicht gerade meine Schokoladenseiten.

»Also, ich gehe jetzt mal ganz optimistisch davon aus, dass du nicht auf diese Frau eifersüchtig bist«, fährt Christoph mit seinen Mutmaßungen fort, während ich noch immer an einer Erklärung bastle. »Sondern davon, dass du aus einem anderen Grund etwas gegen sie hast. Ist es, weil sie einen Adelstitel trägt, weil sie eine tollere Handtasche hat, oder magst du einfach keine blonden Frauen?«

Wie gut er mich doch nach dieser kurzen Zeit schon kennt.

»Sie hat die tollere Handtasche«, knurre ich beleidigt und rutsche tief in den Autositz. Situationen wie diese lösen im Allgemeinen einen Fluchtreflex in mir aus, und am liebsten würde ich mich jetzt verkriechen.

Doch es gibt keinen Fluchtweg, es sei denn, ich reiße dramatisch die Autotür auf und stürze mich ins Frankfurter Nachtleben.

»Bn bschen eiferstig«, nuschle ich in meinen dicken Schal, den ich mir wohlweislich übers Gesicht gezogen habe.

»Wie bitte, ich versteh dich nicht, sprich ein wenig deutlicher«, sagt Christoph und grinst bereits sein Christoph-Grinsen. »Habe ich dich richtig verstanden? Du gibst zu, dass du eifersüchtig bist?«

»Mhm«, murmle ich in meinen Schal und verschlucke mich dabei fast an einem Wollfaden, der sich in meinen Mund geschmuggelt hat.

Auf mein peinliches Bekenntnis hin hält Christoph mit quietschenden Reifen in einer Nebenstraße. Im Radio läuft

gerade »Star« von Reamonn, derzeit mein absolutes Lieblingslied. Also, eigentlich ab sofort UNSER Lieblingslied. Denn während ich noch damit rechne, dass Christoph mich jetzt aus dem Auto und damit aus seinem Leben befördert, reißt er die Beifahrertür auf, mich aus dem Sitz hoch und beginnt, mit mir auf dem Bürgersteig zu der laut aus dem Wagen dringenden Musik zu tanzen. Über und neben uns Hochhäuser und hastende Menschen, die sich mit hochgeschlagenen Kragen gegen die eisige Kälte schützen und uns gar nicht bemerken. Wahrscheinlich denken sie gerade daran, wie der heutige Tag im Büro war, wie es ihren Kindern geht, und was sie gleich zu Abend essen werden. Doch uns beiden macht der beißende Wind nichts aus, wir sind losgelöst von der Wirklichkeit, tanzen Wange an Wange unter dem Frankfurter Nachthimmel und küssen uns.
»Du bist mein kleiner Stern, und das bleibst du auch«, flüstert Christoph mir ins Ohr, und ich glaube ihm. Mann, das ist so romantisch. Fast bleibt mir die Luft weg! Vergessen sind die blöde Laura von der Osten und die Buchmesse, jetzt gibt es nur noch uns beide …

»Träumst du schon wieder?«, dringt die Stimme meiner Freundin an mein Ohr, während ich gedankenverloren an meinem Kugelschreiber kaue. »Falls es dich interessiert: Dein Mund ist schon ganz blau, vielleicht solltest du es lieber mit dem anderen Ende versuchen?«
Was? Erschrocken nehme ich den Stift aus meinem Mund und greife nach meinem Taschenspiegel, den ich immer griffbereit in meiner Schreibtischschublade habe.
»Haha, reingefallen, wollte nur mal testen, ob du mir auch

zuhörst«, freut sich Annalena, und ich beginne ernsthaft, mir über ihre geistige Reife Gedanken zu machen.
Zwei Wochen sind wir nun schon wieder in Hamburg, die Buchmesse liegt erfolgreich hinter uns, und Annalena hatte am gestrigen Abend ihr zweites Date mit Günther Maaßen. Selbstverständlich habe ich den Ausführungen meiner Freundin andächtig gelauscht, bin aber anscheinend gedanklich etwas abgedriftet …
In der Tat scheint es so, als hätte ich mit dem Versuch, die beiden miteinander zu verkuppeln, den absoluten Volltreffer gelandet. Ihr Abendessen in Frankfurt verlief sehr harmonisch, obwohl es in Sachen Restaurantwahl kleine Querelen gegeben hatte, weil sich Günther Maaßen überraschend als Vegetarier entpuppt hatte, was man angesichts der Themen seiner Bücher nun so gar nicht vermuten konnte. Annalena dagegen war nach zweiwöchiger Nahrungsverweigerung total ausgehungert. Sie träumte von Rehrücken mit Preiselbeeren, Hirschkarree mit Klößen und Rotkohl und anderen Gerichten, die sich so gar nicht mit ihrem Bambi-Trauma und mit den Essensgewohnheiten ihres Dates vereinbaren ließen. Zu guter Letzt einigte man sich auf thailändisch. Wie sich im Laufe des Abends gezeigt hatte, haben beide so gar keine gemeinsamen Interessen, führen einen völlig konträren Lebensstil und schwimmen auch politisch keineswegs auf derselben Wellenlänge, dafür aber umso mehr in persönlicher Hinsicht. Annalena hatte Günther daraufhin zu sich nach Hause eingeladen, um für ihn zu kochen, und gestern war es nun so weit gewesen.
Im Gegensatz zu mir kann Annalena nämlich kochen. Sie tut es zwar nicht sehr oft, weil sie viel lieber essen geht oder das

Essen einfach vergisst (was mir natürlich nie passieren würde), aber wenn sie mal loslegt, dann richtig!
Für diesen speziellen Abend hatte sie früher Schluss gemacht, sich den gesamten Nachmittag in der Kochbuchabteilung einer Buchhandlung herumgetrieben und im Anschluss daran sämtliche Delikatessläden der Umgebung leer gekauft. Für Plan B, falls mit A etwas daneben ginge.
Ich seufze, weil mich das an mein erstes häusliches Date mit Christoph erinnert. Auch wenn das womöglich gar nicht nötig gewesen wäre, hatte ich ebenfalls versucht, ihn mit meinen Kochkünsten zu umgarnen. Auf alle Fälle wollte ich ihn ganz formal Sissi vorstellen, denn es war mir wichtig, dass er und meine Katze sich gut verstehen.
Auch ich hatte mich beinahe den ganzen Tag mit meinem Menüplan rumgeschlagen, mich aber dann aufgrund meiner rudimentären Kocherfahrung doch dafür entschieden, auf Nummer Sicher zu gehen und mich auf die Vielfalt italienischer Fertiggerichte zu verlassen. Als ersten Gang sollte es die obligatorischen Antipasti geben, bestehend aus eingelegten Zucchini und Champignons sowie mit Frischkäse gefüllten Peperoni, dazu frisches Ciabatta et cetera. Sicherlich erwartet niemand, dass man alles tatsächlich selbst mariniert und es dann stundenlang vor sich hin brutzeln lässt. Schließlich hat man ja auch noch einen Job und andere soziale Verpflichtungen. Und da ich nicht der Typ Frau bin, der sich seine winzige Küche mit einer Brotbackmaschine verbaut, kann auch keiner auf die irrwitzige Idee kommen, mein Ciabatta stamme woanders her als vom Bäcker nebenan. Als Hauptgang setzte ich auf die sinnlich verführerische Kraft von Meeresfrüchten. Zu Scampi habe

ich ein fast erotisches Verhältnis, vorausgesetzt, sie sind bereits »entkleidet«.
Aus Kostengründen hatte ich diesmal bei Aldi zugeschlagen und mir dort den einen oder anderen Beutel Meeresgetier geschnappt. Bewaffnet mit meinen Kostbarkeiten (eine Packung Trüffel hatte ebenfalls noch Platz in meiner Einkaufstüte gefunden sowie der geniale Champagner, der es meines Erachtens locker mit Moet & Chandon und Konsorten aufnehmen kann) stapfte ich zurück in meine Wohnung, wo Sissi mich bereits laut miauend begrüßte. Mist – ich hatte schon wieder das Katzenfutter vergessen!
»Gleich gibt's leckere, frische Scampi, Sissi-Maus«, versuchte ich, mich bei ihr einzuschmeicheln. »Und gleich kommt Christoph, dieser tolle Mann, von dem ich dir schon so viel erzählt habe«, quatschte ich unaufhaltsam weiter, während ich meine Einkäufe im Kühlschrank verstaute. Noch eine Stunde bis zu unserem ersten offiziellen Rendezvous in meiner Wohnung. Alles war geputzt und aufgeräumt. Flackernde Kerzen verliehen dem kleinen Raum eine einzigartige Atmosphäre (genauer gesagt, sah das Ganze nun noch kleiner aus, als es ohnehin schon war, dafür aber gemütlich, und außerdem ist Kerzenlicht ja die schmeichelhafteste Beleuchtung überhaupt ...) und aus dem CD-Player plätscherten leise Klaviersonaten von Chopin. Ich hatte es sogar geschafft, vorher noch zum Friseur zu gehen und bei meinem Lieblings-Dessousladen vorbeizuschauen. Ja, ich hatte mir in weiser Voraussicht auf die Dinge, die da kommen sollten, sogar die Beine rasiert.
Für zwei Personen hatte ich zu meiner Überraschung sogar komplett zueinander passendes Geschirr, nur mit den

Sektgläsern haperte es etwas. Doch dieses Problem konnte durch meinen Nachbarn Jens schnell behoben werden. Noch dreißig Minuten, und der Countdown lief. Die Antipasti waren bereits appetitlich auf einer tollen Schale angerichtet (danke, Mama!), das Ciabatta lag elegant in einem eigens dafür vorgesehenen Körbchen, nun galt es also nur noch, dem Hauptgang mutig ins Auge zu blicken. Weise vorausschauend füllte ich meinen großen Kochtopf mit heißem Wasser und gab eine Prise Salz und einen Schuss Olivenöl dazu. Soll mir keiner nachsagen, ich hätte von diesen Dingen keine Ahnung. Nun rasch das Barilla-Glas »Al arrabiata« geöffnet, den Inhalt in einen Topf geschüttet und die Verpackung so sorgsam im Müll verstaut, dass man sie lediglich bei äußerst gezieltem Wühlen hätte finden können. Die Pastasauce befand sich also lecker nach Knoblauch duftend (o Gott, daran hatte ich ja gar nicht gedacht) auf dem Herd und brauchte im Ernstfall lediglich erhitzt zu werden. Nun zu den Scampi! Ich holte den ersten Beutel aus dem Kühlschrank, um das Meeresgetier schon etwas anzutauen, falls es nachher aus irgendwelchen Gründen besonders schnell gehen müsste. Ich schnitt die wild bedruckte Tüte auf und zuckte entsetzt zurück: Die Biester waren noch angezogen!

Sie befanden sich gräulich schimmernd in ihren dicken Panzern und grinsten mich mit ihren langen Fühlern hämisch an. Ich verstand die Welt nicht mehr. Ich hatte noch nie Scampi im Beutel gekauft, die noch nicht geschält waren. Allerdings, stellte ich im gleichen Atemzug beschämt fest, hatte ich auch noch nie SO GÜNSTIGE Scampi wie diese erstanden …

Was nun? Es blieb mir nichts anderes übrig, als mich den Tatsachen zu stellen und die Dinger von ihrer Hülle zu befreien.

Sissi, der bereits der Duft des großen, weiten Meeres in die Nase stieg, strich maunzend um meine Waden herum, während ich den ersten Scampi genauestens in Augenschein nahm: Wie um Himmels willen sollte ich den jetzt aus seinem Anzug boxen?

Ich entschied mich erst einmal dafür, Gummihandschuhe überzuziehen, damit der Kontakt mit dem potenziellen Gegner nicht allzu direkt werden würde. Igitt, wie das nach totem Tier stank! Als hätten die Viecher schon stundenlang am Strand gelegen und keiner hätte sie haben wollen. Nun, ich will euch eigentlich auch nicht, dachte ich und erwog die Möglichkeit, den Pizzaservice zu Hilfe zu rufen.

»Jetzt mach dich aber mal nicht lächerlich, Marie Teufel«, sprach ich mir dann jedoch energisch Mut zu. »Du wirst ja wohl noch mit so ein paar Dingern fertig werden. Da hast du doch schon ganz anderes geknackt.«

Ja, in der Tat, zickige Autoren, wütende PR-Leute, cholerische Chefs, aber eben noch keine Scampi.

Mit angehaltenem Atem und rosafarbenen Handschuhen, die mindestens zwei Nummern zu groß waren (ich habe nicht nur Schuhgröße 36, auch meine Hände haben durchaus Kleinformat mit winzigen Fingernägeln, wie sie eigentlich nur Babys haben), fing ich an, am ersten Panzer zu puhlen. Todesmutig brach ich einen Teil heraus, immerhin ein kleines Erfolgserlebnis. Doch nach dem viel versprechenden Anfang ging es leider nicht ganz so erfolgreich weiter. Die widerspenstigen Dinger waren nicht gerade kooperativ ...

Ein Klingeln an der Tür mahnte mich, mich langsam mal zu beeilen. 20.00 Uhr, die verabredete Zeit! Ich hatte so lange mit dem blöden Meeresgetier rumgemacht, dass ich völlig vergessen hatte, auf die Uhr zu schauen. Und ich hatte ebenfalls vergessen, mich umzuziehen, trug also noch immer ein »Kochoutfit«, bestehend aus meiner alten, farbbefleckten Jogginghose und einem Oversized-Sweatshirt. Und meine Haare erst! Ungebürstet, mit einem Kochlöffel hochgesteckt, um mich mental zu motivieren. Doch das Allerschlimmste: Meine neuen Dessous steckten noch mit Preisschildern und allem Drum und Dran in ihrer Palmers-Tüte und meine Füße in einem Paar von diesen albernen Tiger-Hausschuhen, die ich vor einiger Zeit von meiner Freundin Martina und ihrer siebenjährigen Tochter Sarah geschenkt bekommen hatte.

Es klingelte zum zweiten Mal, diesmal etwas energischer. Ich hastete zur Gegensprechanlage und fragte, um Zeit zu schinden: »Wer ist da?«, als ob um diese Uhrzeit ständig Leute an meiner Tür klingeln würden …

»Ich bin's, Christoph«, ertönte dann auch schon leicht belustigt die Stimme meiner neuen Liebe. »Oder hast du jemand anderen erwartet?«

»O Christoph, wie schön, dass du so pünktlich bist. Ich, äh, also, ich habe ein kleines Zeitproblem. Du hast nicht zufällig Lust, noch einen kleinen Spaziergang zu machen?«, fragte ich in der Hoffnung, noch ein paar wertvolle Minuten Zeit geschenkt zu bekommen.

»Nein, eigentlich nicht. Ich war schon joggen, hier draußen ist es ziemlich kalt, und außerdem habe ich Sehnsucht nach dir!«

»Ich hab hier ein kleines Problem, gib mir fünf Minuten, okay?«, wurde ich nun etwas bestimmter und überließ Christoph, ohne seine Antwort abzuwarten, einfach seinem Schicksal.

Wenige Minuten später hatte ich mich denn auch in meine neuen Dessous geschmissen, den Kochlöffel aus meinen wirren Haaren entfernt und meine Kochklamotten gegen ein kleines Schwarzes getauscht. Vielleicht ein wenig overdressed, dafür umso wirkungsvoller.
»Schicke Schuhe«, lachte Christoph schon im Treppenhaus, als er meiner ansichtig wurde. »Von Prada?«
Mist, ich hatte in der Aufregung vergessen, meine Tigerpantoffeln auszuziehen!
»Mmhh, das duftet ja köstlich«, diagnostizierte Christoph, nachdem ich ihm endlich Einlass in meine Wohnung gewährt hatte. »Ich liebe Knoblauch! Und die Antipasti sehen wirklich köstlich aus. Und Scampi, wie lecker!«
Eine halbe Stunde und einen Prosecco später befanden wir uns allerdings nicht am Esstisch, sondern mehr oder minder auf dem Fußboden (wie gesagt, meine Wohnung ist sehr klein). Sissi hatte sich beleidigt ins Badezimmer verzogen, weil wir ihr keine Beachtung schenkten, und irgendetwas piekte beharrlich in meiner Hüftgegend, aber im Eifer des Gefechtes konnte ich das nicht näher untersuchen. Erst sehr viel später, als Christoph mein Kleid nach oben schob, und ich gleichzeitig versuchte, mich unauffällig meiner schwarzen Nylons zu entledigen, entdeckte er den Übeltäter. Ein Preisschild, das ich übersehen hatte …

»Hallo, Erde an Marie«, reißt mich die Stimme meiner Freundin schon wieder jäh aus meinen Träumen. Ich schüttle mich ein wenig, nehme einen Schluck meines mittlerweile kalt gewordenen Tees und starre Annalena fasziniert an.
»Und ihr habt euch wirklich nur unterhalten?«, frage ich

ungläubig, denn als Frau kann man im Gegensatz zu Männern mehrere Dinge gleichzeitig tun, und so habe ich sehr wohl vernommen, dass Annalenas Essen (irgendein Drei-Gänge-Menü aus Tofu und Sojasprossen) geklappt und auch gemundet hat, ansonsten aber nichts Aufregendes passiert ist.

»Das ist doch sonst nicht deine Art! Ist Günther Maaßen vielleicht auch noch schwul und nicht nur Vegetarier?« Das würde immerhin erklären, weshalb ein Jäger aus Leidenschaft keinen Spaß am Verzehr toten Getiers hat, was ja auch vollkommen gegen seine Höhlenmensch-Mentalität verstößt.

»Er hat erzählt, dass er schon einmal verheiratet war und aus dieser Ehe zwei Söhne im Alter von neun und elf Jahren hat.«

»Damit wäre das Problem des Kinderkriegenwollens ja schon mal erledigt«, antworte ich und denke währenddessen fieberhaft nach. Neulich erst habe ich einen Artikel über Homosexuelle gelesen, die erst mit dreißig oder noch später ihre eigentliche Unlust auf Frauen entdeckt haben. Und dass diese Enthüllung dann natürlich zum totalen familiären Desaster führt, weil in der Regel neben der schockierten Ehefrau auch ein paar Kinderlein betroffen sind, und die Frau logischerweise die Welt nicht mehr versteht.

»Aber er wirkt so gar nicht schwul. Er kleidet sich nicht soooo geschmackvoll (nein, meine Freundin steht nicht auf Flanellhemden), er spricht nicht so, und er hat mir auch keine Ballettkarten als Gastgeschenk mitgebracht«, rätselt Annalena weiter, offensichtlich völlig verstört ob der Tatsache, dass ein Mann ihr nicht gleich beim ersten oder zweiten Date an die Wäsche will und ihr auch noch keinen Heiratsantrag gemacht hat.

»Vielleicht ist er einfach nur aus dem pubertär-sexuellen

Alter heraus und will sich die Dinge ein wenig genauer betrachten. Erst einmal sehen, ob es auf mentaler Ebene funktioniert, bevor ihr gemeinsam eine Eigentumswohnung kauft«, sinniere ich weiter, glaube aber selbst nicht so recht daran.

»Und wie geht's jetzt weiter? Wann seht ihr euch wieder?«, frage ich.

»Keine Ahnung. Er hat sich höflich für den netten Abend bedankt, sich danach mit einem Küsschen verabschiedet und ist dann gegangen.«

»Ach, der meldet sich schon wieder, und ein Abschiedskuss ist doch ein gutes Zeichen«, versuche ich meine Freundin zu trösten. »Vielleicht hat ihm ja nur dein Tofu-Auflauf nicht geschmeckt, und er will sich die Sache noch mal überlegen«, scherze ich sinnlos vor mich hin, während ich daran denken muss, dass mein Essen wirklich nicht der Knaller war, denn nachdem ich das Preisetikett meines Slips möglichst unauffällig mit meinen Zähnen durchtrennt hatte, knabberten wir lediglich ein wenig an dem Ciabatta und an ein paar Oliven, bevor wir in die »zweite Runde« gegangen waren.

Die Scampi – aufgetaut wie sie nun mal waren – entsorgte ich dann umgehend, was mir von Sissis Seite weitere vorwurfsvolle Maunzer einbrachte.

»Wenn du gelernt hättest, dir deine Scampi selbst zu schälen, hättest du jetzt ein Festessen gehabt«, hatte ich ihr damals geantwortet und die toten Tiere in den Müll gekippt. Schade eigentlich um das vergebens geopferte junge Leben! Und natürlich auch schade ums Geld, denn Liebe auf dem Teppichboden hätten wir auch ohne hohe Investitionskosten haben können …

Während Annalena und ich beide sinnend vor uns hin starren und dabei völlig vergessen, dass wir eigentlich im Verlag sind, um zu arbeiten, klingelt ihr Telefon. Ich höre fasziniert wie ihre Stimme auf einmal einen katzenartigen, schnurrenden Unterton annimmt.
»Ja, fand ich auch, danke für das Kompliment. Ja, sehr nett. Genau, das können wir machen. Nächstes Wochenende? Moment mal, da muss ich erst in meinem Kalender nachsehen. Ich melde mich in etwa zehn Minuten wieder bei Ihnen, bis gleich!«, flötet meine Freundin in den Hörer und legt dann auf.
Jetzt bin ich verwirrt. Bis zum letzten Satz dachte ich ja noch, es sei Günther Maaßen, den Annalena da am Telefon hat, aber das »Ihnen« stimmt mich nun doch etwas misstrauisch.
»Er hat mich gefragt, ob ich am Wochenende mit ihm auf seine Jagdhütte kommen will«, strahlt meine Freundin und sieht mich triumphierend an. »Er ist also doch nicht schwul! Er hat sich noch mal für den wundervollen Abend und das köstliche Essen (!!!) bedankt und mich gefragt, ob ich mit ihm aufs Land fahren will. Er besitzt eine Hütte in der Nähe von Gott weiß wo und hat ein paar Freunde übers Wochenende eingeladen. Wie findest du das?«
Wie ich das finde? Nun, zunächst würde ich gerne wissen, weshalb die beiden sich noch siezen, dann, wo genau sich diese Hütte befindet, damit ich weiß, wohin ich im Notfall ein Befreiungskommando schicken soll, und schließlich ist da natürlich (mal wieder) die Kleiderfrage zu klären …
»Was zieht man an so einem Wochenende denn an?«, stellt Annalena bereits die Frage, die mich an ihrer Stelle auch nachhaltig beschäftigen würde. Bauchnabelfreie Tops und

aufreizende Miniröcke sind in diesem Fall wohl kaum das geeignete Outfit.
»Hast du nichts Grünes?«, frage ich grinsend und durchsuche im Geiste Annalenas Kleiderschrank nach der passenden Garderobe. »Also, in diesen englischen Filmen mit Emma Thompson und Kenneth Branagh haben die Damen eigentlich immer Reithosen und Stiefel an. Vielleicht wären Gummistiefel auch keine so schlechte Idee, falls es regnet. Und du brauchst natürlich einen Burberry-Mantel, oder wie die Teile heißen. Weißt du, so einen wattierten mit dunkelbraunem Cordkragen und natürlich einen karierten Schal. Und Fellstiefel wären bestimmt auch nicht schlecht, falls es kalt wird. Diese hübschen neuen UGG-Boots von EMU aus Australien. Und warme, lange Unterwäsche. Hmm, was noch? Vielleicht ein Fernglas, falls ihr euch an irgendetwas ranpirschen wollt? Oder du dich an Günther?«
»Haha, sehr witzig«, antwortet Annalena, aber ich kann erkennen, wie es in ihr arbeitet. »Die Mäntel heißen übrigens Barbour und nicht Burberry. Burberry ist das mit den Karos. Aber auf alle Fälle steht eins mal fest ...«
»... wir müssen einkaufen gehen«, vervollständige ich ihren Satz und freue mich jetzt schon auf die Aussicht, in völlig neuen Revieren zu wildern. Klamottentechnisch gesehen natürlich. Eigentlich cool, wie häufig man diesen Jagdjargon auf die Dinge des Alltags übertragen kann. Wann genau spricht man eigentlich von Jägerlatein? Das muss ich unbedingt klären, jetzt, wo ich die beste Freundin einer Jägersbraut bin. Da lastet schließlich auch so etwas wie Verantwortung auf einem.
Den Rest des Tages verbringen wir mit Arbeit, denn nach der

Messe gibt es jede Menge zu tun, und auch unser Lieblingsautor, Herr Rademacher, fühlt sich offensichtlich mal wieder einsam und hat einen seiner nervigen Telefon-Anfälle. Beim vierten Anruf ignoriere ich das Klingeln, als ich seine Nummer im Display sehe, und stelle mich tot.

Nachdem Annalena ihrerseits telefoniert und schon Tausende von Redakteuren kontaktiert hat, um sich zu erkundigen, wer daran interessiert sein könnte, Miguels Memoiren zu rezensieren, schnappt sie sich die Gelben Seiten und vertieft sich in deren Lektüre. Vermutlich schmökert sie unter dem Buchstaben »J« wie Jagdbekleidung. Bei H&M gibt es ja leider keine »Wochenende-auf-dem-Land-Klamotten«, es sei denn, Tweed und Konsorten sind gerade in Mode, was man aber derzeit nicht unbedingt behaupten kann. Momentan muss man anscheinend Zipperpullis und -jacken in allen Farben und Formen haben, und zwar die, wo man den Reißverschluss von unten und oben öffnen kann. Für mich ein Reizthema, weil Reißverschlüsse und ich keine guten Freunde sind. Schon seit meiner Kindheit, in der ich ganze Nachmittage damit zugebracht habe, die passenden Enden zusammenzufügen. Irgendwie wurde alles immer schief und krumm, und wenn ich endlich dachte, ich hätte das jeweilige Kleidungsstück bezwungen, klaffte der Reißverschluss aus mir unerklärlichen Gründen in der Mitte auseinander, und das Ganze endete in der Regel damit, dass meine Mutter einen komplett neuen einnähen musste.

»Meinst du nicht, es reicht, wenn wir in ein Spießerkaufhaus wie Peek & Cloppenburg gehen, muss doch nicht gleich ein Fachgeschäft sein. Die sind eh nur überteuert, und du bist sicher nicht scharf auf eine Verkäuferin mit Dutt und Brille am

Leseband, die um dich herumwuselt und dich über die Vor- und Nachteile von atmungsaktiven Stoffen aufklärt?«, versuche ich, meine frisch fürs Naturleben entflammte Freundin zu bremsen, nicht das ganze Weihnachtsgeld bei Läden mit so verheißungsvollen Namen wie »Tramm & Hinners« oder »Eduard Hoerning« zu verjubeln. Und außerdem, denke ich mir im Geheimen, ist doch noch gar nicht gesagt, ob sich diese Investition überhaupt lohnt. Denn hätte Günther sich ein einsames, romantisches Wochenende mit Annalena machen wollen, hätte er sie sicher nicht zusammen mit Freunden eingeladen.

»Okay, du hast sicher Recht«, stimmt Annalena mir zu und beschäftigt sich nun mit den einschlägigen Kaufhaus-Adressen. Während sie mit ihrer arbeitsfremden Lektüre zu tun hat, verzeichnet mein E-Mail-System einen Posteingang. Ich komme mir vor wie im Film »E-Mail für dich«, außer dass ich leider keinen schicken Briefumschlag auf dem Display sehe, sondern lediglich einen roten Button mit einer Zahl und eine Markierung, die mir versichert, die soeben eingetroffene elektronische Nachricht sei absolut virenfrei. Ich öffne die Mail und habe Post von Christoph, der mich fragt, ob ich Lust hätte, am Sonntag mit ihm in meinem Lieblingscafé »La Caffeteria« frühstücken zu gehen. Klar habe ich, denn ich liebe es, meinen Tag mit einem ausgiebigen Frühstück auswärts zu beginnen. Aber bevor ich sofort »Ja, ich will, ich kann mir nichts Schöneres vorstellen« in die Tasten hämmere, beschließe ich – Annalena lässt grüßen –, erst einmal meinen Terminkalender zu konsultieren, wenn auch nur zum Schein. Man darf Männern nämlich keinesfalls das Gefühl geben, man sei allzeit bereit und warte nur ungeduldig auf ein Angebot wie dieses. Und an einem Mittwoch kann man schon durchaus mal fürs Wochenende verplant sein. Aus besagten taktischen Gründen verlässt meine Antwort erst eine Stunde später meinen PC, schließlich soll Christoph ruhig denken, dass ich zu sehr mit Arbeit eingedeckt bin, um seine E-Mail stante pede zu beantworten.

Aber ehrlich gestanden, es fällt mir schwer, so lange zu warten. Momentan befinde ich mich in dieser wunderbar beseelten Stimmung, die einen dazu verleitet, möglichst jede freie Minute mit dem geliebten Menschen verbringen zu wollen und alles andere hintanzustellen. So habe ich mich beschämenderweise ewig nicht mehr bei Martina und Sarah blicken lassen, und mit meiner Mutter kommuniziere ich nur noch übers Telefon. Ich trage den »Termin« mit Christoph liebevoll sorgfältig in meinen Kalender ein. Und während meine Augen so über das Kalendarium wandern, stelle ich fest, dass der kommende Freitag der erste November ist:

DER TAG, AN DEM LAURA VON DER OSTEN IHREN JOB ALS CHRISTOPHS ASSISTENTIN ANTRITT!

Das hatte ich ja völlig vergessen beziehungsweise habe bis heute an ein Wunder geglaubt, das verhindern würde, dass diese Elbchaussee-Schönheit hier durch die Räume geistert. Es bleibt also nur noch ein Tag, ehe unsere Adelszicke mit ihren meterlangen Beinen und den wallenden Haaren durch den Verlag schweben und damit sicher alle Männer verrückt machen wird, denn Angela ist seit einigen Tagen krankgeschrieben und kann Laura demzufolge nicht einarbeiten. Na super, meine eben noch gute Laune sinkt schlagartig in den Keller. Ich kann dieses blonde Wesen schon förmlich sehen, wie sie sich an Christoph ranschmeißt oder mich missbilligend betrachtet, wenn ich in ein Mandelhörnchen beiße. »Nun sei aber nicht ungerecht, Marie«, tritt meine innere Stimme (der nettere Teil von mir) ungefragt auf den Plan und gemahnt mich zu etwas mehr Objektivität. Schließlich ist es ganz und gar nicht nett von mir, wenn ich bereits im Vorfeld so negativ über Laura von der Osten denke. Immerhin liegt ihr Praktikum schon eine Weile zurück, und Menschen können sich ändern. Zumindest hoffe ich das!

Ich beschließe spontan, heute früher Schluss zu machen und mich mit dem »Meridien-Prospekt« auseinander zu setzen, der mir kürzlich als Werbesendung in meinen Briefkasten geflattert ist. Annalena verabschiedet sich ebenfalls, sie will den ersten Shoppingversuch ausnahmsweise alleine starten, weil sie befürchtet, dass ich nicht mit dem nötigen Ernst bei der Sache sein könnte, womit sie vermutlich Recht hat.

Zu Hause angekommen, pfeffere ich meine Post in die Ecke, schicke Christoph, der heute noch ein Geschäftsessen hat, eine SMS, in der ich ihm einen schönen Abend wünsche, und betrachte eingehend (und nicht ohne Verachtung) die Fitnessstudio-Broschüre. Seitdem Blondi aus meinem Leben verschwunden ist, lebt es sich zwar wesentlich angenehmer, doch irgendwie fehlt sie mir auch ein bisschen. Manchmal ist es ganz gut, eine Stimme zu haben, die einen vor Gefahren warnt, die man selbst gar nicht kommen sieht. Oder sich gar als harmlos getarnt anschleichen. Zum Beispiel in Gestalt von Leibnitz-Vollkornkeksen. Sehen total ungefährlich aus, die Dinger, und ich esse Woche für Woche knapp eine Packung davon, gegen den »kleinen Hunger zwischendurch«, wenn ich wegen zahlreicher Termine und Besprechungen mal wieder nicht dazu komme, etwas Vernünftiges zu Mittag zu essen. Neulich lese ich jedoch in einer dieser Übersichten (die gerne vor den nahenden Weihnachtsfeiertagen über einen hereinbrechen), dass diese Kekse zwar aus vollem Korn bestehen und damit um Längen gesünder sind als die »normale« Version, dafür aber tonnenweise Butter darin versteckt ist, damit das Ganze nicht so staubig schmeckt, und man nicht bereits am ersten Stück erstickt.

Ja, solche Sachen wusste Blondi immer sehr genau, und sie war auch stets zur Stelle, wenn ich mal wieder nicht die Pfoten von Christophs ultraleckeren Dauphinkartoffeln, also Kartoffelgratin mit extra viel Sahne, lassen konnte oder von den tollen Rotweinen, die er in seinem Weinkeller beherbergt.

Auch jetzt könnte sie mir sicherlich sagen, ob ich mehr der Bauch-Beine-Po-Gymnastik-Typ bin, lieber Taebo machen sollte, Schattenboxen oder Murmeln schubsen. Ganz gleich, was es ist – Lust habe ich jedenfalls keine dazu. Unentschlossen kicke ich die Hochglanzbroschüre in die Ecke, was Sissi superspannend findet, die sich sogleich daranmacht, den Prospekt als Zeltlager zu benutzen. Mir ist, als hörte ich in weiter Ferne Blondis Stimme rufen, die mich bittet, ihr noch eine zweite Chance zu geben. Aber Schluss ist Schluss, und soll mir keiner nachsagen, ich sei inkonsequent!

Ehe ich mich versehe, habe ich jedoch plötzlich – wie ferngesteuert – wieder die Broschüre in der Hand (Sissi ist beleidigt und spielt stattdessen mit der neuen »Elle«) und wähle die angegebene Nummer des Fitnessclubs. Eine Minute später sinke ich erschöpft auf meine Couch, quasi präventiv, denn ich habe einen Probetermin für kommende Woche vereinbart. Mit einem Trainer, der sich ein eingehendes Bild von meinen Problemzonen machen und einen individuell darauf abgestimmten Trainingsplan erstellen wird. Momentan und mit der Aussicht darauf, in Zukunft die ausgemergelte Laura ständig vor der Nase zu haben, fühle ich mich allerdings wie eine EINZIGE Problemzone. Wo sollen der Trainer und ich da bloß anfangen?

Aber wie auch immer, ich bin stolz auf mich, wenigstens diesen ersten Schritt schon mal unternommen zu haben. Der Rest wird sich finden. Immerhin habe ich passende Sportklamotten, die seit meinem letzten Jogginganfall nahezu jungfräulich im Schrank hängen und mich täglich daran erinnern, dass ich noch verdammt viele Promis erlegen muss, wenn ich mir in Zukunft derartige Sperenzchen leisten können will, ohne einen Kleinkredit bei meiner Bank aufzunehmen.

Ja, die Promis. In der neuen »Elle« lese ich, nachdem ich Sissi auch dieses Spielzeug entrissen habe, ein Interview mit Alexander Bräuer, einem bekannten deutschen Schauspieler, der hauptamtlich im Actiongenre zu Hause ist, aber in Talkshows immer einen auf ganz intellektuell und nachdenklich macht. Er lebt in einem Häuschen in der Provence, worum ich ihn schon mal glühend beneide. Wenn es einen Ort auf der Welt gibt außer Hamburg und München, wo ich leben wollte, dann ist es die Gegend um Bonnieux und Gordes im Herzen Südfrankreichs.

Besagter Alexander Bräuer ist jedoch offensichtlich mit seinem Leben nicht ganz zufrieden. Nach Jahren des Herum-

ballerns und Herumturnens in Action-Filmen wünscht er sich nun nichts sehnlicher als einen Imagewandel und träumt davon, einen Roman zu schreiben.
Na, so was! Dem Mann kann geholfen werden, denke ich und reiße schweren Herzens die entsprechende Seite aus dem teuren Hochglanzmagazin. Meine arme »Elle«, ich höre sie förmlich aufschreien, als meine Hand zum brutalen Riss ansetzt.
Gleich morgen werde ich versuchen, Herrn Bräuer über seine Agentur aufzuspüren, um ihn als Autor zu verhaften. Vorausgesetzt natürlich, er kann ein wenig mehr als nur seinen Namen schreiben.
Gesagt, getan. Am nächsten Vormittag habe ich eine ungemein charmante Mitarbeiterin der Agentur »Under the ground« am Telefon, wobei ich hoffe, dass da nomen nicht omen ist …
Herr Bräuer, so erfahre ich, weilt derzeit zu Dreharbeiten in Berlin, wird aber sicher entzückt sein, von meinem Angebot zu hören und sich telefonisch mit mir in Verbindung setzen.
Als ich später sein Bild in der »Elle« eingehender betrachte und im Anschluss daran ein wenig im Internet recherchiere, stelle ich plötzlich fest: Der Mann sieht ja wirklich verdammt gut aus. Zum Bedauern vieler weiblicher Fans lebt Herr Bräuer jedoch in der Provence nicht allein, sondern mit einer jungen Dame britannischer Herkunft, die anscheinend eine begabte Fotografin ist und sich bisweilen zu diesem Zweck in Kriegsgebieten aufhält, um furchtlos von gefährlichen Schauplätzen zu berichten. Wow, das klingt ja alles sehr beeindruckend. Und vor diesem Hintergrund kann ich es

durchaus verstehen, dass Herr Bräuer nicht länger als mucki-gesteuertes Kraftpaket über deutsche Bildschirme flimmern will, sondern mal eine andere Seite von sich zeigen möchte, auch wenn der deutsche Zuschauer derartige Wandlungen in der Regel weder goutiert noch honoriert. Eine gefährliche Gratwanderung also, denn als im Ausland lebender Promi hat man ja sowieso schon schlechte Karten, steht man doch sofort unter dem bösen Verdacht, Steuern sparen oder gezielt deutschen Fans aus dem Weg gehen zu wollen. Doch Südfrankreich ist ja nicht Monte Carlo, die Schweiz oder die Cayman Islands, sodass ich nicht davon ausgehe, dass finanzielle Gründe Alexander Bräuer in die Idylle der Provence verschlagen haben.

Am Nachmittag klingelt tatsächlich das Telefon, und ich habe den Maestro selbst am Apparat, der es kaum erwarten kann, sich mit mir zu treffen. Er will extra aus Berlin kommen, um mich zu sehen, und wir verabreden uns für Montagnachmittag.

Als Annalena hört, wen ich da treffen werde, ist sie schier aus dem Häuschen und bereit, Günther Maaßen sofort zum Mond zu schießen, falls sich Herr Bräuer als verfügbar erweist.

»Der sieht ja so süß aus!«, schwärmt sie und kann gar nicht mehr aufhören, kuhäugig sein Konterfei auf der rausgerissenen »Elle«-Seite zu bestaunen.

»Kann ich nicht beurteilen. Glaube nicht, dass ich schon einmal einen Film mit ihm gesehen habe«, lüge ich schamlos, denn ich kenne ihn nur zu gut aus der Ära mit meinem Exfreund Andreas, der – und ich demzufolge mit ihm – sehr gerne Action-Filme sah. Seite an Seite mit ihm auf der Couch,

zusammen mit zwei Packungen Chio-Chips ultrascharf. Ich habe ja immer noch den Verdacht, meiner gemeinsamen Zeit mit Andreas meine heutigen Figurprobleme zu verdanken. Da wurde der Grundstein zur Stabilisierung meiner Fettzellen gelegt. Kein Wunder also, dass sie jetzt immer zur Hochform auflaufen, wenn sie Gorgonzola an der Käsetheke entdecken oder Gänsebrust im appetitlichen Aufschnitt. Deshalb auch die Anmeldung beim Fitness-Studio, da führt wohl ab Mitte dreißig kein Weg mehr vorbei. Na ja, noch bin ich ja dreiunddreißig, aber erstens habe ich im Februar Geburtstag und zweitens ist der Trainingserfolg ja sicher kein schneller, das kennt man ja. Ein wenig sich quälen, leiden und an sich zweifeln, weil das Elend schon so lange dauert, gehört mit Sicherheit dazu.
Mehr noch als Annalenas Schwärmerei für diesen Schauspieler interessiert mich jedoch die Ausbeute ihres gestrigen Shopping-Trips. Offensichtlich war dieser einigermaßen erfolgreich, denn heute trägt meine Freundin – entgegen ihrer sonstigen Gewohnheiten – eine dunkelbraune Breitcordhose (grrr) und einen Pullunder mit V-Ausschnitt in Wollweiß. Darunter ganz brav ein weißes Blüschen. Ihre Füße stecken in so was wie Wanderstiefeln. Aus dem Stiefelschaft (seit wann steckt meine Freundin denn ihre Hose IN ihre Stiefel, ist sie jetzt komplett verrückt geworden?) ragt ein Paar – wie soll ich es nur formulieren – Ökosocken in Grobstrick, wie sie manchmal in Reformhäusern draußen in den Körben als Sonderangebot verkauft werden. Drei Paar in undefinierbaren Farben zu 39,90 Euro. Ich wage gar nicht, darüber nachzudenken, was sie wohl unter der ganzen Verkleidung trägt. Angoraunterwäsche oder Feinripp?

Angesichts ihrer ungewöhnlichen Erscheinung bin ich schockiert und zutiefst verunsichert. Das ist nicht meine Freundin, die ich seit hundert Jahren kenne. Nun gut, wir haben uns durch viele modische Aufs und Abs begleitet und uns trotzdem nie voneinander entfernt, auch nicht, als Annalena ihre »Ich bin die Reinkarnation von Alice Schwarzer«-Phase mit wallenden Gewändern hatte oder den Seventies-Anfall nach dem Doors-Film von Oliver Stone. Wir haben auch Seite an Seite die modischen Entgleisungen der achtziger Jahre durchgestanden, mit ihren Dauerwellen, Schulterpolstern, Leggings und Stirnbändern.

Aber das hier, das ist eindeutig zu viel! Das ist nicht meine Annalena, es muss sich hier um eine Art Mutantin handeln, die sich versehentlich in unser Büro verirrt hat. Das Irritierendste an der ganzen Sache ist, dass die Kleidung meiner Freundin steht. Das ist mal wieder der Beweis dafür, dass Annalena alles, wirklich ALLES tragen kann, vermutlich auch den sprichwörtlichen Kartoffelsack, und immer noch gut aussieht.

»Schicke Hose! Und wie sie da so in den Stiefeln steckt, kommt sie noch besser zur Geltung«, starte ich einen Versuch, das Gespräch zu eröffnen, nachdem ich mir endlich sicher bin, dass tatsächlich Annalena vor mir steht und nicht »Alien 10b – die Rückkehr der Jägerin«.

»Ich weiß, Babycord wäre besser gewesen, aber Sabine Brendel hat mir versichert, Breitcord sei authentischer.«

Und er trägt zudem stark auf, womit ich als Trägerin schon mal nicht in Frage käme, vervollständige ich innerlich den Satz meiner Freundin und zeige weiterhin einen interessierten Gesichtsausdruck.

»Wer ist denn Sabine Brendel?«, hake ich nach, denn meines Wissens kennt Annalena keine Verkäuferin bei Peek & Cloppenburg oder Beutin namentlich.
»Sabine Brendel habe ich quasi in der Umkleidekabine kennen gelernt«, klärt Annalena mich freundlicherweise auf, und ich merke, dass ein leiser Hauch von Eifersucht in mir aufsteigt. »Ich habe mir wie immer die falschen Größen geschnappt, und nachdem ich ungefähr hundertmal rein und raus bin, hat Sabine sich netterweise bereit erklärt, mir ein bisschen bei der Auswahl zu helfen. Sie ist nämlich passionierte Landwirtin und Reiterin!«
So, so, ein echtes Naturkind. Ich beginne, bereits zu bereuen, Annalena jemals mit Günther Maaßen bekannt gemacht zu haben. Denn das, was ursprünglich nur dazu gedacht war, Heiko eifersüchtig zu machen, scheint sich hier gerade zu einer Sinnkrise in unser beider Leben auszuwachsen.
»Sag mal, was ist eigentlich mit Heiko?«, versuche ich, die ganze Aktion wieder ihrem ursprünglichen Sinn zuzuführen. »Weiß der überhaupt etwas davon, dass du jetzt zum Jägerfräulein mutierst und ein Wochenende in Breitcordhosen irgendwo in der Pampa verbringst, zusammen mit Leuten, die Böses im Schilde führen gegen unschuldiges Niedrigwild oder wie immer das heißen mag?«
»Heiko?«, antwortet Annalena in einem Ton, als müsste sie in ihrem Gedächtnis nach dem Namen einer Person fahnden, die für sie so unwichtig ist, wie für mich die chemische Zusammensetzung von Bleichmitteln.
»Ach, der …«
Lange, bedeutungsvolle Pause. Fehlt nur noch, dass sie sagt: »Wer ist eigentlich Heiko?«, sich nach Herzenslust mit an-

geblich fettfreier Putensalami voll stopft und dabei selbstverliebt ihren Hintern im Spiegel betrachtet, wie in der »Du darfst«-Werbung.
»Ach, eigentlich interessiert mich Heiko nicht mehr«, folgt nun die Erklärung für Annalenas Gedächtnislücke. »Ich hätte das ja am Anfang nicht gedacht, als du Günther und mich auf der Messe bekannt gemacht hast, aber nun bin ich dir wirklich dankbar. Vielleicht tut es mir ja auch mal gut, eine Beziehung zu einem etwas älteren, reiferen Mann zu haben. Diese Jüngelchen sind doch auf die Dauer eh nichts. Günther ist höflich, gebildet und steht mit beiden Beinen fest im Leben. Das ist doch was, oder etwa nicht?«, fragt sie, und ich sehe ihr an, dass sie von mir jetzt eine Art Absolution erwartet.
»Aahaa«, antworte ich gedehnt und verabschiede mich im Geiste schon mal von Heiko, den kennen zu lernen mir nie vergönnt war.
»Frau Teufel, wären Sie bitte so nett, den Schreibtisch für Frau von der Osten herzurichten?«, ertönt auf einmal Christophs Stimme hinter mir und unterbricht meine Heiko-Gedanken.
Schreibtisch herrichten? Ich bin irritiert.
»Wieso Schreibtisch? Übernimmt sie denn nicht den Platz von Angela?«, frage ich leicht verwirrt und verärgert.
»Nein, das wird sie nicht. Angela ist nur kommende Woche krankgeschrieben, und ich finde, dass beide einen eigenen Tisch haben sollten.«
Spricht's und verschwindet.
»Bist du jetzt Christophs Privatsekretärin?«, fragt Annalena und grinst hämisch. Ein wenig ZU hämisch für meinen

Geschmack. »Ich dachte eigentlich immer, du solltest Jagd auf Promis machen und so ganz nebenbei auch noch deinen Aufgaben als Lektorin nachkommen«, fährt sie dann auch noch fort.

Ja, gut so, Annalena, streu ruhig noch Salz in meine Wunden, denke ich und stiefle aus dem Raum in Richtung Christophs Büro.

»Sag mal, bin ich jetzt deine neue Sekretärin oder was?«, fauche ich ohne zu überlegen los, als ich die Tür öffne – und blicke in vier Augenpaare. In die von Christoph (genervt) und in die von Werner Stumm (amüsiert). In die von Frauke Müller (belustigt) und die von Herrn Bader (irritiert).

»Ich, äh, Entschuldigung, ich habe mich in der Tür geirrt, ich wollte eigentlich nur …«, stammle ich vor mich hin und trete schnell den Rückzug an. Gott, wie peinlich! Was Herr Bader jetzt wohl denkt? Ich muss mich wirklich mal dahingehend disziplinieren, nicht immer einfach so draufloszuschießen, ohne nachzudenken oder wenigstens anständig hinzusehen, bevor ich den Mund aufmache.

Zurück in meinem Büro, beginne ich mir das absolute Horrorszenario auszumalen. Denn schließlich hätte unser »Outing« etwas sensibler und subtiler vonstatten gehen können. Spätestens jetzt haben alle gemerkt, was da zwischen Christoph und mir im Busch ist, da bin ich mir ganz sicher. Minute um Minute vergeht, ohne dass sich etwas Nennenswertes tut. Annalena ist zum Mittagessen mit einem Redakteur verabredet, der kann ich also mein Herz nicht ausschütten. Bei jedem Telefonklingeln erwarte ich Herrn Bader am anderen Ende der Strippe zu haben, der mich in sein Büro zitiert, um mich zu feuern. Denn schließlich werden Liebeleien in Firmen meist nicht gern gesehen, erst recht nicht in den Chefetagen. Hätte ich mir wohl besser vorher überlegen sollen ...

Eine Stunde ist bereits vergangen und noch immer kein Zeichen. Weder von Herrn Bader noch von Christoph.
Mein Herz schlägt bis zum Hals, und ich überlege mir wieder einmal, was ich im Falle einer Kündigung machen würde. Ist es das Ganze wert? Ist eine momentane Verliebtheit es wert, seinen Job aufs Spiel zu setzen, und das in einer Zeit, wo es Tausende arbeitsloser Lektoren gibt? Natürlich könnte ich wieder zurück in den Buchhandel, überlege ich, obwohl ich auf diesen ganzen »Bis-20.00-Uhr-Quatsch« so gar keine Lust habe.
Und überhaupt. Wieso soll eigentlich ICH gehen? Christoph ist doch genauso an der Sache beteiligt, und schließlich hat er doch den Anfang gemacht. Wer hat hier denn wen wachgeküsst? Genau betrachtet handelt es sich hierbei sogar um eine Art Nötigung. Unzucht mit einer Abhängigen, oder wie da der juristische Fachterminus lautet.
Tja, abhängig bin ich wohl wirklich irgendwie, seufze ich und stelle mal wieder fest, dass ich bis über beide Ohren verliebt bin. Was soll's, dann arbeite ich eben wieder als Buchhändlerin, ist doch auch ein schöner Beruf.
Obwohl, also eigentlich ...
Und da klingelt es wieder, das Telefon. Es ist Christoph, der mich in sein Büro beordert.
Schnell stürme ich in sein Zimmer, doch diesmal nicht, ohne mich zu vergewissern, dass sich keine unliebsamen Besucher darin aufhalten.

»Na, das hast du ja super hingekriegt!«, höre ich vermeintlich vorwurfsvolle Worte aus dem Mund meines Freundes. Das heißt, wenn er das überhaupt noch ist.
»Wieso?«, frage ich ängstlich und klammere mich an der Husse des Besucherstuhls fest.
»Klaus (für mich noch immer Herr Bader) hat natürlich sofort gemerkt, was da im Gange ist und hat mich nach der Besprechung zu sich gebeten. Kein sehr angenehmes Gefühl, kann ich dir sagen. Auch wenn, oder gerade weil wir Partner sind ...«
Ich halte die Luft an und warte auf das, was auch immer da kommen wird.
»Zuerst hat er mir einen langen Vortrag darüber gehalten, dass man ja nicht im Verlag und so weiter und so fort, und er der Ansicht ist – du weißt, wie konservativ Klaus ist –, du müsstest eigentlich deinen Arbeitsplatz räumen (der Satz durchfährt mich wie ein Messer). Dann hat er mich gebeten, uns doch auf alle Fälle so diskret wie möglich zu verhalten.«
»Und was soll das genau heißen, ›diskret‹?«, frage ich wütend, weil wir hier offensichtlich beide behandelt werden wie Schulkinder und nicht wie erwachsene, selbständige Menschen.
»Na, eben diskret. Also kein Geschmuse und Händchenhalten in der Öffentlichkeit, keine Schäferstündchen am Arbeitsplatz und keine E-Mail-Korrespondenz privater Natur.«
Okay, das sollte uns nicht weiter schwer fallen, schließlich haben wir das ja auch bisher nicht getan und sogar die Buchmesse überstanden, ohne entdeckt zu werden.
»Klaus hat außerdem vorgeschlagen, wir sollten doch – wenn

wir uns unserer Beziehung ganz sicher sind – das Ganze offiziell im Verlag verkünden, vielleicht bei einem kleinen Umtrunk, damit es gar nicht erst zu Tuscheleien kommt.«

»Aha! Und du meinst, dass Werner und Frauke so lange ihren Mund halten und nichts ausplaudern?«, frage ich beharrlich weiter, denn ich kenne doch meine Kollegen, allen voran Frauke Müller. Wenn es eine Tratschtante im Verlag gibt, dann doch wohl Frauke!

»Nun sei doch nicht so kiebig«, versucht Christoph, mich zu besänftigen, denn ich merke, wie ich innerlich zu kochen beginne.

»Ich bin nicht kiebig, ich bin nur realistisch. Und außerdem wüsste ich gerne, wann dieser magische Zeitpunkt eintritt, an dem wir uns sicher sein können, dass es für die Ewigkeit ist«, entgegne ich trotzig.

»Keine Ahnung«, antwortet Christoph und verhagelt mir mit seiner Antwort erst recht die Laune. »Das werden wir dann schon merken. Lass uns halt ein bisschen Zeit. Konnte doch keiner ahnen, dass du durch deine, sagen wir mal, offensive Art den Stein so früh ins Rollen bringst.«

Den Stein so früh ins Rollen ... offensive Art ... Schreibtisch einräumen ... Für den heutigen Tag hat Christoph aber eine Menge gesagt, worüber ich erst einmal nachdenken muss. Denn wenn ich eins auf den Tod nicht leiden kann, dann ist es jede Form von Disziplinierungsmaßnahmen oder Anweisungen aller Art im Befehlston. »Okay, für heute sollten wir das Thema lieber lassen«, schlage ich einen Waffenstillstand vor. »Aber sag mir nicht, ich solle Laura von der Ostens Schreibtisch herrichten. Das kann sie morgen gefälligst selbst tun. Schließlich kennt sie den Laden hier schon, und ich bin nicht – ich wiederhole –, NICHT deine Sekretärin.« Damit rausche ich aus dem Büro zurück in meine Besenkammer. Und weil ich mich den Rest des Tages sowieso kaum konzentrieren kann, gehe ich früher nach Hause.

Abends gönne ich mir einen kleinen Trip zu meinem Nachbarn Jens und trinke dort mehrere Gläser Rotwein. Als ich ziemlich spät nach Hause komme, erwarte ich eigentlich, irgendeine Nachricht von Christoph vorzufinden. Einen Gruß auf meinem Anrufbeantworter oder eine SMS. Aber nichts dergleichen, offensichtlich haben wir uns beide aufs Schmollen verlegt.

»Jetzt weiß ich wieder, was mich an Beziehungen so nervt«, klage ich Sissi mein Leid und stecke mein Gesicht in ihr getigertes Fell. »Männer sind einfach viel cooler und lassen Frauen auflaufen, wenn ihnen danach ist. Und im Gegensatz zu uns fällt ihnen das auch noch leicht.«

Mit einem Gefühl des allgemeinen Grolls und des speziellen Ärgers, weil morgen Laura von der Ostens erster Tag ist, falle ich schließlich in einen unruhigen Schlaf und träume von Klaus Bader.

»Guten Morgen, Frau Teufel«, flötet mir eine bestens gelaunte Laura von der Osten entgegen, und ich verspüre den dringenden Wunsch, sie auf der Stelle zu erwürgen. Der gestrige Tag und mein nächtlicher Albtraum machen mir noch immer schwer zu schaffen. Ich habe kleine gerötete Augen, und quer über meine Wange verläuft eine tiefe Knitterfalte, die anscheinend mein Kissen hinterlassen hat. Außerdem fühle ich mich nach nur einem Blick auf die Modelfigur von Laura von der Osten dick und aufgequollen. Der Tag fängt ja gut an.

»Und? Schon ein wenig Panik vor heute?«, frage ich, als ob die Osten ihren ersten Schultag hätte, aber im Augenblick fällt mir nichts Intelligenteres ein.
»Nein, wieso? Sollte ich?«, folgt auch prompt die Antwort, die ich verdient habe.
»Nee, ich mein nur so. Ist ja eine Weile her, dass Sie hier waren, aber Sie gewöhnen sich sicher schnell wieder ein«, fasle ich sinnlos weiter und ermahne mich, ein wenig konzentrierter zu sein.
»Ach, da sehe ich kein Problem«, lächelt Laura mich herausfordernd an und hängt einen megascharfen Mantel (ich darf nicht vergessen nachzusehen, welche Marke das ist) ungefragt auf unseren Garderobenbügel. Und wir haben nur zwei davon.
»Äh, ich will ja nicht kleinlich sein, und das ist ja auch Ihr erster Tag heute«, murmle ich halblaut, »aber das ist Annalenas und meine Garderobe. Bitte hängen Sie Ihre Sachen doch vorne am Empfang auf.«
»Okay, mach ich, kein Problem«, strahlt Frau von und zu weiter, als könnte sie kein Wässerchen trüben. »Soll ich Ihnen auf dem Rückweg gleich einen Kaffee mitbringen? Oder trinken Sie lieber Tee?«, fragt sie (Nanu, für dergleichen ist doch im Hause von der Osten bestimmt das Personal zuständig? Was ist bloß mit dieser Frau passiert?) und lächelt mich weiter unverwandt an.
»Milchkaffee wäre schön«, antworte ich beschämt, denn offensichtlich will die blonde Venus nur nett sein. Und im Grunde kann sie ja nichts dafür, dass ich heute so mies drauf bin.
»Das war doch ohne Zucker?«, fragt sie, und ich bin be-

eindruckt ob dieser phänomenalen Gedächtnisleistung. Oder meint sie das nur im Hinblick auf meine Figur?
Auf dem Weg hinaus gönnt mir Laura von der Osten einen Blick auf ihren ultrakurzen Mini über meterlangen Beinen, die in knielangen Schaftstiefeln stecken. Eine Mischung aus Madonna und »Schulmädchen-Report«, nur durch die Tatsache entschärft, dass es sich bei dem Rock (falls man das noch so nennen kann) um karierten Tweedstoff handelt, kombiniert mit einer unschuldigen weißen Bluse mit Rüschen.
»Wow, so einen Rock sollte ich für das Wochenende mitnehmen. Meinst du, Laura leiht ihn mir?«, ertönt auf einmal Annalenas Stimme ganz euphorisch, und ich habe nicht übel Lust, auch SIE auf meine Erschießungsliste für den heutigen Tag zu setzen.
»Was schleppst du denn da alles mit?«, frage ich angesichts der großen Reisetasche, eines Rucksacks und eines karierten Köfferchens (Burberry?), das Annalena in diesem Moment hinter unsere Garderobe wuchtet. Großes Gepäck ist doch sonst nicht ihre Art …
»Ich fahre doch heute mit Günther aufs Land, schon vergessen?«, antwortet meine Freundin und schaltet ihren Computer an. »Diesmal befinde ich mich in jeder Hinsicht auf ungewohntem Terrain, und da habe ich einfach alles eingepackt. So wie du sonst. Ist zwar total schwer, aber ich fühle mich irgendwie sicherer.«
»Na, dann weißt du ja, wie es mir immer geht«, antworte ich, als Laura von der Osten bewaffnet mit drei Bechern, die sie auf einem Tablett balanciert, die Besenkammer betritt.
»Hallo, Frau Kluge! Ich habe Ihnen auch einen Milchkaffee

mitgebracht«, flötet sie, und ich kann erkennen, dass sie damit meine Freundin bereits auf ihre Seite gezogen hat.

»Wie lieb von Ihnen! Danke schön«, antwortet Annalena beglückt und schnappt sich ihren Becher vom Tablett.

»Gern geschehen«, schmeichelt die von der Osten, und ich denke, ich bin im falschen Film. Sie klingt auf einmal, als hätte sie Kreide gegessen. Merkwürdig, merkwürdig, was hat sie nur vor?

Während Annalena weiter mit ihr plaudert, sehe ich auf einmal Christophs neue Assistentin ihren Becher anheben. Genauer gesagt MEINEN Becher. Meinen wundervollen rot-weißen Käfer-Becher aus München, mit den kleinen roten Marienkäfern drauf, die mir jeden Tag Glück bringen sollen. Man mag mich spießig nennen, aber bei der Nutzung meines Bechers hört der Spaß auf. Da bin ich ein wenig wie Schneewittchens sieben Zwerge, die sich beschweren und entrüstet fragen, wer von ihren Tellerchen gegessen und aus ihren Becherchen getrunken hat. Alle Mitarbeiter des Verlags wissen um meine Macke, nur so mancher Praktikant hat sich unwissentlich den Fauxpas geleistet, mir in diesem sehr persönlichen Bereich in die Quere zu kommen. Und angesichts des eben vorgeführten phänomenalen Gedächtnisses sollte sich Laura von und zu daran eigentlich erinnern.

Ich sehe wie in Zeitlupe, wie sich ihre himbeerfarbenen Lippen dem Becherrand nähern. Einen Augenblick lang vermeine ich, anstelle des Geschirrs Christophs Lippen zu erkennen, denen sich die ihren nähern.

»Halt! Stopp!«, rufe ich laut und bin kurz davor, Laura von der Osten die Kaffeetasse aus der Hand zu schlagen. »Das ist MEIN Becher, hörst du? MEINER!« Im Eifer des

Gefechts duze ich meine Kontrahentin sogar, was für ein dummer Fehler.

Irritiert sehen Annalena und Laura von der Osten mich an, wechseln mit erhobener Augenbraue einen verschwörerischen Blick, und ich merke, dass ich mich gerade absolut lächerlich gemacht habe.

»Bitte entschuldigen Sie, dass ich Sie geduzt habe«, sage ich peinlich berührt, doch unsere neue Mitarbeiterin scheint meine kleine Entgleisung nicht zu stören. Im Gegenteil, sie entschuldigt sich:

»MIR tut das mit Ihrem Becher Leid! Das konnte ich doch nicht ahnen. Aber wenn wir schon dabei sind: Jetzt, wo ich hier arbeite, könnten wir uns doch wirklich duzen. Also, Marie, Frau Kluge beziehungsweise Annalena, wenn das okay ist: Ich bin Laura (Annalena nickt zustimmend), und (zu mir gewandt) wenn du willst, hole ich mir sofort einen neuen Becher.«

»Äh, nein, ist schon okay. Denkst halt am Montag dran«, lenke ich großzügig ein (vorausgesetzt, du bist dann noch da, füge ich in Gedanken hinzu) und sehe erleichtert, wie Laura sich mitsamt dem Käferbecher in Richtung von Christophs Vorzimmer verkrümelt.

Und dann überlege ich, was eigentlich der Knigge zum Thema Duzen sagt. Wer darf noch mal wem zuerst das Du anbieten?

»Na, du hast ja tolle Laune heute Morgen. Ist was passiert?«, fragt Annalena und mustert sich währenddessen kritisch in ihrem Taschenspiegel.

»Nöö, hab nur schlecht geschlafen und mich ein bisschen mit Christoph gestritten, aber sonst ist alles okay.« Ich habe keine Lust, weiter auf das Thema einzugehen und schlürfe gedankenverloren meinen Milchkaffee aus einem mir fremden

Becher. Während das heiße Getränk seine wohltuende Wirkung entfaltet, unterziehe ich Annalena einer genaueren Betrachtung:
Diesmal trägt sie eine grüne Cordhose (Breitcord!), einen beigen Rollkragenpulli und dicke Wanderstiefel, als ob sie vorhätte, sich gleich in den Alpen rumzutreiben. Nicht zu fassen. Sie hat rosige Wangen ob des bevorstehenden Abenteuers und ist sichtlich unkonzentriert.
»Wann musst du denn los?«, erkundige ich mich, während Annalena ihre E-Mails checkt.
»Günther holt mich um 16.00 Uhr ab. Dann sind es noch ungefähr zweieinhalb Stunden Fahrt, und dann geht's los mit meinem Wochenende opm Land.« (Opm? Übt meine Freundin jetzt schon Platt? Wo genau fahren die eigentlich hin?)
»Mhhm«, antworte ich indifferent, als das Telefon klingelt.
»Verlag Bader und Köllisch, Marie Teufel am Apparat«, wähle ich pflichtbewusst die Langversion, die uns Herr Bader anlässlich eines Trainings zum Thema »Telefonieren, aber richtig« ans Herz gelegt hat.
»Marie, hallo, Martina hier«, ertönt etwas gehetzt die Stimme meiner Freundin am anderen Ende der Leitung. »Kannst du mir einen großen Gefallen tun, auch wenn das jetzt ein bisschen spontan kommt?«
Nun bin ich aber gespannt. Sonst bin nämlich immer ich diejenige, die Martina um Hilfestellung aller Art bittet.
»Könntest du ab 13.00 Uhr den Laden übernehmen? Sarah hat noch Sport und kommt danach. Was zu essen könnt ihr euch im Café nebenan holen, und sie hat sicher noch Schularbeiten zu erledigen«, sprudelt es mir ohne Punkt und Komma aus dem Hörer entgegen.

Ach du Schande! Den Laden übernehmen ... Der »Laden« ist ein entzückendes Geschäft für Tausende Sorten von Tee und Geschenkartikeln und seit nunmehr zehn Jahren im Besitz meiner Freundin Martina. Er hört auf den wunderschönen Namen »Tee-Fee« und ist auch mir im Laufe der Zeit ans Herz gewachsen, weil er so schnuckelig ist, es dort immer lecker duftet, und ich es einfach als sehr heimelig empfinde, dort zu sein. Inmitten all der exotischen Teesorten, Kandiszuckerkreationen, Gewürze und des ganzen Geschenkeschnickschnacks, den man ja immer mal gebrauchen kann ...
»Was ist denn passiert?«, frage ich besorgt, denn es ist sonst ganz und gar nicht Martinas Art, um etwas zu bitten, und schon gar nicht so kurzfristig.
»Kann ich dir so auf die Schnelle nicht erklären. Kommst du?«
Ich willige ein und verspreche, pünktlich zu sein.

Heute steht im Verlag nichts weiter als das Übliche auf dem Programm. Also jede Menge Arbeit. Ich scrolle eher lustlos durch meine Promidatei, die ich mir zur besseren Übersicht für meine aktuellen oder geplanten Projekte angelegt habe, und hadere mit mir und meinem Leben. Irgendwie hat Martina es doch wesentlich leichter und überschaubarer: Sie schließt morgens ihren Laden auf, verkauft dann das eine oder andere Päckchen Tee, spielt mit ihrer Tochter Sarah und lebt so vor sich hin. »Bunte« und »Gala« liest sie nur aus Gründen der Entspannung, und nicht, weil ihr Job, oder schlimmer noch, ihr Leben davon abhängt.
Irgendwie habe ich diesen ganzen Zirkus hier satt. Dieses ewige Leuten-Hinterhergerenne, dieses ewige Klinkenput-

zen, dieses ewige ... Wenn ich nicht aufpasse, verfalle ich gleich in Selbstmitleid. Was ist bloß los mit mir?
Eigentlich könnte doch alles so schön sein.
Warum bin ich schon wieder unzufrieden?
Leide ich jetzt schon an permanentem PMS-Syndrom?
Vielleicht sollte ich mich lieber etwas ablenken und an etwas Schönes denken?
Wie es wohl wäre, gar nicht mehr zu arbeiten?
Wie eine echte Märchenprinzessin zu leben?
Wie eine französische Märchenprinzessin zum Beispiel.
In einem schönen Château im Herzen Südfrankreichs.
Auf dem Lande, umgeben von Natur pur.
Ich würde ständig Picknicks im Grünen veranstalten. Oder auf wilden Pferden durch die Camargue reiten. Mit wehenden Haaren, in den Himmel hinein. Umgeben von einem Haufen netter Menschen, die dieses Dasein ebenso genießen würden wie ich.
Und natürlich Seite an Seite mit meinem französischen Märchenprinzen.
Einer Mischung aus Olivier Martinez und dem jungen Yves Montand.
Aber wenn ich genauer darüber nachdenke ... Château schön und gut, aber shoppen kann man auf dem Land bekanntlich nicht so gut.
Und ich weiß auch nicht recht, ob ich es wirklich so toll fände, wenn Spinnen und anderes Ungeziefer sich über meine Picknickdecke hinweg meinen nackten Beinen nähern.
Gegen Pferde bin ich eigentlich allergisch.
Und um wirklich zu wehen, sind meine Haare augenblicklich noch nicht lang genug.

Außerdem spreche ich, wenn ich ehrlich bin, auch nicht so gut Französisch, und könnte mich demzufolge mit meinen Gästen und meinem französischen Prinzen gar nicht unterhalten.

Vielleicht sollte ich einfach das Leben hier mehr genießen?, überlege ich und beschließe aus dieser Stimmung heraus, alles, was ich zu tun habe, bis Montag liegen zu lassen, sodass es kein Problem ist, pünktlich in Martinas Laden zu sein. Wozu gibt es schließlich seit heute Laura? Vielleicht kann ich ja etwas Arbeit auf sie abwälzen, wenn ich es geschickt anfange und ihren Ehrgeiz ein bisschen kitzle …

Wie aufs Stichwort erscheint diese im Türrahmen und wedelt mit einem Stapel Papieren herum.

»Lauter Manuskriptangebote, die ich auf Angelas Schreibtisch gefunden habe. Sollten die nicht langsam mal beantwortet werden? Die liegen schon seit zwei Monaten dort!«, erklärt sie in vorwurfsvollem Ton und betont dabei besonders gehässig die Worte »zwei« und »Monate«, als wäre Angela zeitgleich mit Eintritt ihrer Schwangerschaft zur totalen Jobniete mutiert …

»Wenn du sonst nichts zu tun hast …«, antworte ich und wende mich wieder meinem Schreibtisch zu. Aber da liegen immer noch eklige Kalkulationen und blöde Manuskripte, die zu redigieren so gar keinen Spaß macht. Außerdem warten noch mehr als genug Klappentexte darauf, geschrieben zu werden, und die Vertreterkonferenz steht auch an.

Und immer noch keine Nachricht von Christoph. Im Verlag ist er auch noch nicht aufgetaucht. Ich spüre, wie sich meine schlechte Laune von heute Morgen zu einer schwarzen Gewitterwolke düsterster Art auswächst.

Auch mit Annalenas Arbeitsmotivation ist es offensichtlich nicht allzu weit her, und so erledigen wir nur das Allernötigste, ab und zu unterbrochen von einem Kurzauftritt Lauras, die sich offensichtlich vorgenommen hat, den Preis für die »Mitarbeiterin des Monats« zu gewinnen und keine Gelegenheit auslässt, uns unter die Nase zu reiben, was Angela angeblich alles hat liegen lassen.

»Das kann ja lustig werden«, konstatiert Annalena nach Lauras drittem Auftritt und hebt indigniert ihre rechte Augenbraue. »Wenn das so weitergeht, bitte ich Günther, mich früher abzuholen, denn wenn du nachher weg bist, liege ich alleine in Lauras Schusslinie, und dazu habe ich heute absolut keinen Nerv.«

Ich lache und freue mich innerlich, dass Laura es geschafft hat, sich innerhalb kürzester Zeit auch Annalena zur Feindin zu machen. Dann packe ich meine Sachen zusammen, damit ich pünktlich bei Martina bin.

»Tschüss, du Süße, hab ein schönes Wochenende, lass dich nicht mitschnacken, erschieß keine unschuldigen Rehe und melde dich, wenn irgendetwas Außergewöhnliches passiert!«, rufe ich, beschwingt von der Aussicht, hier endlich wegzukommen und hauche Annalena einen Abschiedskuss auf die Wange. Von Laura verabschiede ich mich erst gar nicht und werfe auch keinen Blick in Christophs Büro, um nachzusehen, ob er mittlerweile eingetrudelt ist. Auch ich habe meinen Stolz.

Eine halbe Stunde später betrete ich die »Tee-Fee«, angekündigt durch jenen warmen Glockenton, der Martina wissen lässt, dass sie Kundschaft hat, wenn sie wie jetzt im Lager in Teekisten rumwühlt.

»Na, hast du noch Teesträuße zu binden?«, rufe ich, während meine Freundin mit Dekomaterial in den Händen nach vorne zum Tresen kommt. Aber Martina grinst nur und fällt mir um den Hals.

»Vielen Dank, dass du gekommen bist. Du ahnst gar nicht, wie sehr du mir damit hilfst«, sagt sie und beginnt wie Annalena mit einer Inspektion ihres Aussehens im Taschenspiegel. Nanu? Was ist denn mit der passiert? Wenn jemand nämlich total uneitel ist, dann meine Freundin Martina. Eigentlich ist sie eher der Typ »Nivea wird's schon richten« und beileibe kein Modepüppchen. Heute sieht sie jedoch komplett verändert aus: neue Klamotten (eine wirklich rattenscharfe, hautenge Jeans Marke »For all Mankind«, wow), kürzere Haare in einem noch nie da gewesenen Karamelton, und sie ist sogar geschminkt! Ihr akkurater neuer Bob-Schnitt mit den rötlich glänzenden Haaren, die sich wie ein Seidentuch um ihr Kinn legen, umspielt ihren langen Hals, und hinter einer Haarsträhne sehe ich kleine Ohrringe glitzern. Ich bin verwirrt. Das ist nicht mehr meine Martina! Meine Freundin, die ich seit über zehn Jahren kenne, ist eher robust-praktisch, trägt mit Vorliebe weite Strickjacken, damit man keinesfalls erkennen kann, welch eine gute Figur sich darunter verbirgt, flache Schuhe und die Haare fast immer zum Zopf. Und anstelle von Lippenstift benutzt sie Bepanthen-Creme, weil sie viel mit dem Fahrrad unterwegs ist.

Doch heute? Ich entdecke nun auch noch schwarze, spitze Stiefeletten, die unter der Jeans hervorgucken, und die ich mir sofort ausleihen wollen würde, wenn ich nur nicht Größe 36 hätte. Außerdem trägt Martina obenrum einen tollen schwarzen Pulli mit einem tiefen V-Ausschnitt, der ihren

Hals besonders gut zur Geltung bringt. Allmählich bekomme ich es mit der Angst zu tun, da anscheinend all meine Freundinnen auf einmal der Veränderungswut erlegen sind. Vielleicht sollte ich auch mal ...?

»Du siehst ja toll aus«, lobe ich Martina, die sich kaum von ihrem Spiegelbild losreißen kann und sich die Lippen rot nachzieht.

»Hast du einen Mann kennen gelernt?«, frage ich mehr routinemäßig, denn ernsthaft kann ich diese Möglichkeit nicht in Betracht ziehen.

»Äh, ja, so ähnlich«, stammelt jedoch Martina, und ich beobachte fasziniert, wie sich ein zarter Rotton auf ihrem Gesicht und ihrem Hals ausbreitet. Einem Hals, um den ich sie übrigens glühend beneide. Schlank, lang – dem von Grace Kelly absolut ebenbürtig.

»Was meinst du mit so ähnlich?«, erkundige ich mich interessiert, während Martina Lippenstift und Spiegel in ihrer ebenfalls neuen Tasche verstaut. (Habe ich da eben ein Prada-Logo gesehen?)

»Muss ich dir in Ruhe erzählen. Also, wie gesagt, Sarah kommt etwa in einer halben Stunde. Essen habe ich im Café nebenan bestellt, sie bringen es dann, bezahlt ist es auch schon. Macht es euch gemütlich, ich bin um 18.00 Uhr wieder zurück. Wenn du heute Abend Zeit hast, komm doch noch mit zu uns, dann erzähl ich dir alles!«, ruft sie im Hinausgehen, und schwups, ist sie auch schon verschwunden.

Da sitze ich nun und starre verdattert vor mich hin. Zum Glück stört mich kein Kunde, ich wäre wohl kaum in der Lage gewesen, Kamillen- von grünem Tee zu unterscheiden, so sehr hat mich Martinas Auftritt von eben durcheinander gebracht. Seufzend sehe ich mich im Laden um, für den Fall, dass sich doch jemand hierher verirrt und tatsächlich etwas anderes kaufen möchte als Postkarten und Gewürznelken. Seit ich das letzte Mal hier ausgeholfen habe, ist schon das eine oder andere Jahr vergangen. Und in dieser Zeit hat sich auf dem Teesektor so einiges getan. Während zur damaligen Zeit aromatisierte Schwarztees der große Renner waren, entdecke ich nun eine Reihe ayurvedische Teesorten, Rooibusch in allen Variationen, Pu-Er, Ginseng-Lemongrass-Tee und allerlei anderen Schnickschnack, der himmlisch duftet.

Teesträuße, wie sie eine Zeit lang Mode waren, sind offensichtlich auch zu einem Relikt aus einem anderen Jahrzehnt geworden, und so gibt es für mich hier nichts weiter zu tun, als auf Sarah und auf Kunden zu warten. Schade eigentlich, denn das Binden dieser Sträuße hatte so etwas Kreativ-Meditatives ... Dabei habe ich Martina immer besonders gern geholfen, denn ich konnte meiner Fantasie freien Lauf lassen und mich so richtig austoben. Als Urlaubsvertretung von Martina band ich aus lauter Freude an der Sache so viele Teesträuße, dass meine Freundin nach ihrer Rückkehr noch Jahre daran abzuverkaufen hatte und mir aus diesem Grunde jegliche Tätigkeit dieser Art für die Zukunft untersagte.

Etwas planlos schlendere ich durch den Laden und inspiziere die vorhandene Ware genauer. Bevor ich mich endgültig in der Betrachtung von Zimtstangen und Vanilleschoten verliere (lecker!), unterbricht der vertraute Glockenton meinen Rundgang. Es ist Sarah, die mit hochroten Wangen die Tür aufreißt, sich in meine Arme stürzt und losheult. Sie klammert sich an mich und schnieft in meine Halsbeuge.

»Ich will nicht doof sein«, heult sie, und mehrere tiefe Schluchzer schütteln ihren kleinen zarten Körper. Für den Moment fühle ich mich etwas überfordert, denn ich habe keine Ahnung, was das arme Kind so quält und verstehe kein Wort von dem, was sie da sagt. Ich glaube, das Wort »Fernseher« vernommen zu haben, aber das macht irgendwie gerade gar keinen Sinn.

»Aber nicht doch, meine Süße«, versuche ich sie zu trösten und streiche ihr über das verwuschelte dunkelblonde Haar. »Du bist doch nicht doof. Wer sagt denn so etwas Bekloppptes?«, versuche ich herauszufinden, wer der Übeltäter ist, den ich demnächst übers Knie legen muss.

»Frau Germer hat gesagt, dass man doof davon wird, wenn man Fernsehen guckt. Und ich gucke doch immer ›Sesamstraße‹ und ›Nanny‹. Und nun bin ich doof, aber das will ich nicht. Ich werde NIE wieder fernsehen! Aber jetzt ist es schon zu spät …« Mit tragischer Geste löst sie sich von mir und sieht sich im Laden um. Einzelne Tränen glitzern noch auf ihrem Gesicht, das zu einer einzigen Maske der Verzweiflung verzerrt ist. »Wo ist Mama?«, fragt sie, und ihre Stimme zittert.

»Deine Mama musste weg und hat mich gebeten, hier auf dich zu warten und auf den Laden aufzupassen. Aber willst du mir nicht erst einmal in aller Ruhe erzählen, was passiert ist?«

Unter vielen Schluchzern erklärt Sarah mir, dass sie heute im Unterricht das Thema Fernsehen behandelt haben. Jedes Kind sollte erzählen, wie viel es täglich sähe und welche Sendungen. Klar, das Ergebnis war bei einigen Kindern durchaus erschreckend, denn bei Kinderkanal, RTL und diversen anderen Sendern kommt da oft schon einiges zusammen. Nicht wie bei uns, die damals streng limitiert »Sesamstraße«

und »Sendung mit der Maus« gucken durften oder »Plumpaquatsch«, die Sendung mit dem zotteligen alten Frosch und seiner Freundin Hanni. Heutzutage buhlen Tausende von Sendern und Sendungen um die Gunst der kleinen Zuschauer, und man muss als Elternteil sicherlich viele Kämpfe ausstehen, wenn man sein Kind nicht zum totalen TV-Junkie erziehen will.

Frau Germer hatte nun – offensichtlich pädagogisch-missionarisch beseelt – den Kindern klarmachen wollen, dass erhöhter Fernsehkonsum schädlich sei und man dadurch verblöde, nichtsahnend, wie wörtlich eine ihrer Schülerinnen ihre Worte nehmen würde.

Angestrengt versuche ich, Sarah klarzumachen, dass »Nanny« und die »Sesamstraße« nicht gerade in die Kategorie Splatterhorror und Porno gehören und eher edukativen Charakter haben – zumindest, was die »Sesamstraße« betrifft. Und dass zum Beispiel die »Sendung mit der Maus« sogar zum Ziel hat, Kindern etwas beizubringen und nicht, sie in die totale Verblödung zu führen. (Ich persönlich fand diese Sendung ja immer irgendwie anstrengend. Schon die Maus war so öde, wie sie da stumm mit ihren Wimpern klimperte. Aber WIRKLICH genervt war ich von diesen informativen Einspielern, die einem erklären sollten, wie denn nun die Löcher in den Käse kommen oder die Streifen in die Zahnpasta. Das alles hat mich schon damals nicht die Bohne interessiert. Viel lieber hätte ich wissen wollen, wieso sich die Haare meiner Barbie irgendwann nicht mehr zu Locken formen lassen wollten, weshalb mein Meerschweinchen nach dem Konsum von Kartoffelschalen implodierte und schließlich verstarb, oder weshalb meine Kniestrümpfe immer wieder zu den

Knöcheln hinunterrutschten. Aber das wusste die Maus offensichtlich leider auch nicht. Dummes Tier!)

Doch sosehr ich mich auch bemühe, ich kann Sarah nicht wirklich überzeugen, das sehe ich an ihrem skeptischen Gesichtsausdruck, und so endet die Debatte damit, dass unser Essen angeliefert wird, und Sarah eine Art freiwilliges Fernsehzölibat über sich verhängt.

Den Rest des Nachmittags verbringen wir damit, ein wenig den Laden umzudekorieren und in einem Buch herumzublättern, das Sarah in ihrer Schultasche hat. Natürlich kann sie als Erstklässlerin (sie ist nach den Sommerferien erst eingeschult worden) noch nicht wirklich lesen, aber gemeinsam schlagen wir uns durch den Text, und ehe wir es uns versehen, ist es 18.00 Uhr und Martina betritt die »Tee-Fee«.

»Na, ihr habt es hier ja gemütlich«, lächelt sie, als sie unser ansichtig wird, wie wir mit dampfenden Teetassen in den Händen die Köpfe in das Buch stecken.

»Mami, Mami, da bist du ja! Ich werde jetzt eine Woche lang nicht mehr fernsehen«, stürmt Sarah ihr entgegen, und Martina sieht zu Recht etwas verwundert aus.

»Hast du irgendwas Schlimmes angestellt, und Marie hat dir Fernsehverbot erteilt?«, erkundigt sie sich verwundert und sieht sich im Laden um. »Ah, ihr habt umdekoriert«, konstatiert sie in einem Ton, der nichts darüber verrät, wie sie das Ergebnis findet. »Hast du ein paar Tassen runtergeschmissen oder ein paar Teller?«, bohrt sie weiter, in dem Versuch herauszufinden, was ihre Tochter zu einer derartigen Form von Selbstkasteiung veranlasst haben könnte.

»Nein, deine Tochter möchte nur nicht verblöden«, versuche ich Sarahs Beschluss zu erklären. »Und das finde ich sehr

lobenswert. Lesen ist sowieso viel besser«, sage ich, ganz die Lektorin.
»Na, dann ist's ja gut«, lacht Martina, und wir machen uns auf den Weg zu ihr nach Hause.

18.30 Uhr und immer noch keine Nachricht von Christoph. Den ganzen Nachmittag habe ich versucht, unser Gespräch von gestern zu verdrängen, doch allmählich beschleicht mich ein beunruhigendes Gefühl. Ich checke zum wiederholten Mal an diesem Tag mein Handy, doch es hat wie in den letzten Stunden keinen SMS-Eingang zu verzeichnen.
Aber vielleicht hatte ich ja in der »Tee-Fee« einfach keinen Empfang? So was gibt's.
Vielleicht hat Christoph mir ja auch geschrieben und seine Nachricht in der Hektik an eine andere Person in seinem Telefonspeicher verschickt?
Oder vielleicht ist ihm etwas passiert?
Ich beschließe, zur Sicherheit im Verlag anzurufen, obwohl da bestimmt längst keiner mehr ist. Schließlich ist es Freitagabend. Ich lasse es ein paarmal klingeln (denn nun will ich es wissen), und plötzlich meldet sich am anderen Ende Laura.
Nanu, was macht die denn so spät noch dort?, denke ich, frage aber trotzdem nach Christoph beziehungsweise Herrn Köllisch.
»Der war nur am Nachmittag hier und ist vor einer halben Stunde gegangen«, klärt sie mich auf, und ich wünsche ihr noch einen schönen Abend. Natürlich meine ich das nicht ehrlich.

Der »Schwingo« (wie Sarah den Twingo ihrer Mutter nennt) biegt um die Ecke und bringt uns zu Martinas urgemütlicher Altbauwohnung in Winterhude, nur wenige Straßen von der »Tee-Fee« entfernt. Sobald man die Tür öffnet, schlagen einem ähnliche Düfte und Wohlgerüche entgegen wie im Laden. Es riecht nach ätherischen Ölen, Blumen und in der Küche nach frischen Kräutern. Sarah stürmt in ihr Zimmer und schmeißt die neue CD von »Pink« in den CD-Player, während wir uns aus unseren Mänteln schälen und uns dann in die Küche begeben. Ich bin mal wieder erstaunt über dieses kindliche Interessenspektrum, das sich problemlos von »Bibi Blocksberg« über Punk und Techno erstreckt. Während Martina schon mal einen Topf mit Wasser für die Pasta aufsetzt, schenke ich uns ein Glas Rotwein ein und setze mich an den Küchentisch.

»So, nun schieß endlich mal los, ich platze gleich vor Neugier. Bist du etwa verliebt?«, bettle ich nach den Neuigkeiten, doch Martina genießt es sichtlich, mich auf die Folter zu spannen und fängt an, Pesto zuzubereiten. Selbst gemachtes versteht sich, unsereins holt so was ja aus dem Barilla-Glas.

»Nun mach es nicht so spannend, sonst schmeiße ich das Basilikum aus dem Fenster«, versuche ich es mit einer Drohung und betrachte währenddessen eingehend Martinas Figur. Sie hat ganz schön abgenommen und sieht wirklich fantastisch aus. »Wieso bist'n du eigentlich auf einmal so dünn? Wie hast du denn das gemacht?«, bohre ich weiter und spiele mit meinem Rotweinglas.

»Findest du, ich habe abgenommen?«, fragt Martina ungläubig. »Also, Sarah ist da ja ganz anderer Meinung. Neulich im Schwimmbad hat sie mir über den Bauch gestreichelt und ganz mitleidvoll gesagt: ›Mami, kein Wunder, dass der so aussieht, der hat ja auch schon einiges mitgemacht.‹ Und auf meine Frage, was genau sie damit meint, hat sie geantwortet: ›Na, zum Beispiel war ich da drin.‹«

Kluges Mädchen, denke ich und muss wegen Sarahs Formulierung grinsen. Auch Martina schmunzelt. Sie traktiert das Basilikum mit dem Wiegemesser und beantwortet endlich meine Frage nach ihrem Liebesleben. »Ich habe tatsächlich jemanden kennen gelernt«, beginnt sie, »und wenn ich ehrlich bin, hat es mich auch ganz schön erwischt.«

Vor lauter Aufregung kippe ich fast unter den Küchentisch und kralle mich an meinem Rotweinglas fest. Martina verliebt! Martina mit einem Mann! Martina, die ... Ich wage es gar nicht, diesen Gedanken zu Ende zu denken. Für mich ist das alles eine ungewohnte Vorstellung, denn seit ich sie kenne, ist Martina quasi unbemannt. Ihr Ex-Mann Fabian, Sarahs Vater, war beruflich als Vertriebsleiter immer viel unterwegs. Weder Martina noch ich bekamen ihn besonders häufig zu Gesicht, und er machte sich auch prompt aus dem Staub, kaum dass seine Tochter geboren war.

Er wollte seine Freiheit, keinesfalls Kinder, und ehe Martina es sich versah, war sie eines Freitagabends plötzlich allein erziehende Mutter. Fabian hatte ihr eröffnet, er habe die Nase voll von seinem Job, seinem Leben, seiner Verantwortung und vor allem von ihr. Eine Stunde später war er mit Sack und Pack Richtung Griechenland unterwegs, wo er heute noch lebt. Er hockt auf irgend so einem Mini-Eiland namens Nissiros, das auf keiner Karte zu finden ist und züchtet dort Schafe, Ziegen oder tanzt den ganzen Tag Sirtaki, ich weiß es nicht. Und da ich Fabian noch nie leiden konnte, interessiert

mich sein neues Leben auch nicht die Bohne. An sich war ich sogar froh, als er aus Martinas Leben verschwunden ist, weil er ihr nie wirklich gut getan hat, andererseits ist es natürlich auch nicht leicht, allein erziehende Mutter zu sein. Doch ich habe noch nie ein Wort der Klage aus Martinas Mund gehört, obwohl sie durch Sarah und ihren Laden pausenlos auf Achse ist und nie Zeit für sich selbst hat.
Manchmal schäme ich mich direkt für meine »Luxuswehwehchen«, wenn ich höre, womit sich meine Freundin so rumplagen muss.
»Und wie heißt er? Wo hast du ihn kennen gelernt? Wie sieht er aus? Was macht er?«, brenne ich förmlich darauf, in Erfahrung zu bringen, wie der neue Mann in Martinas Leben ist. Diese wiederum grinst nur und beginnt, in aller Seelenruhe Parmesan zu hobeln.
»Tja, wie sieht er aus? Wie so ein erwachsener Mann halt so aussieht. Groß, breitschultrig, kurze braune Haare, sportlich, sympathisches Lächeln ... Er heißt Rolf und ist Banker in Frankfurt. Und um auch diese Frage zu beantworten: Kennen gelernt haben wir uns in meinem Laden, als er ayurvedische Tees für seine Frau gekauft hat.«
Beim ersten Teil ihrer Ausführung lächle ich noch begeistert und male mir den Mann vor meinem inneren Auge aus: eine Mischung aus Kevin Costner und Brad Pitt, denn Martina steht auf diese jungenhaften Schönlinge, im Gegensatz zu mir, die es lieber männlich-markant mag. Doch die Worte »Banker«, »Frankfurt« und »Frau« lassen umgehend meine Kinnlade und meine Mundwinkel nach unten klappen.
»Hast du eben Frau gesagt?«, frage ich noch einmal nach, in der Hoffnung, mich verhört zu haben. Vielleicht hat Martina

ja auch »Pfau« gesagt, aber wer hat schon so ein Tier zu Hause, das zudem noch ayurvedischen Tee trinkt?

»Ja, du hast schon richtig gehört, er ist verheiratet«, antwortet Martina mit fester Stimme und ohne einen Hauch von Bedauern. Erstaunlich.

»Er lebt überwiegend in Frankfurt, aber donnerstags und freitags ist er meistens in Hamburg und hat aus diesem Grunde auch ein kleines Firmenapartment in der Nähe des Ladens. Deshalb hat er ja auch dort eingekauft.«

»Und das ist dann also euer Liebesnest?«, frage ich beinahe tonlos, weil ich das Ganze noch immer nicht fassen kann. Meine Freundin entpuppt sich gerade als echte Mata Hari. Wer hätte DAS gedacht?

»Und wie lange geht das schon mit euch beiden?«, bohre ich verwegen weiter nach, weil ich insgeheim davon überzeugt bin, dass diese Affäre nur ein großes Missverständnis sein kann.

»Seit etwa drei Monaten«, lautet die lakonische Antwort Martinas, die fast vom Getöse des Mixers übertönt wird, in dem gerade Basilikum, Parmesan, Olivenöl und Pinienkerne durcheinander gewirbelt und zu Pesto verarbeitet werden. Ich fühle mich so durcheinander, als würde ich selbst in diesem Mixer sitzen oder im Schleudergang einer Waschmaschine.

»Das mit euch geht schon drei Monate, und du hast mir nichts davon gesagt?«, brülle ich gegen den Lärm der Küchenmaschine an.

»Wovon hast du nichts gesagt? Lügen soll man nicht!«, ertönt auf einmal naseweis Sarahs Stimme, die offensichtlich genug »Pink« gehört hat und nun im Türrahmen steht. »Mama, darf ich ›Nanny‹ gucken?«, fragt sie mehr rhetorisch als auf eine

Antwort wartend und schnappt sich eine Packung Sesamstraßen-Kekse von der Anrichte.
»Ich denke, du darfst eine Woche lang nicht fernsehen, war das nicht so?«, bemerke ich scheinheilig, um sie ein wenig zu ärgern. »Und seit wann isst du eigentlich Ernie und Bert auf, ich denke, die magst du so gerne?«, bleibe ich weiter am Ball und finde mich dabei irre pädagogisch. Martina grinst nur und befreit das Pesto aus dem Mixer.
»Eben drum!«, antwortet Sarah knapp, aber bestimmt, klemmt sich die Tüte unter den Arm und rauscht Richtung Wohnzimmer davon. Die TV-Frage, die heute Nachmittag noch von so dramatischer Bedeutung war, bleibt jedoch unbeantwortet im Raum hängen. Und Martinas Ermahnung »Iss nicht so viele Kekse, es gibt gleich Abendessen!«, interessiert Sarah offensichtlich ebenso wenig wie mich Fußball.
Nahezu wortlos decken wir beide den Tisch, jede in ihre eigenen Gedanken versunken. Ich versuche gerade, mir vorzustellen, was genau Martina an einem Banker reizt. Martina, die Kreative, die Emotionale, die wenig Sachliche?
»Kann ich ihn mal kennen lernen?«, frage ich, um mir ein Treffen zu sichern (nicht, dass so etwas wie mit Annalenas Heiko passiert), bevor Sarahs Serie zu Ende ist.
»Hmm, mal schauen, lässt sich einrichten. Aber ich weiß gar nicht, weshalb dich das so interessiert, ich werde ihn ja vermutlich nicht heiraten«, antwortet meine Freundin scheinbar völlig unbeteiligt und kippt das Nudelwasser in den Ausguss.
»Kunststück, denn das ist er ja schon«, vervollständige ich den Satz und schüttle den Kopf. Ich muss mich doch sehr über Martina wundern. Wieso ist sie eigentlich so emotionslos, wenn etwas derart Bahnbrechendes in ihrem Leben passiert

ist? Wenn ich mich verliebe, lasse ich es Gott und die Steinstraße wissen, schenke mir selbst Blumen, trage anstelle einer rosaroten Brille tiefstes Pink, erzähle meinen Freundinnen jedes Detail jeder Begegnung (die Kuss-Episode auf Miguels Buchpremiere löst mittlerweile nur noch hemmungsloses Gähnen bei Annalena und Martina aus, weshalb ich mir bald mal ein neues Opfer suchen muss, um diesen Rausch der ersten Stunde durch Erzählen immer wieder neu zu erleben ...). Doch Martina? Die wirkt so abgeklärt wie ein Eiszapfen, der weiß, dass er unter glühender Sonne nicht lange zu leben hätte. Deshalb bleibt er auch lieber dort, wo's richtig schön kalt ist. Und wenn ich es recht bedenke, muss ich mein Urteil von vorhin auch revidieren. Martina ist mir gegenüber eigentlich immer relativ gleichbleibend, sozusagen die Ruhe in Person. Was ich als totalen Kontrast zu Annalena, die mir in Sachen Emotionalität, Spleens und einer gewissen Neigung zum Durchdrehen in nichts nachsteht, als sehr angenehm empfinde. Okay, beschließe ich, ich werde die Dinge also beobachten und nicht weiter insistieren.

Das Essen verläuft äußerst entspannt und harmonisch, Sarah erzählt von der Schule und ich von den wenigen Kunden, die sich nachmittags in die »Tee-Fee« verirrt haben.
Ich nehme gerade einen tiefen Schluck Wein, als Sarah unvermittelt fragt: »Mama, wie würdest du es finden, wenn Papi wieder heiratet?«
Ich verschlucke mich beinahe am Inhalt meines Glases und schiele zu Martina rüber, um deren Reaktion zu beobachten.
»Wie kommst du denn jetzt darauf?«, fragt diese jedoch

scheinbar ungerührt und interessiert. »Hat Papa dich etwa angerufen?« Dies ist eine eher rhetorische Frage, denn Fabian meldet sich nur einmal im Jahr bei seiner Tochter, die er ja praktisch kaum kennt, und das an ihrem Geburtstag. Und der ist erst im Dezember.
»Nee, nur so, weil Lisa mich das heute gefragt hat. Ihr Papa heiratet nämlich nächstes Jahr.« Lisa ist Sarahs beste Freundin und ebenfalls ein Scheidungskind.
»Wie würdest du es denn finden, wenn ich wieder heiraten würde?«, fragt Martina unerwartet und mit einem provokativen Funkeln in den Augen.
»Ach nee, Mama, das passiert doch sowieso nie«, antwortet daraufhin Sarah mit einem belustigten Blick, der alles und nichts heißen kann.
»Und wieso nicht?«, erkundigt sich ihre Mutter, ebenfalls belustigt. »Glaubst du, ich krieg keinen mehr ab?«
Interessiert verfolge ich das Gespräch zwischen Mutter und Tochter wie ein Zaungast bei einem Tennismatch. Im Moment steht es »Advantage Martina«, würde ich sagen …
»Nö, das nicht, aber du hast doch mal gesagt, es gibt nur wenige nette Männer, deshalb mein ich das.«
Nach diesem Satz ist es aus mit unserer Fassung. Martina und ich kriegen beide einen Lachkrampf und können nicht wieder aufhören. Sarah sieht verwundert von einer zur anderen und hebt ihre rechte Augenbraue. Fehlt jetzt nur noch, dass sie in verächtlichem Ton sagt: »Weiber!«
Aber sie verkneift sich jeglichen Kommentar und beobachtet nur, wie wir beide puterrot anlaufen, und uns die Tränen über die Wangen kullern.

Spät in der Nacht verabschiede ich mich von Martina und schmeiße mich todmüde und übervoll an neuen Eindrücken in ein Taxi. Meine Freundinnen! Welch ein Chaos. Wie es Annalena wohl im Augenblick geht? Ob sie es schon geschafft hat, sich in einem lodengrünen Flanellschlafanzug in Günther Maaßens Bett zu schleusen? Über dieser Frage schlafe ich beinahe ein und werde erst wieder wach, als der Taxifahrer energisch zwölf Euro fünfzig einfordert, die ich großzügig auf fünfzehn aufrunde. Wenn ich diesen Betrag so sehe, wird mir ganz schlecht. Das mit dem ewigen Taxifahren muss unbedingt bald mal ein Ende haben, wenn ich nicht bald pleite sein will …

Als ich nach Hause komme, blinken zwei Nachrichten auf meinem Anrufbeantworter: Die eine ist von einer Mitarbeiterin des Club Meridien, die meinen Termin zum Probetraining nächste Woche bestätigt (Mist, das hatte ich total verdrängt), und die andere von Annalena, die mir pflichtbewusst mitteilt, dass sie heil in Günthers Feriendomizil eingetroffen ist. Mehr verrät sie leider nicht.

Keine Nachricht von Christoph, von Sissi ebenso weit und breit keine Spur, wahrscheinlich unternimmt sie gerade einen ihrer äußerst seltenen nächtlichen Streifzüge.

Nach einer kurzen Stippvisite im Badezimmer wanke ich müde wie schon lange nicht mehr in mein Bett. Ja, ja, lasst mich doch alle alleine, schniefe ich selbstmitleidig und kuschle mich in mein Kissen. Binnen Sekunden bin ich eingeschlafen und träume vom Autofahren. Ein Zeichen?

Den Samstag verbringe ich damit, meine Wohnung zu putzen (muss ja auch mal gemacht werden) und mir meine Haare zu tönen. Wie immer denke ich vorher nicht über Sinn und Logik von Reihenfolge nach, und so putze ich meine Badewanne ein zweites Mal, nachdem die Pflanzentönung ihr glänzend weißes Inneres in ein zartes Terrakotta getaucht hat.

Danach steht Einkaufen auf dem Programm, wozu ich eigentlich überhaupt keine Lust habe, weil es draußen ungemütlich kalt ist und in Strömen regnet. Doch ich beschließe, mich mit einer Flasche Prosecco und der neuen »Vogue« zu belohnen und mache mich bewaffnet mit einem Schirm tapfer auf den Weg.

Gerade als ich – eher versehentlich – im Kühlregal nach einem Becher Sahnejoghurt greife, ertönt auf einmal eine weibliche Stimme neben mir, die mir sofort die frisch getönten Haare zu Berge stehen lässt.

»Findest du den auch so lecker? Ich könnte ja sterben für Sahnejoghurt. Leider ist er für mich viel zu fett, aber du kannst es dir ja leisten, bei deiner Figur!«

Für einen Moment habe ich das Gefühl, meine gute alte Blondi zu hören, bis mir einfällt, dass ich ihr ja gekündigt habe. Gerüchten zufolge arbeitet sie jetzt für das ehemalige Mollig-Model Sophie Dahl, bei der sie offensichtlich einen guten Job gemacht hat, denn aus dem vormals rund-gesunden Pummelchen und Ikone der Damen ab Größe 44 aufwärts ist nun eine Kreuzung aus Kate Moss und Gwen Stefani geworden. Weshalb sie jetzt von ihren ehemaligen Fans als Verräterin beschimpft wird, was ich gut verstehen kann.

Als ich mich zu der Stimme umdrehe, blicke ich direkt in die himmelblauen Augen von Laura von der Osten und verstehe die Welt nicht mehr. Was macht die denn hier? Ich denke, sie wohnt an der Elbchaussee?

»Ich denke, du wohnst an der Elbchaussee?«, entfährt mir auch schon unkontrolliert die Frage, und ich stelle den Sahnejoghurt wie unter Hypnose wieder zurück ins Regal.
»Ja, das tue ich auch, aber Herr Köllisch und ich haben gestern bis spät in die Nacht gearbeitet, wir mussten ja die Vertreterkonferenz vorbereiten, und da habe ich bei einer Freundin übernachtet.«
Bis spät in die Nacht gearbeitet? Ich verstehe immer noch »Bahnhof«. Laura hat am Telefon doch gesagt, Christoph sei schon nach Hause gegangen, als ich gestern anrief. Ich muss wohl aussehen wie die sprichwörtliche Kuh, wenn's donnert, denn Laura betrachtet mich mit einer Mischung aus Faszination und Häme, wenn ich ihren Gesichtsausdruck richtig interpretiere …
»Aber sagtest du nicht, Christoph, äh, Herr Köllisch (verdammt!!) sei bereits gegangen, als ich angerufen habe?«, hake ich nach, in der Hoffnung zu verstehen, was anscheinend klar auf der Hand liegt.
»War er ja auch. Aber er kam noch mal wieder, weil er etwas vergessen hatte. Und als er mich noch rumwirbeln sah, hat er mir geholfen. Da konnte ich ihm auch von deinem Anruf erzählen, weil du doch noch so dringend mit ihm über die Verfilmung von Miguel Vargas' Buch sprechen musstest, nicht? Das war doch der Grund, weshalb du ihn noch im Verlag gesucht hast?«
(Wieso habe ich das Gefühl, dass Lauras Augen immer schmaler werden und so aussehen, als wüsste sie alles?) Doch Laura plaudert – scheinbar ungerührt – weiter.
»Und danach sind wir noch in der Bar vom Doc Cheng etwas trinken gegangen. Hat er dich denn nicht mehr angerufen?

Ich habe ihn jedenfalls noch mit seinem Handy telefonieren gesehen, und ich hatte ihm doch gesagt, wie wichtig der Rückruf für dich ist.«

Für den Moment ist es mir, als würde ich den Boden unter den Füßen verlieren. Ich warte sehnsüchtig auf einen Anruf von Christoph oder zumindest auf irgendein Zeichen, und der treibt sich fröhlich mit dieser blöden blonden Kuh rum. Und dann auch noch in der Bar vom Doc Cheng, Frechheit! Ich weiß gar nicht, was ich darauf antworten soll und bin hin- und hergerissen zwischen dem Bedürfnis loszuheulen oder Lauras Gesicht in die Palette »Obstgarten« zu drücken, die ein Supermarktboy gerade herankarrt. Doch mit einem letzten Rest von Selbstachtung zaubere ich ein Lächeln auf mein Gesicht.

»Natürlich hat er sich noch gemeldet, schließlich ist Miguels Buch sehr wichtig für den Verlag!« Mit dieser Aussage mache ich auf dem Absatz kehrt und rufe Laura ein »Bis Montag« zu, das sie vermutlich gar nicht mehr hört, weil sie gerade mit einem Liter Magermilch und der neuen Lätta Joghurt mit 0,1 Prozent Fett beschäftigt ist.

Den Rest meiner Einkäufe erledige ich äußerst unkonzentriert, die Quittung dafür kassiere ich, als ich wieder zu Hause angekommen bin und nichts wirklich zusammenpasst. Nur Sissi hat Glück, an ihr Whiskas habe ich trotz des Laura-Debakels gedacht. Soll mir keiner vorwerfen, dass meine Katze unter meiner Beziehungskrise leiden muss. Beziehungskrise? Langsam und mit Bedacht lasse ich mir den Begriff durch den Kopf gehen. Kann man denn eine Beziehungskrise haben, wenn man gar keine Beziehung hat? Oder haben Christoph und ich sogar eine Beziehung, aber dafür keine Krise? Ich weiß es einfach nicht. Ich bin total ratlos.

Der Anrufbeantworter zeigt keine neuen Nachrichten an, es stehen auch keine roten Rosen vor der Tür – also noch immer kein Zeichen von Christoph weit und breit.
Den ganzen restlichen Nachmittag versuche ich, mich abzulenken. Ich schaue alte »Sex and the City«-Folgen auf Video, blättere in der neuen »Gala« und habe das Gefühl, alle Frauen wären auf einmal blond und das, obwohl laut Statistik angeblich die Spezies der Blondinen ausstirbt (ha, jawohl!), und im Jahre 2050 oder so in Finnland das letzte Exemplar dieser Gattung geboren werden wird. Claudia Schiffer, Michelle Hunziker, die Ehefrau von Kevin Costner und die Ex von Ben Kingsley und allen voran natürlich »uns« Heidi Klum, Supermodel aus Bergisch-Gladbach, mit den dunkelbraunen Haifischaugen und Joghurt-Gums zwischen den Zehen, die in Birkenstocksandalen stecken, während sie einen Burger von McDonald's vernascht, sich parallel dazu die Beine mit Silk Épil epiliert und im Kopf bereits das Design für ihre nächste Modekollektion entwirft.
Der Fairness halber versuche ich, mir auch die Blondinen vor Augen zu führen, mit denen es das Leben weitaus weniger gut gemeint hat: Grace Kelly und Marilyn Monroe zum Beispiel, beide mausetot, Anna Nicole Smith und Pamela Anderson, Klone ihrer selbst, die pro Woche dreimal zu ihrem persönlichen Beautydoktor müssen. Jenny Elvers und Nova Meyer-Henrich, die ihr Leben immerzu auf Partys verbringen müssen, damit überhaupt noch jemand Notiz von ihnen nimmt, und – natürlich nicht zu vergessen – Nicole Kidman! Wunderschön, begabt und intelligent, aber im Rennen um den Mann ihres Lebens aus der Bahn gekegelt von einer rassigen Spanierin, die – ei wie putzig – die spanische Version des

Nachnamens von Tom Cruise trägt, der die arme Nicole nach zehnjähriger Ehe und einer Fehlgeburt schändlichst im Stich gelassen hat. Nicht unbedingt ein Grund zu jubeln …
Doch selbst diese dramatischen Ereignisse konnten »Nic«, wie sie liebevoll genannt wird, nicht wirklich etwas anhaben, denn nun fliegen ihr sämtliche Herzen zu (aus Mitgefühl), lukrative Filmverträge (wegen des endlich erkannten Talents) sowie Affären mit Promischnuckeln wie Robbie Williams, Jude Law oder Pop-Guru Lenny Kravitz. Und momentan sieht es auch noch so aus, als hätte sie sich erfolgreich einen Millionär mit ihren chanelroten Fingernägeln gekrallt. Außerdem ist sie ständig so was wie »Woman of the year« und nun auch noch das neue Gesicht von Chanel. Für immerhin fünf Millionen Euro Gage, wie ich jüngst lesen durfte.
Und wo sind die brünetten Ikonen einst vergangener Tage geblieben?
Ava Gardner, Sophia Loren, Cindy Crawford und allen voran natürlich Audrey Hepburn? Aber auch Penelopé Cruz, eben beschriebene Spanierin, für die sich auf den Festivals kein Mensch mehr interessiert, wenn nebenan Nicole Kidman einen ihrer hundert neuen Filme präsentiert und dabei wirkungsvoll in die Kameras lächelt. Penelopé war doch nur ein rehäugiges Anhängsel von Tom, der sich ihrer mittlerweile schon wieder entledigt hat und mit Sicherheit schwul ist. Wenigstens ist Penelopé dabei nicht auf der Strecke geblieben und sucht sich derzeit ein Brautkleid aus, wie eine Zeitschrift berichtet hat.
Während mich düstere Gedanken einhüllen, weil ich immer noch Lauras Gesicht als Bedrohung vor mir sehe, klingelt auf einmal das Telefon. Es ist so still in meiner Wohnung, dass

sogar Sissi sich erschreckt und einen Satz in Richtung Korbsessel macht.
Klopfenden Herzens warte ich, wer auf meinen Anrufbeantworter spricht.
»Nun geh schon ran, Marie, ich weiß, dass du da bist. Ich habe Licht bei dir gesehen, als ich eben vorbeigefahren bin.«
Ich hadere einen Augenblick mit mir: Ein Teil von mir sehnt sich danach, binnen weniger Sekunden in Christophs Armen zu liegen, der andere will sich lieber unabhängig und stark zeigen. And the winner is …
»Christoph?«, frage ich atemlos und reiße dabei fast die Ladestation des Telefons um. »Ich bin's, Marie!«
»Ach nee«, lacht Christoph am anderen Ende der Leitung (oder der Welt? So weit entfernt kommt er mir auf einmal vor). »Das habe ich mir schon gedacht, denn schließlich habe ich ja dich angerufen und niemand anderen. Und ich hoffe doch sehr, dass du noch die Marie bist, in die ich mich verliebt habe, denn momentan benimmst du dich sehr merkwürdig, wie ich finde …«
Nach diesem Satz folgt eine lange, bedeutungsvolle Pause, und ich überlege fieberhaft, was ich antworten soll.
»Magst du noch vorbeikommen und hier übernachten?«, vernehme ich dann jedoch schmeichelnd und zärtlich die Stimme meines Freundes, und wenige Zeit später liege ich auch schon wohlig schnurrend und zusammengerollt wie eine Katze neben ihm. Um das Bett herum eine leere Weinflasche, Gläser, Pistazienschalen und ein paar übrig gebliebene Käsehäppchen. Laura und unser Beziehungsdisput liegen in weiter Ferne, meine Welt ist wieder in Ordnung, und in dieser Nacht schlafe ich geradezu traumlos vor Glück.

Sonntagmorgen sitzen wir wie ursprünglich verabredet in Eppendorfs Szene-Café »La Caffeteria«. Mir wird ganz warm ums Herz, wenn ich mich hier so umsehe. Einerseits, weil die Heizung so schön aufgedreht ist, andererseits, weil hier bereits alles vorweihnachtlich dekoriert ist. Ein bisschen früh vielleicht, aber der Anblick von Rentieren, auf deren Rücken rote Kerzen stecken, stimmt mich mindestens so glücklich wie das Käsefrühstück und der Latte Macchiato, die vor mir stehen. Sogar fast ebenso wie Christoph, der mir gegenübersitzt und im »Spiegel« vom vergangenen Montag blättert. Während mein Freund völlig vertieft in einen Artikel über weiß der Himmel was ist, habe ich genügend Zeit, meine Umgebung einer genauen Inspektion zu unterziehen. Dies ist ein Café mit ziemlich hoher Promidichte, und auch heute habe ich Glück: Am Tisch schräg gegenüber sitzt eine blasse, etwas mitgenommen wirkende Blondine mit Schlapphut und rührt selbstvergessen in ihrem Müsli herum. Irgendetwas an ihr kommt mir bekannt vor, ich weiß nur nicht was und woher. Ein junger Typ, Marke »Seht alle her, ich bin wichtig!«, betritt nun den Raum, unmittelbar gefolgt von Society-Kolumnistin Katja Kessler (hochschwanger) und ihrem Gatten Kai Diekmann, seines Zeichens Chefredakteur der »Bild Zeitung« (hochgradig erregt, worüber auch immer).
Beide steuern auf den einzigen noch freien Tisch am Fenster zu, auf dem ein »Reserviert«-Schild steht.
So schnell kann ich meine Aufmerksamkeit gar nicht teilen, und in Sekundenschnelle rattert es durch meinen Kopf, wie ich aus der Blonden oder aus dem Power-Couple Kessler & Co. in irgendeiner Weise für den Verlag Kapital schlagen kann. An sich finde ich ja, dass Katja Kessler nach den zwei

Bohlen-Biografien ruhig mal etwas Eigenes schreiben könnte. Exposés für einen Angelique-Zweiteiler und Kolumnen für »Frau im Spiegel« oder dergleichen zu produzieren, lastet einen ja auf Dauer auch nicht aus, und auf die süßen Kleinen passt ja sicher eine liebevolle Nanny auf …

Ich hadere mit mir, ob ich sie ansprechen soll. Da die Arme aber noch nicht einmal die Chance hatte, sich ein Getränk zu bestellen, bremse ich mich noch etwas und konzentriere mich stattdessen auf die blonde Müsli-Frau. Der Ich-bin-wichtig-Typ von eben hat ihr gegenüber Platz genommen und quasselt nun ohne Punkt und Komma auf die Dame im Schlapphut ein. Jedes Mal, wenn er sich auch nur ein bisschen zur Seite beugt, und damit der Blick auf sie etwas freier wird, starte ich mein inneres Promi-Identifizierungsprogramm.

Wenige Sekunden später habe ich des Rätsels Lösung gefunden: Die Blonde ist eine ARD-Seriendarstellerin. Den Titel habe ich zwar vergessen, aber es ist so eine Büroserie, und die Frau vom Tisch gegenüber spielt eine Sekretärin oder irgendetwas in der Art. Also eher Kategorie C-Promi, da wende ich meine Aufmerksamkeit doch lieber wieder Frau Kessler zu.

»Konzentrier dich doch mal auf das Frühstück und zapple hier nicht so rum«, reißt Christophs Stimme mich aus meinem Promijagdfieber. »Ist ja toll, dass du dich engagierst, aber es ist Sonntag, wir haben frei, also kannst du dich ohne schlechtes Gewissen entspannen.«

Kaum hat Christoph diesen Satz ausgesprochen, öffnet sich erneut die Tür, und eine Gruppe von vier Leuten betritt das Café. Im nahtlosen Wechsel nehmen sie an einem größeren Tisch Platz, der gerade frei geworden ist und zum Glück ebenfalls in meinem »Sichtbereich« liegt. Zwei Pärchen, sym-

pathisch und noch etwas verschlafen, von denen besonders der eine Damenteil mir ebenfalls bekannt vorkommt. Verdammt, was ist denn das hier heute? Heiteres Promiraten mit versteckter Kamera? Kann ich vielleicht eine Kreuzfahrt in die Südsee gewinnen?
Also, den Luxusliner würde ich natürlich nie betreten, dazu habe ich viel zu große Platzangst und »Titanic« einmal zu oft gesehen. Doch die Situation hier ist so unwirklich, dass ich damit rechne, jeden Moment Felix und Paola oder so auftauchen zu sehen, um mich vorzuführen. Mein Gehirn arbeitet mittlerweile auf Hochtouren. Auf keinen Fall handelt es sich hier um eine Schauspielerin, Sängerin oder Moderatorin.
Wieso kommt sie mir aber dennoch bekannt vor, und weshalb sehe ich sie vor meinem inneren Auge mit einer hellbraunen Wildlederjacke bekleidet und einem braunen Lederkoffer unterm Arm, obwohl sie einen blauen Sweater trägt und eine stinknormale Handtasche bei sich hat? Aus den Augenwinkeln bemerke ich Christophs belustigtes Lächeln, das ich für den Moment einfach ignoriere, denn schließlich habe ich gerade Wichtigeres zu tun.
Auch ihr Begleiter kommt mir irgendwie bekannt vor, als hätte ich die beiden schon einmal zusammen auf einem Foto gesehen. Aber wahrscheinlich waren wir nur einmal alle zusammen auf der gleichen (oder heißt es selben? Ich kann mir das einfach NIE merken!) Party.
Ich versuche nun, mich abzulenken und blättere ziellos in einer alten Ausgabe des »Stern«, da Christoph sich offensichtlich vorgenommen hat, den »Spiegel« auswendig zu lernen. Schön, wenn frisch Verliebte sich so viel zu sagen haben! Zu meiner großen Freude entdecke ich einen Artikel von Ildikó

von Kürthy über Jennifer Lopez und Ben Affleck, kurz »Bennifer« genannt, der so genial geschrieben ist, dass ich mit meinem Gekichere zur Erheiterung sämtlicher Gäste an den Nachbartischen beitrage. Und da fällt es mir auch wieder ein: Die Dame mit dem Ledermantel und dem Koffer ziert den Umschlagtitel des Buches »Freizeichen« meiner Lieblingsautorin Ildikó von Kürthy. Und tatsächlich ist es Ildikó, die mir da in aller Unschuld und wenig spektakulär beim Frühstück gegenübersitzt und gerade ihr Brötchen in zwei Hälften teilt. Gebannt starre ich sie an und beobachte, wie sie lacht, sich unterhält, wie und was genau sie isst. Komisch, man sieht ihr die Bestsellerautorin gar nicht an. Aber, was habe ich denn erwartet? Dass sie Buchstaben auf ihre Oberlider tätowiert hat? Ich ringe mit mir. Zu gerne würde ich zu ihr hingehen und mich mit ihr von Freundin zu Freundin unterhalten. Wenn ich zum Beispiel jemals Calista Flockhart alias Ally McBeal auf der Straße träfe, würde ich sie ja auch freundlich grüßen. Oder ihr eine Banane schenken, damit sie mal wieder ein bisschen was auf die Rippen bekommt.

Doch nun zurück zu Ildikó. Ich überlege, ob ich sie vielleicht irgendwie abpassen kann ... Allerdings ist das nur schwer möglich, wenn sie mit drei Personen unterwegs ist, es sei denn, sie muss mal, und das muss sie ja ständig, wie man aus ihren Büchern weiß.

»Ich gehe mal eben kurz zur Toilette«, höre ich sie doch tatsächlich in diesem Moment sagen, fast als wolle sie mir, ihrer Schwester im Geiste, ein Zeichen geben.

Während sie sich in Richtung »Damen« begibt, sinniere ich über den perfekten Zeitpunkt, um sie dort zu stellen.

Aber angenommen, ich treffe sie wirklich dort, was soll ich dann sagen?
»Hallo, Ildikó, ich bin's, Marie, einer deiner größten Fans neben Millionen anderen auch. Ich bin in der Verlagsbranche tätig, und auch meine Eltern kommen aus Ungarn, wir sind also aus dem gleichen (selben?) Holz geschnitzt, komm, lass uns Schwesternschaft trinken!«
Okay, wohl eher nicht so passend … Und außerdem weiß ich nicht, wie sie es findet, wenn ich sie an einen Ort verfolge, an dem man ja nicht unbedingt angesprochen werden möchte. Schon gar nicht von seinen Fans. Aber das Gefühl, eine nie wiederkehrende Chance zu verpassen, treibt mich ebenfalls zu den »Damen«. Es ist wie eine fremde Macht, die mich in ihren Bann gezogen hat, ohne dass ich es eigentlich wirklich will. Gerade, als ich die Tür öffne, tritt sie aus der Kabine ans Waschbecken und wäscht sich die Hände. Für einen kurzen Augenblick stehen wir uns gegenüber und sehen uns an, keine zehn Zentimeter trennen uns.
Die Bestsellerautorin und die Promijägerin.
Wir lächeln uns beide kurz und höflich zu, dann begebe ich mich auf das stille Örtchen, und weg ist sie, die Ildikó. Meine Heldin! Viel größer und schlanker, als ich es vermutet hatte. Aber es ist schön, einmal in ihrer Nähe gewesen zu sein …

Nach dem ereignisreichen Frühstück (was habe ich eigentlich gegessen?) schleift Christoph mich noch rund um die Alster, damit ich »mal an die frische Luft komme«, wie er sagt. Verdrossen trotte ich hinter ihm her und bin froh, als er mich bei mir zu Hause abliefert, weil er noch einmal in den Verlag muss. Liebe hin oder her, aber beim Spaziergang zwischen

Trillionen von Joggern, Fahrradfahrern und Kinderwagen schiebenden Jungfamilien sehe ich mich mit einer geballten Ladung von Affronts konfrontiert, die umgehend einen Rückzugsimpuls in mir auslöst.
Zu Hause schmuse ich eine Runde mit Sissi, telefoniere mit meiner Mutter, die morgen zu einer Nilkreuzfahrt aufbricht, und lese. Um 17.45 Uhr schmeiße ich mich vor den Fernseher, denn es ist Zeit für meinen sonntäglichen Pflichttermin in Sachen Promis.
Es ist Zeit für »RTL Exclusiv Weekend«.
Eine komplette Stunde lang erfahre ich alles, was »Gala« und »Bunte«, bedingt durch ihren Redaktionsschluss, nicht mehr bringen konnten, und das ist mal mehr, mal weniger aufregend. Viel spannender finde ich persönlich die Tatsache, dass Moderatorin Frauke Ludowig auch nach der Geburt ihres zweiten Kindes aussieht wie eh und je. Schmal, zerbrechlich und gehüllt in ein kuscheliges Etwas (Cashmere?) lächelt sie mit ihren zartrosa Lippen engelsgleich in die Kamera. Keine Spur von postnatalen Speckröllchen oder tiefen Augenringen, die auf schlaflose Nächte hindeuten, kurz: Man könnte angesichts ihrer Erscheinung glatt auf die Idee kommen, Kinderkriegen sei leichter als gemeinhin angenommen.
Nachdem ich nun alles über die Trennung von Heidi Klum und Flavio Briatore erfahren habe sowie über Heidis neues Liebesglück mit Tochter Leni und Sänger Seal und die damit verbundene zweite Schwangerschaft informiert wurde und außerdem weiß, wie viel Promikids beim Shoppen in Sankt Moritz ausgeben und welcher potenzielle Superstar/Almöhi/Dschungelcampbewohner von den Zuschauern abgewählt wurde, durchkämme ich kurz die TV-Zeitschrift

auf der Suche nach einem schönen Film, mit dem ich den Sonntagabend stimmungsvoll ausklingen lassen könnte. Pilcher wäre nicht schlecht, denke ich, oder »Harry und Sally«. Doch als mein Blick auf den Film um 20.15 Uhr im ZDF fällt, sitze ich schlagartig senkrecht auf meinem Sofa. Was ist denn das? »Inga Lindström – Sehnsucht nach Marienlund«, im Programm vollmundig als legitime schwedische Nachfolgerin von Rosamunde Pilcher angekündigt. Das muss ich sehen!

Beschwingt steige ich kurz in die Badewanne, koche mir ein paar Spaghetti, gönne mir ein Glas Rotwein und kuschle mich, gewandet in einen karierten Flanellschlafanzug und mit dicken Socken an den Füßen, in meine Wolldecke, froh, dass mich keiner sieht. Zum einen, weil ich eine Milch-und-Honig-Gesichtsmaske einwirken lasse, zum anderen, weil es definitiv nichts Störenderes gibt als Männergesellschaft bei Fernsehfilmen dieser Art.

Andreas, mein Ex, hatte zum Beispiel die schlechte Angewohnheit, mir bereits nach der ersten Szene zu erzählen, wie das Ganze ausgehen würde. Vermutlich ein kleiner Racheakt im Hinblick auf meine abfälligen Kommentare zu Star Wars Episode 111-645 oder Indiana-Jones-Filmen. Im Prinzip war natürlich auch mir klar, wer vermutlich am Ende mit wem vor dem Traualtar stehen würde, aber darum geht es in diesen Filmen ja gar nicht. Aber das werden Männer wohl leider nie begreifen.

Es geht um wundervolle Landschaften und um ein England, in dem erstaunlicherweise immer die Sonne scheint. (Obwohl mir ein Pilcher-Darsteller einmal verraten hat, dass es bei fast allen Szenen regnet, die Kamera das aber aus irgendeinem

Grund nicht aufnimmt. Wenn es dann aber mal wirklich regnen soll, bedarf es dazu schon ein wenig mehr als eines typischen englischen Nieselregens, da muss dann eine richtige Turbo-Power-Sprinkleranlage her.)

Zudem geht es in solchen Filmen um herzallerliebste Cottages, um üppig blühende und sich rankende Rosenhecken und um gutherzige Haushälterinnen, die immer einen Tee parat haben, wenn es der Hauptdarstellerin nicht gut geht. Um tiefblaues Meer, kreischende Möwen im Wind, wogende Brandung und um wackere Helden, die sich trotz gesellschaftlicher, moralischer und familiärer Widerstände für ihre Liebste ins Zeug schmeißen, und notfalls selbst die giftige Erbtante über eine Klippe schubsen.

Hach, denke ich in aller Vorfreude auf den Film, und das alles jetzt sozusagen auf Schwedisch, na, da bin ich aber mal gespannt.

Bevor es losgeht, checke ich noch mal mein inneres Register nach Stichworten zum Thema Schweden. Außer H&M, Ikea, Elchen und ABBA fällt mir jedoch nichts Wesentliches ein. Nun gut, eine Folge von »Girlfriends« spielte in Stockholm, was ja wohl die Hauptstadt Schwedens ist. Und gab es da nicht das »Smörrebröd, smörrebröd, römtömtöm« bei den Muppets? Oder war das Dänisch und nicht Schwedisch?

Wie kommt es eigentlich, dass ich diese skandinavischen Länder permanent miteinander verwechsle? Zum Beispiel die Fjorde mit den Schären. Welches von beiden liegt gleich wo? Vielleicht sollte ich meinen alten verstaubten Diercke-Weltatlas aus dem Keller holen, um meine Defizite in Sachen Geografiekenntnisse aufzuarbeiten.

Doch Gott sei Dank fällt mir nun noch ein weiterer Ort in Schweden ein, den ich kenne: Bullerbü!
So heißt das Dorf, in dem die Romanfiguren von Astrid Lindgren leben und mindestens so glücklich sind wie sämtliche Darsteller von Pilcher und Lindström zusammen. Sie heißen Karlsson, Madita, Pelle oder Tore und treiben sich wahlweise auf dem Dach, in Birkenlund oder in der Küche von Tante Alva herum.
Über diesen Gedanken an eine Zeit, als ich noch jung genug war, um an die tatsächliche Existenz von Bullerbü zu glauben, verpasse ich komplett den Inhalt der Tagesschau, die zu sehen ich mir doch fest vorgenommen hatte. Schließlich genügt es nicht, wenn ich nur weiß, dass die neue Freundin von Flavio Briatore ebenfalls aus Bergisch-Gladbach kommt und dass Til Schweiger endlich nach Hamburg gezogen ist.
Gedankenverloren mustere ich das Outfit von Eva Herman und finde, sie könnte mit ihren langen blonden Haaren durchaus auch in »Sehnsucht nach Marienlund« mitspielen. Denn die Schwedin an sich, das weiß ja sogar ich, ist eher blond als dunkelhaarig.
Um mich noch ein bisschen mehr in Stimmung zu bringen, vertilge ich als Dessert ein Stück Marabouschokolade nach dem anderen – Schokolade aus Schweden, lecker!
Endlich ist es so weit: Zuerst erscheint der Filmtitel auf dem Bildschirm und kurz darauf die erste blonde Darstellerin (wusste ich es doch!). Es ist Eva Haberman, die schon mal in England bei Rosamunde Pilcher mitspielen durfte, doch diesmal trägt sie den schönen Namen Katja und sagt zur Begrüßung »Hej« anstelle von »Hello«, oder was man halt sonst in Cornwall so sagt. Katja ist Stewardess, und die

dunkelblaue Uniform steht in einem prima Kontrast zu ihren blonden Haaren. Liiert ist sie offensichtlich mit einem feschen Luftfahrtkapitän, auch Pilot genannt, mit dem sie allerdings aus irgendwelchen unerfindlichen Gründen nicht zusammenziehen will. Und das, obwohl er willens ist, ihr einen Brillanten an den zartgliedrigen Ringfinger zu stecken. Katja umwabert indes ein großes Geheimnis, an dem wir im Laufe der Sendung mit Sicherheit teilhaben dürfen. Und dieses Geheimnis scheint irgendwie mit dem Nationalheiligtum des Landes, einem Elch, zu tun zu haben. Denn als Katja nach einem Anruf ihrer (dunkelhaarigen!) Schwester nach Marienlund eilt, weil sich ihr zerstreuter Herr Erzeuger beim Parken des Hausbootes den Arm verletzt hat, begegnet sie diesem Urviech, das lässig und ruhig just über die Straße trottet, die Katja nach Marienlund führen soll. Katja und ich zucken quasi synchron zusammen und bestaunen ehrfurchtsvoll die Größe des Tieres. Die Plüschversionen bei Ikea sehen eigentlich immer ganz niedlich aus mit ihrem puscheligen Geweih und den dunklen Knopfaugen. Doch nicht so dieses Exemplar. Bedrohlich steht es am Straßenrand, glotzt Katja und mich bedeutungsschwanger an, woraufhin die Arme beinahe einen Herzanfall erleidet und ich mitfühlend mit ihr. Rasch leere ich mein Weinglas und schenke nach. Auch Sissi guckt sehr irritiert: Inga Lindström ist anscheinend eine Nummer härter als Pilcher.
Die nächste halbe Stunde des Films wird von Karin Dor (die wir Cineasten aus Edgar-Wallace- und Winnetou-Filmen kennen) bestimmt, die Katjas Tante spielt, welche das Geheimnis um Marienlund hütet und aus irgendeinem Grund irre sauer auf ihre Nichte ist. Die wiederum hat mittlerweile

die Nase voll vom schwedischen Landleben und will zurück nach Stockholm, um ihr Hochzeitskleid anzuprobieren.
Marienlund ist übrigens sehr hübsch. Es ist tomatenrot angepinselt, wie es sich für ein ordentliches Schwedenhaus gehört, liegt idyllisch am See und hat sogar einen eigenen Bootssteg, der im Laufe des Films noch eine wichtige Rolle spielen wird.
Der Rest der Sendung plätschert fröhlich vor sich hin, kurz unterbrochen vom Auftauchen eines gut aussehenden Architekten, der ganz kreative Ideen hat und sich auf der Stelle in die blonde Katja verliebt, obwohl er verheiratet ist und eine Tochter sein Eigen nennt. Und obwohl der Elch noch mehrmals unheilschwanger durchs Bild trabt.
Nach vielen Irrungen und Wirrungen, dem obligatorischen Gewitter und der Suche nach der Tochter, die in den Wald ausgebüchst ist, um dort mit Ronja Räubertochter zu spielen, sind am Ende alle ganz doll nass und haben sich ganz doll lieb. Marienlund wird zu einem Hotel umfunktioniert mit dem Architekten und Katja als Besitzer, und auf dem Speiseplan steht als Spezialität des Hauses: Filet vom Elch.
Während der Abspann über den Bildschirm flimmert, und ich den Film rekapituliere, entdecke ich irritiert ein paar inhaltliche Lücken, was vermutlich daran liegt, dass ich zwischendurch ein paarmal eingenickt bin. Was ich wiederum sicher dem langen Spaziergang mit Christoph an der Alster zu verdanken habe.
»Blöd«, murmle ich, während ich mir die zu Beton gewordene Milch-und-Honig-Maske vom Gesicht kratze. Jetzt weiß ich gar nicht, wie das wirklich war, mit Katja, dem Architekten, dem Piloten und dem Elch.

Als ich todmüde ins Bett falle, denke ich noch einen Moment an Annalena und überlege, ob sie demnächst wohl mit Günther Maaßen nach Schweden fährt, denn Elche schießen, das ist doch eine echte Herausforderung für jeden gestandenen Jägersmann, oder?

»Und wie war's?«, bestürme ich Montagmorgen meine arme Freundin, die es kaum schafft, sich aus ihrem Schal zu wickeln, so sehr hüpfe ich um sie herum und fuchtle mit den Händen.

»Ganz nett«, erhalte ich eine knappe Antwort, während Annalena in ihrer Tasche nach dem Handy wühlt. Heute sieht sie aber gar nicht nach Jägersbraut aus. Entweder war das Wochenende ein Reinfall, oder sie hatte doch nicht genug Klamotten gekauft – oder etwa die falschen?

»Mann, nun tu doch nicht so geheimnisvoll. Lass dir doch nicht jedes Wort aus der Nase ziehen!«, quake ich Annalena an und versuche, ihrem Gesichtsausdruck zu entnehmen, wie es gelaufen ist.

»Okay, die gute Nachricht ist: Es war ein tolles Wochenende. Günther hat sehr nette Freunde, und wir hatten viel Spaß. Die schlechte ist: Ich habe jetzt tatsächlich einen neuen Verehrer, aber der heißt nicht Günther Maaßen.«

»Nicht?«, frage ich überrascht und kann gar nicht glauben, was ich da soeben gehört habe. Wie kann es sein, dass man beinahe drei Tage mit Annalena verbringt und sich nicht Hals über Kopf in sie verliebt?

»Meinst du, Günther ist vielleicht doch schwul und findet dich einfach nur nett so als platonische Freundin?«, bohre ich nach. »Oder er ist verheiratet«, mutmaße ich weiter, in Gedanken bei Martinas Love affair, »und will erst einmal testen, ob du es wert bist, sich von seiner Frau zu trennen. Nette Männer laufen nicht einfach so frei herum, das hätte uns eh misstrauisch machen sollen.«

»Ach, was auch immer, im Moment ist es mir auch egal. Es war ein wunderschönes Wochenende, ich hatte meinen Spaß, Frank ist auch ganz nett, und überhaupt habe ich momentan gar keine Lust auf eine wirkliche Beziehung. Wie war denn dein Wochenende so?«

In kurzen Sätzen liefere ich Annalena eine Zusammenfassung von Martinas Geschichte und meiner Begegnung der dritten Art mit Laura, die ein ziemliches Runzeln auf der Stirn meiner Freundin hervorruft.

»Findest du es normal, dass sie hier so spät abends noch rumgegeistert ist? War doch ihr erster Tag im Verlag und noch dazu ein Freitag, wo alle Leute früh gehen. Was hatte sie denn überhaupt so Wichtiges zu tun?«, erkundigt sich Annalena, und eigentlich ist das eine berechtigte Frage, über die ich noch gar nicht nachgedacht habe. Mich hatte Christophs Einladung ins Doc Cheng viel mehr beschäftigt, denn Angela ist, soweit ich weiß, niemals in den Genuss einer solchen persönlichen Verabredung gekommen.

»Hallo, ihr beiden, wie war euer Wochenende?«, ertönt wie auf Kommando Lauras Stimme, und wir zucken beide instinktiv zusammen, als hätte sie uns bei etwas Unerlaubtem ertappt. Keine von uns beiden fühlt sich bemüßigt zu antworten, was Laura offensichtlich völlig richtig als Zeichen versteht, sich wieder zu entfernen. Wahrscheinlicher ist es aber, dass sie einfach gar keine Zeit hat, die Antwort auf ihre Frage abzuwarten, weil sie ja SO VIEL ZU TUN HAT.

Am Nachmittag habe ich mein Date mit Alexander Bräuer. Darauf muss ich mich noch etwas vorbereiten. Ab und zu beschleicht mich momentan das ungute Gefühl, mit meinen Gedanken viel mehr bei meinem Privatleben zu sein als beim Job. Hochmotiviert (zumindest rede ich mir das ein) google ich meinen Actionschauspieler im Netz, lese alles, was ich an Material über ihn finden kann, und ertappe mich dabei, wie mein Auge immer wieder an Fotos von ihm hängen bleibt, die ihn mit kurzärmeligen T-Shirts oder – megasexy – in Unterwäsche zeigen. Letzteres ein Beitrag für »Men's Health«. Als mir ein schwärmerisches »Wow« entfährt, will auch Annalena wissen, was mich gerade so begeistert, und kommt zu mir rüber. Gemeinsam sitzen wir vor meinem Bildschirm und fangen an, uns über körperliche Vorzüge von Männern zu unterhalten und darüber zu diskutieren, welches Maß an Muskelmasse gerade noch männlich ist, und ab wann es »aufgepumpt« wirkt. Wir einigen uns darauf, dass bei Alexander Bräuer alles exakt da und in der Menge vorhanden ist, wie es sein sollte, und dass uns der übertrainierte Brad Pitt in »Troja« überhaupt nicht gefallen hat. Von Brad Pitt kommen wir unweigerlich auf Orlando Bloom, der zwar in »Fluch der Karibik« locker neben Johnny Depp bestehen konnte, jedoch als »Paris« ein wenig blass und schmächtig wirkte. Genau so also, wie wir Männer nicht haben wollen!
Leider wird unsere Philosophiestunde jäh von einem Anruf der Agentur von Dirk Baumann unterbrochen – einem Radiomoderator, mit dem ich einen Erziehungsratgeber plane. Das Konzept sowie einige Probekapitel stehen anscheinend schon, und ich verspreche, mich so schnell wie möglich zu melden, sobald ich die Textdatei gelesen habe.

Am Nachmittag ist es dann so weit: Ich treffe Alexander Bräuer an der Bar des Hotel Dorint am Alten Wall, DER place to be, momentan. Ich bin ein paar Minuten zu früh da, bestelle mir einen Latte Macchiato (auch wenn der gemäß »Elle« mittlerweile megaout ist) und habe jede Menge Gelegenheit, auch hier nach Promis aller Couleur Ausschau zu halten.
Irgendwie scheint in Hamburg mal wieder ein Film-Event stattzufinden, denn ich sehe viele Herren in schwarzen Anzügen, Headsets am Ohr und wichtige dicke Mappen unterm Arm. Eben betritt Armin Rohde die Lobby durch die Drehtür, umgehend gefolgt von Harald Krassnitzer.
Ich bemerke, wie Nervosität in mir aufsteigt, obwohl ich mich doch ursprünglich gar nicht besonders für Alexander Bräuer interessiert habe. Vielleicht hätten Annalena und ich uns nicht so sehr in die Betrachtung seiner Fotos stürzen sollen ... Wie er wohl »in echt« aussieht?
Das Erste, was ich von Alexander Bräuer zu sehen bekomme, ist seine Rückenansicht, weil er gerade dabei ist, durch die Drehtür des Hotels nach draußen zu gehen. Er ist in Wirklichkeit sehr viel schmaler und kleiner, als man ihn aus dem Fernsehen kennt. Die berühmten fünf Kilo, die die Kamera dazumogelt und die für Frauen oft über Karriere beim Fernsehen entscheiden, sind in seinem Fall anscheinend eher von Vorteil. Hmm, muss ich jetzt enttäuscht sein?
Doch dies ist wahrlich nicht der Moment, um über Derartiges zu sinnieren, denn das Objekt meiner literarischen Begierden ist soeben im Begriff, sich davonzumachen.
»Herr Bräuer!«, rufe ich ihm panisch und in voller Lautstärke hinterher, bevor ich auf die Drehtür zusprinte. Sämtliche Besucher der Hotellobby inklusive des Personals an der

Rezeption müssen mich für völlig bekloppt halten. Oder schlimmer noch: für ein mannstolles Groupie. Doch es wird noch schlimmer. Denn in dem Moment, als ich es schaffe, mittels der Tür ins Freie zu gelangen, tritt Alexander Bräuer den Rückzug an und steht – unsicher um sich blickend – wieder in der Hotellobby. Also lege ich meinerseits nun wieder den Rückwärtsgang ein, zwänge mich durch die Tür, um dann – etwas atemlos – vor dem Schauspieler zum Stehen zu kommen. Hoffentlich ist er es auch wirklich, bislang habe ich ihn ja quasi nur von hinten gesehen …

Ein Glück, er ist es in der Tat und schenkt mir zur Begrüßung ein hinreißendes Lächeln. Als wir im Café der Lobby Platz nehmen, bestellt er sich zudem einen grünen Tee, was ich schon mal sehr sympathisch finde. Begeistert strahlt er mich an und versichert mir, wie sehr er sich über meinen Anruf beziehungsweise die Kontaktaufnahme mit seiner Agentur gefreut habe. Mann, hat der tolle braune Augen! Und tolle Grübchen, auch wenn ich darauf sonst nicht so stehe. Ich muss mich wirklich arg konzentrieren, am liebsten würde ich jetzt einfach nur eine Weile dasitzen und ihn ein wenig anhimmeln. Doch ich bin anscheinend nicht die Einzige, die so empfindet, denn immer wieder taucht wie aus dem Nichts ein weibliches Wesen auf, das um ein Autogramm bittet.

»Sorry, aber ich muss nachher noch eine Laudatio auf einer Preisverleihung halten, wir haben also leider nur noch zehn Minuten, ist das okay für Sie?«, fragt er plötzlich und sieht mich entschuldigend an. »Hat sich vorhin erst ergeben, weil der ursprüngliche Laudator plötzlich erkrankt ist.«

Aha, so viel also zum Thema »Ich bin extra Ihretwegen in Hamburg«. Am liebsten würde ich ihm antworten, »Nein ist

es nicht, ich möchte Sie weiter ansehen und noch ein wenig in Ihrer Nähe sein«, aber der professionelle Teil von mir erklärt, dass das gar nicht schlimm sei und nimmt artig das Manuskript entgegen, das er erstaunlicherweise schon dabei hat.
»Das habe ich vor etwa einem Jahr geschrieben«, erklärt er. »Ich weiß, es ist noch verbesserungswürdig, aber ich vertraue auf Ihre Hilfe und Ihr professionelles Urteil. Ich kann Kritik vertragen, seien Sie also ruhig streng zu mir.«
Innerhalb von Sekunden jagen, ohne dass ich es will, nicht nur wahre Domina-Fantasien durch meinen Kopf, sondern auch Bilder, in denen Alexander Bräuer und ich an einem menschenleeren Strand in der Karibik liegen und von Piraten überfallen werden, die mich entführen wollen. Was aber kein Problem ist, weil Alexander bereit ist, alles dafür zu geben, um mich, seine Angebetete, zu retten.
Peinlich berührt von diesen Kleinmädchen-Träumen schüttle ich mich innerlich und versuche, mich nun wieder auf das Wesentliche zu konzentrieren, als sich eine unwerfende Blondine nähert und direkt auf den Schauspieler zusteuert. O nein, nicht schon wieder eine Autogrammjägerin, denke ich und stutze plötzlich: Ist das nicht die Frau, die ich gestern erst im Café gesehen habe? Schnell versuche ich den Anblick des Müsli essenden Wesens mit Schlapphut in Einklang mit dem Anblick zu bringen, der sich mir hier gerade bietet. Mit der Sekretärin aus der Fernsehserie hat dieses Exemplar hier nix mehr zu tun, eher mit einer jungen Version von Sharon Stone mit milchweißem Teint, Haaren wie Gold und Beinen wie ein Reh. In einem atemberaubenden Outfit, das eindeutig auf Preisverleihung mit anschließender Glamourparty schließen lässt. Wow, welch eine Frau!

Während ich noch überlege, in welcher Beziehung das blonde Reh zu Alexander Bräuer stehen könnte, umschlingt sie ihn auch schon und setzt sich ungeniert auf seinen Schoß. Ich bin perplex und platt, denn meines Wissens ist seine Frau, die Fotografin, weder blond noch spielt sie Sekretärinnen im Fernsehen.

»Darf ich bekannt machen?«, erlöst Alexander Bräuer mich aus meiner Grübelei. »Marie Teufel, vom Verlag Bader & Köllisch, und Ina Veltlin, meine Freundin.«

»Freut mich sehr«, lüge ich und gebe Ina brav die Hand. Was um Himmels willen hat er denn mit seiner tollen Frau gemacht? Meint er, die bekommt nichts von diesem Betrug mit, nur weil sie die meiste Zeit des Jahres in der Provence lebt? Mir muss das Entsetzen wohl mitten ins Gesicht geschrieben stehen, denn prompt bekomme ich eine Erklärung geliefert, als sei Herr Bräuer mir diese schuldig, jetzt, wo wir uns doch immerhin schon zwanzig Minuten kennen.

»Ich habe mich vor ein paar Wochen scheiden lassen. (Halt! Stopp! Ich muss sofort bei »Gala« und »Bunte« anrufen!) Meine Frau hat das Haus in der Provence behalten, und ich pendle momentan zwischen Paris und Berlin hin und her. Und manchmal bin ich auch in Hamburg, wie Sie sehen, und was mich gerade heute natürlich ganz besonders freut.«

Dabei sieht er uns beide verträumt nacheinander an, und es bleibt unklar, ob er sich nun Inas oder meinetwegen gerade hier besonders »kuschelig« fühlt.

Meine Gedanken laufen derweil Amok: Erst mal muss ich die Information verarbeiten, dass dieser Mann nicht mehr verheiratet ist – an sich ja schon mal positiv, weil der Mann demnach frei für andere Frauen ist – und dann, wie schnell er sich offensichtlich schon wieder neu verbandelt hat (auch wenn Männer sich bekanntlich ja gern sofort nach Trennungen neu orientieren) und, last but not least, seine Treuherzigkeit, mit der er mir das alles auf die Nase bindet, obwohl es mich ja nun wirklich nichts angeht.

Aber wenn ich eines im Laufe der Zusammenarbeit mit Promis gelernt habe, dann, dass es unter ihnen einige Exemplare gibt, die extrem mitteilungsbedürftig sind und keinen Unterschied machen, wem sie was erzählen.

Oder auf wessen Schoß sie gerade sitzen, wie im Falle von Ina Veltlin.

»Kann es sein, dass ich Sie am Sonntag im ›La Caffeteria‹ gesehen habe?«, frage ich diese, nur um etwas zu sagen, damit die Konversation im Fluss bleibt.

»Ja, das stimmt«, antwortet die schöne Blondine, offensichtlich erfreut, weil sie wahrgenommen wurde.

»Sie sahen zwar ein wenig anders aus«, fahre ich fort, »aber ich habe ein gutes Gedächtnis für Gesichter, deshalb habe ich sie trotz Ihres Hutes am Wochenende sofort erkannt.«

Nun kennt Ina Veltlins Begeisterung keine Grenzen mehr, offensichtlich ist sie noch recht neu im Geschäft und befindet sich in der Phase, in der man heilfroh ist, wenn einen überhaupt jemand erkennt.

»Wirklich? Sie haben mich trotz meiner Verkleidung erkannt? Die Leute sagen mir immer, ich soll mich nicht hinter großen Hüten und Sonnenbrillen verstecken, damit man mich auch wirklich sieht, aber ich bin ein wenig scheu und, na ja …«

Dieses »na ja« bleibt unkommentiert in der Luft hängen, und ich hätte nicht übel Lust, sie zu fragen, ob sie auch nur deshalb auf dem Schoß ihres Liebsten sitzt, damit auch wirklich jeder sieht, wer sie ist, und wen sie sich da geangelt hat. Doch ich für meinen Teil bin für ihr abruptes Schweigen froh, denn ihre Stimmlage unterscheidet sich nur um Nuancen von der von Verona Feldbusch, jetzt Pooth, vorbei, und hohe Kinderstimmen in Kombination mit Blondinen sind nun mal meine Sache nicht.

»Liebling, wir müssen los«, beendet nun Alexander Bräuer diese etwas sinnentleerte Unterhaltung, befördert Ina von seinem Schoß, und eine Sekunde lang befürchte ich, er werde ihr gleich einen Klaps auf den Po geben. Wir verabschieden uns, und ich verspreche ihm, sein Skript in den kommenden Tagen zu lesen und mich dann wieder zu melden.«

Nach dieser etwas merkwürdigen und ziemlich kurzen Begegnung beschließe ich, die Gunst der Stunde zu nutzen und mich noch etwas in der Innenstadt umzusehen. Ich entere sämtliche Läden von Mexx bis H&M, bin aber nicht so recht in Stimmung. Irgendwie habe ich das Gefühl, dass alle Klamotten auf die Zielgruppe der Blondinen ausgerichtet sind, und sich die Farbwelt gegen mich verschworen hat. Außerdem bieten Winterklamotten ohnehin keine besonderen Reize, denn in Ringelpullis und dicken Zipperjacken liegt ja nun wirklich keine Erotik.

Nachdem ich mich dennoch unermüdlich durch einen Zara-Laden gekämpft habe, wandere ich mit fünf Oberteilen über dem Arm in die Umkleidekabine. Doch das Problem scheint hier nicht an den Farbtönen zu liegen, auch nicht an zu kleinen Größen, was Bauch- und Beinumfang betrifft, sondern diesmal passe ich erstaunlicherweise in keinen Ärmel hinein. Haben die Spanierinnen so dünne Ärmchen, oder ist das eine spezielle Kollektion für Magersüchtige? Während ich ärgerlich versuche, den Ausweg aus einem Jäckchen in himmlischem Altrosa zu finden, klingelt auf einmal mein Handy.

»Marie Teufel«, melde ich mich etwas gequält, während ich zeitgleich an dem halsstarrigen Wollstoff zerre.

»Alexander Bräuer hier. Ich wollte mich noch bei Ihnen für das Treffen bedanken und Ihnen sagen, wie sehr ich mich schon jetzt auf die Zusammenarbeit mit Ihnen freue!«

Ich merke, wie mein Herz einen kleinen Salto schlägt, und schäme mich gleichzeitig, weil ich sofort an Christoph denken muss.

»Äh, danke, ich fand's auch sehr nett«, stammle ich in den Hörer, während ich gleichzeitig das Geräusch von reißendem Stoff höre.

»Das nächste Mal müssen wir uns unbedingt mehr Zeit nehmen«, fährt Alexander Bräuer fort. »Zu dumm, dass heute diese Preisverleihung dazwischengekommen ist. Dann können wir auch das Manuskript in Ruhe durchgehen. Ich kann es kaum erwarten zu hören, wie Sie es finden. Tschüss, liebe Frau Teufel, machen Sie es gut, ich freue mich schon auf Ihren Anruf!«

Noch ehe ich darauf etwas antworten kann, klickt es auch schon in der Leitung, und ich starre ungläubig auf mein Handy. Diese Stimme ... Da läuft es einem ja heiß und kalt den Rücken hinunter.

Ich schüttle meine Verzückung ab und wende mich meinen aktuellen Problemen zu. Erfreut stelle ich fest, dass es sich bei dem gerissenen Stoff nicht um die Zara-Jacke handelt, sondern um mein altes, langärmeliges T-Shirt, das ich drunterzwängen wollte, und bin erleichtert, nicht eine Jacke kaufen zu müssen, in die ich gar nicht hineinpasse. Obwohl? Ich könnte sie ja Laura schenken oder Ina, die würden da glatt fünfzigmal reinpassen, allerdings ist Altrosa definitiv keine Farbe für Blondinen (Ausnahme: Frauke Ludowig), stelle ich befriedigt fest und verlasse lächelnd den Laden.

Gedankenverloren schlendere ich zur Bushaltestelle und finde es mal wieder echt nervig, entweder auf die blöden öffentlichen Verkehrsmittel angewiesen zu sein, die immer überfüllt sind, deren Inneres selten gut riecht und in denen sich oft Menschen rumtreiben, die man lieber in Sicherheitsverwahrung wüsste, oder eben für ein olles Taxi Unsummen hinzublättern.

»Das muss sich ändern«, murmle ich vor mich hin, und flüchtig schleicht sich der Gedanke an Fahrstunden in meinen Kopf. Doch der ist zurzeit noch stark blockiert mit Gedanken an mein Treffen mit Alexander Bräuer.

Ich ertappe mich bei der Vorstellung, anstelle von Ina an seiner Seite bei der Preisverleihung zu sein: Ich würde zehn Kilo weniger wiegen, wäre circa zwanzig Zentimeter größer und würde in einem silbrigen Paillettenkleid glitzern. Nicht so eines, wie es bei mir zu Hause hängt und das Sarah bei einem ihrer Besuche so beeindruckt hat, sondern ein richtig tolles Designerkleid, vielleicht von Galliano oder so.

Ich würde Alexander Bräuer oder wem auch immer eine Trophäe überreichen, eine hinreißende und geistreiche Laudatio halten, wie die Welt sie noch nie gehört hat, und anschließend mit ihm tanzen und die Welt um mich herum vergessen.

»Fehlt nur noch die Krone und das Pferd, mit dem wir beide dann in die Nacht reiten«, vervollständige ich, über mich selbst witzelnd, den Prinzessinnentraum und versuche, mich wieder zur Ordnung zu rufen. Das ist auch nötig, denn kaum

dass ich endlich im Bus sitze, ruft Christoph an, um sich nach dem Verlauf des Treffens zu erkundigen.
»Meinst du, wir kriegen das Buch für Herbst nächsten Jahres hin?«, will er wissen. Ich erkläre ihm, dass ich das Skript erst einmal lesen muss, weil ich momentan weder weiß, worum es geht, noch ob der Mann überhaupt mehr schreiben kann als seine Autogramme.
Endlich zu Hause, packe ich meine Sportsachen, denn morgen habe ich mein Probetraining im Club Meridien, und darauf muss ich mich auch kleidungsmäßig optimal vorbereiten. Außerdem wird mich das hoffentlich ein wenig ablenken, denn momentan bin ich irritiert von meinen eigenen Reaktionen: Das Treffen mit Alexander Bräuer will mir einfach nicht aus dem Kopf gehen.
Dabei habe ich doch Christoph.
Was um Himmels willen ist nur los mit mir?
Vielleicht ist es Zeit, sich ein wenig körperlich zu quälen und zu kasteien, das wird mir sicher gut tun.

Verschüchtert stelle ich mich am nächsten Nachmittag in die Warteschlange am Tresen im Club Meridien, an dem vier Blondinen (ja, wirklich, VIER) damit beschäftigt sind, Chipkarten einzuscannen, -Beitragszahlungen zu kassieren oder was man halt sonst noch so tut am Empfang eines Fitnessclubs. Das Ganze wirkt ein bisschen wie im Hotel, und prompt erblicke ich auch schon das Pendant zur Hotelboutique: den hauseigenen Laden für Sportklamotten. Einige Sekunden kämpfe ich mit mir, ob ich erst dort einen Blick hineinwerfen soll, bevor ich einchecke, rufe mich dann aber zur Ordnung , weil ich schließlich bereits Sportklamotten im

Wert von über sechshundert Euro mit mir rumschleppe, was für den Anfang eigentlich reichen sollte.
Zur offiziellen Begrüßung erhalte ich ein rotes Armband, an dem mein Spindschlüssel baumelt, und einen Antrag, den ich ausfüllen muss. Dann mache ich mich an den Aufstieg zur oberen Etage mit den Umkleidekabinen. Beinahe scheitere ich schon an den Codes, die nicht jeden dazu legitimieren, diesen Trakt des Fitnesscenters zu betreten. Eine sympathisch aussehende Frau Mitte fünfzig ist mir netterweise dabei behilflich und erklärt mir auch gleich das Spindsystem. Etwas verschämt beginne ich, mich umzuziehen und beobachte dabei aus den Augenwinkeln die Bodys meiner Mitstreiterinnen in spe.
Bis auf die eben genannte Mittfünfzigerin sind alle in Top-Form, wobei ich nicht erkennen kann, ob das so ist, weil sie sich hier regelmäßig quälen, oder ob sie lediglich von der Natur begünstigt sind. Das hier wäre das ultimative Paradies für Blondi, seufze ich und lasse meinen Blick nach meterlangen und cellulitefreien Beinen nun über apricotfarbene Wände und geschmackvolle Korbsessel gleiten, die vor den großen Spiegeln mit integrierten Turboföhnen aufgestellt sind. Ob man da wohl einen Caipi serviert bekommt, während man sich – quasi aprés Sport – wieder herrichtet?
Ich zwänge mich in meine neuen Sportsachen und verfluche Annalena dafür, dass sie mich in dieser schweren Stunde alleine lässt, es aber heute Vormittag natürlich nicht lassen konnte, mich mit Horrorgeschichten von Fitnessstudios zu verunsichern. (»Du willst doch nicht allen Ernstes in einer öffentlichen Dusche duschen? Findest du das gar nicht eklig? Weißt du denn nicht, was man sich alles zerren kann, wenn man sich an den Gewichten verhebt? Ich hatte da mal eine Freundin, die …) Ir-

gendwann habe ich innerlich einfach abgeschaltet, weil es sonst nur zwei Möglichkeiten gegeben hätte: Annalena sofort den Hals umzudrehen, oder sie zur Strafe mit hierher zu schleppen.
Wild entschlossen, jetzt alles zu geben und meine Freundin eines Besseren zu belehren, binde ich meine Haare zu einem Zopf und mache mich auf die Suche nach Carsten, meinen »Personal Trainer«. Wie das klingt! Irgendwie toll.
Hat nicht alles, was Rang und Namen hat, zumindest einen persönlichen Fitnesscoach, wenn nicht sogar eine ganze Entourage an Stylisten, Visagisten, Köchen und was die Diva von heute eben sonst noch so braucht? Und ich gehöre jetzt dazu. Zumindest so ein bisschen.
Ich stoße die Tür zum Kraftraum auf, denn dort am Tresen bin ich mit besagtem Carsten verabredet. Ein paar Jungs, die alle aussehen, als wären sie gerade aus dem Surfurlaub auf Bali zurückgekommen, stecken ihre Köpfe zusammen und lachen. Drehen mir und den anderen Menschen, die sich an den Maschinen abquälen, dezent den Rücken zu und scheinen nicht im Mindesten ambitioniert, ihren Job zu machen.
»Ist einer von euch Carsten?«, piepse ich durch den Raum, bereit, sofort die Flucht zu ergreifen und das »Unternehmen Fitnesscenter« abzubrechen, für den Fall, dass Carsten mal kurz »für kleine Jungs« ist.
Ist er aber nicht, sondern dreht sich smart lächelnd zu mir um und streckt mir mit strahlendem Gebiss (Bleaching?) seine Hand entgegen.
»Hi, ich bin der Carsten, und du bist sicher die Marie. Ich habe schon auf dich gewartet. Herzlich willkommen im Club Meridien!«
Angesichts dieser netten Begrüßung vergesse ich für eine

Sekunde meine Angst und schöpfe Hoffnung, dass das hier vielleicht doch noch ein netter Abend werden kann. Tapfer wackle ich hinter Carsten her, der ein paar Formulare holt und mich mit Fragen bombardiert.

Er will alles genau wissen: was ich esse (nur Gesundes wie Salat und Gemüse, versteht sich), wie viel ich wiege (da mogle ich doch glatt fünf Kilo runter und senke die Stimme, damit es ja keiner hört), ob und welchen Sport ich bereits getrieben habe (was soll ich sagen: Singen, Prosecco trinken, Turnübungen mit Christoph?), und ob ich spezielle Stellen habe, die mir Kummer bereiten. Ich finde es höchst anständig von Carsten, nicht das böse PZ-Wort (Problemzone) quer durch den Raum zu brüllen, und so beichte ich ihm Stück für Stück, was meiner Meinung nach sanierungsbedürftig ist:

- der Hals (ich hätte gern das Modell »Schwanensee« von Grace Kelly)
- die fülligen Oberschenkel und strammen Waden (hier hätte ich gern die Zwei-Meter-Beine, mit denen Julia Roberts Richard Gere in »Pretty Woman« umschlingt, obwohl man ja munkelt, es seien gar nicht die ihren gewesen)
- meinen kugeligen Bauch (da hätte ich gerne die Waschbrett-Modelle »Kylie Minogue«, »J. Lo« oder auch »Beyoncé«)
- die Brust könnte für mein Dafürhalten auch etwas strammer sitzen und gerne auch ein bis zwei Körbchengrößen kleiner sein (mehr so das Modell Äpfelchen, wenn Sie wissen, was ich meine …)
- der Po reicht zwar kurventechnisch an den von J. Lo heran, sitzt aber nicht jeden Tag da, wo er sitzen sollte

– die schlabbrigen Oberarme (da hätte ich gerne die durchtrainierten Modelle von Meg Ryan oder Madonna, das soll man ja mit Pilates in den Griff bekommen können)

Hmm, habe ich etwas vergessen? Kritisch sehe ich an mir herunter. Meine Füße sind soweit okay, meine Hände auch, für Gesicht und Haare sind die Jungs hier nicht zuständig, und so viele Körperteile gibt's ja nun auch wieder nicht. Und EIGENTLICH bin ich ja soweit ganz zufrieden mit mir.
»Bist du sicher, dass du nichts vergessen hast?«, reißt mich Carstens Stimme jäh aus meinen Betrachtungen. Ich zucke schuldbewusst zusammen und frage mich, wie er das nun gemeint haben könnte ...
»Ich meine ja nur«, sagt Carsten freundlich und lässt einen prüfenden Blick über meinen Körper gleiten. Ich fühle, wie sich ungesunde Röte in meinem Gesicht breit macht, und komme mir bei dieser Begutachtung ein wenig so vor, als ob ich demnächst für zehn Euro das Kilo auf einem Markt angeboten werden sollte. Da würde immerhin Einiges zusammenkommen.
»Außer deinen Füßen und Händen hast du ja eigentlich kein gutes Haar an dir gelassen«, fährt Carsten fort, »und ich kann – zumindest auf den ersten Blick – nicht wirklich sehen, dass es derart schlimm um dich bestellt sein soll. Ich kreuze also mal die üblichen weiblichen Stellen an: Bauch, Beine, Po, und ich denke, wir sind damit dann schon auf einem guten Weg.«
Wir? Soweit ich Carstens Body überschauen kann, sitzt da weit und breit nix an den falschen Stellen. Da labbert und

schlabbert nichts, der ganze Mann ist ein Ausbund an jungenhaftem Charme und hat einen oberleckeren Körper. Und er riecht gut, was ich ihm in seinem Job hoch anrechne. Aber dieses »Wir« soll mir sicher nur ein Gefühl der Integration vermitteln und hat mitnichten zu bedeuten, dass wir von nun an Pobacke an Pobacke gemeinsam trainieren. Ich wage es zumindest nicht zu hoffen ...

Doch Carsten sieht durchaus motiviert aus, kritzelt ein paar Anmerkungen auf sein Blatt, das auf dem Klemmbrett ruht, und sagt nun verheißungsvoll: »Na dann wollen wir mal!« Er geleitet mich in einen anderen Raum mit Fahrrädern, stellt mir bei einem davon die richtige Sitzhöhe und das digitale Messgerät ein und weist mich an, zwanzig Minuten dort zu verweilen. In Strampelposition versteht sich. Danach, verspricht er, holt er mich wieder ab.

Während Carsten also wieder lässig zu seiner Bar zurückschlendert und sich wahrscheinlich einen Caipi, getarnt als Multivitaminsaft, genehmigt, sitze ich auf dem Rücken des Fahrradpferdes und versuche, das Ganze mit Fassung zu tragen. Der Start klappt so weit ganz gut, denn schließlich bin ich als Kind viel und gern Fahrrad gefahren, was aber im Verlauf meines Älterwerdens und mit Entdeckung des Transportmittels Taxi erheblich nachgelassen hat. Als ich klein war, bin ich viel auf dem Land rumgefahren (wir hatten eine Ferienwohnung), aber ich bin eine absolute Niete, was den Straßenverkehr betrifft. Bereits als Fußgängerin eine Zumutung für weitere Verkehrsteilnehmer und den öffentlichen Nahverkehr, mutiere ich als Fahrradfahrerin zu einer wahren Nervensäge, die stoisch auf dem Bürgersteig fährt, obwohl der liebe Gott längst Fahrradwege erfunden hat. Dort erschrecke ich dann Omis, die, bewaffnet mit ihren Einkaufstüten, des Weges entlangeiern, und Mütter, die mit ihren Zwillings-Kinder-Maxi-Cosis die gesamte Breite des Gehsteigs einnehmen. Alle paar Sekunden sehe ich mich hektisch um, ob mir eine fremde Macht auf den Fersen ist, und drohe dann, frontal mit einem entgegenkommenden Passanten zu kollidieren. Kreuzungen überquere ich nur, indem ich bereits zehn Kilometer vorher absteige und hektisch nach links und rechts und rechts und links schaue. Immer meinen Feind – das Auto – im Visier.

Während andere lässig mit einer Schulter an der Ampel lehnen und sich eins pfeifen, schiebe ich hektisch mein Rad über die Straße und schwöre mir, mich nie wieder in eine solche Situation zu begeben.

Und da bin ich nun, zwar auf einem fest montierten Fahrrad und ohne die drohende Gefahr von Gegenverkehr, dafür aber konditionell in äußerst schlechter Verfassung. Die ersten fünf Minuten meistere ich noch mit Bravour, danach sackt jedoch mein Energiepegel erheblich in den Keller. Um mich herum strampeln knackige Jungs und Mädels (darunter eine Hochschwangere und eine Oma von mindestens neunzig) tapfer und unglaublich lässig vor sich hin. Einige lesen Zeitschriften oder ein Buch, und es wirkt, als hätte die untere Körperhälfte rein gar nichts mit dem Rest zu tun.

Ich warte sehnsüchtig darauf, dass sich wenigstens auf eine der Stirnen eine kleine Schweißperle mogelt, oder sich im Achselbereich eine zarte dunkle Färbung abzeichnet. Aber nichts dergleichen! Eine blonde Fee lächelt mir aufmunternd zu und fragt: »Na, biste das erste Mal hier?«, eine Frage, die sie sich angesichts meiner Verfassung ruhig hätte sparen können. Während ich mit aufkommendem Seitenstechen kämpfe, möchte ich mich dennoch von meiner höflichen Seite zeigen und gebe ihr brav Recht. Zu mehr Konversation bin ich leider nicht mehr fähig ...

Bevor ich völlig in Selbstmitleid versinke, versuche ich es mit mentaler Ablenkung. Ich denke noch mal an mein chaotisches Treffen mit Alexander Bräuer. Warum will der Mann eigentlich schreiben? Das habe ich mich schon die ganze Zeit gefragt. Ist er denn nicht bekannt genug? Wenn seine Motivation nur darin besteht, es intellektuell mit seiner Frau aufnehmen zu können, dann hätte sich das ja jetzt erledigt, wo er doch geschieden ist, und Ina Veltlin nicht gerade wirkt wie eine kommende Nobelpreisträgerin. Auf meine Frage nach seinen Beweggründen hat er jedoch nur unverbindlich etwas von »mal etwas anderes machen wollen«, und »schließlich schreibe er ja auch Drehbücher« genuschelt und mich mit dem Gefühl zurückgelassen, an dieser Stelle für den Moment lieber nicht weiterzubohren ...

Die Schinderei zieht sich schrecklich. Bestimmt bin ich schon eine Ewigkeit auf diesem Drahtesel und trete und trete ... Schließlich gebe ich auf, blicke auf die Uhr und erkenne beschämt, dass lediglich zehn Minuten vergangen sind. Ich angle japsend nach meiner Vittel-Flasche, die ich in weiser Voraussicht mitgebracht habe.

Ursprünglich fand ich die Vorstellung einfach nur toll, mit einer Wasserflasche herumzulaufen, so wie die »No Angels«, Werbeträger der Firma Vittel, seinerzeit bei ihren Konzerten. Ich finde, das wirkt immer unglaublich schick und aktiv. Doch nun klammere ich mich an die Flasche, als sei sie mein letzter Rettungsanker im Meer dieses Fitnessstudios.

»Na, da haben wir aber schnell schlappgemacht, nicht?«, vernehme ich auf einmal Carstens Stimme hinter mir.
»WIR sicher nicht«, fauche ich ihn mit letzter Kraft an. »Ich tauge nun einmal nicht zum Radsportprofi. Lance Armstrong und Jan Ullrich würden einen Anfall bekommen, wenn sie mich hier so sehen würden.«
Carsten lacht, murmelt etwas von »sich nicht entmutigen lassen« und »aller Anfang ist schwer« und schleift mich zu den Muckigeräten.
»Nachdem du dich jetzt ein bisschen (für meinen Geschmack liegt etwas Verächtliches in der Art, wie er das sagt: ›Ein bisschen‹) warm gemacht hast, kümmern wir uns nun um deine Arm- und Brustmuskeln«, doziert er mit unheilschwangerer Stimme und deutet mit weit ausgebreiteten Armen auf alle Geräte, die sich offensichtlich mit diesem Teil meiner PZs befassen werden. Dieser Teil des Trainings gefällt mir schon bedeutend besser, und ich kann nicht umhin, mich ab und zu mal stolz im Spiegel zu beobachten, wie ich da so trainiere, als hätte ich mein Leben lang nichts anderes getan. Flugs, damit Carsten es nicht mitbekommt, staple ich noch ein paar Kilo mehr auf das Butterfly-Gerät (trotz der kryptischen Warnungen Annalenas) und übe so lange, bis ich nicht mehr weiß, wo oben und unten ist.
Danach geht es weiter zum Bauchbereich, und ehe ich mich versehe, finde ich mich in einer Metallkugel wieder und mache Sit-ups, während Carsten interessiert mein Trainingsergebnis verfolgt.
Auf und nieder, immer wieder …
Die nächste Station gilt meinen unteren Gliedmaßen, und nun sitze ich in irgendwelchen Maschinen, in denen ich entweder

meine Beine grätschen oder irgendwelche fiesen Teile kraft meiner Oberschenkel zusammendrücken muss. Die Grätschnummer finde ich persönlich ziemlich entwürdigend, und mir fällt dabei unweigerlich das kompromittierende Video ein, das einst von Lady Diana gedreht wurde, als sie in eben demselben Maschinchen saß und grätschte, was ihre Schenkel hergaben. Keine Frage, dass der nette Paparazzo »mittenmang« filmte, der Grund dafür, weshalb bald ganz England wusste, wie es um die inneren Werte der Königin der Herzen bestellt war. Um die verhüllten inneren Werte, versteht sich, aber immerhin!

Während ich nun in Gedanken versunken grätsche und presse, verdunkelt auf einmal die Silhouette eines gut gebauten Mannes meine Sicht aus dem Fenster in die Freiheit. Es ist jedoch nicht Carsten, der mal wieder korrigierend eingreifen will, sondern Alexander Bräuer, der plötzlich vor mir steht und leicht belustigt meine Trainingsbemühungen mustert.

»Na, das sieht doch schon ganz gut aus«, behauptet er und grinst sich eins mit seinen neckischen Grübchen. Instinktiv klappe ich meine Beine zusammen und lasse eines der Geräteteile mit lautem Geschepper an die Seite krachen. Hoffentlich ist nichts kaputtgegangen. Aber selbst wenn, ist es mir auch egal, denn schließlich will ich nicht in dieser entwürdigenden Position von einem meiner Autoren angetroffen werden. Noch dazu von einem, der mir äußerst gut gefällt.

»Oh, hallo, Herr Bräuer, was für eine Überraschung ... Was machen Sie denn hier?«, stammle ich und versuche, mir mit dem Handtuch das Gröbste aus dem Gesicht zu wischen. Einschließlich meines Make-ups.

»Ich trainiere hier, was denn sonst? Das Spa vom Dorint ist

zwar Weltklasse, aber ich brauche doch ein paar Geräte mehr, wenn ich mich auf meine Action-Rollen vorbereite«, klärt Alexander Bräuer mich netterweise auf, und ich glaube ihm jedes Wort, jetzt wo seine durchtrainierten Oberarme aus dem Muscle-Shirt blitzen – nein, durchbrechen. Wie ein hypnotisiertes Kaninchen starre ich auf seinen Oberkörper und die Arme und kann mich der Vorstellung nicht erwehren, wie es sich wohl anfühlen würde, wenn …

»Ach, hier bist du, Schatz!«, ertönt jedoch auf einmal die hohe Stimme Ina Veltlins, die offensichtlich mitgekommen ist, um ihren Liebling zu beschützen. Vor sportlicher Unbill und vor hyperventilierenden Frauen wie mir.

Ina sieht wieder blendend aus, trägt diesmal allerdings keinen Schlapphut, sondern einen äußerst knappen und entzückenden Sportdress, nach dem sich bereits alle männlichen Anwesenden umdrehen.

»Du erinnerst dich an Marie Teufel vom Verlag Bader & Köllisch?«, appelliert Alexander Bräuer freundlicherweise an das Erinnerungsvermögen seiner Freundin, deren Gesicht sich ob dieser Erklärung merklich aufhellt.

»Ach ja, Frau Teufel, wie schön, Sie wieder zu sehen. Hatten Sie denn schon Gelegenheit, in das Manuskript von Alexander reinzuschauen?«

Das Manuskript, ja, also nein, die Zeit hatte ich noch nicht, oder vielmehr, es mangelte an Lust, aber das kann ich ja jetzt wohl schlecht zugeben. Also stammle ich etwas von einem dringenden Abgabetermin eines anderen Skripts, soll Alexander Bräuer ruhig gleich wissen, dass er nicht der einzige Autor auf weiter Flur ist.

Die beiden wundern sich zum Glück nicht über meinen eher

dürftigen Arbeitseinsatz im Hinblick auf dieses Projekt, verabschieden sich wieder (Gott sei Dank!) und schlendern in den Nebenraum zu den Fahrrädern. Offensichtlich müssen Sie sich erst mal aufwärmen, und durchtrainiert, wie die beiden aussehen, beginnen sie sicher erst einmal mit fünfzig Minuten radeln …
Nun bemerkt auch Carsten, dass mein Trainingsprogramm ein jähes Ende gefunden hat, denn jetzt bin ich komplett aus der Puste, und habe außerdem Angst, in einer weiteren kompromittierenden Position ertappt zu werden. Ich bedanke mich höflich bei meinem Coach und wanke mit letzter Kraft an den Steppern vorbei Richtung Treppe und Umkleidekabine.
Es ist gerade mal eine Stunde vergangen, und ich fühle mich wie von einer Rundballenpresse verarbeitet und wieder ausgespuckt.
Obwohl ich gerne schwimme und in die Sauna gehe, verkneife ich mir das Zusatzprogramm und habe nur noch den sehnlichen Wunsch, nach Hause auf meine Couch zu kommen. Beim Checkout verspreche ich der Rezeptionistin hoch und heilig wiederzukommen, bestelle mir per Handy ein Taxi und kehre dem Laden für immer den Rücken zu.

Zu Hause angekommen, versucht Christoph, mich telefonisch zu bezirzen, ihn noch zu besuchen, aber ich kläre ihn auf, dass ich für den heutigen Tag und meine Konstitution bereits genug Schenkel gepresst und gegrätscht habe und von daher passen muss. Christoph lacht und versichert mir, er erwarte keine akrobatischen Leistungen mehr, erkennt dann aber schnell, dass er heute auf keinen Fall mehr bei mir punkten kann.
»Hast du Lust, am Wochenende nach Sylt zu fahren?«, fragt

er unvermittelt, während ich vor Müdigkeit schon fast einschlafe und den Hörer beinahe nach rechts wegkippen lasse.
»Nach Sylt?«, frage ich, richte mich auf und bin schlagartig wieder wach.
»Klaus und ich haben überlegt, die Vertretertagung diesmal auf Sylt stattfinden zu lassen und nicht wie bisher hier in Hamburg. Die Branche muss jetzt Flagge zeigen, und momentan ist Nebensaison, da ist es dort auch nicht allzu teuer. Was meinst du? Freitag los, am Samstag ein paar Hotels abklappern und Sonntag mit dem letzten Autozug zurück?«
Was ich dazu meine? Dazu muss man mich wirklich nicht allzu lange beknien und überreden.
»Ich habe uns schon ein Zimmer im Fährhaus in Munkmarsch gebucht. Mit Meeresblick, versteht sich.«
Jetzt bin ich total außer mir vor Freude. Ein ganzes Wochenende mit Christoph auf Sylt. Ich verscheuche schnell die Erinnerung daran, dass Sylt ja eigentlich das Terrain seiner Exfreundin Carlotta war und stelle mir bereits vor, wie wir beide Hand in Hand den Strand entlangwandern, und die Möwen uns umkreisen.
Wir schmieden noch ein paar Pläne, flüstern uns via Telefon Zärtlichkeiten ins Ohr, und dann ist es endgültig um mich geschehen: Der Sport zeigt seine Wirkung, und ich schlafe auf dem Sofa ein, geschminkt und mit Kontaktlinsen in den Augen …

Am nächsten Morgen schaffe ich es kaum von der Couch hinunter, alles tut mir weh. Muss mich wohl verlegen haben … Und nicht nur das. Meine Augen sind total verklebt und ver-

quollen, die Linsen ausgetrocknet. Außerdem habe ich auch das ungute Gefühl, dass mein Kopf nicht dort sitzt, wo er hingehört. Er sitzt irgendwie schief auf dem Nacken und tut höllisch weh. Ob das vielleicht daran liegt, dass ich entgegen Carstens Anweisungen meinen Kopf während der Sit-ups nicht am Boden habe liegen lassen, sondern mich neugierig nach allen Seiten umsehen musste?
Hilft gegen Verspannungen solcher Art Aspirin?
Oder soll ich lieber gleich eine doppelte Dosis Paracetamol einwerfen?

Während ich mich selbst noch bedauere und das Gefühl habe, dass selbst Sissi mich auslacht, fällt mir auf einmal wieder die geplante Reise nach Sylt mit Christoph ein – und sofort bin ich in Hochstimmung, selbst der Muskelkater ist vergessen. Ich muss nur dran denken, einen Katzensitter zu organisieren, ermahne ich mich, schließlich hat man Verantwortung so als Katzenmutter.

Kaum bin ich im Verlag, kommt mir auch schon eine sichtlich hyperaktive Laura entgegen, dicke Papierstapel unterm Arm. Sie registriert mich kaum und scheint mit ihren Gedanken ganz woanders.
»Guten Morgen, Laura«, begrüße ich sie, obwohl ich sonst keinen gesteigerten Wert auf Kommunikation mit ihr lege. Aber ignorieren lassen mag ich mich auch nicht …
»Ah, Marie, bitte entschuldige, ich habe dich gar nicht gesehen. Ich bin gerade total im Stress, weil die Tagung nach Sylt verlegt wird, und ich nun alles umorganisieren muss.«
Spricht's und rauscht megawichtig in ihr Büro.

»Du fährst nach Sylt? Das ist ja toll!«, ruft Annalena Minuten später in der Küche, als ich ihr von den Wochenendplänen erzähle. »Da würde ich auch gern mal wieder hin.«
»Dann frag doch Günther Maaßen, ob ihr zur Abwechslung mal Meerestiere und Seemöwen jagen wollt, statt unschuldige Rehkitze zu bedrohen«, antworte ich, völlig beschwingt von der Aussicht, bald ein paar Tage aus Hamburg wegzukommen.
»Ich weiß noch nicht mal, ob und was aus mir und Günther wird, du brauchst dir also keine Gedanken darüber zu machen, wo ich in Zukunft mit ihm hinfahren werde«, antwortet Annalena mit einem leicht zickigen Unterton und schnappt sich ihre Dose mit »Liebeszauber«-Tee.
»Ach was, Süße, das wird schon«, lächle ich sie aufmunternd an und streiche ihr über den Wuschelkopf. »Der meldet sich schon wieder. Und mal ganz ehrlich: Ist es nicht so viel spannender, als wenn er dir genauso hinterherlaufen würde wie all deine Typen sonst? Das war dir doch immer viel zu schnell langweilig«, fahre ich mit meinen mütterlichen Ermahnungen fort, während Annalenas Handy einen SMS-Eingang verzeichnet. So sind sie, die PR-Frauen, nehmen das Handy überall mit hin, sogar in die Küche und auf die Toilette. Gespannt verfolge ich, wie meine Freundin die Mitteilung liest und hoffe für sie, dass der Absender Günther Maaßen heißt.
»Die ist von Frank, meinem neuen Anhängsel«, erklärt sie, und der enttäuschte Unterton in ihrer Stimme ist nicht zu überhören.
Ich überlege kurz, genauer nachzufragen, wer dieser Frank eigentlich ist, beschließe aber, es bleiben zu lassen, denn bei dem Aufgebot an Männern, das immer um meine Freundin

herumschwirrt, lohnt es sich meist nicht, sich alles und jeden zu merken. Wenn es wirklich ernst wird, signalisiert Annalena mir das schon, und erst dann sollte ich mich dafür interessieren, wer der neue Liebessklave in ihren Diensten ist. Bei diesem Frank gilt es also definitiv noch abzuwarten …
»Pass mal auf, Süße«, sage ich in der Hoffnung, Annalena etwas aufzumuntern, »wenn ich von Sylt zurück bin, dann machen wir uns mal wieder einen richtig tollen Abend. Wir brezeln uns ordentlich auf und kippen ein paar Caipis im ›Indochine‹ (oder in der Bar des ›Doc Cheng‹, füge ich innerlich hinzu), und wer weiß? Vielleicht schaffen wir es ja sogar, unsere müden Knochen zum Tanzen zu schleppen?« Und schon bemerke ich erfreut, wie meine Freundin beim Wort »Tanzen« gleich viel glücklicher aussieht.

Während ich meinen Milchkaffee zubereite, summe ich »Wenn bei Capri die rote Sonne im Meer versinkt« vor mich hin, weil mir so schnell kein anderes Lied zum Thema Insel und Meer einfällt. Den restlichen Tag bin ich äußerst produktiv, erstatte Miguel Vargas Bericht darüber, wie gut sich seine Memoiren verkaufen (ja, das tun sie wirklich, und auch das Filmprojekt schreitet erstaunlich gut voran), melde mich aus eigenem Antrieb bei unserem hyperkommunikativen Autor Herrn Rademacher und schaffe es sogar, einen Blick in das Manuskript von Alexander Bräuer zu werfen. Es handelt sich um den Versuch, einen literarischen Krimi zu schreiben, der zwar einen guten Plot hat, aber etwas schwerfällig erzählt daherkommt. Potenzial ist vorhanden, nun gilt es, daraus ein spannendes Buch zu machen. Okay, dies ist also mal wieder ein Spezialfall und eine echte Herausforderung für mich als

»Promijägerin« und Lektorin. Bevor ich diese Erkenntnis zu lange mit mir herumtrage, rufe ich kurzerhand Alexander Bräuer an. Mit salbungsvoller Stimme versuche ich ihm klarzumachen, wo seine beziehungsweise die Schwächen seines Textes liegen, doch er nimmt meine Kritik gelassen an. Ein paarmal lachen wir sogar über einige seiner Formulierungen, die ich mir exemplarisch herausgegriffen habe. Seine Bitte, uns doch am Freitag zu treffen, um den Text »en detail« durchzugehen, muss ich mit der Begründung abschlagen, an diesem Tag nach Sylt zu fahren. Irgendwie finde ich mich sehr cool dabei, und anscheinend zeigt das mondäne Reiseziel auch Wirkung auf Alexander Bräuer.

»Da würde ich auch gern einmal mit Ihnen hinfahren«, ertönt es urplötzlich aus dem Hörer, und einen Augenblick lang glaube ich, mich verhört zu haben. »Mit Ihnen am Strand entlangzuwandern, die Möwen zu beobachten und abends vor einem prasselnden Kaminfeuer zu sitzen mit einem Glas Rotwein in der Hand, das stelle ich mir sehr reizvoll vor«, vervollständigt der Schauspieler seinen Text, und ich überlege, ob er mich auf den Arm nehmen will.

Ich lache künstlich und versuche, seine Worte ins Lächerliche zu ziehen.

»Sie nehmen mich nicht ernst, liebe Marie Teufel«, ertönt seine sonore Stimme, und die Art wie er meinen Namen ausspricht, jagt mir einen kurzen, angenehmen Schauer über den Rücken. Nun weiß ich wirklich nicht mehr, wie ich reagieren soll. Ich versuche, das Gespräch schnell zu beenden, indem ich eine Besprechung vortäusche und lege mit dem unguten Gefühl auf, dass sich das Bräuer-Buch in ein schwieriges Projekt auswachsen könnte.

Um mich ein wenig von diesem merkwürdigen Telefonat abzulenken, rufe ich bei meinen »Jungs«, wie ich sie liebevoll nenne, in München an, um zu fragen wie es mit dem Kochbuchprojekt, das wir geplant haben, vorangeht. Die »Jungs« sind Tobias Langer, ehemaliger Koch und jetzt Sangesbarde für deutsches Liedgut, und Paul Rechter, sein Manager und Partner fürs Leben. Die beiden sind mittlerweile so etwas wie Freunde für mich geworden, auch wenn unsere Beziehung ursprünglich über den Job zustande kam. Beide leben leider fernab in der bayerischen Hauptstadt, weshalb wir uns für meinen Geschmack viel zu selten sehen, darum aber umso häufiger telefonieren müssen. Dabei ist der Inhalt der Gespräche fast immer privater Natur. Doch heute habe ich ausnahmsweise eine echte und offiziell anerkannte Begründung für ein ellenlanges Ferngespräch nach Bayern. Schließlich muss ich mich darum kümmern, dass das Kochbuch, an dem Tobias derzeit arbeitet (traditionelle deutsche Küche, ähnlich den Büchern von Biolek und Witzigmann, wenigstens glaube ich das), nicht nur eine hübsche Idee bleibt, sondern auch pünktlich zum geplanten Erscheinungstermin fertig wird. Und der rückt langsam, aber beständig näher.

»Na, Schatzilein«, flöte ich ins Telefon, »wie geht's euch? Was macht unser Lieblingsprojekt?«, frage ich, in der Hoffnung zu hören, die beiden stünden bereits kurz vor dem Abschluss eines großen Wurfes.

»Marie, mei, das ist ja schön, dich zu hören«, flötet es auch gleich zurück, und der Stimme nach kann es nur Paul sein, den ich da am Apparat habe. »Du, Moment mal, ich hol dir mal den Tobi, aber ich sag's dir gleich, der hat ganz schlechte Laune. Der ist arg deprimiert, ich weiß schon gar nicht mehr, was ich mit ihm machen soll. Heute Abend müssen wir noch auf den Empfang von der Regine Sixt, aber wenn der so ein Gesicht macht, gehe ich ehrlich gestanden lieber alleine hin. Ich geb dir den Herrn Künstler lieber mal selbst, vielleicht kannst du ihn ja aufbauen. Also, servus Süße, mach's gut, göll?«, höre ich Paul noch sagen, und bevor ich irgendetwas antworten oder fragen kann, was Tobias über die Leber gelaufen ist, habe ich auch schon den Kochmeister höchst persönlich an der Strippe.

»Servus, Marie«, sagt Tobias, und in der Tat scheint er keine gute Laune zu haben, selbst ich kann das hören. Sein Tonfall klingt gefährlich nach »sterbendem Schwan«.

»Was ist los? Paul hat gesagt, dir geht's nicht gut?«, frage ich und nestle an der Telefonschnur herum, während ich gleichzeitig Stoßgebete gen Himmel schicke, es möge sich bei Tobias nur um ein kurzes Formtief und nicht um eine größere Sinnkrise handeln. »Gibt's Probleme mit dem Kochbuch?«, hake ich mutig nach und hoffe inständig, das möge nicht der Fall sein.

»Ach, Marie, wie schön, deine Stimme zu hören. Ich wollte mich ja auch schon bei dir melden. Aber dann habe ich mich so aufgeregt und musste erst mal einen Lindenblütentee trinken und mich wieder beruhigen …« Diesen Satz lässt Tobias so unkommentiert im Raum hängen, dass ich gar nicht weiß, wie ich reagieren soll. Soll ich nachhaken, ihn bedauern oder ihn an seinen Vertrag mit uns erinnern?

»Und magst du mir sagen, wo dich der Schuh drückt?«, frage ich so einfühlsam wie möglich, während leichte Ungeduld in mir aufsteigt. Immer diese Diven!

»Ach, was heißt schon ›Schuh drücken‹?«, kommt es leidend

durch den Hörer. »Wenn es nur das wäre. Aber es ist dieses Kochbuch. Ich habe mir das alles viel leichter vorgestellt. Ich hab halt gedacht, da trag ich einfach alle Rezepte zusammen, die ich von meiner Mutter bekommen habe und das, was Paul und ich uns ausgedacht haben, und dann bin ich fertig«, jammert Tobias, lässt auch diese Sätze bedeutungsschwanger im Raum stehen und seufzt schwer.

»Aber jetzt kommen da diese jungen Wilden daher, diese Jamie Olivers und Tim Mälzers und wie sie alle heißen, nach denen anscheinend die ganze Welt verrückt ist, und stellen alles auf den Kopf, was ich als Koch noch gelernt habe. Die sagen einfach ›Schmeckt nicht, gibt's nicht‹, lächeln einmal frech in die Kamera, und schon fallen alle vor Begeisterung in Ohnmacht und kaufen nicht nur die Kochbücher, sondern auch diesen ganzen anderen Schnickschnack. Diese Mälzer-Messer, -Reiben und -Pfannen!«

Tobias sagt das in einem derart anklagenden Ton, dass es mir umgehend total peinlich ist, selbst im Besitz eines Kochbuchs und, ähem, auch eines Messers von Tim Mälzer zu sein. Auch wenn ich nicht kochen kann und demzufolge weder Buch noch Messer benötige …

»Und wo genau ist jetzt dein Problem?«, frage ich vorsichtig nach, obwohl ich mittlerweile ganz genau weiß, wo der sprichwörtliche Hase im Pfeffer liegt: Tobias ist beleidigt. Auch wenn noch gar nichts passiert ist. Präventiv sozusagen. Aber so sind sie halt, die sensiblen Künstlerseelchen, das weiß ich leider nur zu genau.

»Das Problem ist, dass kein Mensch dieses Kochbuch kaufen wird, da bin ich mir sicher«, malt mein Kochbuchautor den Teufel an die Wand, und für einen kurzen Moment werde ich selbst unsicher. Habe ich mit meiner Idee vielleicht aufs falsche Pferd gesetzt? Hätte ich lieber einen hippen Jungspund aus irgendeiner Daily-Soap auf dieses Thema ansetzen sollen? Vielleicht war es wirklich keine so gute Idee, einen homosexuellen, singenden Ex-Koch zu diesem Projekt zu überreden. Und woher weiß ich eigentlich, dass Tobias wirklich so ein guter Koch ist, wie er selbst manchmal in Anfällen von Narzissmus behauptet? Habe ich eigentlich schon mal etwas gegessen, das er gekocht hat?, überlege ich fieberhaft. Doch wie auch immer: Vertrag ist Vertrag, und Promi-Kochbuch ist Promi-Kochbuch. Und da muss ich jetzt durch!

Nein, da müssen wir BEIDE jetzt durch!

»Das ist doch Quatsch!«, höre ich mich voller Inbrunst sagen, mehr um mich selbst zu beruhigen als Tobias. »Das ist doch alles Modekram. Das vergeht wieder. Was du machst, das ist traditionelle, bodenständige deutsche Küche, etwas, das die meisten verlernt haben. Meinst du, Mälzer und Konsorten kochen ›Tafelspitz‹ oder ›Königsberger Klopse‹? Das ist doch dein Spezialgebiet«, sage ich triumphierend und finde mich unglaublich überzeugend. »Wenn ich an die leckeren Kapern in den Klopsen denke (sorry, glatt gelogen, ich hasse Kapern) und an das zarte Schweinefleisch vom Tafelspitz, dann läuft mir jetzt schon das Wasser im Munde zusammen«, versuche ich, Euphorie zu heucheln, während ich Kindheitserinnerungen verdränge, wie ich versucht habe, die Kapern im Ganzen zu schlucken, um sie bloß nicht zerkauen zu müssen, oder wie ich den Tafelspitz stundenlang in meinem Mund von links nach rechts verlagert habe, nur um ihn nicht herunterschlucken zu müssen …

»Tafelspitz ist Rindfleisch, Marie. Mit Verlaub, du hast absolut keine Ahnung vom Kochen! Und du hast auch noch nie einen Blick in das Kochbuch von Tim Mälzer geworfen, stimmt's?«, fragt Tobi, und ich muss ihm peinlich berührt Recht geben. Nur weil ich ein Buch BESITZE, muss das noch lange nicht heißen, dass ich auch hineingeschaut, geschweige denn danach gekocht habe.
»Ähem, nein, habe ich wirklich nicht«, gebe ich unumwunden zu, beschließe aber, dies umgehend nachzuholen. Gleich heute Abend werde ich mich mit dem Buch ins Bett legen, anstelle der sonstigen Gutenachtlektüre. Ich werde mir das simpelste Rezept heraussuchen, das ich finden kann, und dann endlich mal was Gescheites für Christoph kochen. Und bei der Gelegenheit werde ich dann gleich schauen, was die jungen Wilden mit Klopsen & Co. so alles anstellen. Ich bin mir sicher, ihre Rezepte sind komplett verfälscht, und Tobias muss sich keine Sorgen machen. Diese Überzeugung teile ich ihm denn auch umgehend mit, und nach weiteren zwanzig Minuten, in denen wir uns noch über den tragischen Tod von Rudolf Mooshammer auslassen (ein geschicktes Ablenkungsmanöver meinerseits), kann ich mich dann auch wieder anderen wichtigen Aufgaben widmen.

Als ich abends nach Hause komme und mich schon mal langsam mit dem Thema »Packen für Sylt« befassen will, klingelt das Telefon, und Martina ist dran. Sie weint und erzählt mir, wie sehr sie sich nun doch mit ihren Gefühlen für Rolf herumplagt. Auf einmal reicht es ihr nicht mehr, nur die Geliebte zu sein, sie möchte mehr Zeit mit ihm verbringen. (Was mich jetzt ehrlicherweise nicht weiter überrascht, denn ich fand es die ganze Zeit schon mehr als verwunderlich, dass ein hochmoralischer Mensch wie Martina sich auf so etwas überhaupt eingelassen hat. Und vom moralischen Aspekt einmal abgesehen, hätte gerade Martina es mehr als verdient, eine unkomplizierte Beziehung zu haben und nicht in Warteposition zu stehen, bis der Lover mal kurz zwischen Job und Ehefrau ein paar Minuten Zeit hat.

»Aber dann mach das doch. Verbringe mehr Zeit mit ihm«, ermuntere ich meine Freundin.

»Aber das ist so schwierig«, schnieft Martina, und ich kann förmlich fühlen, wie unglücklich sie ist. »Die Zeit am Donnerstagabend ist einfach zu kurz. Wir haben ja nur diesen einen Abend oder ab und zu mal ein kurzes gemeinsames Mittagessen, wenn ich es schaffe, Sarah unterzubringen.«

»Dann fahrt ihr eben mal ein Wochenende weg, und ich nehme Sarah. Ihr seht euch doch morgen sicher wieder, und dann könnt ihr das in aller Ruhe besprechen und planen«, biete ich hilfsbereit Martina an, verschweige aber wohlweislich, dass ich gerade im Begriff bin, ein romantisches Wochenende mit meinem Liebsten auf Sylt zu verbringen. Von daher kann ich sie jetzt auch schlecht fragen, ob sie währenddessen Sissi füttern kann.

»Das wäre sehr schön und unheimlich lieb von dir«, schnieft Martina ins Telefon, verspricht mir, mit Rolf zu reden, und schließlich lege ich auf.

Eine Stunde später sieht es in meinem Zimmer aus, als hätte eine Bombe eingeschlagen: Dicke Rollkragenpullis, warme Hosen, Wanderstiefel (ein Wunder, dass ich dergleichen überhaupt besitze), eine wollene Strumpfhose, Spitzendessous und das kleine Schwarze liegen kreuz und quer verstreut, wobei das eine oder andere unbedingt noch gebügelt werden sollte, bevor es seinen Auftritt auf der Insel der Schönen und Reichen hat. Das Kleid will ich anlässlich unseres Abendessens in der »Sansibar« tragen. Dort geht es zwar eher rustikal zu, dennoch trifft sich dort die Haute Volaute Sylts.

Ich telefoniere eine Stunde mit Christoph, frage ihn ein Loch in den Bauch, was ich einpacken soll, und erhalte genau die Antwort, die ich hören will, und für die ich Christoph liebe.

»Nimm einfach alles mit, was du brauchst, Sternchen. Wenn du mehr als zwei Koffer hast, nehmen wir den Firmen-BMW statt des Porsche. Hauptsache, du fühlst dich wohl, und ich weiß doch, das ist bei dir erst dann der Fall, wenn auch dein Outfit stimmt.«

Etwas beschämt darüber, wie gut Christoph mich schon kennt, aber trotzdem überglücklich, verspreche ich ihm, es bei einem Koffer zu belassen, denn ich finde es viel cooler, mit dem Porsche über den Hindenburgdamm zu fahren als mit dem ollen Firmenwagen.

»Ist mir natürlich auch lieber«, antwortet Christoph, und nach noch ein wenig Liebesgeflüster mache ich mich ans Bügeln. Während ich meine Klamotten glätte, denke ich darüber nach, wer sich wohl um diese Zeit auf der Insel herumtreiben könnte. Denn für mich als Promijägerin ist das ja ein ideales Jagdrevier. Nun ist Munkmarsch zwar nicht Kampen und das »Fährhaus« nicht der »Walters Hof«, wo sich Dieter Bohlen und andere Stars einnisten, aber vielleicht können wir ja mal auf einen Drink in der »Sturmhaube« vorbeischauen? Vielleicht habe ich ja Glück, und Michael Ammer veranstaltet gerade an diesem Wochenende eine seiner legendären Partys, zu denen er die Promis mit dem Hubschrauber einfliegen lässt.

Außerdem leben ja auch ein paar der Öffentlichkeit bekannte Menschen fest auf der Insel oder besitzen zumindest dort Ferienhäuser, wie Gunter Sachs, Anja Schüte und Reinhard Mey. Irgendjemand wird sich schon finden, da bin ich mir ganz sicher.
Nachdem ich es tatsächlich geschafft habe, alle meine Utensilien in einen einzigen Koffer zu pferchen und noch ein wenig im Mälzer-Kochbuch zu blättern (wobei ich aber nichts finde, was sich für meine Zwecke eignet, und für den geplanten Rezeptabgleich bin ich definitiv zu sehr in Gedanken woanders), gehe ich ins Bett, voller Vorfreude auf die vor mir liegenden Tage auf der Nordseeinsel.

Auch der Donnerstag vergeht wie im Fluge, ich habe ein Date mit der bekannten Schauspielerin Leonie-Emma Körner (ebenfalls an der Bar im »Dorint«. Gibt es kein anderes Hotel mehr in Hamburg?), um mit ihr über ihren geplanten Krimi zu sprechen. Auf dieses Treffen habe ich mich schon lange gefreut. Es wurde immer wieder verschoben, weil Frau Körner nun mal eine viel beschäftigte Schauspielerin ist und einen vollen Terminkalender hat: außerplanmäßige Drehs oder Fotoshootings, oder aber ihr Sohn wurde krank, und sie wollte bei ihm bleiben, was ich ihr persönlich ja auch hoch anrechne. Denn als allein erziehende Mutter eines siebenjährigen Sohnes hat man es nicht leicht, wie ich ja bestens von Martina weiß. Aber generell gesprochen sind diese ewigen Terminverschiebungen ein Punkt, den ich an meinem Job ausgesprochen anstrengend finde. Da plane und plane ich wie wild, bezirze Agenturen und Managements, und die machen alle, was sie wollen, wie sie es wollen, und wann sie es wollen.

Was natürlich streng genommen ihr gutes Recht ist, aber nervenaufreibend für mich.
Manchmal schicke ich auch kleine Bestechungsgeschenke.
Voller Stolz erinnere ich mich, wie ich dem Manager einer Sängerin, die anlässlich ihres zehnjährigen Bühnenjubiläums eventuell ihre Memoiren bei uns veröffentlichen wollte, sogar eine Melone, hübsch verpackt in einem Geschenkkarton mit roter Schleife, per Kurier in die Agentur geschickt habe. Und das nur, weil der Herr Manager, ein Schweizer, erzählt hatte, es ärgere ihn, dass man in Deutschland in den Läden die Ware gar nicht so lange in der Hand halten dürfe, wie man gerne möchte. Um zum Beispiel den Reifegrad zu taxieren, den Duft zu schnuppern oder sich einfach in aller Ruhe zu überlegen (und die Schweizer lieben ihre Ruhe!), was man eigentlich mit so einer Melone alles Nettes anstellen könnte.
In der Schweiz werden an dieser Stelle eventuell sogar Rezepte ausgetauscht, in Deutschland hingegen wird man lediglich barsch gefragt, ob's auch ein bisschen mehr sein darf. Selbst wenn man sich vielleicht innerlich schon gegen den Kauf besagter Melone entschieden hat, kauft man sie dann schon allein aus Angst vor der Verkäuferin.
Und weil ich Spezialistin solcher Szenarien bin, konnte ich den Herrn Manager gut verstehen.
Und fand mich unglaublich pfiffig, als ich ihm die Melone zusandte, beiliegend eine Karte mit dem Satz: »Bei Bader & Köllisch haben Sie alle Zeit der Welt …«
Ein Satz, der natürlich grundweg gelogen ist, aber den Zuschlag für die Biografie haben wir dadurch immerhin bekommen.

Pünktlich um 15.00 Uhr frage ich an der Rezeption des Hotels nach Frau Körner. Als die nette Rezeptionistin mir mitteilt, es könne noch einen Augenblick dauern, weil sie noch Besuch auf ihrem Zimmer habe (aha, und schon geht's wieder los – ich wusste es), mache ich es mir im Barbereich gemütlich. Ostentativ lege ich unser Verlagsverzeichnis vor mir auf den Tisch, damit meine Gesprächspartnerin mich sofort erkennt, denn ich habe keine Lust, stundenlang auf die sich öffnenden Fahrstuhltüren zu starren, wie die Schlange auf das Kaninchen. Ich richte mich auf eine längere Wartezeit ein und blättere in einer Ausgabe der »Instyle«. Auf einmal spüre ich eine Hand, die kurz und beinahe zärtlich meinen Nacken streichelt, und zucke zusammen. Irritiert drehe ich mich um und blicke in ein paar wundervolle braune Augen, die eindeutig Alexander Bräuer gehören. Seine Haare sind dekorativ verwuschelt, er trägt einen Dreitagebart, der ihn irgendwie verwegen erscheinen lässt, und er strahlt mich an. Ich strahle auch, und so sind wir schon zu zweit …
»Sind Sie auf der Suche nach mir?«, erkundigt sich der Herr Actiondarsteller selbstverliebt.
Ich bin verwirrt und schiele nun doch auf die Fahrstuhltür, um zu sehen, ob sich Frau Körner vielleicht endlich zu meiner Rettung blicken lässt.
»Äh, nein«, stottere ich, »eigentlich nicht. Ich bin hier mit jemandem verabredet.«
»Wie schade«, antwortet Alexander Bräuer und legt behutsam die Hand auf meinen Arm. (Irritiert registriere ich, wie sich in meinem Bauch Schmetterlinge bemerkbar machen.) »Und dabei hätte ich so gerne den heutigen Nachmittag mit Ihnen verbracht. Wir hätten zusammen in den Club

Meridien gehen können (nur über meine Leiche) oder an der Alster spazieren (das kann ich auch mit Christoph haben, außerdem gehe ich nicht gern spazieren).«

Während ich noch überlege, was ich darauf antworten soll, vernehme ich auf einmal eine weibliche Stimme. Allerdings ist es diesmal erfreulicherweise nicht die von Ina Veltlin, sondern die dunkle, rauchige von Frau Körner, die ich so sehr liebe. Sie klingt immer, als hätte sie zehn Nächte hintereinander durchgemacht, viel zu viel geraucht und mehrere Flaschen Whisky geleert, dabei aber warm, voll und einfach supererotisch.

»Ach, Alexander, hallo«, sagt sie und sieht Herrn Bräuer und mich fragend an. Ihr Blick wandert zu mir, dann zu ihm und bleibt schließlich am Verlagskatalog hängen, der noch immer vor mir auf dem Tisch liegt.

»Dann sind Sie also Frau Teufel?«, konstatiert Frau Körner und mustert mich mit ihren nahezu unecht erscheinenden blauen Augen. Immer wenn ich einen Film mit ihr gesehen habe, kann ich nicht umhin, ihr blau gefärbte Kontaktlinsen zu unterstellen, aber jetzt, wo sie in natura vor mir steht … alles echt, da bin ich mir sicher. Ebenso ihre gute Figur und das dunkelblonde Haar, das mehr als nachlässig frisiert ist. Sie ist auch nicht besonders geschminkt, und wenn man es genau nimmt, sieht sie so aus, als wäre sie gerade erst aus dem Bett gestiegen. Wie Alexander Bräuer.

Nun ist es an mir, von einer zum anderen zu blicken, und ich fühle, wie Verwirrung in mir hochsteigt.

»Sie beide kennen sich?«, fragt nun auch Alexander Bräuer verdutzt, der offensichtlich ebenfalls etwas überfordert ist.

»Frau Körner wird hoffentlich bald für uns schreiben, ebenso wie Sie«, versuche ich, die Situation mit ein paar Worten zu klären, und schäme mich plötzlich irgendwie, weil ich merke, wie inflationär dieses »Promi-Prinzip« zu werden beginnt.

Doch Frau Körner und Herrn Bräuer scheinen ganz andere Probleme zu beschäftigen als Bücher. Sie mustert ihn mit einem spöttischen Lächeln, und er sieht sie an, als sähe er sie zum ersten Mal in seinem Leben. Ich selbst nippe an meinem Tee, etwas peinlich berührt, denn was auch immer die beiden miteinander haben oder nicht haben, eigentlich geht es mich nichts an. Und jetzt soll Alexander Bräuer sich einfach vom Acker machen, damit ich hier in Ruhe meinem Job nachgehen kann.

Nach ein paar weiteren Sekunden des unangenehmen Schweigens tut er mir dann auch den Gefallen, nickt uns beiden noch einmal lässig zu, und endlich können wir mit der Arbeit beginnen.

Frau Körner erweist sich als ebenso unkompliziert, wie ich sie am Telefon erlebt habe und aus Talkshows kenne, und so verbringe ich mit ihr einen langen und sehr angenehmen Nachmittag. Für mein Vorhaben, sie einen Krimi schreiben zu lassen, ist sie ja auch mehr als prädestiniert, denn immerhin hat sie nicht nur bereits eine sehr bekannte und äußerst quotenträchtige Krimi-Serie fürs Fernsehen entwickelt, sondern diese sogar teils mitproduziert und an den Drehbüchern gearbeitet. Als ich bei ihrer Agentur nachgefragt hatte, kam relativ schnell ein positives Feedback, denn sie selbst hatte sich offenbar auch schon Gedanken über eine solche Möglichkeit gemacht.

Genauso wie Alexander Bräuer hat auch Frau Körner erstaunlicherweise schon ein fertiges Manuskript dabei und ich

bin begeistert. Sollte es mir wirklich gelungen sein, innerhalb kürzester Zeit zwei Promis akquiriert zu haben, auf deren Texte ich nicht so lange warten muss, bis sie entweder unrettbar in einen Skandal verwickelt (und damit nicht publizierbar) oder, schlimmer noch, megaout sind?
Doch Frau Körner macht mir nicht den Eindruck, als könne ein Skandal ihre Welt erschüttern, oder als werde sie in nächster Zeit zu out sein, um ein Buch bei uns verlegen zu können. Sie ist einfach zu klug und zu begabt. Aber vor allem ist Frau Körner der erste Promi seit langem, der sich wirklich für die Verlagsbranche und deren Mechanismen zu interessieren scheint. Wir schmieden also Pläne, überlegen uns schon jetzt Marketingideen und sehen ihre Terminpläne durch, um den strategisch richtigen Erscheinungstermin zu finden.
Womit sie mich endgültig in ihren Bann zieht, ist der Satz: »Wissen Sie was? Sie erinnern mich irgendwie an meine alte Schulfreundin Susanne, zu der ich leider keinen Kontakt mehr habe (ich schlucke kurz und überlege, ob das nun ein gutes oder ein schlechtes Zeichen ist, entnehme aber schnell ihrem Lächeln, dass ich mir keine Sorgen zu machen brauche). Sie lachen und sprechen wie sie.«
Ich BIN Susanne, Ihre langverschollene Freundin, fühle ich mich fast versucht, zu sagen. Ich habe mich nur umoperieren lassen, damit ich quasi undercover in die geheime Welt der Promis eintauchen kann, aber im tiefsten Inneren meines Herzens bin ich …
»Das war vielleicht eine«, fährt Frau Körner lachend fort, und ich zucke zusammen.
Warum kann ich dieses Herumträumen nicht einfach mal sein lassen? Und warum habe ich das beunruhigende Ge-

fühl, ein dümmliches Grinsen sei auf meinem Gesicht festgefroren?
Und das nur, weil einmal ein Promi wirklich nett zu mir ist? (Außer Alexander Bräuer natürlich, denke ich zeitgleich beschämt, aber das ist eine andere Geschichte ...)
»... ach, wie ich sie vermisse«, beendet Leonie-Emma Körner ihren Satz. Es folgt ein langes, sehnsuchtsvolles Seufzen, und ich wage nicht, danach zu fragen, was aus Susanne geworden ist.
»Vielleicht könnten Sie dieser Susanne ja Ihr Buch widmen?«, schlage ich vor und ernte daraufhin ein strahlendes Lächeln.
Und schlagartig ist mir wieder klar, dass ich ihn doch irgendwie liebe – meinen Beruf.

Nach diesem mehr als anregenden Gespräch (ich schwebe vor Begeisterung und Vorfreude auf das Projekt auf Promijägerinnen-Wolke Nummer sieben) verspreche ich, mich wieder bei ihr zu melden, sobald ich das Manuskript gelesen habe. Was ich bestimmt schnell tun werde, denn ich kann es kaum erwarten loszulegen.

Beschwingt von diesem erfolgreichen Treffen überwinde ich mich diesmal sogar, den Bus zu nehmen, und bin gegen 18.00 Uhr zu Hause. Bleibt also noch Zeit genug, um einen Wochenend-Katzensitter für Sissi aufzutreiben.
Ich klingle bei meinem Nachbarn Jens, der jedoch nicht zu Hause ist, und so bleibt mir nichts anderes übrig, als Annalena zu fragen, die auch sofort einwilligt.
Nun packe ich die restlichen Kleinigkeiten, die dann doch nicht mehr in den einen Koffer gepasst haben, wie zum

Beispiel meine Badesachen (ich habe im Internet gesehen, dass das »Fährhaus« einen wunderschönen Wellnessbereich hat), in einen wirklich winzigen Zweitkoffer und sammle schon mal das Wichtigste zur Bestückung meines Beautycase zusammen. Als ich damit fertig bin, telefoniere ich noch ein Weilchen mit Christoph und erzähle ihm begeistert von meinem Date mit Leonie-Emma Körner. Die Begegnung mit Alexander Bräuer lasse ich wohlweislich aus.

Dann mache ich es mir auf der Couch gemütlich und beginne mit dem neuen Manuskript. Je länger ich lese, desto verwirrter bin ich. Irgendwie kommt mir die Story verdammt bekannt vor und erinnert mich fatal an … den Text von Alexander Bräuer! Allerdings deutlich besser geschrieben.

Aber wie um alles in der Welt kann das sein?

Ich lese weiter wie im Fieber, und nachdem sich der Plot weiterhin so fatal ähnelt, lese ich große Teile diagonal und arbeite mich mit Riesenschritten zum Finale vor. Die exakt gleiche Geschichte, ich fasse es nicht. Was mache ich denn jetzt?

Doch bevor ich weiterdenken kann, klingelt das Telefon. Eigentlich habe ich jetzt überhaupt keine Lust dranzugehen, aber als ich Martinas Stimme auf dem Anrufbeantworter höre, raffe ich mich doch auf und greife zum Hörer.

»Du klingst ja so vergnügt?«, frage ich und schaue gleichzeitig auf die Uhr. 22.30 Uhr, eigentlich weder Martinas noch meine Telefonzeit, da muss etwas Wichtiges passiert sein.

»Stell dir vor, Rolf und ich können zusammen wegfahren«, jubelt es mir aus dem Hörer entgegen. »Wir wollen nach Amrum, um uns endlich mal richtig in Ruhe auszusprechen und gemeinsam zu überlegen, wie es mit uns weitergehen soll. Kannst du auf Sarah aufpassen?«, fragt sie atemlos.

»Klar, mache ich gern«, antworte ich ihr pflichtschuldig, schließlich habe ich es selbst angeboten. »Wann soll's denn losgehen?«

»Morgen Nachmittag«, antwortet Martina, und ich muss mich erst einmal setzen. »Um 14.00 Uhr kommt Sarah aus der Schule, aber da kann Lisa, meine Aushilfe, auf sie aufpassen, und dann macht sie ihre Schularbeiten im Laden, bis du sie nach dem Verlag abholst. Du müsstest nur vor 18.00 Uhr da sein. Schaffst du das? Ich packe all ihre Sachen zusammen, deponiere sie im Laden, und dann könnt ihr euch ein Taxi zu dir nach Hause nehmen, das spendiere ich euch. Ihr könnt schwimmen gehen oder ins Kino und zu McDonald's, und Sonntagabend hole ich sie dann wieder bei dir ab. Ist das okay?«

Ob das okay ist? Völlig erschlagen von ihrem Redeschwall bin ich zunächst einmal unfähig, überhaupt etwas zu sagen. Der eine Teil von mir will mit Christoph nach Sylt fahren, aber der andere (bessere) will meiner Freundin helfen, ihr Glück zu finden. Schließlich hat das kaum einer mehr verdient als Martina.

»Marie, bist du noch dran?«

»Klar bin ich dran, es ist nur so … (dass ich mit Christoph nach Sylt will, an den Strand, in das tolle Hotel, in den Whirlpool, in die »Sansibar« …), ich habe schon fast geschlafen, vielleicht klinge ich deshalb nicht so dynamisch. Aber ich habe alles gehört, und es ist okay. Ich komme also dann morgen vor 18.00 Uhr in die ›Tee-Fee‹, schnappe mir Sarah, und wir zwei Mädels machen uns ein tolles Wochenende.«

Am anderen Ende der Leitung vernehme ich deutliches Freudengeheul, während ich selbst gerade in die Tischkante beißen

möchte. Mein schönes Sylt-Wochenende. Was wohl Christoph dazu sagen wird?
Ich verabschiede mich schnell von Martina, wünsche ihr alles Glück auf Erden und verspreche ihr, auf Sarah aufzupassen, als wäre sie mein eigen Fleisch und Blut.
Nachdem ich aufgelegt habe, starre ich auf den Hörer und dann auf die Uhr. Es ist zwar schon spät, aber ich muss Christoph einfach von der Änderung unserer Pläne informieren, es nützt alles nichts. Während mir Tränen des Selbstmitleids über die Wangen kullern, wähle ich seine Nummer, schniefe unglücklich in den Hörer und erzähle Christoph, was passiert ist. Auch er braucht eine Weile, bis er diese neue Information verdaut hat, reagiert dann aber sehr nett und verständnisvoll.
Natürlich ist er ebenfalls enttäuscht, versichert mir aber glaubhaft, dies sei sicher nicht die letzte Gelegenheit für einen gemeinsamen Sylt-Trip, und sagt mir, wie tapfer und selbstlos er mich findet. Mit diesem fast schon erhabenen Gefühl begebe ich mich nun endgültig ins Bett und habe seltsame Träume, in denen Alexander Bräuer mit Martina nach Amrum fährt, um dort mit ihr gemeinsam einen Krimi zu schreiben …

»Nanu, wo ist denn dein Gepäck?«, fragt Annalena mich am nächsten Morgen. »Oder musstet ihr es schon mit UPS vorausschicken, weil es nicht in Christophs Porsche passt?«, witzelt sie, hält aber sofort inne, als sie meinen Gesichtsausdruck sieht. »Oje, was machst du denn für ein Gesicht? Ist was passiert? Habt ihr euch gestritten?«, erkundigt sie sich besorgt, und ich beginne schon wieder zu heulen.
»Du brauchst Sissi nicht zu füttern«, schluchze ich, »ich

fahre nämlich nicht nach Sylt«. Und dann erzähle ich Annalena – nicht ganz ohne Stolz –, dass ich statt in der »Sansibar« bei McDonald's zu speisen gedenke. Und statt mich mit Christoph im Jacuzzi zu aalen, werde ich den Samstag mit Sarah im »Arriba-Erlebnisbad für die ganze Familie« verbringen.

»Wow, das finde ich aber echt lieb von dir«, sagt meine Freundin mit Nachdruck und sieht mich bewundernd an. »Hör mal zu, ich mag zwar keine Kinder, wie du weißt, aber vielleicht können wir ja zusammen schwimmen oder ins Kino gehen, dann ist das Wochenende nicht ganz so lang für dich«, bietet sie großzügig an, und ich könnte sie dafür küssen. Selbstlosigkeit ist anscheinend ansteckend, wie schön.

Während wir im Internet das Kinoprogramm checken, steht auf einmal Laura im Türrahmen und sieht irgendwie erschreckend triumphierend aus.

»Was gibt's?«, fragt Annalena, und wir beide sehen Christophs Assistentin fragend an.

»Marie, kannst du mir bitte ein paar von deinen Visitenkarten geben? Ich fahre übers Wochenende mit Herrn Köllisch nach Sylt, um ein Hotel für die Tagung zu suchen. Und da wir sicher in der »Sansibar« essen gehen werden, dachte ich, es könnte nicht schaden, wenn ich ein paar von deinen Visitenkarten dabei habe. Vielleicht treffe ich ja dort auf einen Prominenten, der interessant für unser Programm sein könnte.«

Für eine Sekunde bleibt die Zeit stehen, und es herrscht Totenstille im Raum. Selbst der Computer gibt kein Geräusch von sich, und es klingelt auch kein Telefon. Wie versteinert starre ich Laura an und bin sprachlos. DIE darf an meiner Stelle mit nach Sylt? Ich passe auf Sarah auf und opfere mein

Romantikwochenende, und nun fährt Christoph mit dieser blöden Schnepfe?
In diesem Augenblick habe ich das Gefühl, vor Wut in Millionen Einzelteile zerspringen zu müssen. Annalena, die sehr wohl merkt, was in mir vorgeht, schiebt Laura unsanft aus dem Raum und behauptet, wir hätten gleich eine Konferenzschaltung mit einem unserer Autoren.
Während Laura davonstakst, kullern bei mir schon wieder hemmungslos die Tränen. Ich fühle mich verletzt und ausgebootet. So leicht bin ich also zu ersetzen. Bei der Vorstellung, wie Laura die Zeit nutzen wird, um sich an Christoph ranzuschmeißen, wird mir heiß und kalt. Auf so eine Gelegenheit hat die doch nur gewartet, die war doch von Anfang an scharf auf ihn!
Wütend versetze ich dem Papierkorb unter meinem Schreibtisch einen heftigen Tritt und stelle mir vor, es sei Laura, die da durch den Raum fliegt.
»Taschentücher gefällig?«, fragt Annalena und reicht mir ihre Kleenexbox. Ich zerre ein Tuch nach dem anderen heraus, wische mir die Tränen aus dem Gesicht und fühle mich wie Meg Ryan in »Harry und Sally«, als sie erfährt, dass ihr ehemaliger Lover eine Neue hat und diese auch gleich heiraten will. Daraufhin tröstet Billy Cristal alias Harry die arme Meg, und das Unglück nimmt seinen Lauf ... So wie jetzt bei mir, nur dass kein männlicher Ersatz in Sicht ist, um mich in die Arme zu nehmen.
Ich überlege fieberhaft, ob ich zu Christoph ins Büro stürmen soll, um ihm dort eine Szene zu machen. Vielleicht könnte ich ihn darum bitten, sich die Hotels allein anzusehen? Oder ist es besser, die Coole zu spielen, den beiden ein

schönes Wochenende zu wünschen und so zu tun, als würde es mich nicht vor Eifersucht in tausend Stücke reißen?
Doch meine Überlegungen werden durch Christoph unterbrochen, der im Türrahmen auftaucht, was wiederum Annalena veranlasst, schleunigst das Weite zu suchen, um uns alleine zu lassen.
»Was ist denn hier los?«, fragt mein Freund, sichtlich erstaunt, mit Blick auf das zerstörte Etwas, das sich seine Freundin nennt, und auf Dutzende von Kleenex-Tüchern, die zu Kugeln geknüllt quer über den Fußboden verstreut sind.
»Annalena hat Schnupfen, und mir ist aus Versehen der Papierkorb umgekippt«, versuche ich die traurigen Tatsachen zu überspielen.
»Aha, verstehe, und weil Frau Kluge erkältet ist, hast du dir aus Solidarität auch die Nase geputzt, was deinen verschmierten Lippenstift zur Folge hatte. Was übrigens verdammt sexy aussieht.« Die letzten Worte flüstert Christoph liebevoll und gibt mir einen Kuss auf die Nasenspitze. Wie gut, dass die Tür zu ist.
»Keine Intimitäten am Arbeitsplatz«, zische ich wütend. »Schon vergessen? Ich könnte meinen Job verlieren!« (Und dann wäre der Weg für Laura ja endgültig frei.)
Christoph streicht mir jedoch weiterhin unbeirrt durchs Haar und massiert mir dann den Nacken. Am liebsten würde ich schnurren wie eine Katze. Stattdessen aber wittere ich ein Ablenkungsmanöver und entziehe mich abrupt Christophs Liebkosungen.
»Ich muss jetzt arbeiten«, erkläre ich trotzig und setze noch eins drauf, indem ich verkünde: »Ich muss gleich mit Alexan-

der Bräuer telefonieren, er hat mich um dringenden Rückruf gebeten.« Ich betone dabei das Wort dringend.

»Na, dann will ich dich natürlich nicht länger stören«, antwortet Christoph, offensichtlich nicht im Geringsten davon beeindruckt, dass ich mit einem so tollen Mann wie Alexander Bräuer bereits in kürzester Zeit ein derart inniges Verhältnis aufgebaut habe. »Ich wollte dir nur Bescheid geben, weil ich mich entschlossen habe, Laura mit nach Sylt zu nehmen. Dann kann sie nicht nur die Hotels abchecken, sondern gleich alles Weitere für die Tagung vor Ort regeln. Ist ja sowieso sinnvoller. Wir fahren so gegen 14.00 Uhr, damit wir den Autozug um 16.30 Uhr erwischen. Sagst du mir noch tschüss, bevor du gehst?«

Ich nicke indifferent, und schon ist mein Freund wieder verschwunden.

Autozug um 16.30 Uhr ... Was wollen die denn da schon so früh? Würde doch reichen, wenn sie am Samstagmorgen hinfahren, Hotels checken und dann abends wieder zurück.

»Ist die Luft rein?«, fragt Annalena und hält mir einen Becher »Spirit«-Tee unter die Nase. »Hier, der weckt deine Lebens- und Kampfgeister. Du wirst sehen, ein Becher davon, und die Welt sieht nur noch halb so schlimm aus.«

»Ist da Alkohol drin?«, kichere ich leicht hysterisch. Da sitze ich nun, eine gestandene Lektorin mit der Lizenz zum Promijagen, sehe bis auf ein paar PZs gar nicht mal so übel aus, habe wundervolle Freundinnen, eine Katze, die ich heiß und innig liebe, wohne in einem der schönsten Stadtteile Hamburgs und nenne einen hinreißend charmanten und gut aussehenden Freund mein Eigen. Wo zum Teufel ist eigentlich dein Problem, Marie?, rufe ich mir innerlich aufmunternd zu

und leere meinen Tee in einem Schwung. Pah, ich werde mich doch nicht von einer blonden Assistentin mit Adelstitel, wohnhaft an der Elbchaussee, mit einer Kollektion echter Louis-Vuitton-Taschen verunsichern lassen. Was die dumme Zicke an optischen und materiellen Geschützen auffährt, das kann ich locker durch Persönlichkeit wettmachen.
Ich mache mir einfach ein tolles Wochenende mit Sarah, erweitere meinen Horizont, tue meiner Freundin etwas Gutes, und wenn Christoph Sonntagabend wieder zu Hause ist und Sarah wieder bei Martina, dann werden wir es uns richtig nett machen. Ich werde hingebungsvoll den Sylt-Anekdoten lauschen, die mein Freund zu berichten hat, und schon dafür sorgen, dass keine Frau von und zu in seinen Gedanken Platz hat, jawohl!
Derart beschwingt mache ich mich wieder an die Arbeit, kurz unterbrochen von Laura, die sich verabschiedet, weil sie »noch nach Hause muss, um zu packen«, und ehe ich mich versehe, ist es auch schon 17.30 Uhr, allerhöchste Zeit, Sarah im Laden abzuholen. Christoph hatte offensichtlich keine Ambitionen mehr, sich von mir zu verabschieden, und auch ich war zu sehr in meine Arbeit vertieft, um noch einmal bei ihm vorbeizuschauen. Oder zu bockig.
Weil es schon so spät ist, fährt Annalena mich netterweise zur »Tee-Fee«, und wir verabreden uns für Samstagnachmittag zum Schwimmen.
»Viel Spaß mit Frank«, rufe ich ihr noch grinsend zu, während ich aus dem Wagen steige, »vielleicht schaffst du es ja, etwas über Günther Maaßen aus ihm herauszuquetschen.«
Annalena lächelt, hält den Daumen hoch und braust los zu ihrem Date mit Ersatzverehrer Frank.

Sekunden später stehe ich auch schon im Teeladen und halte Ausschau nach meinem Pflegekind für das Wochenende. Sarah sitzt hinter dem Kassentresen, malt mit ihren Buntstiften unmotiviert in einem Malbuch herum und sieht mich finster an.

»Da bist du ja endlich«, konstatiert sie mürrisch und sieht nicht so aus, als würde sie sich freuen, mich zu sehen.

»Hallo, Süße«, starte ich einen zaghaften Annäherungsversuch. »Tut mir Leid, aber ich habe es nicht eher geschafft, ich musste noch arbeiten. Aber jetzt geht's gleich los, packst du schon mal deine Sachen zusammen?«

Immerhin trottet Sarah auf mein Geheiß hin fügsam nach hinten.

»Was hat sie denn?«, frage ich Lisa, Martinas Aushilfe, die gerade den Wagen mit den Gewürzen in den Laden hineinschiebt.

»Weiß auch nicht«, antwortet diese lakonisch mit einem Schulterzucken und lässt eine Kaugummiblase direkt vor meiner Nase platzen. »Die ist schon die ganze Zeit so mies drauf, kannst dich also auf was gefasst machen«, prophezeit sie mit kryptisch gesenkter Stimme, und ich sehe ein sehr anstrengendes Wochenende auf mich zukommen …

Lisa sieht wie immer aus, als wäre sie gerade einer Gothic-Party entsprungen. Von oben bis unten in Schwarz gewandet, tätowiert und gepierct bis zum Anschlag, könnte sie glatt Draculas kleine Schwester sein. Sie ist dreiundzwanzig, sieht aber aus wie vierzig und studiert Freie Kunst an der Fachhochschule. Bei Martina verdient sie sich ein wenig Taschengeld dazu, indem sie ihr ab und zu im Laden aushilft. Besonders zuverlässig ist sie nicht, auch nicht besonders kompetent oder charmant zu Kunden, aber aus irgendeinem undefinierbaren Grund hält Martina ihr seit drei Jahren die Treue.

Sarah kommt aus dem Hinterzimmer, gedresst in einen hinreißenden Teddyfell-Mantel (ob's den auch in meiner Größe gibt?) kombiniert mit einem Schal-Mützen-Ensemble, das mich ebenfalls vor Neid erblassen lässt.

»Siehst du süß aus, zum Anbeißen!«, rufe ich begeistert und schmatze ihr einen dicken Kuss mitten auf die Stirn.

»Mann, lass das!«, erfolgt prompt eine heftige Reaktion darauf, dass Sarah nun ein knallroter Kussmund im Gesicht prangt. »Das nervt.«

Etwas ratlos nehme ich sie an die eine Hand, in der anderen trage ich ihr Reiseköfferchen mit Motiven vom Hasen Felix. Schweigend und voll beladen trotten wir nebeneinander her zum Taxistand – das kann ja ein nettes Wochenende werden.

»Ist irgendetwas passiert?«, versuche ich aus Sarah herauszukitzeln, was dem sonst so fröhlichen Mädchen heute die Laune verhagelt hat, nachdem wir in einer der Taxen Platz genommen haben und ich dem Fahrer die gewünschte Adresse angegeben habe.

»Nö«, lautet die knappe Antwort, während Sarah sich die Nase an der Fensterscheibe des Taxis platt drückt.

»Bist du sauer, weil deine Mama weggefahren ist?«, frage ich beharrlich weiter. Soll mir keiner unterstellen, ich hätte kein Interesse an der Seelenlage meiner Schutzbefohlenen.

»Nö«, ist die Antwort, die ich nun zum zweiten Mal kassiere. Na ja, vielleicht wird Sissi sie aufheitern, denke ich, während wir die Stufen zu meiner Wohnung hinaufgehen. Doch Sissi macht einen Satz, als sie Sarahs ansichtig wird und verkrümelt sich auf Nimmerwiedersehen hinter dem Sofa. Mein

Gott, das wird ja immer besser, stöhne ich innerlich und versuche mir nicht vorzustellen, dass ich mich um diese Zeit gerade für das Abendessen in der »Sansibar« zurechtgemacht hätte, wenn nicht ... aber egal. Stattdessen rufe ich Joeys Pizzaservice an und bestelle uns eine Pizza »Waikiki« mit gekochtem Schinken und Ananas.

»Darf ich ›Nanny‹ schauen?«, höre ich den ersten vollständigen Satz, der bislang Sarahs Mund entströmt ist, und zugegebenermaßen dankbar schalte ich den Fernseher ein und lege ein paar Kissen vor die Couch, damit Sarah auf dem Fußboden rumlümmeln kann.

Während die Vorabendserie über den Bildschirm flimmert, räume ich meine Sylt-Utensilien wieder in den Schrank und überlege, ob ich Christoph nicht mal anrufen soll, verwerfe die Idee aber gleich wieder. Schließlich bin ich nicht eifersüchtig, jedenfalls nicht offiziell. Was die beiden jetzt wohl gerade machen?

Seufzend schenke ich mir ein Glas Rotwein ein und Sarah zur Feier des Tages (auch wenn sie es offensichtlich nicht so empfindet) Cola.

Pünktlich zum Ende der TV-Serie klingelt es auch schon an der Tür: Der Pizza-Mann ist da.

Bemüht, es Sarah so nett wie möglich zu machen, decke ich den Tisch und lege zur Verzierung ein paar Schokoladenkäfer, die ich noch von meiner Osterdeko übrig habe, neben die Servietten. Aber auch das kann Sarah weder ein weiteres Wort noch ein Lächeln entlocken, und schweigend verputzen wir unsere Pizza. Wenigstens scheint der wie auch immer geartete Kummer sich nicht negativ auf Sarahs Appetit ausgewirkt zu haben. Was mich wirklich sehr erleichtert, denn ich würde Martina am Sonntag nur ungern ein verstummtes UND verhungertes Kind zurückgeben.

Wie aufs Stichwort klingelt nun das Telefon. Das ist Christoph, denke ich und nehme schwungvoll den Hörer ab. Doch es ist Martina, die sich nach unserem Befinden erkundigen möchte, und die gerade im wunderschönen »Hotel Hüttmann« in Norddorf auf Amrum eingecheckt hat. Wie ich dieses Hotel liebe! Hinter seiner sonnengelben Fassade befinden sich schnuckelige Zimmer, liebevoll möbliert und dekoriert. Es gibt ein reichhaltiges Frühstücksbüfett, und zum riesigen Sandstrand sind es nur ein paar Minuten. Im Grunde ist Amrum seiner Nachbarinsel Sylt nicht unähnlich, ist aber weniger schickimicki, und für meinen Geschmack zu sehr von urlaubenden Lehrern überlaufen. Und während über Sylts Straßen Porsches, Ferraris und schwarze BMWs donnern, herrscht auf Amrum eingeschränkter Verkehr, und man bewegt sich überwiegend mit dem Fahrrad. Noch ein Grund, weshalb ich Sylt ganz klar den Vorzug gebe. »Und wie läuft es mit Sarah?«, erkundigt sich Martina, und ich beschließe, das schnurlose Telefon mit ins Bad zu nehmen.

»Die ist ja unglaublich schlecht gelaunt«, flüstere ich in den Hörer, in der Hoffnung, dass Sarah mich nicht hören kann. »Hattest du noch Stress mit ihr, bevor ihr losgefahren seid?« Martina verneint und klingt ein wenig besorgt, als ich ihr die Gemütslage ihrer Tochter schildere. Wir plaudern noch einen Augenblick, und ich bitte sie inständig, das Wochenende (das ich so selbstlos geopfert habe) zu genießen und sich keine Sorgen zu machen.

»Wenn sie die Nahrungsaufnahme verweigert, melde ich mich bei dir, ansonsten gehe ich nur von einem kleinen Formtief aus, das ich schon wieder in den Griff bekomme«, beruhige ich sie.

Als Martina sich verabschiedet, versucht sie zwar, fröhlich zu klingen, aber an einem kleinen Zittern in ihrer Stimme merke ich ihr das fürchterlich schlechte Gewissen an. Würde mich nicht wundern, wenn sie morgen früh schon wieder vor der Tür steht und womöglich noch Rolf den Laufpass gegeben hat. Es tut mir schon fast Leid, dass ich ihr das mit Sarah erzählt habe …

Als ich wieder ins Wohnzimmer zurückkomme, bietet sich mir ein Bild jammernden Elends: Sarah sitzt auf dem Boden, ihr kleines Gesichtchen in Sissis Katzenfell vergraben (die netterweise wieder aufgetaucht ist), und heult sich die Seele aus dem Leib. Ich muss fast lachen, weil sie mich fatal an mich selbst erinnert, aber angesichts dieses Ausbundes an Trauer und Elend reiße ich mich schnell am Riemen und stürze zu ihr.

»Sarah-Maus, was ist denn passiert? Was hast du denn?«, bohre ich nach, obwohl ich vorhin ja bereits erfolglos abgeblitzt bin.

Doch nun scheint ihr Leid derart stark zu sein, dass Sarah ihr tränenüberströmtes Gesicht hebt und sich in meine Arme wirft.

Und ich entnehme den wenigen Wortfetzen, die ich zwischen ihren heftigen Schluchzern verstehen kann, endlich den Grund ihrer Trauer: Es handelt sich um eine Frühform von Liebeskummer.

Offensichtlich hat sich ihr bester Freund und erste große Liebe Lars zu einer neuen Mitschülerin gesetzt und damit dem gemeinsamen Schulbankleben mit Sarah für immer den Rücken gekehrt. Die neue Freundin von Lars ist »irre hübsch«, wie ich erfahre, und muss wohl eine Mischung aus Yvonne Catterfeld und Jasmin Wagner (ehemals »Blümchen«) sein. Jedenfalls spricht Lars nur noch von und mit »Mandy«, so der wohlklingende Name von Sarahs Nebenbuhlerin. Und schon muss ich wieder lachen, weil es sich bei diesem Kindersupermodel offensichtlich um einen Import aus dem Osten handelt. Wer sonst nennt seine Tochter Mandy? Eine Zeit lang war der Song, den Musikkenner noch als Hit von Barry Manilow kennen, zwar als Coverversion der Boygroup »Westlife« in den Charts, aber es würde Sarah wohl kaum erheitern, wenn ich ihr erzählte, dass ein Song mit dem blöden Namen ihrer Widersacherin im Titel auch noch auf Platz eins stand ...

Also denke ich mir meinen Teil und lausche geduldig der Geschichte, die mir Sarah, nachdem ihre Tränen endlich versiegt sind, nun in allen winzigen Einzelheiten erzählt.

Ihre kleine Kinderwelt war bis vor wenigen Tagen noch in Ordnung, bis plötzlich Mandy den Schauplatz betrat, kam, sah und siegte. Heute nun eröffnete Lars Sarah kurz und knapp, Mandy sei die Neue in seinem Leben. Flugs packte er seine Federtasche und saß – zack, zarack – ab sofort ganz hinten neben seiner neuen Flamme.

Ich würde Sarah gerne trösten, aber auf die Schnelle fällt mir nichts Gescheites ein. Im Grunde genommen müsste ich ihr sagen: »Schätzchen, so ist das Leben. Mal gewinnt man, und mal verliert man. Je eher du das lernst, desto besser.«

Aber keine Frage, ich muss mir etwas anderes einfallen lassen, um diese kleine Kinderseele wieder zu heilen, und versuche es zunächst mit dem anerkannten Allheilmittel Süßigkeiten: Zur Pizza habe ich auch zwei Eisbecher als Dessert bestellt, und die vertilgen wir nun, Seite an Seite auf dem Boden sitzend, während Sissi, die eine sehr feinfühlige Katze ist, maunzend um uns herumstreicht.

»Pass mal auf, Süße«, setze ich zu einem pädagogischen Vortrag an. »Aussehen ist nicht alles, wie man ja bei dir sieht. Du bist zwar auch ein wunderhübsches Mädchen, aber wenn jemand Neues kommt, ist der Reiz nun mal immer etwas größer, besonders für Männer. Aber gutes Aussehen, und das ist die gute Nachricht für dich, wird auch schnell langweilig, wenn man nicht auch noch intelligent und liebenswert ist, und das muss sich bei Mandy erst noch herausstellen. Wer weiß? Vielleicht fragt Lars dich ja nächste Woche schon, ob er sich wieder zu dir setzen darf, weil er erkannt hat, dass Mandy total hohl im Kopf ist und nicht weiß, wie man ›Sesamstraße‹ buchstabiert.«

Diese Vorstellung findet Sarah offensichtlich sehr erheiternd, denn ihr Gesicht hellt sich merklich auf. Habe ich da nicht sogar ein kleines Lächeln gesehen?

Um meine These wissenschaftlich zu untermauern, erzähle ich Sarah ein paar Anekdoten zu diesem Thema aus meinem Leben, verschweige aber natürlich meine jetzige Situation mit Christoph und Laura. Immer wieder ertappe ich mich dabei, mein Telefon zu fixieren, und bin froh, als Sarah irgendwann noch ihr Video »Das fliegende Klassenzimmer« sehen will, das Martina ihr für den Abend bei mir geschenkt hat.

Gegen 22.00 Uhr fallen Sarah endlich die Augen zu. Ich schäle das schlafende Kind aus seinen Klamotten, ziehe ihm sein Nachthemd an, beschließe eine Zahnputz-Amnestie und verfrachte Sarah auf die linke Seite meines Bettes.

Während die Kleine tief und fest schläft, zappe ich entschei-

dungsunfreudig durch das Fernsehprogramm, bleibe kurz bei »Seitenansichten« hängen und bewundere Laurence de Chevalier (ja, ich finde ihn irgendwie immer noch toll, obwohl er mich vor einiger Zeit, als ich einen meiner Autoren begleitet hatte, der bei ihm in der Show zu Gast war, keines Blickes gewürdigt hat) und trinke noch das eine oder andere Glas Rotwein. Gegen 24.00 Uhr bin ich so angesäuselt, dass ich nicht mehr an mich halten kann und Christophs Handynummer wähle. Nach viermaligem Klingeln springt die Mailbox an, auf der ich aber keine Nachricht hinterlasse.
Enttäuscht, weil ich mein Ziel nicht erreicht habe, tippe ich die Nummer der Auskunft und lasse mich mit der Rezeption des Hotels Fährhaus auf Sylt verbinden. Ich frage nach der Zimmernummer von Christoph und erhalte seine direkte Durchwahl. Nach mehreren Minuten (so kommt es mir jedenfalls vor) meldet sich jedoch eine Frau mit einem äußerst verschlafenen »Hallo?«.
Trotz des müden Tonfalls erkenne ich die Stimme meiner ärgsten Feindin – Laura von der Osten!
Wie in Trance drücke ich den »Aus«-Knopf meines Telefons und setze mich auf die Bettkante. In meinem Kopf laufen sämtliche Gehirnzellen Amok, und ich bekomme kaum Luft. »Beruhige dich«, rede ich mir gut zu und erwäge die Möglichkeit, mich einfach verwählt zu haben. Also spreche ich zu nachtschlafender Zeit noch einmal mit der netten Rezeptionistin, die mir anbietet, mich persönlich mit dem Zimmer »Seemöwe« zu verbinden.
Doch auch der zweite Anruf bringt dasselbe Ergebnis, und so wird plötzlich aus meiner vagen Vermutung bittere Gewissheit: Laura hat es geschafft, sich in Christophs Bett und damit

wahrscheinlich auch in sein Leben zu schleichen. Aus der Traum von unserer Liebe!
Mir zittern die Knie, und ich leere rasch ein weiteres Glas Rotwein. Sarah merkt zum Glück von alledem nichts und schläft selig wie ein Engel. Am liebsten würde ich jetzt randalieren, eine Vase durch die Gegend pfeffern oder nach Sylt rasen und die beiden im Schlaf erschießen. Ob noch ein Nachtzug geht? Dann könnte ich im frühen Morgengrauen, wenn beide nichts ahnend und vollkommen wehrlos sind, unter irgendeinem Vorwand bei ihnen eindringen und sie kaltmachen. Auf den Badezimmerspiegel würde ich mit blutrotem Lippenstift schreiben: Christoph is mine – forever!
Sissi streicht mir um die Beine und sieht aus, als würde sie sich Sorgen um meinen Geisteszustand machen. Du hast ja so Recht, denke ich. Müde und mit den Nerven völlig am Ende schleppe ich mich ins Badezimmer, setze mich in die leere Badewanne und heule, was das Zeug hält. Mit meinen Tränen könnte ich bald die Wanne fluten und würde dabei auch noch eine Menge Betriebskosten sparen. Eine Ewigkeit später öffnet sich auf einmal die Tür, und Sarah steht wie ein kleines Nachtgespenst vor mir und mustert belustigt die Szenerie. Offensichtlich findet sie es spannend, mich in der Wanne sitzen zu sehen, aber sie macht mir gleichzeitig unmissverständlich klar, dass sie jetzt »mal muss«, und ich gefälligst den Raum zu verlassen habe.
Nachdem Sarah das Bad wieder geräumt hat, beschließe ich, nun auch endlich ins Bett zu gehen. Im Eiltempo schminke ich mich ab, ziehe mich aus und rolle mich neben Sarah zusammen, die längst wieder schläft, als wäre sie nicht eben noch unterwegs gewesen. Ich sinke in einen wirren, vom

Alkohol vernebelten Halbschlaf, in dem ich von Laura und Christoph träume. Die beiden stehen in der Kirche von Keitum vor dem Traualtar, Sarah spielt das Blumenmädchen, Annalena ist eine der Brautjungfern, und ich bin die Trauzeugin. Bei der Zeile »Bis dass der Tod euch scheidet« ist das Sandmännchen mir gnädig, und ich versinke endlich in die Tiefschlafphase.

Der nächste Morgen ist hart. Kinder schlafen ja bekanntlich nicht so lange, und entsprechend werde ich unsanft von Sarah geweckt, die mir, beim Versuch aus dem Bett zu klettern, aus Versehen unsanft in den Bauch tritt. Benebelt versuche ich, mich aufzurichten, und blinzle in die Morgensonne, während Sarah – offensichtlich topfit und ohne jede weitere Spur von Liebeskummer – mit Sissi durch das Zimmer tollt.

»Wann gibt's denn Frühstück?«, erkundigt sie sich vergnügt, während sich mir beim bloßen Gedanken an Essen der Magen umdreht.

»Sarah, Liebes, bitte sei so gut und gönn mir noch 'ne halbe Stunde«, flehe ich in Richtung des hyperaktiven Mädchens. »Ich mach dir gleich einen Kakao und ein Marmeladenbrot, aber bitte, lass mich hier noch einen Augenblick liegen, okay?« Mit einem Auge erhasche ich einen Blick auf den Wecker, der 7.00 Uhr anzeigt.

7.00 Uhr, an einem Samstagmorgen! Das kann Martina unmöglich wieder gutmachen, denke ich, während ich mir die Decke über den Kopf ziehe. Sarah gönnt mir in der Tat eine kleine Pause, aber nur, weil im Fernsehen gerade die »Sendung mit der Maus« läuft.

Geht das nicht ein bisschen leiser?, denke ich und stelle mir vor, wie schön es jetzt wäre, wenn Sarah sich einfach mit

einem Bilderbuch in die Ecke verkrümeln würde. Und zwar in aller Stille.
Um 7.45 Uhr wanke ich aus dem Bett, begebe mich ins Badezimmer und versuche, mich in einen präsentablen Zustand zu versetzen. Während ich noch schlaftrunken mein Gesicht im Spiegel mustere und überlege, wie viel Wein ich gestern eigentlich getrunken habe, fällt mir alles wieder ein: Laura und Christoph sind jetzt ein Liebespaar!
Die Erinnerung an mein nächtliches Telefonat und diese Erkenntnis ziehen mir fast den Boden unter den Füßen weg, aber irgendwie schaffe ich es, mich zurechtzumachen und ein Frühstück für Sarah und Sissi zu zaubern.
Während ich schweigend an einem trockenen Knäckebrot, einem Relikt aus Diätzeiten, knabbere, fragt Sarah munter: »Wann gehen wir schwimmen?«
Schwimmen, ach ja, jetzt fällt mir das Programm wieder ein, das für den heutigen Tag geplant war.
Ich beschließe, zuerst einmal Annalena anzurufen und sie über den neuesten Stand der Dinge zu informieren. Sie wird bestimmt wissen, was zu tun ist. Ich selbst fühle mich momentan nicht in der Lage, auch nur zu denken, geschweige denn zu planen.
Erneut schließe ich mich mit dem Telefon im Badezimmer ein, während Sarah draußen gemütlich frühstückt. Annalena, noch völlig verschlafen, weil ich sie aus dem Bett geklingelt habe, begreift mein Problem sofort und steht eine halbe Stunde später vor meiner Tür. Sie ist nicht ganz so gestylt wie sonst und hat eine große Plastiktasche dabei.
»Fürs Schwimmen«, klärt sie mich auf und marschiert schnurstracks in die Küche, wo ich bereits einen Espresso für uns

beide aufgesetzt habe. Unter normalen Umständen würde ich mich über den wunderschönen Sonnentag und den Duft des italienischen Heißgetränkes freuen, das da in seiner silbernen Kanne friedlich vor sich hin blubbert. Aber heute ist alles anders. Heute ist der Tag, an dem ich Christoph an die blonde Laura verloren habe.

Sarah begrüßt Annalena höchst erfreut – die Arme kann ja nicht ahnen, dass Annalena nicht so auf Kinder steht. Die beiden haben sich zwar ein- oder zweimal gesehen, aber immer nur kurz. Meine Freundin, etwas verunsichert ob dieser ungewohnten Situation, stellt sich Sarah sicherheitshalber noch einmal vor und gibt ihr sogar förmlich die Hand. Wäre ich nicht so mies drauf, müsste ich sicher kichern bei diesem Anblick. Das ist so gar nicht mehr meine coole Freundin.

Während wir unseren Espresso schlürfen und ich ein Aspirin im Wasser auflöse, versuche ich, Annalena die neue Situation zu schildern, allerdings möglichst verschleiert, sodass Sarah nichts davon versteht. Doch die hat Gott sei Dank wieder in Sissi ein dankbares Opfer gefunden und jagt diese um die Couch.

»Du darfst dich auf keinen Fall von dieser kleinen blonden Schnecke ins Boxhorn jagen lassen. Die hat sie doch nicht mehr alle – was glaubt die eigentlich, wer sie ist?«, äußert sich Annalena empört, nachdem sie alles erfahren hat.

»Christophs neue Freundin«, antworte ich zitternd, und schon beginnen die Tränen zu fließen.

»Aber das ist doch noch gar nicht bewiesen«, versucht Annalena, meine Laune zu verbessern und reicht mir eine Serviette mit heiterem Sonnenblumenmuster als Taschentuchersatz. »Bis jetzt weißt du doch lediglich, dass eine Frau ans Telefon

gegangen ist. Vielleicht war das ja gar nicht Laura, oder selbst wenn sie es war, hat das doch noch lange nichts zu bedeuten. Vielleicht haben die beiden noch gearbeitet, Christoph war gerade im Bad, und da ist sie eben ans Telefon gegangen.«
Annalena sieht selbst nicht so aus, als sei sie besonders überzeugt von dem, was sie da sagt. Vielsagend ist auch ihr Vorschlag, was ich als Nächstes tun soll: »Ich finde, du solltest dich auf der Stelle mit Alexander Bräuer verabreden, wenn du mich fragst.«
Vielleicht gar keine so schlechte Idee. Schließlich ist das genau das Mittel, das ich auch Annalena vorgeschlagen habe, als ihre Beziehung mit Heiko in die Brüche gegangen ist: Eifersucht!
»Los, ruf an, worauf wartest du noch?« Wortlos schiebt meine Freundin mir das Telefon rüber.
Tja, vielleicht darauf, dass es endlich nach 10.00 Uhr ist, eine Zeit, zu der man erwachsene Menschen belästigen darf, die nicht wegen irgendwelcher Kinder um 7.00 Uhr morgens aus dem Bett gefallen sind.
Das ist ein Argument, mit dem ich Annalena durchaus überzeugen kann, aber Punkt 10.00 Uhr lasse ich mich mit Herrn Bräuers Zimmer im Dorint-Hotel verbinden. Wehe, wenn da jetzt diese Ina Veltlin ans Telefon geht! Fürs Erste habe ich nämlich genug von diesen Anhängsel-Schnuckis!
»Alexander Bräuer«, ertönt jedoch die sonore Stimme meines Opfers, und ich atme noch einmal tief durch, bevor ich mein Anliegen vorbringe.
Natürlich reiße ich mich dabei zusammen und schnurre derart in den Telefonhörer, dass Annalena anerkennend ihre beiden Daumen nach oben hält. Ja, so verhält sich die Diva von

heute. Egal, von wem man verlassen wird, von Flavio Briatore, Ben Affleck oder Christoph Köllisch, Mädels von Welt schlagen zurück und haben sofort adäquaten Ersatz parat in Gestalt von Seal, Marc Anthony oder eben Alexander Bräuer. Letzterer ist zum Glück zurzeit noch in Hamburg und fliegt erst morgen wieder zurück nach Paris. Zeit genug also, um »einen romantischen Abend zu verbringen«, wie er unser Vorhaben euphorisch beschreibt. Wir verabreden uns für 20.00 Uhr im Restaurant »Henssler & Henssler« an der Großen Elbstraße, dann lege ich auf.

»So, das wäre geschafft!«, teile ich Annalena stolz mit, und da fällt es mir plötzlich siedendheiß ein: Ich kann ja gar nicht so einfach essen gehen, ich muss doch auf Sarah aufpassen! Wie konnte ich das nur vergessen?

Während ich noch überlege, was ich jetzt am besten mache, verhandelt Annalena bereits den Abendplan mit Sarah. Sie ist sofort bereit, sich Sarahs an meiner Stelle anzunehmen. Die beiden entscheiden sich fürs Kino, »Bärenbrüder«, den neuen Disneyfilm, und anschließendes Dinner bei McDonald's.

»Und das willst du dir wirklich antun?«, flüstere ich meiner Freundin zu, während sich Sarah im Bad fürs Schwimmen fertig macht. »Du magst doch gar keine Kinder.«

»Stimmt auffallend. Aber dies hier ist ein Notfall, der gar nicht erst entstanden wäre, wenn du nicht Martinas wegen dein romantisches Sylt-Wochenende geopfert hättest. Also ist es jetzt in der Freundinnen-Reihenfolge an mir, wiederum dir aus der Patsche zu helfen. Außerdem war Sarah bisher doch ganz friedlich. Und aus dem Alter, wo sie sich schreiend auf den Boden wirft, dürfte sie ja wohl raus sein«, orakelt Annalena hoffnungsfroh, während ich mir da nicht so sicher wäre …

»Gib ruhig zu, du willst dich nur in ›Bärenbrüder‹ weiterbilden, um damit vor Günther Maaßen zu prahlen«, frotzle ich, weil ich mich daran erinnern kann, dass es bei diesem Film auch um das Thema »Jagd« geht, genauer um einen kleinen Jungen, der in einen Bären verzaubert und damit unfreiwillig zu Freiwild wird. So torkelt er den Rest des Films zusammen mit anderen Tieren durch gemischte Laubwälder – stets auf der Flucht vor Günther Maaßen und seinen Kumpanen. Wie das Drama dann schließlich endet, werden mir Annalena und Sarah ja dann berichten können.
»Du bist ein echter Schatz«, bedanke ich mich bei meiner Freundin und schmatze ihr einen Kuss auf die Wange. »Ich verspreche dir, auch bei dir dereinst zu babysitten, selbst wenn deine Brut dann aus Fünflingen bestehen sollte«, grinse ich und begebe mich an den Kleiderschrank, um ein passendes Outfit für heute Abend zu suchen. Leider taucht just in diesem Moment Sarah aus dem Badezimmer auf und macht damit meine Pläne zunichte.
»Können wir jetzt endlich los?«, fragt sie, und ihre Stimme duldet keinerlei Aufschub. Seufzend schnappe ich mir meine Schwimmsachen, die ich mir bereits für das Hotel Fährhaus zurechtgelegt hatte, und ab geht's.

Während Annalena und Sarah sich erstaunlicherweise blendend verstehen, ziehe ich im Kellinghusenbad in Eppendorf meine Bahnen, ohne mich an ihrem Gerangel und den Sprüngen von irgendwelchen Brettern zu beteiligen. Gegen den Kater hilft das Schwimmen natürlich, jedoch bricht nun das ganze Ausmaß meines Elends über mich herein. Ich sehe ständig Bilder von Christoph und Laura vor mir und kann es einfach nicht fassen.

Was ist passiert? Wir waren doch so verliebt? Und wir sind doch noch gar nicht so lange zusammen. Wie kann das sein? Immer wieder suche ich nach Gründen dafür, weshalb Laura sich nachts um diese Uhrzeit in Christophs Zimmer aufgehalten haben könnte. Aber wie ich es auch drehe und wende, ich komme einfach zu keinem anderen Ergebnis: Laura hat ihren gemeinen Plan zur Vollendung und Christoph damit zur Strecke gebracht. Schon wieder kullern Tränen über mein Gesicht, doch diesmal vermischen sie sich gnädig mit den Fluten des Erlebnisschwimmbeckens. Aus den Augenwinkeln beobachte ich Annalena und Sarah und verfluche mich auf einmal für mein Angebot, Martina zu helfen. Nur so konnte es passieren, dass ...
Allerdings: Hätte Christoph mich wirklich geliebt, dann wäre er resistent gewesen gegen dieses blonde Gift, selbst wenn sie zusammen in einem Zimmer übernachtet hätten. Nein, das passt schon alles zusammen. Erst die Verschiebung unseres »Outings« im Verlag auf den Sankt-Nimmerleins-Tag, dann hat er sich noch nicht einmal verabschiedet, bevor er losgefahren ist, hat sich von Sylt nicht gemeldet und dann auch noch Laura in seinem Zimmer. Und habe ich ihn nicht erst neulich dabei beobachtet, wie er ihr hinterhergeschaut hat, als sie – mal wieder bekleidet mit einem Nichts von Kleidchen – mit ihren meterlangen Gehwerkzeugen (immerhin, ohne zu stolpern) auf High-heels den Gang im Verlag hinuntergestakst ist?
Und habe ich die beiden nicht gerade vorgestern dabei erwischt, wie sie sich gemeinsam in der Küche an der Espressomaschine zu schaffen gemacht haben, weil Laura angeblich Probleme mit einer Filtertüte hatte? Bei denen auch nur Christoph ihr helfen konnte?

Seit wann haben eigentlich Espressomaschinen Filtertüten?
Aber das ist ja nur eine von vielen Begebenheiten, bei denen mich das fatale Gefühl beschlichen hat, dass diese Frau es von Anfang an gezielt darauf abgesehen hatte, mir in die Quere zu kommen und mir meinen Freund auszuspannen.
Kann ich schon verstehen.
Ist ja auch eine tolle Partie, so ein Verlagsleiter.
Und eine gut aussehende noch dazu.

»Zeit, den Tatsachen ins Auge zu sehen, Marie Teufel«, sage ich leise zu mir selbst und dresche auf das Wasser ein, als ob es irgendetwas für meine Pleite könnte. Es spritzt heftig nach allen Seiten, und mehrere Besucher des Schwimmbades sehen mich höchst missbilligend an. Ich sollte mich wohl etwas zusammenreißen. Und ja, vielleicht sollte ich die Stunden hier auch lieber nutzen, um für heute Abend in Form zu kommen, denn Männern wie Alexander Bräuer liegen schließlich noch ganz andere Frauen zu Füßen ... Reflexartig spanne ich meine nicht vorhandenen Bauchmuskeln an und beginne zu kraulen.
Aber sollte ich nicht noch einmal bei Christoph auf dem Handy anrufen? Möglicherweise ist das Ganze doch nichts anderes als ein riesengroßes Missverständnis. Na ja, die Hoffnung stirbt zuletzt, wie es so schön heißt.
So schnell ich kann, klettere ich aus dem Becken und stürze in die Umkleidekabine. Mit zitternden Händen zerre ich mein Handy aus der Tasche und tippe Christophs Telefonnummer ein. Ich muss mir endlich mal von jemandem zeigen lassen, wie man die Nummern einprogrammiert, denke ich, während ich vor mich hintropfe und klopfenden Herzens darauf warte,

dass Christoph sich am anderen Ende meldet. Nach dreimaligem Klingeln vernehme ich wieder eine weibliche Stimme. Das kann doch nicht wahr sein! Hat die dumme Kuh jetzt sogar schon Kontrolle über sein Handy? Sofort drücke ich den Aus-Knopf und sinke auf die Umkleidebank. Es ist also tatsächlich wahr. Es handelt sich nicht um irgendein blödes Missverständnis, auch nicht um eine Ausgeburt meiner überbordenden Fantasie, sondern schlicht und einfach darum, dass ich nach nur einmonatiger Beziehungszeit durch ein neues, schlankeres und blondes Modell ersetzt wurde.
Na wartet, ihr beiden, denke ich, was ihr könnt, kann ich schon lange. Ihr werdet schon sehen.
Voller Rachepläne dusche ich, wasche mir die Haare und ziehe mich an. Ein Blick auf die Uhr sagt mir, ich sollte mich langsam ausgehfein machen und in Ruhe die eine oder andere Maske auflegen beziehungsweise eine Kühlbrille auf meinen geschwollenen Augen platzieren. Aber so ist das mit Kind, man kann jegliches Beauty-Programm knicken und froh sein, wenn man überhaupt wegkommt und halbwegs vollständig gekleidet ist. Wie macht Martina das nur? Ich empfinde zum wiederholten Male tiefen Respekt vor meiner Freundin. Ich weiß nicht, ob ich das alles so hinkriegen würde.
Während ich meine Haare föhne und fieberhaft überlege, was ich anziehen werde, biegen Annalena und Sarah um die Ecke: ein Herz und eine Seele. Beide kichern wie verrückt und erzählen sich gegenseitig von den aufregenden Schwimmerlebnissen, die sie gerade hatten.
»Da bist du ja«, sagt Annalena und zu Sarah gewandt: »Komm, beeilen wir uns. Ich habe einen Höllenhunger, und ich kann den Cheeseburger schon förmlich riechen.«

Die beiden machen sich in Windeseile zurecht, und Annalena bietet mir an, jetzt schon mit Sarah zu McDonald's zu gehen, damit ich mich in Ruhe zu Hause fertig machen kann.
»Du bist ein Schatz, das vergesse ich dir nie«, bedanke ich mich und falle den beiden um den Hals. Wir vereinbaren, dass sie nach ihrem Fast-Food-Trip direkt ins Kino gehen und anschließend zu Hause auf mich warten.
»Kann ruhig länger dauern«, sagt Annalena und zwinkert mir verschwörerisch zu. Ich überreiche den beiden feierlich den Zweitschlüssel zu meiner Wohnung und mache mich auf den Heimweg. Zu Hause angekommen, blinkt mein Anrufbeantworter und vermeldet den Eingang von zwei Nachrichten. Die erste ist von Martina, die sich nach unserem Befinden erkundigt, die zweite stammt von – Christoph.
»Hi, Marie. Schade, dass du gerade nicht da bist. Wahrscheinlich bist du gerade unterwegs, um Sarah beim Kinderschutzbund abzugeben, oder auf dem Weg nach Amrum. Wollte mich nur melden und Bescheid geben, dass hier so weit alles ganz gut läuft und dass ich dich vermisse. Versuche es nachher noch mal auf deinem Handy.«
Nanu? Was ist das? Eine sehr doppeldeutige Botschaft, wie ich finde. Dass es »gut läuft« habe ich mittlerweile ja selbst herausgefunden. Und dieses scheinheilige »Vermisse dich!«, pah, so etwas bringen auch nur Männer fertig.
Na, dann versuch's nachher ruhig noch mal auf meinem Handy, denke ich. Natürlich werde ich nicht dabei haben, wenn ich bei einem romantischen Candle-Light-Dinner Alexander Bräuer gegenübersitze. Soll Christoph sich doch ruhig die Finger wund wählen.
Apropos Candle-Light-Dinner, die Zeit drängt, und ich weiß

immer noch nicht, was ich anziehen soll. Wahllos verstreue ich alle zur Auswahl stehenden Kleidungsstücke auf meinem Bett, was Sissi superlustig findet. Sie wälzt sich sichtbar zufrieden in meinen Sachen und hinterlässt überall ihre Katzenhaare. Nach langem Hin und Her entscheide ich mich für das schwarze Kleid, mit dem ich schon Christoph anlässlich Miguels Buchpremiere zum Erliegen gebracht habe, und achte beim Ankleiden sogar auf meine Dessous. Also nicht, dass ich diesbezüglich irgendwelche konkreten Pläne hätte, aber man weiß ja nie …

Pünktlich um 19.45 Uhr klingelt der Taxifahrer an meiner Tür, und ich werfe einen letzten prüfenden Blick in meinen Spiegel: Ich finde, ich kann mich durchaus sehen lassen. Meine roten Haare habe ich hochgesteckt, hinter meinen Ohren kringeln sich einige Locken, an meinem Hals glitzert eine tolle Halskette. Meine Beine stecken in atemberaubenden Netzstrümpfen und in Schuhen, die ich neulich erst erworben habe. Keine Manolo Blahniks, aber mindestens ebenso wirkungsvoll.

»Wer zum Teufel ist eigentlich Laura?«, frage ich mein Spiegelbild, in der Hoffnung, es werde mir ähnlich antworten, wie weiland Schneewittchens böser Stiefmutter: »Frau Teufel, Ihr seid die Schönste hier. Und auch Laura hinter den sieben Dünen, bei den sieben Hühnen, ist nicht schöner als Ihr!«

Hmm, leider bleibt der Spiegel stumm.

Lässt sich jetzt auch nicht ändern, denke ich, schnappe mir meine Handtasche, lasse das Handy bewusst auf der Kommode liegen und stürme nach unten zu meinem Chauffeur.

Zehn Minuten nach acht (eine Diva kommt immer zu spät!) lasse ich mich von einer charmanten Kellnerin an den Tisch von Alexander Bräuer geleiten. Dieser studiert gerade mit

gerunzelter Stirn seine Uhr und überlegt wohl, ob ich ihn versetzt habe.
»Ah, Frau Teufel, da sind Sie ja endlich. Ich dachte schon, Sie kommen nicht mehr«, ruft er so laut, dass sich alle nach mir umdrehen. Für einen Moment ist mir das zwar peinlich, aber im nächsten Augenblick genieße ich die Blicke vor allem der weiblichen Gäste, die mich intensiv mustern.
Hoffentlich ist jemand von »Gala« oder der »Bunten« da, denke ich, während ich auf mein Date zugehe. Alexander Bräuer ergreift – offensichtlich völlig hypnotisiert ob meines glamourösen Anblicks – meinen Arm, haucht einen formvollendeten Luftkuss auf meine Hand und rückt mir den Stuhl zurecht. Ein Mann mit Manieren und Muckis, ich liebe so etwas!
»Möchten Sie einen Aperitif?«, fragt nun die holde Kellnersmaid, und ich werfe dem Schauspieler einen verwegenen Blick zu.
»Wie wär's mit einem Gläschen Champagner?«, frage ich und hoffe, die Verniedlichung verschleiert ein wenig, dass ich mich gerade für das teuerste Getränk auf der Karte entschieden habe. Aber bei den Honoraren, die Bader & Köllisch ihm bald zahlen werden, ist das sicher noch drin. Genau genommen ist es sogar Christoph, der meinen Schampus bezahlen wird, konstatiere ich, und der Abend erscheint mir gleich noch um vieles schöner.
Nach einem kleinen Warm-up-Geplänkel widmen wir uns intensiv dem Studium der Speisekarte.
Ich bin hin- und hergerissen: Auf der einen Seite bin ich vom Schwimmen hungrig wie ein Wolf und könnte jetzt alles essen, auf der anderen Seite darf ich mich natürlich nicht als verfressenes Monster outen. Während ich mich kaum

zwischen Sashimi vom Seeteufel, Dorade auf Champagnerkraut und Variationen von Sushi entscheiden kann, bemerke ich auf einmal eine blonde Frau am Tisch gegenüber, die herüberwinkt und energisch den Kopf schüttelt. Das ist doch nicht etwa …? Ich fasse es nicht! Sie ist wieder da! Blondi! Mit wem sie wohl hier ist, überlege ich und beschließe, mich nicht von ihrem Anblick irritieren zu lassen. Soll sie doch winken und zetern, ich habe sie schließlich entlassen, und nur weil sie zufällig gerade mit einer Neukundin hier ist, hat sie noch lange nicht das Recht, mir den Appetit zu verderben.
Als die Kellnerin die Bestellung entgegennimmt, entscheidet sich Alexander in etwa für das, was ich gerade im Visier hatte. Ich hingegen sage mit zarter Stimme: »Die Sushi-Variationen, bitte.«
»Und was hätten Sie gerne als Hauptgang?«, fragt mich die Kellnerin freundlich.
Doch ich bin von Blondis Auftauchen doch etwas eingeschüchtert und antworte daher: »Gar nichts. Bitte bringen Sie mir nur das Sushi.«
»Aber Frau Teufel, Sie müssen doch etwas essen«, versucht nun mein Begleiter ebenfalls, meine Entscheidung ins Wanken zu bringen. »Ich hasse Frauen, die nicht gerne essen, und eigentlich hätte ich von Ihnen gedacht, dass man mit Ihnen ganz hervorragend tafeln kann«, fährt er mit einem enttäuschten Unterton in der Stimme fort. »Außerdem möchte ich Sie einladen. Also bitte, machen Sie mir die Freude und pfeifen Sie auf Ihren Diätplan.«
Okay, was soll's, denke ich. Ich werde hier ja quasi gezwungen. Freudig erregt bestelle ich mir jetzt gleich die ganze Palette japanischer Köstlichkeiten, die die Karte so bietet, und

sehe mich dann im Restaurant um. Es ist wunderschön, sehr puristisch gehalten und an der rechten Seite verläuft die Sushi-Bar. Auf der linken kann man hingegen mit viel Fantasie Elbwasser glitzern sehen, zumindest, wenn man wie ich, ein paar Schlucke Champagner intus hat. Dem ersten Glas folgt rasch ein zweites, und allmählich weicht mein latenter Kater-Kopfschmerz, der gegen die Aspirintablette komplett immun war, einem wohligen Gefühl der Entspannung. Von Minute zu Minute wird die Welt rosiger. Alexander Bräuer ist ein echter Hingucker und sieht mit seinem Dreitagebart, dem schwarzen Sakko und dem ebenso schwarzen T-Shirt mit V-Ausschnitt verdammt sexy aus. Sein Rasierwasser duftet männlich herb, und ich muss mich arg zusammenreißen, um mich ihm nicht sofort an den Hals zu werfen.

Wie sich herausstellt, ist er nicht nur ein guter Schauspieler (wenn man bei Actionfilmen überhaupt von darstellerischen Qualitäten sprechen kann) und ein äußerst attraktiver Mann, sondern auch ein amüsanter Gesprächspartner und exzellenter Zuhörer.

Bis die Vorspeisen kommen, erzähle ich ihm von meinem Mallorca-Abenteuer mit Miguel und amüsiere Alexander damit königlich (das mit meinem Urlaubsflirt mit Ramon lasse ich natürlich aus). Als ich gerade detailreich erzähle, wie schwer es für mich war, den Künstler zu einem Buch bei uns zu überreden, unterbricht mich Alexander.

»Mit mir haben Sie es ja nun nicht so schwer«, sagt er und lächelt mich an. »Im Gegensatz zu diesem Miguel kann ich es gar nicht erwarten, mit Ihnen zusammenzuarbeiten. Und ich kann Ihnen eins versichern: Sollten Sie jemals mit mir zusammen auf Mallorca oder sonst wo an meinem Buch feilen, würde ich nicht von Ihrer Seite weichen und jede Minute mit Ihnen verbringen wollen. Kommen Sie doch einfach mit mir nach Paris. Diese Stadt ist wunderschön in der Vorweihnachtszeit. Oder besuchen Sie mich im Frühling. Wenn die ersten Blumen am Bois de Boulogne blühen, man an der Seine spazieren oder Boot fahren oder einen Café au lait am Montmartre trinken kann. Was meinen Sie?«

Mit diesen Worten ergreift er meine Hand und streichelt sie zärtlich.

Was ich dazu meine? Im Augenblick merke ich nur, wie empfänglich ich für diese Art von Schmeicheleien bin und dass mir der Aperitif zu Kopf steigt. Frühling in Paris. Das klingt romantisch und noch besser als Sylt. Wie in einem alten Audrey-Hepburn-Film. Und gibt es da nicht sogar dieses Lied, »April in Paris«? Vielleicht ist das ja überhaupt meine eigentliche Bestimmung: Ich soll gar nicht Promis hinterherjagen, um sie zum Schreiben zu überreden, sondern es ist mir vielmehr vorherbestimmt, eine von ihnen zu werden. Jawohl! Denn eigentlich, stelle ich immer wieder fest, bin ich für ein Leben im Luxus geboren, es fehlte mir bis jetzt nur noch der passende Mann. Und den habe ich ja nun. Er sitzt hier vor mir, sieht mich verliebt an und möchte mit mir den Frühling in Paris verbringen. Wenn das mal kein glücklicher Zufall ist.

»Wer von Ihnen beiden hatte die Tempura von Garnelen?«, unterbricht jäh die Stimme der freundlichen Kellnerin meine Gedanken, und ich fahre erschrocken zusammen. Schluss mit diesen Tagträumen, Marie, ermahne ich mich innerlich. Schließlich ist dieser Mann ein professioneller Herzensbrecher, das kann ich schon daran erkennen, wie er die Beine unserer Kellnerin (oder nennt man das korrekterweise »Servicefachkraft«?) mit

Kennerblick mustert. Aber was die kann, kann ich auch, denke ich, wild entschlossen, heute Abend den Vamp zu geben.

Betont provokativ nippe ich an meinem Champagnerglas und lasse lasziv meine Lippen über den Glasrand gleiten. Dann strecke ich mein netzbestrumpftes Bein neben dem Tisch nach außen und sehe Alexander Bräuer tief in die Augen. Ja, auch ich habe schöne Beine!

»Entschuldigung, Sie haben da was«, sagt er plötzlich und tupft mit der Serviette an meinem Kinn herum. »Ich glaube, es ist Lippenstift, aber sehen Sie lieber selbst mal nach.«

O nein, ich fasse es nicht! Kann nicht einmal etwas klappen, nur so zur Abwechslung? Besorgt zu erfahren, was sich da wohl an meinem Kinn befindet, krame ich in meiner Handtasche nach meinem Puderdöschen von Chanel. Aber das Einzige, was ich zu fassen bekomme, ist mein jahrhundertealter Handspiegel, dessen Innenteil sich regelmäßig von seiner ollen Plastikhülle verabschiedet, obgleich ich ihn doch notdürftig mit doppelseitigem Klebeband versorgt habe. Verschämt beuge ich mich etwas nach unten, um Alexander nicht an meiner kosmetischen Operation teilhaben zu lassen. Normalerweise hätte ich ja die »Damen« aufgesucht, aber der Duft der panierten Garnelen steigt mir verführerisch in die Nase, und das verlangt nach unmittelbarem Verzehr.

Während ich den Lippenstiftfleck an meinem Kinn entferne, beobachtet mich Alexander Bräuer wie eine Katze die sprichwörtliche Maus, die sie gleich verspeisen will. Ich lächle ihm zu, bete innerlich, dass er diesen kleinen Fauxpas schnell vergisst, und widme mich meiner Vorspeise.

Auch jetzt überrascht mein Gegenüber mich wieder angenehm, denn er ist ebenfalls ein echter Genießer und schaufelt nicht alles einfach wahllos in sich hinein. Und der Poilly Fumée, den er ausgesucht hat, unterstreicht den Geschmack der Meeresfrüchte hervorragend. Leider steigt damit auch mein eh schon leicht angehobener Alkoholpegel drastisch, aber das macht nichts, denn heute Abend will ich ja meinen Kummer vergessen und mich amüsieren. Bei dem Gedanken ziehen flüchtige Bilder von Laura und Christoph in der »Sansibar« vor meinem inneren Auge vorbei – aber das ist jetzt Vergangenheit. Meine Gegenwart und Zukunft sitzt hier und heißt Alexander Bräuer.

Wir plaudern nun über dies und das, er erzählt ein paar Anekdoten aus der Filmbranche, die ich begierig aufsauge (wer weiß, wozu diese Informationen noch nützlich sein können), und ich amüsiere mich königlich. Die Dorade ist ein Traum, und allmählich habe ich das Gefühl, dass mir nun nichts mehr passieren kann und das Leben einfach wunderbar ist. Bewusst vermeide ich es, Alexander Bräuer nach dem Verbleib von Ina Veltlin und seiner Beziehung zu ihr zu befragen. Er wird schon wissen, was er da tut, und mir persönlich kann es ja egal sein. Ich bin ja ungebunden, wenn auch erst ganz frisch. Während ich weiter genüsslich tafle, schiebt sich auf einmal ein langes Paar Beine an mir vorbei, und eine Frau steuert auf den Tisch zu, an dem bis vor wenigen Minuten noch Blondi mit ihrer Truppe gesessen hat. Von hinten kann ich nur eine große, schlanke Frau ausmachen, mit tollen, langen, schwarzen Haaren. Haaren wie …

»Marie, was machst du denn hier? Das ist ja eine Überraschung!«, beginnt das Wesen plötzlich zu sprechen, als es sich, aus welchen Gründen auch immer, zu uns umdreht, und das Gesagte gilt ganz offensichtlich mir.

»Carlotta, wie schön, dich zu sehen«, flöte ich und versuche, auf die Beine zu kommen, um sie zu begrüßen. Was ist hier heute eigentlich los? Erst Blondi, jetzt Carlotta, Christophs Exfreundin. Findet hier so etwas wie ein Veteranentreffen aus meiner Vergangenheit statt? Während meine Gehirnzellen rotieren, wer hier noch vorbeikommen könnte, fällt einem höflichen Rest von mir ein, Alexander Bräuer und Carlotta miteinander bekannt zu machen.

»Darf ich vorstellen? Carlotta Rivera, eine gute Bekannte, und Alexander Bräuer, unser neuer Autor.«

»Freut mich sehr«, sagt mein Vielleicht-Lover-in-spe, und ich kann ganz deutlich sehen, wie sehr ihm Christophs Ex gefällt. Klar, sie ist ja auch ein echter Hingucker und sieht heute Abend mal wieder verboten gut aus. Sie trägt einen Hauch von Chiffon im aktuellen Nude-Style, der ihr, zusammen mit den rabenschwarzen Haaren, einen perfekten »Liv-Tyler-Elben-Look« verleiht. Unter ihrem Arm klemmt eine »Murakami-Pochette« von Louis Vuitton (das sehe ich auf den ersten Blick), ihre schmale Taille wird durch einen Perlengürtel von Chanel betont, den ich gerade in der letzten »Elle« bewundert habe, an ihrem schlanken Handgelenk sitzt die neue dunkelbraune Gucci-Uhr mit Bambusarmband, und den Rest will ich weder wissen noch sehen.

»Möchten Sie sich nicht zu uns setzen?«, fragt Alexander Bräuer freundlich, und ich kann nicht umhin, meinen Schuh gezielt gegen seinen Knöchel zu donnern. Seinen fragenden Blick erwidere ich mit einem verheißungsvollen Lächeln, das ihm signalisieren soll, was ihn erwartet, wenn wir alleine bleiben, statt uns zusätzlichen Besuch an den Tisch zu holen. Doch Carlotta ist gar nicht auf unsere Gesellschaft erpicht.

»Das ist sehr nett von Ihnen, aber ich bin in Begleitung. Vielleicht ein anderes Mal. Marie, grüß doch Christoph bitte ganz lieb von mir. Wo ist er eigentlich?«, fragt sie und stöckelt Gott sei Dank weiter, ohne meine Antwort abzuwarten.

»Woher kennen Sie beide sich denn?«, erkundigt sich Alexander Bräuer, eine Spur zu interessiert für meinen Geschmack. »Und wer ist dieser Christoph? Ein gemeinsamer Freund von Ihnen?«

»So was Ähnliches«, murmle ich und nehme einen tiefen Schluck aus meinem Weinglas. Plötzlich ist mir der Appetit vergangen – Dorade hin oder her.

»Eine wirklich tolle Frau«, schiebt der Schauspieler hinterher und damit droht dieser Abend endgültig zu einem Desaster zu werden.

»Aber nicht halb so toll wie Sie, liebe Marie. Ich darf Sie doch Marie nennen?«, fährt er fort, nimmt wieder zärtlich meine Hand und küsst sie. »Was meinen Sie? Wollen wir uns nicht endlich duzen?«

Bei diesem Satz schrillen meine inneren Alarmglocken, denn genauso hat es mit Christoph angefangen. Als wir zum Duzen übergegangen sind, läutete das die heiße Phase zwischen uns ein.

Irgendwie wird mir das alles hier zu viel. Die Geschichte mit Laura, das Auftauchen von Blondi und Carlotta, der vermeintlich verliebt säuselnde Alexander Bräuer. Und wie es wohl Sarah geht, denke ich in einem Anfall von schlechtem Gewissen. Ob ich wohl mal bei mir zu Hause anrufen soll? Du bist nicht Sarahs Mutter, und Annalena wird das sicher alles im Griff haben, rede ich mir gut zu, während ich beobachte, mit welchen Leuten Carlotta den Abend zu verbringen gedenkt. Doch das Ganze sieht eher nach einem Geschäftsessen aus als nach einem Tete-a-Tete, und so wende ich mich wieder meinem Gegenüber zu, das mich unverwandt anstrahlt.

»Was ist los Marie? Du bist plötzlich so blass (hatte ich eigentlich dem Duz-Vorschlag schon zugestimmt, ich kann mich nicht erinnern.). Ist dir nicht gut?«, erkundigt er sich besorgt, während sich um mich herum alles zu drehen beginnt. Oje, war wohl vielleicht doch mal wieder ein bisschen zu viel des Guten.

»Soll ich dich nach Hause bringen?«, fragt Alexander Bräuer beharrlich weiter, und in der Tat hätte ich jetzt nichts lieber als ein Bett, in dem ich mir die Decke über den Kopf ziehen und die Seele aus dem Leib weinen könnte. Aber zu Hause warten ja Annalena und Sarah, von daher ist das keine so gute Idee ...

»Was hältst du davon, wenn ich zahle, und wir noch zu mir ins Hotel fahren? Da kannst du dich einen Augenblick hinlegen, ich lasse dir einen starken Espresso oder einen Kamillentee bringen, und dann fühlst du dich sicher gleich besser.«

»Okay«, murmle ich und lasse mich wenig später widerstandslos und etwas unsicher auf den Beinen abführen.

In seinem Zimmer im Dorint angelangt, streife ich mir zuerst meine Highheels ab und lege mich dann aufs Bett. Im Moment ist es mir egal, dass ich Alexander Bräuer kaum kenne, uns eigentlich ein berufliches Verhältnis verbindet und es sich zudem bei ihm noch um einen Promi erster Güte handelt. Er bestellt derweil etwas beim Room-Service, und einige Augenblicke später stehen tatsächlich ein Kamillentee, ein Espresso und zwei Gläser Grappa vor mir.

»Ich wusste nicht, wonach dir genau ist, also habe ich von al-

lem etwas bestellt. Und mir persönlich ist jetzt nach Grappa, denn die panierten Garnelen hatten es ganz schön in sich.«
Gerade möchte ich ihm in Blondi-Manier einen Vortrag darüber halten, dass die angebliche Zersetzung von Fett durch Alkohol ein von der Spirituosenbranche kolportiertes Gerücht ist, doch dann rumort es in meinem Magen (ich vertrage nicht so viel Weißwein, bin wohl doch mehr der Rotwein-Typ), und ich greife ebenfalls zum Grappa. Im Radio dudelt gerade das Seal-Stück »Love divine«, und ich habe das dringende Bedürfnis zu kuscheln.
Genau in dem Moment streift auch Alexander Bräuer seine Schuhe ab und setzt sich neben mich aufs Bett.
»Bist du irgendwie traurig?«, fragt er und löst damit eine emotionale Lawine bei mir aus. Schon kullern wieder Tränen aus meinen Augen, ungebremst und wenig sexy. Aber genau das wollte ich doch heute sein. Ich wollte mich doch an Christoph und Laura rächen und eine leidenschaftliche Affäre beginnen, und nun das!
»Ist ja gut, ist ja gut ...«, flüstert der zu meinem Liebhaber Auserkorene und wiegt mich in seinen Armen. »Was auch immer es ist, ich helfe dir gern, wenn ich kann.« Dann streichelt er mir durchs Haar.
Wie süß von ihm, denke ich, während ich mir die Nase putze. Super, Marie, das ist ja wieder ein ganz großer Auftritt. Unbeschuht, aber mit Netzstrümpfen bekleidet, sitze ich hier auf einem fremden Hotelbett, rieche nach Grappa, habe zerzauste Haare, verheulte Augen, verschmierten Lippenstift und bin ein einziges Nervenbündel. Und neben mir ein supertoller Mann, der vielleicht sogar wirklich in mich verliebt ist, und ich habe nichts anderes im Kopf als Christoph.

In diesem Moment erfasst mich eine derartige Welle von Wut, dass ich – ehe ich mich versehe – Alexander küsse. Dieser sieht mich zuerst irritiert an, lächelt dann aber.
»Na endlich«, sagt er, »ich dachte schon, das klappt nie.«
Und dann liege ich in seinen Armen. Er schmeckt nach Champagner, Wein und Grappa, aber auch nach einer Cohiba, die er sich im Restaurant noch angezündet hat. Wie er so daliegt mit seinem durchtrainierten Körper (sein Jackett liegt mittlerweile auf dem Fußboden), bekomme ich plötzlich eine unbändige Lust darauf, mit ihm zu schlafen. Was Christoph kann, kann ich schon lange, denke ich, aber wenn ich ehrlich bin, ist es nicht nur der Rachegedanke, der mich treibt. Während Alexander mein Kleid aufknöpft und es mir vom Körper streift, merke ich, wie sehr ich mich schon die ganze Zeit danach gesehnt habe. Manche Männer haben nun mal eine ungeheure erotische Anziehungskraft, der man sich nicht entziehen kann, da ist man als Frau quasi machtlos. Natürlich fühle ich mich auch von Christoph angezogen – sehr sogar –, aber mit dem Unterschied, dass ich tiefe Gefühle für ihn habe. Im Gegensatz dazu ist das hier … das ist etwas ganz anderes! Und warum soll ich nicht auch einmal meinen Bedürfnissen freien Lauf lassen dürfen, Männer haben doch auch keine Probleme damit.
Eine innere Stimme (Blondi?) ermahnt mich noch, daran zu denken, dass wir beruflich miteinander zu tun haben und dass ich an Christoph hänge, aber das legt sich schnell, als Alexanders Berührungen alles in mir zum Glühen bringen. Ich fühle mich wie Wachs in seinen Händen und kann es kaum erwarten, diesen Traumkörper nackt zu sehen und auf mir zu spüren.
Als schließlich fast alle unsere Klamotten auf dem Fußboden

verstreut liegen, macht er sich daran, alle Details meines Körpers intensiv zu erforschen. Noch immer trage ich meinen String-Tanga und Alexander seinen Slip. In meinem Inneren beginnt ein Orkan zu toben (muss am Grappa liegen), und ich habe das Gefühl, dass mich eine Art Trommelwirbel zum Finale treibt. Langsam lasse ich meine Hände in Alexanders Slip gleiten, doch da ist – wie soll ich es nur sagen – da ist nichts! Also, natürlich ist da exakt das, was man bei einem Mann an der entsprechenden Stelle erwarten kann, aber es ist so ... so ... so winzig.

Ich versuche, mir meine Irritation nicht anmerken zu lassen, und forsche mutig weiter, während Alexander die Geheimnisse meines Dekolletés erkundet. Vielleicht habe ich ihn ja nur an der falschen Stelle angefasst? Unauffällig versuche ich, das Objekt meiner Begierde optisch in Augenschein zu nehmen, und wünschte, ich hätte so etwas wie ein Nachtsichtgerät zur Erforschung des Inneren von Männerslips dabei. Na ja, vielleicht törne ich Alexander einfach doch nicht so an, wie ich gedacht habe, obgleich er eigentlich ansonsten nicht so wirkt, als sei er nicht interessiert.

Oder ob das am Alkohol liegen mag? Schließlich haben wir ja so einiges getrunken. Während ich – quasi als Ablenkungsmanöver – Alexanders Rücken liebkose und ihn immer wieder küsse, starte ich einen neuen Angriff auf »down under«. Doch, verdammt, ich finde wieder nichts.

Also, ich meine, ich finde schon etwas, das in seiner Konsistenz auch ganz verheißungsvoll ist, aber es ist ... nun ja ... es ist wirklich eigenartig klein. Oder kurz. Oder beides.

Mit einem Mal schießt mir der Gedanke an eine Szene aus »Sex and the City« durch den Kopf. PR-Luder Samantha ist gerade

im Begriff, mit einer Neueroberung zu kopulieren, und nach einer Weile, in der es seinerseits schon heftig zur Sache geht, stellt sie die alles entscheidende Frage: »Bist du schon drin?«
Ich weiß nicht, ob sich der Internetanbieter AOL seinerzeit dadurch für den Boris-Becker-Werbespot hat inspirieren lassen, und ich kann mich auch gerade nicht daran erinnern, wie genau die Sache für Samantha endete, aber ich weiß definitiv, wie es für mich ausgehen wird. Ich muss hier raus, und zwar ganz schnell!
Aber wie um Himmels willen schaffe ich es, mich aus der Affäre zu ziehen, ohne Alexanders Ego zu verletzen? Ich kann ja wohl schlecht sagen: »Meld dich wieder bei mir, wenn du groß und stark bist«, oder ihm zu einer Prothese raten …
Ich merke, wie langsam, aber sicher ein hysterisches Kichern in mir aufsteigt, das es unbedingt zu verhindern gilt. Wenn ich jetzt Alexander in seiner männlichen Eitelkeit verletze, dann gibt es eine größere Katastrophe, so viel ist mal sicher.
»Was ist denn?«, fragt jedoch schon Alexander, der merkt, dass etwas nicht stimmt.
Was soll schon sein, die Situation ist dir ja sicher nicht neu, denke ich, lächle ihn stattdessen gequält an, was mir in dieser Situation nicht weiter schwer fällt, und gebe vor, einen Übelkeitsanfall zu haben.
»Ich weiß auch nicht, vielleicht war eins von den Makis nicht gut«, murmle ich und stürze so schnell wie möglich ins Bad. Damit habe ich erst einmal fünf Minuten gewonnen.
Im Badezimmer angelangt, bricht das Lachen auch schon unkontrolliert aus mir heraus, und ich wünsche mir sehnlichst Annalena herbei, die das Ganze sicher auch todkomisch finden würde.
Wenn es nur nicht gleichzeitig so tragisch wäre!

Ich lasse den Wasserhahn laufen, um mein Kichern zu übertönen (von wegen die Größe spielt keine Rolle, haha!) und setze mich derweil auf den Fußboden. Es ist mir ein echtes Rätsel, weshalb eigentlich immer ich in solch aberwitzige Situationen gerate. Im Film mag so was ja ganz erheiternd sein. Aber im echten Leben? Nach etwa zehn Minuten beschließe ich, den Tatsachen ins Auge zu sehen (bei dem Gedanken muss ich schon wieder kichern) und einen Weg zu finden, schleunigst nach Hause in mein Bett zu kommen. Als ich, bekleidet mit dem hoteleigenen Bademantel, wieder ins Zimmer komme, ist Alexander zu meiner Erleichterung bereits angezogen und hat auch meine Klamotten ordentlich gefaltet auf das Bett gelegt.

»Ich habe dir ein Taxi bestellt. Ich denke, es ist das Beste, wenn du dich zu Hause in Ruhe ins Bett legst und erst einmal ordentlich ausschläfst. Du wirst sehen, morgen geht es dir gleich wieder besser.«

Ich versuche auszuloten, ob Alexander etwas gemerkt hat und mir böse ist, aber dem scheint nicht so zu sein. Als ich wieder bekleidet bin, hilft er mir höflich in den Mantel und gibt mir einen zärtlichen Abschiedskuss.

»Schade, dass ich morgen früh wieder zurück nach Paris muss. Sonst hätten wir, wenn du dich besser fühlst, da weitermachen können, wo wir heute aufgehört haben«, sagt Alexander und küsst liebevoll meinen Nacken.

»Ja, wirklich schade«, antworte ich und versuche, so überzeugend wie möglich zu klingen. Zum Glück muss Alexander zurück, das hätte mir sonst gerade noch gefehlt. Von dieser Nacht benötige ich wahrhaftig keine Fortsetzung.

Ich verabschiede mich und bin froh, als ich endlich im Taxi

sitze. Artig winke ich Alexander noch zu, der am Hoteleingang steht und mir sehnsüchtig hinterherblickt. Oder ist er einfach nur ein verdammt guter Schauspieler?, frage ich mich, während das Taxi in Richtung Eppendorf durchstartet.

Als ich die Tür aufschließe und mich auf Zehenspitzen in meine Wohnung schleiche, bietet sich mir ein ausgesprochen entzückender Anblick: Annalena, Sarah und Sissi liegen ineinander verkeilt in meinem Bett und schlafen selig. Kein Wunder, es ist ja auch drei Uhr morgens, und normalerweise würde ich jetzt auch hier liegen. Aber ich musste ja mein Schicksal herausfordern und den Racheengel spielen. Und was habe ich nun davon? Gar nichts, außer vermutlich einen Haufen von Problemen in nächster Zeit.

Nachdem ich im Bett keinen Platz mehr habe, schnappe ich mir meine Kuscheldecke und mache es mir auf dem Sofa gemütlich. Schließlich schlafe ich darauf auch sonst häufig genug ein, dann wird es für diese Nacht wohl auch gehen.
Am nächsten Morgen werde ich von einer neben meinem Kopf herumstapfenden Sissi geweckt, die es offensichtlich spannend findet, dass ich anstatt in meinem Bett hier auf der Couch liege. Mein Nacken ist total verspannt, mein Kopf hämmert und dröhnt noch schlimmer als am Samstag, wenn das überhaupt möglich ist. Nein, ich fühle mich ganz und gar nicht gut. Im Badezimmer lasse ich mir ein heißes Bad mit viel Schaum ein und leere eine komplette Flasche Vittel. Nach einer Stunde im heißen Wasser habe ich dann endlich das Gefühl, wieder unter den Lebenden zu sein.
»Moggen, da bist du ja! Und, wie war's?«, ertönt auf einmal

Annalenas Stimme neben mir. Ich habe sie gar nicht hereinkommen hören, so versunken war ich in meine Gedanken.
»Kannst du bitte den Duschvorhang zuziehen, ich muss mal«, verlangt meine Freundin, und den Gefallen tue ich ihr natürlich gerne. Nun begehrt auch noch Sarah Einlass, und so steige ich widerwillig aus der Wanne, nur zu Teilen bereit, diesem neuen Tag ins Auge zu blicken.
Wir beschließen, frühstücken zu gehen, weil ich essenstechnisch nicht auf drei Personen eingerichtet bin, was Sarah ultraspannend findet, weil sie noch nie auswärts gefrühstückt hat. Wir schlendern also zu dritt zum »Café Casero«, denn bei der »Caffeteria« habe ich Bedenken, über Ina Veltlin zu stolpern. Aber auch das »Casero« ist nicht weit entfernt, und ich bin glücklich und froh, zehn Minuten später vor einem dampfenden Chai-Tee zu sitzen. Sarah freundet sich schnell mit einem Mädchen in ihrem Alter an, das am anderen Ende des Cafés sitzt und ein Golden-Retriever-Baby dabei hat, und so haben Annalena und ich genug Zeit, uns gegenseitig über den Verlauf des gestrigen Abends upzudaten.
Bei den beiden ist er harmonisch und ausgesprochen nett verlaufen, wie ich zu meiner großen Freude erfahre, und Annalena ist auch nicht böse darüber, dass sie ihr heiliges Wochenende einem »kleinen Monster« geopfert hat. Nach einer Fast-Food-Orgie und Kino haben die beiden noch mehrere Runden »Mensch-ärgere-dich-nicht« gespielt; eine Seite an Annalena, die mir bisher komplett fremd war.
Und dann bin ich an der Reihe. Ich versuche zu schildern, was mir gestern widerfahren ist. Am schwersten fällt es mir, von meinem Erotik-Unfall zu berichten, obgleich dieser natürlich von unschätzbarem Heiterkeitswert ist. Und in der

Tat, Annalena lacht sich derart schlapp, dass sie ihren Cappuccino quer über den Tisch prustet, nur haarscharf an meinem hellen Pulli vorbei.

»Das ist ja göttlich«, giggelt sie, als gäbe es kein Morgen mehr. »Und wie klein, sagst du, war er?«, erkundigt sie sich, was mir unsagbar peinlich ist, weil ich Angst habe, jemand der Anwesenden könne unser Gespräch mithören. »Etwa so?«, fragt meine Freundin mit unschuldigem Augenaufschlag und deutet auf eine Mini-Möhre, die dekorativ mein Käsefrühstück ziert. »Oder eher so?«, bohrt sie weiter, mit Blick auf die kleine krumme Gewürzgurke, die daneben liegt.

»So genau kann ich das nicht sagen«, flüstere ich grinsend, »ich hab ihn doch gar nicht gesehen.«

»Wen hast du nicht gesehen?«, fragt Sarah, die offensichtlich lange genug mit dem kleinen Hund gespielt hat, und ich zucke schuldbewusst zusammen.

»Ach, nichts, Süße. Ich erzähle nur gerade von einem guten Freund, den ich lange nicht mehr gesehen habe«, und bei der Bezeichnung »guter Freund« muss ich selbst wieder lachen.

Nach einem ausgiebigen Frühstück und einem Spaziergang an der Alster (Martina soll mir nicht nachsagen können, das Kind hätte nur ferngesehen und ungesundes Zeug wie Pizza und Burger gegessen und wurde nicht genug bewegt) trudeln wir am frühen Nachmittag wieder bei mir zu Hause ein. Annalena verabschiedet sich, weil sie nun doch Sehnsucht nach ihrem normalen Leben hat und einen neuen Versuch mit Günther Maaßen starten will. Per Handy verabreden sich die beiden zum Abendessen, und ich wünsche meiner Freundin aus tiefstem Herzen mehr Erfolg, als mir gestern Abend beschieden war.

Um 17.00 Uhr klingelt, wie versprochen, Martina, um ihre Tochter abzuholen. Sie sieht leicht gebräunt aus (ja, das macht die jodhaltige Nordseeluft, so hätte ich auch ausgesehen, wenn ich auf Sylt gewesen wäre) und strahlt übers ganze Gesicht. Rolf hat sich entschlossen, seine Frau zu verlassen, und will nun alles Erforderliche in die Wege leiten, um nach Hamburg zu ziehen.
»Das ging ja schnell! Ich freue mich ja so für dich«, sage ich und umarme Martina. Dann hat dieses grauenvolle Wochenende wenigstens etwas Gutes gehabt …
Auf ihre Nachfrage, wie es uns so ergangen sei, antworte ich etwas indifferent und verrate, dass ich den Aufpasser-Job zum Teil an Annalena delegiert habe, sozusagen als Subunternehmerin. Doch Martina trägt mein Geständnis mit Gelassenheit. In ihrer momentanen Verfassung hätte ich ihr vermutlich auch erzählen können, Sarah wäre mit uns in einer Strip-Show gewesen, anschließend Austern essen und Whisky trinken, so glücklich ist sie.
»Das nächste Mal nehme ich mir mehr Zeit für dich, wirklich«, verspreche ich Sarah und winke den beiden vom Balkon aus zu, als sie ihren »Schwingo« besteigen, um nach Hause zu fahren.
Gott sei Dank, bin ich nun endlich allein und kann in Ruhe darüber nachdenken, was sich an den letzten beiden Tagen alles ereignet hat.

Doch so plötzlich allein überfällt mich erneut Katzenjammer. Es ist 18.00 Uhr, und Christoph müsste längst wieder zu Hause sein. Ich beschließe, mich ein wenig abzulenken, indem ich meine Wohnung aufräume und Staub wische. Eigentlich hilft das immer am besten, wenn mein Leben aus den Fugen gera-

ten ist. Wenn schon sonst nichts in Ordnung ist, dann doch wenigstens mein äußeres Umfeld. Ich wasche Wäsche, bügle, bin sogar kurz davor, die Fenster zu putzen, als ein Klingeln an meiner Wohnungstür die arbeitsame Stille zerreißt.
Das ist sicher Jens, der auf ein Glas Rotwein vorbeischauen will, denke ich und schaue durch den Spion. Doch es ist nicht Jens, der dort steht, sondern Christoph.
Um Gottes willen, was mache ich denn jetzt?
Nachdem Martina und Sarah gegangen sind, habe ich mich in mein übelstes und zugleich bequemstes Aufräum- und Putzoutfit geworfen und sehe aus wie Annalenas »Putzperle«. Am liebsten würde ich so tun, als wäre ich nicht da, aber sicher hat Christoph bereits bemerkt, dass sich das Licht hinter dem Spion verdunkelt hat, als ich durchgesehen habe.
Weil mir nichts anderes übrig bleibt, aber auch, weil ich es hinter mich bringen will, bevor wir uns am Montag wieder im Verlag begegnen, öffne ich die Tür und werde stürmisch von Christoph in die Arme genommen. In der Hand hält er eine niedliche Plüschrobbe, die er mir stolz entgegenstreckt.
»Ich habe dich ja so vermisst«, ruft er, »deshalb musste ich gleich vorbeikommen. Ich konnte es kaum erwarten, endlich wieder bei dir zu sein.«
Ich bin irritiert. So wirkt doch eigentlich kein Mann, der gerade seine Freundin nach Strich und Faden betrogen hat. Oder ist Christoph einer der ganz ausgebufften Sorte?
»Wie geht es dir, mein Schatz?«, fragt er und scheint mein Outfit gar nicht wahrzunehmen. »Warum hast du denn gar nicht auf meine vielen Anrufe reagiert?«
Anrufe? Ich bin verwirrt. Bis auf die eine Nachricht auf meinem Anrufbeantworter kann ich mich an nichts dergleichen

erinnern. Doch dann fällt mein Blick auf mein Handy, das seit gestern Nachmittag unbenutzt auf der Kommode liegt. Ich hatte ja vermieden, es mitzunehmen ... Doch glücklicherweise wartet Christoph meine Antwort gar nicht ab, sondern geht an mir vorbei in die Wohnung.

»Hallo, Sissi«, begrüßt er meine Katze und hält ihr eine Dose Krabben unter die Nase. »Habe ich dir aus Sylt mitgebracht!«

Sissi streicht freudig maunzend um seine Beine, etwas, das auch ich liebend gern tun würde, wenn ich nur wüsste, was da an diesem Wochenende wirklich gelaufen ist.

»Willst du einen Tee?«, frage ich, um etwas Zeit zu schinden.

»Ein Espresso wäre mir ehrlich gesagt lieber«, antwortet Christoph. »Tee hatte ich in den letzten Tagen mehr als genug.«

Ich hantiere umständlich in der Küche herum und wünschte, in meiner Dose mit Espressopulver befände sich ein Mittel, mit dessen Hilfe ich mich umgehend in Luft auflösen könnte.

»Mann, bin ich froh, wieder hier zu sein. Diese Laura ist ja schon ganz schön anstrengend und nervig«, schallt es aus meinem Wohnzimmer.

Laura, anstrengend und nervig? Ich glaube, mich verhört zu haben ...

Während sich das Kaffeepulver allmählich seinen Weg durch die Espressokanne nach oben bahnt und den Raum mit köstlichem Duft füllt, arbeitet es in mir. Sollte das Ganze letztendlich wirklich ein Missverständnis gewesen sein? Ich hole zwei Tassen, Löffel, Zucker und ein paar Cantuccini aus dem Schrank, während Christoph unverdrossen weiterplaudert, als hätte er tagelang niemandem zum Reden gehabt.

»Du kannst dir gar nicht vorstellen, wie anstrengend es ist, mit so einer Adelszicke unterwegs zu sein. (Hat Christoph

gerade allen Ernstes Adelszicke gesagt?) Ständig wusste sie alles besser, zitierte ihren Vater – den ich, unter uns gesagt, ja noch nie leiden konnte –, mischte sich in alles ein und hätte am liebsten immer das Teuerste vom Teuersten genommen. Dass wir im Verlag im Moment auf Sparkurs sind, war ihr einfach nicht beizubringen. Die weiß sicher noch nicht einmal, wie man das Wort ›sparen‹ buchstabiert. Als absolute Krönung hatte sie ihr Verlagshandy zu Hause vergessen, sodass ich ihr meins geben musste. Wir waren ja zur gleichen Zeit in unterschiedlichen Hotels unterwegs, um in der kurzen Zeit möglichst viel zu schaffen. Und auf diese Weise musste ich immer vom Hotel aus, in dem ich gerade war, auf dem Handy anrufen, um zu hören, wie weit sie ist, und ob es sich lohnt, bei dem anderen Hotel vorbeizuschauen. Das war vielleicht kompliziert, kann ich dir sagen. Ich hätte mal lieber Frauke Müller mitnehmen sollen, dann wäre das Ganze problemlos und in kürzerer Zeit über die Bühne gegangen. Und dann hätte ich auch gar nicht selbst fahren müssen, sondern hätte stattdessen hier mit dir auf die Kleine aufgepasst.«
Christophs Hände umschlingen zärtlich meine Hüften, während ich den dampfenden Espresso auf den Tisch stelle. Sie liegen nun ungefähr auf der gleichen Stelle, wie die Hände von Alexander vor nicht ganz vierundzwanzig Stunden …
Bei dem Gedanken wird mir ganz schlecht.
»Übrigens wollte ich dich noch fragen, ob du meinen Zettel gefunden hast, den ich dir im Büro auf deinen Tisch gelegt habe. Ich hatte dich nämlich noch gesucht, aber du warst gerade nicht da, und weil ich dringend losmusste, habe ich dir noch einen kleinen Brief hingelegt. Statt eines Abschiedskusses sozusagen.«

Ein Brief? Nein, ich habe definitiv keinen Brief gefunden, denke ich und sage Christoph, dass ich von nichts dergleichen weiß.

»Das ist ja merkwürdig«, sagt dieser stirnrunzelnd, und ich kann nicht umhin, Laura zu verdächtigen, die Liebesbotschaft entwendet und vernichtet zu haben …

»Und, wie war das ›Fährhaus‹?«, erkundige ich mich und versuche, ein leichtes Zittern in meiner Stimme zu überspielen.

»Gut, nehme ich an«, sagt Christoph, und nun verstehe ich gar nichts mehr. »Ich hatte ja nichts davon, aber Laura hat es wohl ganz gut gefallen.«

»Wie jetzt, Laura hat es gut gefallen? Hast du denn nicht auch dort übernachtet?«, frage ich verständnislos.

»Nein, habe ich nicht. Die hatten nur noch das eine Doppelzimmer, und darin konnte ich ja schlecht mit Laura übernachten. Oder hättest du das gewollt, mein Schatz? (O mein Gott!) Und da habe ich mir eben eine Pension gesucht. ›Haus Inge‹ in Rantum. Nicht sehr hip, aber für zwei Nächte okay. Wäre nichts, wohin ich mit dir fahren würde. Immerhin habe ich im Fährhaus gefrühstückt, das wollte ich mir dann doch nicht nehmen lassen. Und du? Wie war dein Wochenende mit Sarah? Und was erzählt Martina?«

Ich bin kaum fähig zu antworten, so erschüttert bin ich wegen der Dinge, die ich gerade erfahren habe. Das bedeutet also im Klartext, dass ich Christoph völlig grundlos verdächtigt habe, und es nun keine Ausrede für das gibt, was ich gestern Nacht getan habe.

»Ich? Ach, nichts Besonderes, war ganz okay. Wir waren schwimmen und im Kino und bei McDonald's – na eben das volle Kinderprogramm«, schwindle ich und wage es nicht,

Christoph direkt in die Augen zu sehen, so sehr schäme ich mich. Ich traue mich noch nicht einmal, zumindest vom Abendessen mit Alexander zu erzählen, obwohl ich das immerhin als Engagement für den Job deklarieren könnte.

»Und was habt ihr gesehen? Ich war ja seit ewigen Zeiten nicht mehr im Kino«, erkundigt sich Christoph und nimmt einen Schluck von seinem Espresso. Ich überlege fieberhaft, wie der Film hieß, den Annalena und Sarah gesehen haben, aber vor Aufregung fällt mir der Titel nicht ein.

»Den neuen Disney-Film«, antworte ich, so als hätte man eben zu wissen, wie dieser heißt.

»Ach ja, ›Bärenbrüder‹«, antwortet Christoph fachmännisch, und ich bin beeindruckt von seinen cineastischen Kenntnissen. »Ich glaube, den würde ich auch gerne sehen, wo ich doch schon ›Findet Nemo‹ verpasst habe. Wie war der Film denn?«

»Och«, antworte ich ausweichend und streichle Sissi, »wie halt Disney-Filme so sind. Es gibt ein paar Tiere, ein paar anrührende Szenen und na ja.«

»Sehr begeistert scheinst du ja nicht zu sein«, lacht Christoph und versucht, mich auf seinen Schoß zu ziehen. »Aber ich bin auch nicht gekommen, um mit dir über Filme zu reden, sondern um dir zu sagen, wie sehr ich dich vermisst habe, und dass wir beide unbedingt zusammen nach Sylt fahren müssen. Sag mal, was hältst du von den Weihnachtsfeiertagen? Hast du da schon was vor, oder könntest du dir vorstellen, mit mir ein paar romantische Tage an der Nordsee zu verbringen? Vielleicht vom dreiundzwanzigsten Dezember bis über Silvester?«

»Hmm, ja«, antworte ich gedehnt und schäme mich in Grund

und Boden. Wie konnte ich nur so blöd sein und mich von dieser Zicke Laura dermaßen verunsichern lassen? Wie konnte ich nur durch meine nächtliche Eskapade mit Alexander diese wundervolle Beziehung gefährden?
Und das alles nur, weil ich nicht einen einzigen Funken Selbstbewusstsein besitze und mich von allem in die Flucht schlagen lasse, was größer ist als ich, lange Beine und blonde Haare hat. Das muss jetzt aber wirklich ein Ende haben.
Ich halte kurz innerliche Zwiesprache mit Gott und biete ihm einen Kuhhandel an: Er sorgt dafür, dass mein kleines Intermezzo mit Alexander nicht auffliegt, und ich gelobe dafür Besserung in Sachen Selbstwertgefühl. Ja, ich ziehe es sogar kurz in Erwägung, Blondi wieder zurückzuholen. Ich mache alles – wenn es nur zwischen Christoph und mir wieder gut läuft.
»Und, was meinst du? Wäre das nichts? Silvester auf Sylt? In der ›Sansibar‹ ein Glas auf das neue Jahr trinken, auf ein neues Jahr, das ich mit der wundervollsten Frau aller Frauen verbringen werde, nämlich mit dir?«
Mein Herz schlägt mal wieder Purzelbäume. Nur ich bin für Christoph die Frau seiner Träume, nicht Laura oder sonst wer. Und somit muss ich unbedingt dafür sorgen, dass ich das Ganze nicht vermassle ... Ich gebe vor, den Weihnachtsurlaub mit meiner Mutter besprechen zu wollen. Was Christoph nicht ahnen kann: Sie wartet nur auf eine Gelegenheit wie diese, denn dann kann sie ungehindert auf die Bahamas abdüsen, was sie im Winter am liebsten tut.
Eine Stunde später will mich Christoph wieder verlassen, weil er merkt, dass etwas mit mir nicht in Ordnung ist. Ich murmle etwas von »Ich glaub, ich krieg meine Tage«, was natürlich

vollkommener Blödsinn ist, weil ich sie gerade erst hatte. Eine andere Ausrede fällt mir aber momentan nicht ein, und ich muss jetzt auf alle Fälle allein sein und nachdenken.
Als Christoph endlich weg ist, setze ich mich einen Moment auf die Couch und fasse einen Entschluss: Ab sofort arbeite ich daran, ein besseres Verhältnis zu mir selbst zu bekommen. Wenn ich mich zu rundlich und blöd in jeder Hinsicht fühle, dann gibt es nur zwei Möglichkeiten:

1) Ich finde mich damit ab und liebe meinen Körper, so wie er ist (schließlich tut Christoph das auch – zumindest behauptet er das).
2) Ich arbeite an mir und ändere diesen Zustand. Hierbei gibt es wiederum folgende drei Möglichkeiten:

    a) Ich halte Diät, was in der Vorweihnachtszeit sicher nicht einfach sein dürfte.
    b) Ich treibe Sport, obwohl ich beim Joggen und im Meridien kläglich gescheitert bin.

Oder

    c) Ich mache beides zusammen, was sicherlich die beste und effektivste Lösung wäre.

Wenn ich mich zu klein fühle, dann gibt es dafür wiederum zwei Lösungsansätze:

1) Ich rufe mir die Namen der Persönlichkeiten ins Gedächtnis, die zwar klein, dafür aber bemerkenswert waren oder sind. Wobei ich da eher an Kylie Minogue (genannt der Pop-Floh) denke als an Napoleon.
2) Ich kaufe mir Klamotten, die optisch strecken, also

Caprihosen und Knickerbocker (leider beide im Winter nicht empfehlenswert) oder kurze Röcke, die ich mit Schaftstiefeln tragen könnte. Wahlweise auch Highheels von Stuart Weitzman, die ich mir aber vermutlich nicht leisten kann.

Wenn ich mich zu rothaarig fühle, dann könnte ich es folgendermaßen angehen:

1) Ich gehe zum Friseur und lasse mir die Haare blond färben (wobei ich inständig darum bete, dass meine Friseurin dies niemals zulassen würde).
2) Ich kaufe mir eine blonde Perücke und setze sie im Bedarfsfall auf.

Wenn ich mir nicht die passenden Designer-Klamotten leisten kann, dann mache ich es folgendermaßen:

1) Ich esse nichts mehr und investiere das Gesparte in einen Mantel von Jil Sander.
2) Ich gehe nicht in den Club Meridien, spare die Monatsgebühr und leiste mir stattdessen Highheels von Stuart Weitzman, die mich optisch und gefühlsmäßig über mich selbst hinauswachsen lassen.
3) Ich kaufe nur noch im Secondhandshop und bete, dass das neu erworbene Teil nicht aus der vorletzten Kollektion stammt, was wahre Fashionistas natürlich sofort erkennen würden!
4) Ich trage wie bisher meine H&M- und Zara-Klamotten, aber mit Fassung.

So mache ich es, schwöre ich mir selbst – am Montag beginnt ein neues Leben, jawohl!
Fast schon zufrieden mit mir und der Welt gehe ich ins Bett, nehme mir vor, noch ein paar Bücher zu den Themen »Ayurveda« und »Yoga« zu kaufen und schlafe über diesen Plänen ein. Durch meine Träume geistern Alexander Bräuer und die Kellnerin aus dem Restaurant »Henssler & Henssler«, die beide blonde Perücken tragen und mit meiner Plüschrobbe spielen.

Am nächsten Morgen schwinge ich mich hoch motiviert aus dem Bett, beginne den Tag mit ein paar Kniebeugen und Hantelübungen für die Arme. Meine Haare spüle ich mit Bier, was zwar eigentümlich duftet, aber Glanz aufs Haupt bringen soll. Anschließend kleide ich mich besonders sexy und schlüpfe sogar noch in meine hochhackigen Stiefel, die ich sonst nur trage, wenn ich direkt vom Auto zur Bar und zurück transportiert werde. Als Duft wähle ich »Shalimar«, den exotischen Parfümklassiker, der es in sich hat, und den ich eigentlich nur zu besonderen Anlässen benutze. Doch der heutige Tag ist ein besonderer Anlass, beschließe ich, denn heute ist Tag eins meines neuen »Marie-wird-selbstbewusst-Programms«.

»Morgen, Süße«, werde ich auch schon von Annalena begrüßt, als ich die Besenkammer betrete. »Wow, du siehst ja toll aus! Du scheinst ja liebeskummertechnisch über den Berg zu sein. Freut mich zu sehen. Hast du etwas Besonderes vor?«, erkundigt sie sich und mustert mich aufmerksam.
»Nö, aber ich brauchte das heute für mein Ego. Was meinst du? Wollen wir heute Abend zu »Paulino«? Ich würde dich

gerne einladen, um mich dafür zu bedanken, dass du auf Sarah aufgepasst hast«, sage ich und entdecke eine Notiz auf meinem Schreibtisch.

»Das ist lieb, aber heute geht's nicht. Ich muss zur Kosmetik und anschließend zu meiner Psychologin«, antwortet Annalena und deutet auf den Zettel. »Die Agentur hat gerade angerufen. Marita Vogel ist diese Woche in Hamburg wegen einer Autogrammstunde für ihre CD und würde sich bei dieser Gelegenheit gern mit dir treffen. Sollst gleich mal zurückrufen.«

Die Sängerin Marita Vogel. Na, die hatte ich ja völlig vergessen. Die steht als Ersatz für ein geplatztes Projekt mit der Schauspielerin Christina Sandmann auf meiner Promiliste, doch bislang erwies es sich als sehr schwer, an sie heranzukommen, weil sie in diesem Jahr den »Echo« und viele andere wichtige Musikpreise gewonnen hat.

Klopfenden Herzens wähle ich die Nummer ihrer Agentur, wo mir eine nette junge Frau jedoch sofort Marita Vogels private Handynummer gibt, weil sie für Projekte, die nicht Musik betreffen, nicht zuständig sind. Okay, also dreimal tief durchgeatmet und diese Nummer eingetippt.

»Ciao«, meldet sich am anderen Ende der Leitung die bekannte Stimme, die Millionen Fans von zahllosen CDs und von den Hörbüchern kennen, die sie ab und zu bespricht. Wunderbar weich und samtig, aber mit diesem leicht zickigen Unterton, der typisch für »La Vogel« ist, wie sie in der Branche genannt wird.

»Marie Teufel vom Verlag Bader & Köllisch hier«, melde ich mich formvollendet und merke, dass ich weiche Knie habe. Irgendwie bewundere ich diese Frau zwar, aber sie hat auch etwas ungemein Furcht einflößendes. Ungewollt muss ich an die zahlreichen Geschichten von Journalistinnen denken, die die Sängerin mit ihrer barschen Art sogar zum Weinen gebracht hat. Vielleicht war es doch keine so gute Idee, sie für unseren Verlag anzuheuern?

Doch bevor ich Zeit habe, mich in etwas hineinzusteigern, plaudert »La Vogel« auch schon munter los. Sie habe sich sehr über mein Angebot gefreut, ihr großer Traum sei es schon immer gewesen zu schreiben, und sie würde so gerne neben der Musik auch noch diese andere kreative Seite von sich fördern, die schon von Kindesbeinen an in ihr schlummert, wie sie meint zu wissen. Außerdem hätte sie bei den Aufnahmen zu den Hörbüchern auch schon immer gedacht, wie schön es sein müsste, selbst zu schreiben und später seine eigenen Texte zu sprechen.

So weit, so nett. Wir verabreden uns für Donnerstagvormittag. Sie muss um 12.00 Uhr bei einer Autogrammstunde in einem Kaufhaus außerhalb Hamburgs sein, und ich soll sie vom Bahnhof abholen, weil sie mit dem Zug aus Berlin kommt, und die Plattenfirma anscheinend nicht für einen Begleitservice gesorgt hat. Und ehe ich mich's versehe, hat sie mir das Versprechen abgerungen, sie nicht nur abzuholen, sondern ihr auch noch die Zugverbindungen durchzugeben und sie den Rest des Tages durch Hamburg zu kutschieren. Was allein insofern schon ein Problem ist, als ich ja gar nicht Auto fahren kann, und den ganzen Tag mit dem Taxi durch die Gegend zu kurven, dürfte etwas teuer werden … Aber das werde ich schon irgendwie hinkriegen.

»Ach, und eins noch«, ergänzt die Diva ihre To-do-Liste für Donnerstag. »Ich wäre Ihnen wirklich sehr verbunden, wenn Sie noch einen Bodyguard besorgen könnten. Die Pfeifen

von der BEA (das ist ihre Plattenfirma) sind ja nicht imstande, so was zu organisieren. Alles muss man selber machen.«
Einen Bodyguard? Ich schlucke. Na, das kann ja heiter werden. Wo soll ich den denn herbekommen? Und selbst wenn? Ich kann mir nicht vorstellen, dass Herr Bader Lust hat, die Kosten für einen »Rent-a-Body« zu übernehmen. Na super! Das muss natürlich ausgerechnet wieder mir passieren. Vielleicht sollte ich Alexander Bräuer anrufen, der ist doch Spezialist in diesen Dingen?
Bei dem Gedanken an ihn und an meinen Fauxpas vom Samstag fällt es mir plötzlich schwer, mich auf das weitere Gespräch mit der Sängerin zu konzentrieren. Doch Profi, der ich bin, verspreche ich natürlich, mich um ihre Anliegen zu kümmern und lege anschließend auf.
»Du, Annalena?«, frage ich meine Freundin. »Du warst doch mal bei dieser Karategruppe, die sich »Kampfkatzen« nannte, oder? Würdest du dir zutrauen, für die Vogel einen auf weiblicher Bodyguard zu machen? ... Und vielleicht auch noch auf Chauffeur?«, ergänze ich mein Anliegen und schaue meine Freundin mit einem bittenden Dackelblick an, der Gott sei Dank seine Wirkung bei ihr nicht verfehlt.
Annalena lacht und führt mir spontan eine kleine Kostprobe aus ihrem Kampfsport-Repertoire vor. Ihre Ausbildung liegt zwar schon einige Jahre zurück, doch ich bin mir ziemlich sicher, dass diese Qualifikation durchaus für den Anlass reichen wird. Während Annalena ihren Körper in merkwürdigen Posen verrenkt und wüste Schreie ausstößt, taucht Laura von der Osten im Zimmer auf.
»Habt ihr schon gehört?«, ruft sie, als wären wir schon alt und schwerhörig, und mustert Annalena irritiert, was ich ihr

nicht einmal verdenken kann. »Die Tagung findet nun doch in Hamburg statt.«

»Habt ihr denn auf Sylt kein Hotel gefunden?«, frage ich verwirrt, denn das hat Christoph mir gestern Abend gar nicht erzählt.

»Nein, es hat leider keins so richtig gepasst, oder es war nichts frei. Also bleiben wir hier, was mir ja auch ganz recht ist«, antwortet Laura und bleibt mitten im Zimmer stehen, als gäbe es noch etwas Wichtiges zu besprechen.

»Und wie war's sonst so?«, erkundigt sich Annalena scheinheilig, während sie ihren Rock wieder zurechtzupft und sich einen Ordner schnappt.

»Super«, antwortet Laura und gibt sich alle Mühe, begeistert auszusehen. »Wir hatten schönes Wetter, ein tolles Hotel, obwohl ich ehrlich gesagt natürlich bessere gewohnt bin. Zum Beispiel das Dorint-Hotel ›Söln'Ring‹, aber das kennt ihr ja sicher nicht. (Nein, tun wir in der Tat nicht, aber wir leben trotzdem noch!) Der Strand war himmlisch und das Essen in der ›Sansibar‹ absolut fantastisch. Und wir haben sogar Gunter Sachs gesehen«, fährt sie fort, und ich habe den Eindruck, dass sie den ganzen Tag weiterquasseln würde, wenn es uns nicht gelingt, ihren Redefluss irgendwie zu stoppen.

»Und wie waren die Zimmer?«, frage ich, denn irgendwie ist es mir wichtig, auch Lauras Version zur Wer-schläft-wo-Frage zu kennen.

»Na ja, wie schon gesagt, das Dorint-Hotel ist um Klassen besser, doch für zwei Nächte war's okay. Aber Freitagnacht konnte ich kaum schlafen, weil da alle paar Minuten jemand angerufen und wieder aufgelegt hat. Das ging bis morgens um drei Uhr so!«, sagt sie in einem vorwurfsvollen Ton

und sieht mich dabei mit merkwürdig zusammengekniffenen Augen an. Ich tue mein Möglichstes, um den Blickkontakt mit ihr oder Annalena zu vermeiden.
Bis drei Uhr? Ups, da muss ich ja doch einiges im Karren gehabt haben, denn an so späte Anrufe kann ich mich nun wirklich nicht mehr erinnern.
»Warum hast du denn nicht bei der Rezeption Bescheid gesagt oder den Hörer daneben gelegt?«, fragt Annalena ungerührt und beginnt, ihre Ablage zu sortieren. Darauf antwortet Laura, Gott sei Dank, nichts mehr, weil Christoph quer über den Gang nach ihr ruft.
»Diese Frau ist doch wirklich furchtbar. So was von arrogant und anstrengend. Ich kann mir beim besten Willen nicht vorstellen, was Christoph an der findet«, knurrt Annalena, und nun habe ich endlich Gelegenheit, ihr zu erklären, wie es wirklich mit den beiden auf Sylt gelaufen ist.
»Klingt aber doch ganz logisch und nicht nach dummer Ausrede«, findet meine Freundin, und ich kann ihr da nur uneingeschränkt zustimmen.
»Aber was mache ich denn jetzt mit Alexander?«, frage ich in der Hoffnung, die allwissende Annalena wüsste darauf sofort eine schlaue Antwort. Und die weiß sie tatsächlich.
»Du darfst Christoph auf keinen Fall etwas von dem Abend erzählen. Erstens hast du es ja nur aus Rache getan und nicht, weil du Alexander so toll findest (wie schön, dass Annalena eine so gute Meinung von mir hat), und zweitens kenne ich Christoph. Der ist unheimlich korrekt. Und wenn der von deinem Abenteuer mit einem Autor erfährt, dann kannst du dich gleich nach einem neuen Job umsehen. Beziehung hin oder her. Also halt die Klappe und freu dich, dass alles wieder

okay ist. Und wenn ihr die Feiertage zusammen verbringt, das ist doch super. Ich wünschte, ich hätte so ein Glück«, klagt sie und erzählt von ihrem Date mit Günther Maaßen. Es war zwar wieder ausgesprochen schön, doch nach wie vor hat der Jäger keinerlei Ambitionen gezeigt, etwas mit ihr anzufangen.

»Geschieht mir vermutlich recht«, murmelt Annalena in einem hehren Anfall von Selbsterkenntnis. »Das ist bestimmt die Rache für all die Spielchen, die ich mit meinen Männern getrieben habe«, mutmaßt sie, und ich kann nicht umhin, ihr in Gedanken zuzustimmen.

Fleißig machen wir beide uns an die Arbeit, was an einem Montagmorgen meist ziemlich schwer fällt. Wir sind beide in Gedanken eher bei unserem Privatleben als beim Job. Ich denke an Alexander Bräuer und Annalena an Günther Maaßen.

Und dann verbreiten Christoph, Laura und Frauke wegen der anstehenden Tagung auch noch Alarmstimmung im Verlag. Für den Nachmittag wird kurzfristig eine Konferenz angesetzt, in der wir Lektoren unsere Projekte vorstellen sollen. Ich kritzle einige Notizen in mein Moleskin-Büchlein und wünschte, es wäre schon Abend.

»Frau Teufel, könnten Sie mir bitte noch mal den neuesten Stand Ihrer Promi-Projekte durchgeben?«, ertönt Christophs Stimme hinter mir, während sich ein junger Typ mit Walkman – offensichtlich ein Bote – mit einem riesigen Blumenstrauß an ihm vorbeischiebt.

»Wer von Ihnen ist Marie Teufel?«, fragt er, während ich gerade denke, dass die Blumen sicher von Günther Maaßen für Annalena sind.

»Äh, ich«, antworte ich zaghaft, nehme den Strauß entgegen und fahnde gleichzeitig in meiner Tasche nach Trinkgeld. Neugierig betrachtet Christoph die Szenerie und sieht mich fragend an.

»Na, Frau Teufel? Haben Sie einen neuen Verehrer?«, fragt er, und flammende Röte steigt in mein Gesicht. Annalena verkrümelt sich unter einem Vorwand aus der Besenkammer, und so sind wir nur noch zu dritt: Christoph, die Blumen und ich.

»Nun mach schon die Karte auf, ich bin neugierig«, feixt mein Freund, und ich beginne nervös an dem Blumenpapier herumzunesteln. Durch einen Spalt kann ich blutrote Rosen erkennen. Klopfenden Herzens öffne ich den Briefumschlag und beginne zu lesen.

»Danke für die wunderschöne Nacht. Ich hoffe, wir sehen uns bald wieder. Wann kommst du nach Paris?« Unterzeichnet von Alexander.

»Ach, der ist nur von Herrn Rademacher«, lüge ich schamlos. »Er will sich bei Annalena und mir für die gute Zusammenarbeit bedanken«, fabuliere ich weiter.

»Und da schickt dir der gute Mann rote Rosen?«, fragt Christoph amüsiert, als ich den Strauß gänzlich von seiner Umhüllung befreit habe. »Sind da nicht eher Tulpen angebracht oder so was in der Art?«

»Es gibt aber im Dezember keine Tulpen«, knurre ich und fahnde in meinem Schrank nach einer Vase. Ist ja alles ganz schmeichelhaft, aber haben Männer nichts Fantasievolleres in ihrem Repertoire?, denke ich, bin aber im Grunde nur böse, weil ein solcher Blumenstrauß natürlich superauffällig und damit in höchstem Maße verräterisch ist. Dennoch, ob ich es will oder nicht, freue ich mich über die Rosen und über

Alexanders anscheinend noch immer bestehendes Interesse an mir. Schließlich schmeichelt das meinem Ego.
»Okay, Botanik war noch nie meine Stärke«, grinst Christoph zu meiner Erleichterung. »Wenn du mit dem Strauß fertig bist, kannst du mir ja deine Projektliste mailen, ich brauche sie für das Meeting heute Nachmittag.«
Ich nicke und lese die Karte noch mal, als Christoph den Raum verlassen hat.
Dieses »Wann kommst du?« klingt so sehnsuchtsvoll, dass ich fast schon wieder weiche Knie bekomme.
Du blöde Kuh, schelte ich mich innerlich, rufe mich zur Ordnung und stopfe die Karte energisch ganz unten in meine Schreibtischschublade.

Die nächsten Tage im Verlag verlaufen weitgehend ereignislos. Abgesehen davon, dass Christoph geschäftlich für ein paar Tage in London ist, und ich mit mir kämpfe, ob ich auf den Blumengruß antworten soll oder nicht.
»Aber natürlich musst du«, findet Annalena, »allein schon, weil der Mann bald ein Autor unseres Verlages sein wird.«
Doch ich weiß absolut nicht, wie ich das bewerkstelligen soll, ohne Alexander wieder Hoffnung zu machen. Anrufen möchte ich nicht, und eine SMS zu schicken, ist auch nicht nett. Ein Brief dauert zu lange, und eine E-Mail ist irgendwie unpersönlich. Außerdem muss ich damit rechnen, dass unser EDV-Mann per Zufall genau diese Nachricht erwischt und liest. Gemäß dem Sinnspruch von Scarlett O'Hara aus »Vom Winde verweht« verschiebe ich die Sache auf morgen und versuche, mich wieder auf meinen Job zu konzentrieren.
Ich treffe mich mit Radiomoderator Dirk Baumann im Sen-

der bei »Hamburg-Live One«, und wir besprechen seinen Erziehungsratgeber. Gott sei Dank kann der Mann wirklich schreiben. Ich habe also kaum Grund zu meckern, und im Wesentlichen gibt es hier nichts weiter zu tun, als noch eine Illustratorin für das Buchcover zu beauftragen. Als ich von meinem Termin zurückkomme, klingelt das Telefon, und ich habe Tobias Langer an der Strippe, der sich wundert, weil ich mich noch nicht wegen der Tim-Mälzer-Rezepte bei ihm gemeldet habe. Peinlich, peinlich, das habe ich ja über die ganze Aufregung komplett vergessen, und so nehme ich mir für den Abend vor, wirklich in das Buch reinzuschauen und eventuell sogar ein Rezept nachzukochen. Quasi als Übung für meine Einladung an Christoph. Und weil das Ganze ja auch irgendwie zu meinem Job gehört, gehe ich um 16.00 Uhr ohne schlechtes Gewissen aus dem Verlag, schnappe mir zu Hause das Kochbuch und beginne zu blättern.
Eine geheimnisvolle Welt tut sich hier auf: Da ist die Rede von kochender Leidenschaft, kulinarischen Genüssen, von so scheinbar abstrusen Kombinationen wie »Penne mit Erbsen-Mascarpone-Sauce« oder »Parmesansuppe«, und ich merke, wie sich mein Magen meldet. Die Rezepte für die »Königsberger Klopse« und den »Tafelspitz« überfliege ich lediglich und beschließe, sie für Tobias einfach zu kopieren und ihm dann zu faxen. Jemand wie ich kann sowieso nicht beurteilen, ob die nun klassisch gehalten sind oder eher hip und wild. Also lieber gleich den Experten ranlassen.
Was aber könnte ich denn mal kochen, um vor Christoph anzugeben? Hmm, vielleicht etwas mit Fisch? Ich weiß, dass mein Freund ein totaler Fischfanatiker ist, und meiner Figur täte das auch eindeutig besser als irgendwelche Pasta mit Mascarpone-

sauce. Ziemlich weit hinten im Buch werde ich fündig: Fischrouladen mit Parmaschinken und scharfer Tomatensauce. Das Rezept ist ultrakurz, die Zutaten klingen nicht sehr exotisch und das Foto sieht toll aus. Also genau das Richtige für mich. Und ein wenig am Herd zu stehen und rumzuköcheln, ist sicher auch eine gute Gelegenheit, mich mental auf mein morgiges Date mit Marita Vogel einzustimmen, die ich nun endlich persönlich kennen lernen werde. Per E-Mail habe ich ihr die Ankunftszeit am Bahnhof Hamburg-Dammtor durchgegeben und ihr mitgeteilt, ich würde sie dort mit Bodyguard erwarten. Mit Annalena ist besprochen, dass wir die Vogel mit dem Firmenwagen abholen, und wir haben sogar für mittags einen Tisch in einem ihrer Lieblingsrestaurants gebucht, im »Shalimar« in Harvestehude, denn Marita Vogel isst für ihr Leben gern indisch. So weit also alles klar, und ich habe noch jede Menge Zeit, um einkaufen zu gehen (ich erwäge sogar kurz, mir aus Motivationsgründen eine Kochschürze zu kaufen, verwerfe den Gedanken dann aber doch wieder). Also flitze ich lediglich in den SPAR-Markt um die Ecke und kaufe alles, was ich für das Rezept brauche. Als ich wieder zu Hause bin, schnuppert Sissi neugierig an meiner Tüte, denn der durchdringende Duft von Seelachs ist ihr nicht verborgen geblieben.
»Einen Moment musst du dich noch gedulden, meine Süße«, flöte ich – völlig beschwingt von der Vorstellung, jetzt tatsächlich zu kochen – und mache mich ans Werk: Ich spüle die kalten Filets ab (igitt, eigentlich ist so ein nackter, kalter Fisch echt eklig), betupfe die Jungs so vorsichtig mit Küchenkrepp, als hätte ich Angst, sie zu kitzeln, lege den Anweisungen Tim Mälzers folgend Schinkenscheiben drauf (den Parma habe ich aus Kostengründen kurzerhand durch die billigere Ka-

tenrauchversion ersetzt) und versuche, das Ganze aufzurollen und in diese Rolle einen Zahnstocher zu rammen. Leider will mir das nicht so recht gelingen, denn der Katenrauchschinken erweist sich als recht resistent, was die Veränderung seiner Form betrifft. Nicht so hingegen das Fischfilet, das unter dem unbeugsamen Schinken vor sich hin bröselt, als hätte es nur darauf gewartet, sich in seine Bestandteile aufzulösen. Das ist also nun der Dank dafür, dass ich vorhin so vorsichtig getupft habe? Frei nach dem Motto »Und bist du nicht willig, so brauch' ich Gewalt« drücke ich die Rollen dann doch irgendwie zusammen und verabreiche der maunzenden Sissi zwischendurch das eine oder andere Fischbröckchen, das nun nicht mehr gebraucht wird. Ich schwöre Herrn Mälzer, dass ich für Christoph tatsächlich Parmaschinken verwenden werde und mache tapfer weiter. Ich schneide – für meine Begriffe, aber was weiß denn ich? – Unmengen von Tomaten in Hälften, würze sie und verteile sie auf den Rouladen, die ich in eine Pfanne mit Olivenöl gebettet habe. Sieht zwar alles ein wenig schief und krumm aus, und ich hoffe sehr, dass es mir nachher auch gelingt, die Zahnstocher wieder aus den Rollen zu holen, aber irgendwie bin ich auch ein bisschen stolz auf mich. Wer weiß? Vielleicht kann ich ja doch kochen und wusste es bisher nur nicht? Für jemanden, der so gerne isst wie ich, ist dieser Zustand ja sowieso eine Schande.
Um mich ein wenig selbst zu feiern, trinke ich ein Glas Weißwein und proste mir und meiner Katze zu. Dann schiebe ich die Pfanne vorschriftsmäßig in den vorgeheizten Ofen und stelle mich der Zubereitung der »scharfen Tomatensauce«. Ich entkerne und häcksle tapfer und unter Tränen (darauf schnell noch ein Glas Wein) Chilischoten, Knoblauch und

Zwiebeln. Auch hier habe ich den Eindruck, dass das alles ganz schöne Mengen sind. Aber bitte, wer bin ich, um das zu beurteilen? Tim Mälzer wird schon wissen, was er da schreibt. Dann viertle ich noch mehr Tomaten, vermische das Ganze und soll nun eigentlich dieses Gepantsche mit einem Pürierstab weiterverarbeiten.
Das Fehlen eines solchen in meiner Küche brauche ich an dieser Stelle sicher nicht zu betonen. Ich erwäge kurz, Sissi mit einem Zettel (brauche Pürierstab, aber pronto) an ihrem Halsband zu Jens rüberzuschicken. Dann aber fällt mir ein, dass Jens verreist ist, und ich sehe mich notgedrungen in meinem eigenen Bestand an Küchenutensilien um. Vielleicht ist ja was dabei, was ich zweckentfremden könnte? Mit der Suche bin ich naturgemäß ziemlich schnell und erfolglos durch, denn wo nix ist, gibt's auch nicht viel zu suchen.
Ich entscheide mich spontan für meinen Handmixer, mit dem ich ungefähr alle zwei Jahre mit mehr oder weniger großem Erfolg Sahne steif schlage. Ich finde, dieses Gerät taugt eindeutig als Ersatz für einen Pürierstab. Gesagt, getan, baue ich die Schneebesen vorschriftsmäßig an das Elektrogerät, stelle auf Stufe drei und los geht's.
Ja, los geht's … Ich kann gar nicht so schnell gucken, wie mir Zwiebeln, Chilis, Tomaten und sicher auch Knoblauch um die Ohren fliegen und in Sekundenschnelle die Wand, meine weißen Küchenschranktüren und den hinter mir befindlichen hellen Teppichboden in ein absolutes Desaster verwandeln. Wenigstens bin ich so geistesgegenwärtig, halbwegs schnell auf den Aus-Knopf zu drücken, sodass wenigstens ein kleiner Teil der Sauce in der Schüssel bleibt.
Seufzend mache ich mich daran, das Gröbste wegzuwischen,

besprühe den Fußboden hektisch mit einer Extraportion »Vanish«, das in dieser Dosierung sicherlich hochgradig gesundheitsgefährdend ist, und würze anschließend den verbliebenen Saucenrest vorschriftsmäßig mit Salz, Pfeffer und Zucker.
Völlig erledigt trinke ich noch einen Schluck Wein und genehmige mir eine kurze Pause in meinem Korbsessel. Meine Gedanken schweifen ab, und während ich mir den morgigen Tag mit Marita Vogel vorstelle, überkommt mich plötzlich das ungute Gefühl, irgendetwas vergessen zu haben. Um ganz sicherzugehen, dass auch wirklich alles geregelt ist, beschließe ich spontan, noch einmal bei der Sängerin anzurufen, da sie auf meine E-Mail nicht weiter reagiert hat. Das halten zwar viele so – was ich persönlich äußerst unhöflich finde –, aber ich will ihr morgen einen reibungslosen Ablauf ohne Zwischenfälle garantieren können. Durch meine Kochaktion ist es schon 19.30 Uhr geworden, aber das ist sicher noch nicht zu spät, um bei Frau Vogel durchzuklingeln.
»Ja?«, ertönt es unwirsch durch den Hörer, und ich denke, na supi. Artig erzähle ich ihr noch einmal alles, was ich auch in meiner E-Mail geschrieben habe, doch La Vogel antwortet nicht.
»Frau Vogel? Sind Sie noch dran?«, frage ich ratlos, während mich ein ungutes Gefühl beschleicht.
»Ich bin noch dran, Frau Teufel, aber ich komme morgen nicht nach Hamburg.«
»Sie kommen – äh – nicht?«, frage ich überrascht und weiß nicht, was ich denken soll.
»Sie haben richtig gehört«, klingt es kühl aus dem Hörer, und ich habe das Gefühl, dass die Raumtemperatur gerade um zwanzig Grad sinkt.

»Äh, und wieso nicht, wenn ich fragen darf?«, hauche ich zaghaft in den Hörer, in der Hoffnung, einen Satz der Erklärung aus ihr herauszubekommen.
»Weil ich keine Fahrkarte habe«, antwortet sie, und ich verstehe gar nichts mehr.
Ich überlege fieberhaft. War es mein Job, ihr die Karte zu besorgen und zu schicken? Wie lautete da noch mal die Absprache?
»Aber das ist doch Sache des Kaufhauses oder der Plattenfirma«, hake ich nach und bete, sie möge plötzlich so etwas sagen wie »Ätschbätsch, war nur ein Scherz«.
»Es ist mir egal, wessen Sache das ist. Fakt ist, ich habe keine Fahrkarte und werde deshalb nicht nach Hamburg kommen.«
Nun rutscht mir wirklich das Herz in die Hose. Eigentlich könnte es mir ja egal sein, wenn sie irgendeine dusselige Autogrammstunde versäumt, weil wer auch immer seinen Job nicht gemacht hat. Aber ich habe mich im Verlag bereits weit aus dem Fenster gelehnt und jedem, der es nicht wissen wollte, von meinem großartigen Coup berichtet. Einschließlich Herrn Bader, der mir daraufhin anerkennend auf die Schulter geklopft hat. Schließlich ist der Marktwert von Marita Vogel seit Inempfangnahme des »Echo« ins schier Unermessliche gestiegen. Und ihr damit offensichtlich zugleich direkt in den Kopf.
»Und wenn ich Ihnen noch eine Fahrkarte besorge?«, hake ich beharrlich nach, obwohl ich keinen blassen Schimmer habe, wie ich das um diese Uhrzeit bewerkstelligen soll.
»Aber nur, wenn ich das Ticket direkt zu mir nach Hause geliefert bekomme«, antwortet La Vogel, ganz Diva.
»Natürlich«, entgegne ich beflissen, um sie bei Laune zu halten. »Ich hänge mich jetzt mal ans Telefon und versuche, jemanden zu erwischen, der Ihnen in Berlin ein Ticket besorgen und es zu

Ihnen nach Hause bringen kann. Ich melde mich dann wieder bei Ihnen!«, verspreche ich mehr mir selbst als ihr und lege auf. Wo zum Teufel soll ich jetzt jemanden auftreiben, der zum »Bahnhof Zoo« fährt, sich in die Warteschlange am Ticketcounter stellt und dann noch den Boten gibt? Normale Menschen würden den Kram selbst im Internet bestellen und sich das Ticket ausdrucken oder schlicht und einfach im Zug direkt einen Fahrschein erwerben. Aber NEIN – Marita Vogel ist nicht irgendwer, sie ist La Diva. Das hat sie mir nun in aller Deutlichkeit klargemacht.

»Okay, okay, ganz ruhig bleiben, rede ich mir selbst gut zu und tigere durch mein Wohnzimmer. Erst einmal einen Tee trinken, dann wird mir schon was einfallen. Wen kenne ich, der in Berlin wohnt und um diese Uhrzeit Lust auf so eine Aktion haben könnte? Ich blättere in meinem Adressbuch herum, werde aber nicht so recht fündig. Ich versuche es bei einer entfernten Bekannten, die aber nicht zu Hause ist, und bei einer Redakteurin, mit der Annalena ganz gut kann. Die würde mir zwar gerne helfen (wahrscheinlich hofft sie auf ein Interview), muss aber zu einer Pressepräsentation, die sie nicht versäumen darf.

20.00 Uhr – der Zeiger rückt unerbittlich weiter, und ich habe keine Ahnung, was ich jetzt machen soll. Mittlerweile ist es auch zu spät, um beim Kaufhaus oder bei der BEA Alarm zu schlagen, da hätte ich eine Stunde früher dran sein müssen. Ich blättere erneut in meinem teuren Mulberry-Timer herum, bis mein Blick auf eine gekrakelte Handynummer fällt. Es ist die von Ramon. Wenn ich Glück habe, ist er gerade in Berlin und studiert und nicht auf Mallorca. Und wenn ich noch mehr Glück habe, hilft er mir sogar.

Während ich seine Nummer ins Display tippe, schicke ich ein

herzzerreißendes Stoßgebet gen Himmel: Bitte, bitte lass ihn in Berlin sein! Kurz und auch ein bisschen wehmütig muss ich an Ramon denken, meinen Urlaubsflirt. Ja, der war schon süß, aber Christoph kann er nun mal irgendwie nicht das Wasser reichen, auch wenn er noch so sehr aussieht wie Antonio Banderas. Aber er ist supernett und nachdem sein männliches Ego es verkraftet hat, dass ich keine Beziehung mit ihm wollte, sind wir nun eigentlich ganz gut befreundet. Wir telefonieren und mailen uns ab und zu, und ich würde ihn gern mal wieder treffen, wenn es sich einrichten lässt. Während ich das erste Freizeichen höre, werde ich nervös. Wie soll ich ihm denn diese mehr als absurde Situation erklären? Doch ich habe gar nicht lange Zeit, weiterzuüberlegen, denn nach dem zweiten Klingeln ist Ramon bereits dran.

»Äh, Marie hier«, stottere ich in den Hörer, »störe ich dich gerade?«, frage ich höflich, denn schließlich will ich ja was von dem Mann.

»Marie, wie schön«, ertönt es freudig erregt vom anderen Ende der Leitung, was ich erleichtert zur Kenntnis nehme. »Wie geht es dir? Wo bist du?«

»Ich bin in Hamburg, Ramon, wie immer. Mir geht es grundsätzlich gut, aber in diesem Moment habe ich ein kleines Problem, von dem ich hoffe, dass du mir helfen kannst, es zu lösen.«

Mann, umständlicher hätte ich es jetzt auch nicht formulieren können, aber ich bin so nervös. Und dann schieße ich auch schon los und lasse die Story ohne Punkt und Komma auf den armen Ramon einprasseln, ohne zu wissen, ob er wirklich in Berlin ist und nicht in den Anden oder im Himalaja.

»Na, die ist ja lustig«, lautet Ramons lakonische Antwort.

»Die scheint ja noch schlimmer drauf zu sein, als man es ohnehin schon von ihr denkt. Aber darum geht es ja jetzt nicht. Also, eigentlich wollte ich gerade mit einem Freund in die Kneipe, aber ich denke, wir können noch einen kleinen Abstecher zum Bahnhof machen. Wo wohnt die Gute denn?«
O Gott, daran habe ich ja gar nicht gedacht. Ich habe doch nur ihre Handynummer, aber keine Adresse. Keine Ahnung, ob sie am Wannsee wohnt, in Steglitz oder in Mitte. Tja, da werde ich sie wohl noch mal anrufen müssen …
Ich vereinbare mit Ramon, dass er schon mal losfährt, um das Ticket zu besorgen und ich mich gleich noch mit Instruktionen für den Verlauf des weiteren Abends bei ihm melden werde.
Auf meinen zweiten Anruf reagiert die Vogel erst nach mehrmaligen Anläufen, und selbst als ich ihr die vermeintlich gute Nachricht übermittle, dass sie in einigen Minuten ihr First-Class-Ticket in Händen halten wird, scheint sie das nicht besonders zu interessieren. Sie nennt mir ihre Adresse (Charlottenburg), und ich soll ihr hoch und heilig schwören, diese Daten nicht weiterzugeben. Was ich aber leider muss, wenn Ramon den Botenjungen spielen soll. Doch das ist La Vogel ganz und gar nicht recht, und wir verbringen eine halbe Stunde damit, darüber zu diskutieren, wie ich es um Himmels willen anstellen soll, Ramon zu ihr zu schicken, ohne ihm ihre Adresse zu verraten. Ich will ihr schon vorschlagen, er könnte sich ja ein schwarzes Tuch über die Augen legen, wie in einem Krimi, als Marita Vogel plötzlich doch nachgibt, und ich Ramon endlich die frohe Botschaft übermitteln darf, er könne sich jetzt auf den Weg nach Charlottenburg machen. Ich bitte ihn um kurze Rückmeldung, sobald er seinen Auftrag ordnungsgemäß erledigt hat und er auch wirk-

lich von der Vogel empfangen wurde, damit ich einigermaßen sorgenfrei in den Rest des Abends starten kann.
Ich wanke förmlich in mein Badezimmer, so hat mir die Sache aufs Gemüt geschlagen. Momentan bin ich mir gerade mal wieder gar nicht sicher, ob ich wirklich für diesen Job geeignet bin. Irgendwie bin ich dazu nicht cool genug und lasse mich zu schnell verunsichern.
Na prima, Marie. Jetzt lässt du dich also nicht nur von blonden Assistentinnen verschüchtern, sondern auch von Sängerinnen, die wahrscheinlich schon zickig auf die Welt gekommen sind. Das hat rein gar nichts mit dir persönlich zu tun. Nimm's einfach locker, rede ich mir zu wie einem alten Gaul, als ich mit einem weiteren Glas Wein in der Hand in meine Badewanne sinke, um mich ein wenig für den morgigen Tag zu entspannen. Das Handy liegt auf dem Beistelltisch neben der Wanne und wartet auf ein Lebenszeichen von Ramon.
Während ich im warmen Wasser vor mich hin dümple, steigt mir auf einmal ein seltsam strenger, ja fast verbrannter Geruch in die Nase, und ich überlege kurz, ob es vielleicht einen Kurzschluss in meinem Durchlauferhitzer gegeben haben könnte. Doch ich verwerfe den Gedanken schnell wieder, weil es mir plötzlich siedend heiß einfällt: Ich habe ja noch Mälzers Fischrollen im Ofen! Wie von der Tarantel gestochen, hechte ich aus der Wanne und stürze in die Küche. In der Tat: Dort riecht es noch strenger und das, was ich dann aus dem Ofen hole, hat mit Sicherheit nichts mehr, aber auch gar nichts mehr mit dem zu tun, was ich ursprünglich kochen wollte.
Okay, okay, erst einmal auskühlen lassen, versuche ich mich selbst zu beruhigen, und dann ab in den Müll mit der verkokelten Masse.

Nach einer weiteren Stunde habe ich den Schaden komplett beseitigt und es erinnert nichts mehr an meinen missglückten Kochversuch. Im Bademantel sitze ich auf dem Sofa und starre auf den Fernseher, ohne wirklich wahrzunehmen, was da läuft.
Trotz aller Verwirrung bemerke ich aber, wie mein Magen zu knurren beginnt. Klar, ich habe ja auch nichts gegessen, und Aufregungen dieser Art bewirken bei mir eigentlich regelmäßig, dass ich ein Zehn-Gänge-Menü verspeisen könnte. Anderen Mädels verschlägt es an dieser Stelle gepflegt den Appetit – bei mir ist leider das Gegenteil der Fall.
Vielleicht waren die Röllchen ja doch nicht so angebrannt, wie ich dachte, sinniere ich und bin kurz davor, den Mülleimer zu inspizieren. Dann versuche ich es aber doch lieber mit dem Kühlschrank, der aber leider wie immer leer ist.
Zu guter Letzt finde ich Rettung in einem Glas Nutella, das dort schon länger zu stehen scheint und dessen Inhalt mindestens so trocken ist, wie die verkokelten Röllchen. Mit Todesverachtung stochere ich mit einem extra langen Plastiklöffel im süßen Braun herum.
Okay, wirklich lecker ist etwas anderes, aber ich bemerke, wie sich die schokoladige Masse allmählich wohltuend um meine Magenwände und meine Seele legt. Obwohl ich eigentlich aufgeregt sein sollte. Denn ich habe immer noch keine Nachricht von Ramon.
Um 23.30 Uhr, als ich die Hoffnung auf Rettung längst aufgegeben habe und bereits an einer Erklärung für Herrn Bader bastle, klingelt endlich das Handy.
»Mann, die ist ja lässig drauf«, ertönt fröhlich die Stimme von Ramon und klingt, als hätte er schon mehrere Glaserl intus. »Du glaubst ja gar nicht, wie nett die war. Sie hat Bernd und

mich reingebeten und uns Wein angeboten (das glaube ich allerdings), und dann haben wir bis eben noch gequatscht. Das ist ja echt eine tolle Frau, und attraktiv, kann ich dir sagen! Noch hübscher als auf Fotos. Wir haben uns eine Pizza bestellt, und es war, als würden wir drei uns schon seit Ewigkeiten kennen.«

»Freut mich, dass du so viel Spaß hattest«, antworte ich und fühle Wut in mir aufsteigen. Hätte er denn nicht ein, zwei Stunden früher anrufen können, um mir zu sagen, dass alles in Ordnung ist? Aber das kann ich meinem Retter natürlich jetzt nicht vorwerfen.

»Und hast du ihr auch die Fahrkarte gegeben (oder hast du das in deinem Suff vergessen)?«, frage ich süßlich, um endlich in aller Ruhe schlafen gehen zu können.

»Klar habe ich, entspann dich mal wieder«, antwortet Ramon, der hörbar auf rosaroten Wolken schwebt.

»Ich weiß gar nicht, wie ich das wieder gutmachen kann«, säusle ich ins Telefon, denke aber gleichzeitig, dass das ja wohl nicht mehr nötig ist, nachdem Ramon sich jetzt als Intimus von der Vogel bezeichnen kann.

»Ach, lass mal, Marie«, lautet dann auch prompt die erwünschte Antwort. »Der Abend war so nett, das ist schon okay.«

Ich notiere noch Ramons Kontonummer, damit die BEA oder wer auch immer das Geld überweisen kann, bedanke mich nochmals und wünsche ihm eine gute Nacht. Wir verabreden, dass ich mich bei ihm melden werde, wenn ich mal wieder in Berlin bin, oder er sich bei mir, wenn es ihn nach Hamburg verschlägt.

Das kann ja morgen lustig werden, denke ich, als ich endlich in meinem Bett liege und in einen traumlosen Schlaf sinke.

Punkt 10.00 Uhr klingelt Annalena, wie verabredet, an meiner Tür.
»Na, sehe ich nicht aus wie ein Bodyguard?«, fragt sie, und ich muss lachen. Meine Freundin ist komplett in Schwarz gekleidet, trägt einen Anzug und einen Trenchcoat, hat sich eine Sonnenbrille auf die Nase gesetzt (es ist Winter!) und hat ihr Headset auf den Ohren.
»Zielobjekt im Visier. Landet um 10.38 Uhr Bahnhof Dammtor. Nehme das Paket entgegen und bringe es in Sicherheit«, flüstert Annalena kryptisch in das Mikro ihres Headsets und nestelt dabei in ihrer Manteltasche herum. Und ehe ich's mich versehe, hält sie mir eine pinkfarbene Pistole an die Schläfe und blitzt mich Furcht einflößend an.
»Wenn Sie es wagen, meiner Klientin auch nur einen Zentimeter zu nahe zu kommen, dann werden Sie mich kennen lernen«, droht sie und fuchtelt mir dann mit dem rosafarbenen Teil vor der Nase herum. Ich lache mich kaputt und schnappe mir die Waffe – eine Wasserpistole, eindeutig ein Relikt aus einer Junior-Tüte von McDonald's.

Bis zum Bahnhof unterhalte ich Annalena mit meiner Anekdote vom gestrigen Abend, und wir sind uns beide einig, dass wir froh sind, bei dieser Aktion zu zweit zu sein ...
Pünktlich wie ein Schweizer Uhrwerk stehen wir um 10.30 Uhr an Gleis drei des Bahnhofes und positionieren uns so, dass wir Frau Vogel direkt an der Ausgangstür ihres Waggons im Empfang nehmen können. Es ist zwar weit und breit kein Mensch auf dem Bahnsteig zu entdecken, der auch nur ansatzweise bedrohlich aussieht, aber wir nehmen unseren Job ernst, soll uns mal keiner das Gegenteil nachsagen

können. Um 10.40 Uhr fährt der ICE aus Berlin ein, mit nur zwei Minuten Verspätung, eine sensationelle Leistung.
Als sich die Türen öffnen, nehmen wir beide Haltung an, und Annalena setzt eine wichtige Miene auf.
Wir warten eine Minute, zwei Minuten – doch nichts passiert. Der erste Schwung Reisender ist bereits ausgestiegen, nun tröpfeln nur noch ältere Damen mit ihren Trolleys oder Familien mit umfangreichem Gepäck hinterher. Keine Spur jedoch von Marita Vogel. Fassungslos starren wir beide auf die Tür, und mein Herz beginnt zu rasen. Hat die blöde Kuh nun einfach doch beschlossen, nicht zu kommen? Oder hat sie den Zug verpasst? Habe ich ihr vielleicht eine falsche Uhrzeit durchgegeben? Stehen wir am falschen Gleis? Tausend Gedanken schießen mir durch den Kopf, und selbst PR-Frau Annalena sieht verunsichert aus. Was machen wir denn jetzt?
Doch gerade im letzten Moment, als sich alle Türen schon wieder zur Weiterfahrt schließen, erscheint eine Gestalt, die sich noch durch einen Spalt schlängelt. Und dann steht sie da. Gewandet in einen bodenlangen anthrazitfarbenen Strickmantel mit Kapuze, die sie sich tief ins Gesicht gezogen hat, auf der Nase eine monstergroße schwarze Sonnenbrille, die Körperhaltung komplett auf anti geschaltet, ihre Mundwinkel nach unten gezogen, in der rechten Hand eine Zigarette: La Vogel, die Mutter aller Zicken. Ich erinnere mich noch an diverse Interviews mit ihr, wo sie – befragt nach ihren kleinen Beautygeheimnissen – versichert hat, gesund zu leben, Sport zu treiben, viel zu trinken (Wasser) und nicht zu rauchen. Nee, schon klar, würde ich an ihrer Stelle auch sagen …
Und so steht sie vor uns in voller Lebensgröße (tausendmal

größer als ich und blond), wir begrüßen sie höflich, und Annalena nimmt ihr die Reisetasche ab.
»Darf ich vorstellen: Annalena Kluge, unsere PR-Fachfrau und Mitglied der ›Kampfkatzen‹ mit der Lizenz zum Töten«, versuche ich einen Scherz, kann aber der Dame weder ein Lächeln noch ein »Guten Morgen« entlocken. Na dann nicht, denke ich und plappere nervös weiter.
»Der Wagen steht unten gleich am Eingang, sodass Sie keiner belästigen kann, und dann geht's auch schon los. Wenn Sie etwas zu essen oder trinken haben wollen, sagen Sie einfach Bescheid. In ungefähr fünfzig Minuten sind wir dann in Harburg. Sie haben dann also noch einen Augenblick Zeit, sich vor Ihrer Autogrammstunde fertig zu machen«, quatsche ich vor mich hin, weil ich hinter dem Rand ihrer Brille erkennen kann, dass die Diva nicht geschminkt ist.
Auch darauf folgt noch immer keine Reaktion. Ebenso wortlos, wie sie angekommen ist, steigt sie in das Auto und nimmt auf der Rückbank Platz. Kaum hat sie diese Position eingenommen, zückt sie auch schon ihr Handy und beginnt zu telefonieren. Neugierig spitze ich meine Ohren, während Annalena sich auf das Einstellen des Navigationssystems konzentriert. Offensichtlich spricht die Vogel sowohl mit ihrem Management als auch mit ihrem aktuellen Lover (wer ist das eigentlich?) und mit Gott und der Steinstraße. Irgendwie scheint jemand ihre Handynummer herausbekommen zu haben, und nun hatte sie auf wundersame Weise Paul Sahner von der »Bunten« am Apparat, eine Situation, die jeder halbwegs pressescheue Promi tunlichst meiden möchte. Die arme Person am anderen Ende der Leitung wird nun dazu verdonnert, ihr ein neues Handy mit Geheimnummer

zu besorgen und der »Bunten« auszurichten, ein Exklusivinterview mit ihr würde sehr, sehr teuer werden. Und so geht es immer munter weiter, bis wir uns dem Elbtunnel nähern – der kürzeste Weg nach Hamburg-Harburg. Kurz vor der Tunneleinfahrt startet Frau Vogel ihr fünftes Telefonat, das jedoch circa einhundert Meter später abrupt abbricht, Opfer eines klassischen Funklochs.

Es folgt ein gnadenloser Wutausbruch, der in keiner Relation zu dem steht, was passiert ist. Auf Annalena und mich prasselt eine geballte und ungebremste Ladung megaschlechter Laune ein, für die wir mit Sicherheit nichts können. Doch Frau Vogel scheint auf die Welt insgesamt böse zu sein, und so beschließen wir nach drei Minuten, unsere Ohren auf Durchzug zu schalten. Keine Minute nachdem wir aus dem Tunnel raus sind, wird das Telefon erneut aktiviert, und die Person, die sich um das neue Handy kümmern muss, erhält Anweisung, dass das »fucking Shit-Handy« unbedingt tunneltauglich sein muss. Und, ach ja: Die Rechnung soll die »Bunte« bezahlen. Eine Logik, die sich mir nicht näher erschließt.

Langsam nähern wir uns dem angesteuerten Einkaufszentrum und fahren auf den kaufhauseigenen Firmen-Parkplatz. Es ist 11.30 Uhr – noch eine halbe Stunde bis zum Beginn der Autogrammstunde.

»Möchten Sie vielleicht vorher noch etwas essen?«, frage ich zaghaft und gehe schon präventiv in Deckung, falls La Vogel beschließen sollte, nun auch noch handgreiflich werden zu wollen, frei nach dem Motto »Ich esse grundsätzlich nichts, wie können Sie es wagen, mir so etwas zu unterstellen«.

Ich deute auf die Eingangstür eines Steh-Italieners und murmle was von »Da gibt es sicher auch Salat«, in der Hoffnung, ein

paar frische grüne Blättlein könnten ihrer Laune vielleicht zuträglich sein.
»Okay«, lautet die knappe Antwort, anscheinend hat sie ihr Kommunikationspulver bereits am Telefon verschossen. Eine Minute später betreten wir den Laden und positionieren uns an einem freien Stehtisch. Auch hier trägt die Sängerin ihre Sonnenbrille, und ich überlege schon, ob ich ihr den Inhalt der Speisekarte nicht besser vorlesen soll. Während sie sich in die Lektüre vertieft (na, geht doch), verhandelt Annalena mit dem Kellner und bittet darum, das Essen möglichst pronto zu servieren, weil wir es eilig haben. Frau Vogel entscheidet sich für gemischte Antipasti, Bruschetta und einen Prosecco (!), Annalena und ich bestellen eine Tomatensuppe, denn die lässt sich schnell und problemlos zubereiten und essen.
»Bin gleich wieder da«, entschuldigt sich plötzlich unsere Diva, die sich ihre Handtasche schnappt und mal kurz für »Damen« entschwindet.
Annalena und ich nutzen die Gunst der Minute und prosten uns aufmunternd mit Pellegrino zu.
»Das kriegen wir schon hin«, flüstert Annalena und streichelt kurz meine Hand. »Hunde, die bellen, beißen nicht«, sagt sie, doch in diesem speziellen Fall glaube ich ihr kein Wort.
Mein Handy verzeichnet derweil den Eingang zweier Kurzmitteilungen, die wohl ebenfalls im Elbtunnel steckengeblieben waren … Die erste stammt von Christoph aus London und die zweite von Alexander Bräuer, der wissen möchte, ob ich seine Blumen bekommen habe. Mist, das hatte ich ja vor lauter Scarlett-O'Hara-Gehabe, meinem Kochversuch und der Vogel-Sache total vergessen.
Doch bevor ich noch weiter überlegen oder mich mit Anna-

lena beraten kann, erscheint die Sängerin wieder, und ich spüre, wie sich mein Magen unwillkürlich zusammenzieht.
»Ah, da ist ja mein Prosecco«, freut sie sich und lächelt uns zu. Darüber bin ich so verwundert, dass ich mich fast an meinem Wasser verschlucke. »Na dann, meine Damen – auf gute Zusammenarbeit, würde ich sagen«, flötet die Diva und erhebt ihr Glas, um mit unserem Pellegrino anzustoßen. In diesem Augenblick wird das Essen gebracht, worüber ich ganz froh bin, weil wir dann wenigstens alle beschäftigt sind. Doch plötzlich ist die Vogel wie ausgewechselt und strahlt uns an, als seien wir seit Jahrhunderten die besten Freundinnen. Sie erkundigt sich sogar ausführlich nach unseren Jobs bei Bader & Köllisch, nach unserer Programmstruktur und danach, wie es momentan in der Verlagsbranche so läuft, weil sowohl die Musik- als auch die Filmbranche derzeit am Boden liegen. Während ich versuche, ein realistisches, aber auch positives Bild von der Verlagswelt zu zeichnen (schließlich will ich sie ja ins Boot bekommen), wandert der Zeiger der Uhr, die über der Tür hängt, unerbittlich auf 12.00 Uhr zu. Genau genommen ist es bereits 11.53 Uhr, also höchste Eisenbahn, wenn wir pünktlich im Kaufhaus sein wollen.
»Frau Vogel, wir müssen los, wenn wir nicht zu spät kommen wollen«, weise ich sie zaghaft auf die Uhrzeit hin, während Annalena an der Kasse bereits die Konten klärt. Doch die Diva zeigt sich keineswegs beeindruckt und beißt genüsslich von ihrem Weißbrot mit Tomate ab.
»Schätzchen, keine Panik«, sagt sie und nimmt noch einen tiefen Schluck aus ihrem Glas, »und wenn wir zu spät kommen, macht das doch auch nichts, dann müssen die Leute eben warten. Wäre doch schade um die schöne Melone mit

Parmaschinken, oder?«, fügt sie mit himmelblauem Augenaufschlag hinzu und ist so offensichtlich entspannt im Hier und Jetzt, dass ich allmählich misstrauisch werde ob ihres plötzlichen Stimmungsumschwungs. Kann ein einziges Glas Prosecco eine derartige Persönlichkeitsveränderung hervorrufen? Oder sind da etwa noch andere Mächte mit im Spiel? Zu gerne würde ich einen Blick in ihre Handtasche werfen, wer weiß, welche Hilfsmittelchen sich darin befinden ...

Um 12.10 Uhr verlassen wir endlich den Italiener, und um 12.15 Uhr betreten wir die Musikabteilung des Kaufhauses. Dort warten zwar einige Leute, aber ich würde lügen, wenn ich behaupten würde, es handle sich hierbei um einen hysterischen Massenauflauf ungeduldiger Fans. Der einzig Ungeduldige (und das mit Recht) ist Herr Borgmann, der Filialleiter, der sich gleichzeitig auch für »Events« dieser Größenordnung als Manager verantwortlich zeigt. Der arme Kerl hat schon hektische rote Flecken im Gesicht und am Hals und stürzt uns entgegen, als er unserer ansichtig wird.

»Frau Vogel, meine Verehrung, wie schön, Sie zu sehen«, sagt er, und ich muss grinsen, weil dieser Mann einen so devoten Ausdruck an den Tag legt, dass es einem komplett die Schuhe auszieht. »Bitte folgen Sie mir, ich habe schon alles vorbereitet.«

Mit diesen Worten geleitet er uns zum Signiertisch, auf dem Exemplare der neuesten Vogel-CD dekorativ gestapelt sind, im Hintergrund ein großes Poster mit Aktionshinweis auf die heutige Autogrammstunde. Über Lautsprecher wird die Information transportiert, die berühmte und bekannte Sängerin Marita Vogel befände sich heute von 12.00 Uhr bis 13.00 Uhr in der Musikabteilung, um dort ihre neue CD

»Le Secrets du temps« zu signieren. Man merkt der Harburger Lautsprecherdame ihre Schwierigkeiten mit der französischen Sprache an, und so klingt der CD-Titel eher wie der Name einer neuen Taschentuchmarke als der eines musikalischen Werks von internationalem Format.
»Können Sie mir sagen, wo ich mich hier schminken kann?«, fragt nun Frau Vogel, ungeachtet der Fans, die hier auf sie warten, und tritt demonstrativ von einem Bein aufs andere.
Herr Borgmann, offensichtlich kurz vor einem Herzanfall, bemüht sich jedoch, sich nichts anmerken zu lassen und lotst die Vogel diskret zu einem Seitenausgang. Annalena und ich lächeln die Wartenden aufmunternd an, sagen Sachen wie »Jetzt geht's gleich los« und verfluchen die nichtanwesenden Plattenfuzzis der BEA, deren Job wir nun offensichtlich am Hals haben.
Fünf Minuten später erscheint – strahlend wie der helle Tag – La Vogel, diesmal ohne Brille, geschminkt und, Gott sei Dank, jetzt auch ohne ihren Mantel und nimmt am Tisch Platz. Wie die Bodyguards gehen wir neben und hinter ihr in Stellung, für den Fall, dass Frau Vogel irgendetwas braucht, denn Herr Borgmann ist gerade damit beschäftigt, einigen versprengten Presseleuten (Harburger Anzeiger?) etwas zuzuflüstern.
»Guten Morgen, allerseits!«, begrüßt die Sängerin die Anwesenden und lächelt huldvoll in die Runde. »Entschuldigen Sie meine Verspätung, aber meine Begleiterinnen hatten sich verfahren, sonst wäre ich natürlich pünktlich gewesen«, lügt sie, dass sich die Balken biegen, und ich ihr vor Wut am liebsten an den Hals gehen würde.
So eine Unverschämtheit, uns als Ausrede zu benutzen, wäh-

rend sie sich auf der Toilette wer-weiß-was reinziehen musste, um auf Touren zu kommen.
Der erste Fan, ein kleines Mädchen von ungefähr neun Jahren, nähert sich verschüchtert dem Tisch und streckt ihr eine »Diddl«-Postkarte entgegen.
»Und die soll ich dir signieren?«, fragt die Vogel zuckersüß und lächelt. Sie schnappt sich den Signierstift, der sicher seit einer Stunde auf sie wartet und beginnt zu schreiben. Das heißt sie versucht es, doch es fließt keine Tinte.
»Was ist das denn hier für ein Scheiß?«, fragt sie undamenhaft in die Runde und hält mir den Stift unter die Nase, offensichtlich, damit ich ihr einen neuen besorge, während sie selbst weitere Stifte ausprobiert. Wie von der Tarantel gestochen, tobe ich in die angrenzende Schreibwarenabteilung und mache dort einen auf »Notfall«, was es ja auch ist. Während die Vogel weitersigniert (Postkarten, Autogrammkarten, aber kaum eine CD), pirscht sich ein Hobbyfotograf an sie heran, begibt sich in Position und drückt auf den Auslöser.
»Sind Sie noch ganz dicht? Geben Sie mir sofort den Apparat«, faucht daraufhin die Diva, und Annalena stürzt sich auf den Übeltäter.
Flugs ist auch Herr Borgmann zur Stelle, der auch noch eins übergebraten bekommt, weil das Licht »total Scheiße« ist, wie sich Marita Vogel gepflegt ausdrückt. Nun muss also auch noch der Haustechniker ran, während Annalena den armen Fan beruhigt und ihn überzeugt, den Film herauszurücken, auch wenn die Vogel eigentlich eine »Person des öffentlichen Lebens« und somit Freiwild für Fotografen ist, wie dieser versucht, Annalena seine Rechte als Paparazzo

klarzumachen. Womit er aber bei Annalena definitiv an der falschen Adresse ist. Ich bin nur froh, dass sie nicht einen ihrer »Kampfkatzen«-Tricks an ihm erprobt und sich stattdessen wieder ihrem Schützling zuwendet, der immer noch Kommandos in Sachen Licht erteilt.

Bis 13.00 Uhr ist dann so weit alles zu La Vogels Zufriedenheit eingestellt, doch es ist weit und breit kein Mensch mehr zu sehen, der noch irgendein Interesse an dem Erwerb der CD oder an einem Autogramm hätte. Selbst die vom Kaufhaus eingeschleusten »Käufer« (Mitarbeiter des Hauses) haben sich in ihre wohlverdiente Mittagspause verkrümelt, und so bleiben die Vogel, der Haustechniker, Herr Borgmann, Annalena und ich zurück, einsam und verlassen in der Musikabteilung, die gähnend leer ist.

Doch damit will sich die Diva nicht abfinden und beginnt mit Herrn Borgmann eine Diskussion zum Thema Werbung, die noch mindestens fünfzig Durchsagen im Kaufhaus zur Folge hat, die jedoch auch zu keinem Erfolg führen.

Um 13.30 Uhr wird die Aktion für beendet erklärt, und die Vogel soll nun noch ein Interview für das hiesige Wochenblatt geben. Als der vermeintliche Journalist sich auch noch als komplett uninformierter Praktikant entpuppt, der gar nicht weiß, wer da vor ihm steht, ist das Chaos perfekt, und wir verlassen – eine wutschnaubende Marita Vogel im Schlepptau – das Kaufhaus und einen völlig geknickten Herrn Borgmann, dem im Laufe seiner langjährigen Karriere noch nichts Derartiges passiert ist …

Zu unserer großen Erleichterung möchte sich die Vogel heute nicht mehr mit uns über Buchprojekte unterhalten, sondern bittet darum, einen früheren Zug nehmen zu können.

»Das mit dem Buch können wir ja per E-Mail klarmachen«, schlägt sie vor, und ich finde die Idee sehr gut. Je weniger direkter Kontakt, desto besser. Das hat mich der heutige Tag mit La Vogel gelehrt.
Auf dem Weg zum Bahnhof schläft die Sängerin ein, und das, obwohl Annalena extra über die Elbbrücken fährt, um ihr einen einwandfreien Funkkontakt fürs Handy zu ermöglichen. Um 15.00 Uhr verfrachten wir sie in ihr Zugabteil und sind froh, als sich die Türen hinter ihr schließen …

Da es noch früh ist, müssen wir zurück in den Verlag – es hilft alles nichts –, und natürlich kann Herr Bader es kaum erwarten, einen Lagebericht zu bekommen. Ich versuche, den Tag mit verbalen Hilfsmitteln ein wenig zu verschönen, und versichere, bald in Erfahrung zu bringen, was und wann Frau Vogel bei uns zu veröffentlichen gedenkt. Doch innerlich schicke ich das zweite Stoßgebet dieses Tages zum Himmel, die gute Diva möchte es sich doch bitte anders überlegen und von ihrem Angebot Abstand nehmen.
Beim Eintritt in unser Büro sehe ich, wie Laura sich in unserer Besenkammer zu schaffen macht. Was hat die hier verloren?
»Und wie war's? Wie ist die Vogel denn so?«, fragt Christophs Assistentin denn auch ganz interessiert und versucht wohl damit, von ihrer Anwesenheit an unserem Arbeitsplatz abzulenken.
»Erzählen wir dir ein anderes Mal, wir müssen jetzt dringend was tun, schließlich sind wir gerade erst wiedergekommen«, antwortet Annalena und schiebt Laura zur Tür hinaus.
Wir checken beide unsere E-Mails und unsere Post. In

meinem elektronischen Postkorb befindet sich eine Nachricht von Leonie-Emma Körner, die sich danach erkundigt, ob ich schon Gelegenheit hatte, mir ihr Manuskript anzusehen. Was soll ich da bloß antworten? Wie wäre es mit: Natürlich hatte ich, doch ich habe mich bislang elegant vor einer Rückmeldung an Sie gedrückt, weil ich immer noch nicht weiß, was es mit dieser unheimlichen Ähnlichkeit zwischen Ihrem und dem Roman von Alexander Bräuer auf sich hat? Okay, ich stelle also fest, es gibt die eine oder andere berufliche Baustelle, an die ich mich langsam mal heranwagen muss, wobei subtile Vorgehensweise und Einfühlungsvermögen gefragt sind.

»Annalena?«, flöte ich über meinen Schreibtisch hinweg in Richtung meiner Freundin, die gerade wild auf der Computertastatur herumhämmert.

»So ein Oberarsch«, flucht sie vor sich hin, und ich bin ziemlich verwundert über ihre drastische Ausdrucksweise.

»Hast du dich bei der Vogel angesteckt?«, frage ich sie, denn für heute ist mein Bedarf an Fäkalvokabular eigentlich gedeckt.

»'tschuldigung«, antwortet meine Freundin und streicht sich eine Locke aus der Stirn. »Ich lese hier nur gerade einen Verriss über die Memoiren von Miguel, und nun schreibe ich Pottasch, dem Idioten, eine E-Mail, die sich gewaschen hat.«

»Was hat er denn zu meckern?«, erkundige ich mich, weil ich mich nun ebenfalls in meiner Lektorinnen- und Co-Autorinnen-Ehre gekränkt fühle. Schließlich hat es mich viel Energie gekostet, Miguels Memoiren zu einem überzeugenden Text umzuarbeiten, und nicht umsonst prangt jetzt ja auch mein Name vorne auf dem Cover.

»Ach, das willst du gar nicht wirklich wissen«, antwortet Annalena mit unheilvoller Stimme und drückt auf »senden«. Was auch immer sie geschrieben hat, Herr Pottasch wird sicher seine helle Freude daran haben. »Erledigt!«, grinst sie und sieht mich zufrieden an. »Was wolltest du?«
»Ich wollte dich eigentlich nur fragen, ob wir nicht heute endlich mal wieder zu ›Paulino‹ wollen. Ich schulde dir noch eine Einladung für deinen heldenhaften Einsatz als Sarah-Sitter.«
Annalena denkt einen Moment nach, wirft einen Blick in ihren Timer und strahlt mich dann erfreut an.
»Superidee! Heute habe ich Zeit, und außerdem haben wir uns das nach diesem anstrengenden Tag auch echt verdient. Lass mich noch schnell ein paar Sachen erledigen und nach Hause fahren, um mich umzuziehen, und dann treffen wir uns dort. Sagen wir um 20.00 Uhr. Du reservierst?«
Ich nicke zustimmend und öffne dann meine Schreibtischschublade, um meine Kreditkarte herauszuholen, denn ein Abend zu zweit in unserem Lieblingsrestaurant mit allem Drum und Dran – das kann teuer werden und schreit eindeutig nach meiner Mastercard. Ein Blick in das Schubfach lässt mich stutzig werden. Ich bin zwar nicht superordentlich, aber eine gewisse Systematik herrscht darin auf jeden Fall. Schon alleine, weil ich meine Kreditkarte natürlich nicht jedem dahergelaufenen Schubladengucker zugänglich machen will. Die Mastercard ist zwar noch drin, wenn auch etwas sehr weit nach hinten gerutscht, aber etwas anderes fehlt – und das ist die Karte von Alexander Bräuer. Für eine Sekunde setzt mein Herzschlag aus und mir wird schwindlig.
»Wie siehst du denn aus, ist dir nicht gut?«, fragt prompt auch schon Annalena, die in diesem Moment zu mir herübersieht.

»Die Karte von Alexander«, stammle ich und bekomme kaum noch Luft, »sie ist weg!«

»Wie weg?«, fragt meine Freundin verständnislos und wechselt die Seite des Tisches. »Welche Karte denn überhaupt?«, hakt sie nach, und ich erzähle ihr stockend von Alexanders Karte, die in seinem Blumenstrauß steckte und die ich in meine Schreibtischschublade gelegt habe.

»Ja, bist du denn völlig von Wahnsinn und Irrsinn getrieben?«, ruft meine Freundin, sichtlich aufgebracht, und wühlt in meinen Unterlagen. »Du willst mir doch nicht allen Ernstes erzählen, du hast dieses kompromittierende Teil hier aufbewahrt? Hier im Verlag?!«

»Doch, habe ich«, antworte ich kleinlaut. »Ich hab sie da reingestopft und wollte sie später wegschmeißen. Aber dann ... Hey, so was Schmeichelhaftes kriegt man nicht alle Tage. Ich habe sie halt wieder und wieder gelesen, als kleinen Kick für mein Selbstbewusstsein.«

»Aber das hättest du doch auch zu Hause haben können«, schimpft Annalena weiter, während sie immer noch in meiner Schublade herumwühlt, ohne jedoch fündig zu werden. Mir schießen die Tränen in die Augen, so wütend bin ich mit einem Mal wieder auf mich selbst. Gleichzeitig überlege ich fieberhaft, wer die Karte an sich genommen haben könnte, und für wen sie überhaupt irgendeine Bedeutung hat. Eigentlich, so mein Schluss, gibt es nur eine Person, die davon profitieren würde, in Besitz dieses Beweisstücks meiner Liaison mit Alexander Bräuer zu gelangen: Laura von und zu.

Bei dem Gedanken daran, was sie mit dieser Karte alles anrichten könnte, wird mir heiß und kalt. Das ist doch die Chance für sie, insbesondere weil ihr Christoph nach der Sylt-Aktion nicht mehr so positiv gegenübersteht. Er hat mir gegenüber sogar was von »Probezeit verlängern« gemurmelt, eine Idee, der ich nicht widersprochen habe ... Noch lieber hätte ich es allerdings gesehen, wenn er sie gleich gefeuert hätte.

»Okay, okay, bleiben wir mal ganz cool«, sagt nun Annalena, deren Gedanken offensichtlich in dieselbe Richtung gehen. »Die Karte ist weg und die Person, die wir gerade eben noch in unserem Büro gesehen haben, ist Laura. Am besten, wir fragen sie mal, was sie eigentlich hier zu suchen hatte.«

»Kannst du, du dddas nicht mmachen?«, schluchze ich stotternd in mein Taschentuch. »Ich fange sofort an zu heulen, wenn ich sie jetzt sehe«, erkläre ich meinen Zustand, doch Annalena ist schon zur Tür hinaus.

»Und? Was hat sie gesagt?«, frage ich meine Freundin, als sie zurückkommt, in der Hoffnung, es werde sich vielleicht noch eine andere rationale Erklärung für Lauras Anwesenheit in unserem Büro ergeben.

»Sie hat behauptet, nur das ›Börsenblatt‹ in den Eingangskorb gelegt zu haben, und sagte, sie wäre gerade auf dem Weg hinaus gewesen, als wir reinkamen«, antwortet meine Freundin, die immer noch wütend aussieht.

Doch in der Tat. In Annalenas Eingangskorb liegt die neueste Ausgabe unserer Fachzeitschrift. So weit, so gut. Das ist allerdings kein Beweis dafür, dass Laura nicht im Anschluss doch noch ein wenig in meiner Schublade rumgewühlt haben könnte. Aber auch kein Beweis dagegen.

»Ich würde mal vorschlagen, du beruhigst dich jetzt ein wenig, wir machen noch unseren Kram zu Ende, und dann treffen wir uns wie verabredet bei ›Paulino‹. Vielleicht fällt uns ja bei einem Bellini was Schlaues ein. Und wenn nicht, dann sieht die Welt auf alle Fälle ein wenig pfirsichfarbener aus.«

»Es gibt im Dezember aber keinen Bellini«, schluchze ich weiter in mein Taschentuch, denn der Satz erinnert mich an »Es gibt im Dezember aber keine Tulpen«, vermutlich einer der letzten Sätze, die ich je zu Christoph gesagt haben werde, jetzt wo Laura mich verpfeifen und mir damit endgültig meinen Freund ausspannen wird.

Um 20.00 Uhr sitze ich trotz allen Kummers wie verabredet bei »Paulino« und bin froh, einen guten Tisch mit direktem Alsterblick ergattert zu haben. Das letzte Mal war ich hier mit meinem Zahnarzt-Freund und es war der Tag, an dem ich erfahren habe, dass Carlotta und Christoph sich getrennt hatten. Dieser Abend war der Auftakt zu der wunderschönen Zeit und der wundervollen Liebe, die ich gerade gewaltig in den Sand setze.

»Hi, Süße«, begrüßt Annalena mich mit einem Kuss auf die Wange, als hätten wir uns nicht zuletzt vor zwei Stunden im Verlag gesehen. »Na? Wieder mit dem Taxi hier?«, grinst sie, und ich nicke.

Meine Vorsätze, nun doch mal den Führerschein zu machen, erweisen sich anscheinend als ebenso wenig realisierbar wie Besuche in Fitness-Studios und Diäten.

»Na, dann wollen wir mal«, strahlt meine Freundin mit Blick auf die Tageskarte.

»Und, was empfiehlt die Dame, wenn es um diese Jahreszeit schon keinen Bellini gibt?«, fragt Annalena und setzt sich.

»Wie wäre es mit einem schlichten trockenen Martini?«,

schlage ich vor. »Oder einem Prosecco-Kombucha?«, fahre ich fort – ganz die Genuss-Expertin.

»Igitt, das klingt ja widerlich«, antwortet Annalena und zieht ihre Nase kraus.

»Zwei Martini dry«, ordere ich also ganz konservativ bei einem netten Kellner und sehe aus dem Fenster. Draußen ist zwar nicht viel zu erkennen, weil es schon lange dunkel ist, aber die Lichter des Restaurants spiegeln sich im Alsterwasser und tanzen auf den kleinen Wellen wie silberne Sterne. Das Restaurant ist weihnachtlich geschmückt, und zwei größere Gästegruppen wirken, als würden sie hier ihre Firmenweihnachtsfeier abhalten. Ach ja, Weihnachten, denke ich und seufze. Eigentlich neben dem Frühling meine liebste Jahreszeit. Ich liebe den Duft von Orangen, Nelken und Zimt, trinke für mein Leben gern Glühwein und esse Marzipankartoffeln. Mein Blick schweift zu Annalena, und auch die sieht gerade ganz melancholisch aus, wahrscheinlich denkt sie an Günther Maaßen.

Zum Glück kommt in diesem Moment unser Martini.

»Sag mal, hast du eigentlich noch mal was von diesem Heiko gehört?«, frage ich, um nicht gleich wieder mit meinen Problemen anzufangen und nippe an meinem Getränk.

»Ja, du wirst lachen. Der hat letzte Woche angerufen und mich gefragt, ob wir uns nicht mal wieder sehen wollen«, antwortet Annalena und sieht jetzt ebenfalls aus dem Fenster.

»Und? Wollt ihr?«, frage ich und überlege, ob das nicht des Rätsels Lösung sein könnte. Vielleicht diente Günther Maaßen ja karmamäßig doch lediglich dazu, über Heiko hinwegzukommen, und nun, wo Heiko sich darüber klar geworden ist, dass er ohne meine Freundin nicht leben will, kann es richtig losgehen mit den beiden. Pünktlich zu Weihnachten – dem Fest der Liebe.

»Nö, glaube nicht«, antwortet Annalena. »Was soll ich das Ganze noch mal aufwärmen? Nein, der Einzige, der mich momentan wirklich interessiert, ist Günther. Ich steige durch den Mann einfach nicht durch. Er ist superhöflich, sehr charmant, lädt mich immer ein, aber er macht einfach keine Anstalten.«

»Und wenn du mal zur Abwechslung den Anfang machst? Vielleicht ist er ja einfach nur schüchtern?«, frage ich, glaube aber selbst nicht daran, was ich da gerade sage. »Nächsten Samstag ist Nikolaus. Zieh dir doch einfach einen roten Mantel an, kleb dir einen weißen Bart ins Gesicht und trag unter dem Mantel nichts als dein Chanel Nummer 5«, schlage ich vor und muss bei der Vorstellung kichern. »Oder du setzt dir anstelle der roten Mütze ein Geweih auf, vielleicht törnt ihn das ja an«, fahre ich fort, mich in dieses abstruse Bild hineinsteigernd.

»Und, was wünschen die Signorinas zu speisen?«, unterbricht uns plötzlich der Kellner Amando und schon legen wir los. Als Vorspeise Polentaschnittchen auf dem Gemüsebett, als Hauptgang Penette mit Steinpilzen und als Dessert Pannacotta mit Caramel. Dazu köpfen wir eine Flasche Vernaccia, und als Digestif bestellen wir jede noch einen Averna auf Eis.

Bereits nach dem Aperitif haben wir zusehends bessere Laune bekommen und arbeiten während und nach dem Essen an einem Schlachtplan, mit dem wir das personifizierte Böse – Laura – zu Fall bringen können.

Doch vor lauter abstrusen Ideen, meiner mit dem Geweih nicht ganz unähnlich, kugeln wir uns nur noch vor Lachen und kommen zu keinem Ergebnis.

»Vielleicht sollten wir Laura mit Heiko bekannt machen?«, schlägt Annalena vor, doch ich finde, es würde sich in Hamburg viel sicherer leben ohne Laura – Elblette – von der Osten. Da nützt es auch nichts, sie mit einem neuen Lover verbandelt zu wissen. Ich will einfach nur, dass sie verschwindet, und das möglichst schnell!

»Könnten wir denn nicht in ihrem Namen eine Bewerbung schreiben?«, fragt Annalena, und ich verstehe nicht ganz.

»Wie, eine Bewerbung schreiben? Was meinst du damit?«, frage ich und suche in meinem Glas nach ein paar übrig gebliebenen Tropfen Averna.

»Na, wir schreiben eine Bewerbung und hoffen, dass Laura auf diese Weise ein Angebot aus Frankfurt oder Köln bekommt. Oder von mir aus auch aus München, Hauptsache, sie ist weg.«

Ich lasse mir diesen Gedanken durch den Kopf gehen. Sie abwerben zu lassen, das wäre gar nicht schlecht. Und wir würden dem neuen Arbeitgeber sogar einen Gefallen tun, denn wenn man mal von ihrer Zickigkeit und Arroganz absieht, ist sie so weit ja ganz kompetent.

»Sag mal, Annalena, mir kommt da gerade so eine Idee«, sage ich und merke, wie es mir gleich schon viel besser geht, »du hast doch diese PR-Freundin beim Hüthing & Rhein Verlag. Kannst du die nicht bitten, da was einzufädeln?«, frage ich und fühle mich dabei unheimlich ausgebufft und listig.

»Stimmt, Stefanie, die kann ich ja morgen gleich mal anrufen. Vielleicht wird da ja ›rein zufällig‹ eine Stelle in der PR-Abteilung frei. Das würde Laura doch sowieso tausendmal schicker finden, als Assistentin der Geschäftsleitung zu sein. Und in einem PR-Job kommt sie auch viel eher mit Leu-

ten zusammen, bei denen sie mit ihrem ganzen Schickimicki-Gehabe auf den Putz hauen kann.«
Dieser Abend ist nicht nur sehr nett, denke ich beschwingt, er beginnt sogar, sich auch noch äußerst produktiv zu entwickeln. In Bezug auf mein Dilemma mit Alexander Bräuer und Leonie-Emma Körner schlägt Annalena vor, in die Offensive zu gehen und erst einmal zu klären, wer von den beiden denn nun eigentlich den Krimi geschrieben hat, denn dass die beiden da gemeinschaftlich am Werk waren, ist ja nun mehr als offensichtlich.
»Und wenn du das rausbekommen hast, gibst du demjenigen den Vertrag für dieses Buch, und der andere muss sich halt etwas Neues ausdenken. Und wenn Ersterer zufällig Alexander Bräuer heißt, dann musst du ihm ganz deutlich klarmachen, dass euer kleines Intermezzo leider keine Fortsetzung finden wird, da es dir als Verlagsmitarbeiterin strengstens untersagt ist, etwas mit Autoren anzufangen.«
Das alles klingt so einfach, logisch und wunderbar, dass ich beinahe auf Wolken schwebe. Wir beenden unser Festmahl um 1.00 Uhr morgens mit einem weiteren Averna »auf Kosten des Hauses« (wahrscheinlich wollen die uns nur loswerden, um endlich ins Bett zu kommen) und wanken beide angeschickert zu den Taxen, die uns zu unseren Betten befördern sollen.

Am Freitag schaffe ich es endlich, bei Tobias anzurufen und ihn zu fragen, was er von den Rezepten hält, die ich ihm zugefaxt habe.
Zu meinem großen Erstaunen ist er souverän genug, ihnen Professionalität zu attestieren. Meinen Kochversuch verschweige

ich ihm besser, denn Tobi würde vor Entsetzen auf der Stelle tot umfallen.

Als ich später mit der Talkmasterin Sophie Harbach telefoniere, um mit ihr die letzten Korrekturen in ihrem Tierbuch durchzugehen, nimmt Annalena gerade per E-Mail Kontakt mit Stefanie wegen Laura auf. Die Sache kommt also ins Rollen. Ich beende meinen Job an diesem Tag dann schon um 16.00 Uhr, weil ich Christoph vom Flughafen abholen will.

Erst hat er zwar dagegen protestiert, da ich ihn ohne Auto ja schlecht wirklich »abholen« kann, aber ich finde, es geht um die Geste an sich, und so mache ich mich vorfreudig auf den Weg zum Airport-Express, der mich raus nach Fuhlsbüttel bringen soll. Dort angekommen, besorge ich im Flughafen-Shop noch schnell eine rote Rose und bringe mich dann vor dem Ausgang von Christophs Gate in Position. Als die Anzeigetafel für den Londoner Flug eine Verspätung von einer halben Stunde anzeigt, beschließe ich mutig, die Gunst der Stunde zu nutzen, um bei Alexander Bräuer anzurufen. Ich erwische ihn in Berlin und entschuldige mich dafür, dass ich mich noch gar nicht für seine Rosen bedankt habe. Immerhin ist die Lieferung schon fast fünf Tage her.

Doch Alexander trägt meine Entschuldigung mit Fassung – wahrscheinlich hat er mehrere »Blumengrüße« in Reserve laufen (zum Beispiel bei Ina Veltlin). Trotz seiner verständnisvollen Reaktion, traue ich mich einfach nicht, ihn auf das Manuskript anzusprechen. Das Einzige, was ich fertig bringe (das muss einfach sein), ich mache ihm klar, dass unser Date vom vergangenen Wochenende sowohl unser Geheimnis bleiben muss als auch keine Fortsetzung finden darf, weil

angeblich gerade eine Kollegin aus dem Verlag wegen so einer »Sache« gefeuert wurde.
Das versteht Alexander natürlich, fragt mich aber dennoch, ob ich nicht mit ihm zusammen in Paris an seinem Buch arbeiten will. So viel zum Thema Männer und Zuhören. Ich beschließe, dem Gehabe von Alexander keine weitere Bedeutung beizumessen, und lege mit einer hektischen Verabschiedung auf, um mich erneut auf die Anzeigetafel zu konzentrieren.
Ein paar Minuten später wird endlich die Landung der British-Airways-Maschine angezeigt, und kurz darauf kann ich mich schon in Christophs Arme stürzen. Auch er hat eine rote Rose bei sich, als Dank für den persönlichen Abholdienst, und damit mir nicht nur Herr Rademacher Blumen schenkt.
Bevor wir nach Hause fahren, trinken wir noch etwas an der Flughafen-Bar, und Christoph erzählt von seinem London-Aufenthalt.
Mann, wie ich ihn vermisst habe. Die vier Tage ohne ihn waren ganz schön lang, auch wenn sie aufgrund des Trubels relativ schnell vergangen sind. Ich erzähle ihm von unserem Tag mit der Vogel – diesmal lasse ich kein schmutziges Detail aus –, und Christoph lacht sich halb tot ob der Eskapaden der exzentrischen Diva.
»Genauso habe ich sie mir vorgestellt«, grinst er.
Leider kann ich das gar nicht so komisch finden, denn schließlich werde ich sie ja später am Hals haben – nicht er. Dann erkundigt sich Christoph danach, ob ich schon mit meiner Mutter wegen Weihnachten gesprochen habe, und ich kann ihm freudestrahlend berichten, dass einem Liebesurlaub auf Sylt aus meiner Sicht nichts mehr im Wege steht.

»Prima«, freut sich Christoph. »Dann kann ich ja meine Reservierung bestätigen. Wir wohnen im ›Benendiken-Hof‹ in Keitum«, erzählt er, worunter ich mir aber leider nichts vorstellen kann. Ich bin jedoch erleichtert zu hören, dass wir nicht im »Fährhaus« logieren werden, denn irgendwie hätte ich der Rezeptionistin gegenüber nun ein dummes Gefühl, da ich dort nächtens so häufig angerufen habe …

»Und, wie bist du jetzt eigentlich hierher gekommen?«, fragt Christoph interessiert, als wir seinen Wagen vom Parkplatz holen.

»Stell dir vor, es gibt für so etwas spezielle Busse, die minderbemittelte und führerscheinlose Wesen wie mich gegen ein geringes Entgelt befördern. So etwas nennt man in Fachkreisen ›Öffentliche Verkehrsmittel‹«, doziere ich und bin mächtig stolz auf mich, weil ich der Versuchung widerstanden habe, mit dem teuren Taxi zu kommen.

»Ich bin beeindruckt«, antwortet Christoph, der vermutlich bereits mit Führerschein geboren wurde und anstelle von »Mama« als Erstes »Porsche« gesagt hat.

»Aber willst du dir nicht wirklich mal überlegen, fahren zu lernen? So schwierig ist das nämlich gar nicht. Wir können auf Sylt ja mal üben. Am besten auf dem riesigen Parkplatz vor der Buhne sechzehn, da ist es im Winter total leer.«

Und spiegelglatt, füge ich in Gedanken hinzu, versuche aber, ein begeistertes Gesicht zu machen. Autos und ich, wir sind einfach keine Freunde. Mich in dieser Hinsicht zu knacken, ist absolut unmöglich – da haben sich schon ganz andere Männer dran versucht, aber das muss Christoph ja nicht wissen.

»Keine Antwort ist auch ‘ne Antwort, und deinem Schweigen

entnehme ich, dass du keine Lust hast, mit mir Autofahren zu üben?«, bleibt Christoph, beharrlich wie ein Terrier, am Ball.
»Man kann nur etwas üben, was man schon kann, aber ich kann nicht Auto fahren, also kann ich es auch nicht üben. Und außerdem dürfte es dir doch völlig egal sein, ob ich einen Führerschein habe oder nicht«, antworte ich leicht bissig, denn das Gespräch nimmt eine Wendung in eine Richtung, die mir gar nicht behagt. Als hätte ich momentan nicht sowieso schon genug am Hals, auch ohne Autofahren.
»Okay, okay, ich lass dich ja schon in Ruhe. Wenn du nicht willst, dann willst du eben nicht. Lass uns lieber überlegen, wo wir heute Abend essen gehen können. In London lief es so gut, dass ich mit dir feiern möchte.«
Prima, das klingt schon viel besser, auch wenn ich von der gestrigen Orgie noch immer pappsatt, kugelrund und auch ein bisschen schläfrig bin.
»Bist du müde?«, fragt Christoph, als ich mir vor lauter Gähnen beinahe den Kiefer ausrenke.
Ich erzähle ihm von meinem Abend bei »Paulino«, und das Ganze endet damit, dass ich meinen Spätnachmittagsschlaf mit und bei Christoph abhalte, und wir es danach nicht mehr in ein Restaurant schaffen. Stattdessen schmeißt mein Freund zu nachtschlafender Stunde ein paar Nudeln ins Wasser, die ich mir eine Stunde später sogleich wieder abtrainiere … Vergessen Laura von der Osten, Alexander Bräuer, die olle Vogel und der ganze böse Rest der Welt.

Am Samstag gehe ich einer meiner Lieblingsbeschäftigungen neben essen gehen, schlafen und baden nach: weihnachtlich dekorieren. Der morgige Sonntag ist der erste Advent, und da

Christoph noch in den Verlag muss, mache ich mich nach einem ausgiebigen gemeinsamen Frühstück auf den Weg durch die Geschäfte. Ich erstehe Dutzende von Tannenzweigen, kaufe Duftkerzen und Aromaöle, gönne mir im Supermarkt eine kleine Auswahl weihnachtlicher Leckereien und breche schließlich fast unter der Last meiner Beute zusammen. Irgendwie habe ich gar nicht daran gedacht, dass ich den ganzen Kram ja auch noch nach Hause transportieren muss. Doch, o Wunder und Zufall, treffe ich meinen Nachbarn Jens bei SPAR, der, gut gelaunt aus dem Skiurlaub zurück, sich netterweise bereit erklärt, mich und meine Einkäufe heimwärts zu transportieren. Ob dieser wunderbaren Aussicht türme ich noch ein paar andere Lebensmittel, wie Orangen und Mandarinen, in meinen Einkaufswagen und fahnde nach einem »weihnachtlichen« Sheba für Sissi. Wie ich die Katzenfutterindustrie kenne, gibt es da sicher etwas in der Geschmacksrichtung »Gänseleberpastete« oder »Ente mit Rotkohl«.
Während wir unsere Einkäufe in sein Auto wuchten, sagt Jens: »Marie, findest du nicht auch, es wäre viel praktischer, wenn du einen eigenen Wagen hättest?«, und mit dieser Frage ist der Tag dann wieder so gut wie gelaufen.
»Jetzt fang du nicht auch noch damit an«, knurre ich und setze mich auf den Beifahrersitz.
»'tschuldigung, ich dachte ja nur«, entgegnet Jens und muss aufpassen, dass er die schmale Straße vom SPAR-Parkplatz wieder heil herunterkommt, ein Manöver, an dem ich schon mal komplett scheitern würde.
Nachdem ich zu Hause bin und Jens zum Dank auf einen Weihnachtstee mit Lebkuchenpralinés (lecker!) eingeladen habe, beginne ich mit meiner Deko-Aktion.

Nach getaner Arbeit bin ich so in Fahrt und habe noch so viel Material übrig (ja, ich habe sogar schon ein paar Kugeln und anderen Schnickschnack aus dem Keller geholt), dass ich beschließe, nicht nur Sissi mit leckerem Sheba eine Freude zu bereiten, sondern auch Christoph einen Adventsteller zu schenken. Hingebungsvoll zaubere ich ein schickes Weihnachtsgesteck und überlege, ob ich dieses Talent nicht nutzen könnte, falls es mit meiner Verlagskarriere mal zu Ende gehen sollte. Am Ende betrachte ich stolz wie Oskar mein Werk. Und weil ich immer noch so in Fahrt bin (das ist fast so toll wie Teesträuße binden), beschließe ich, mein Geschenk auch gleich zu meinem Liebsten zu transportieren. Vielleicht habe ich ja Glück, und jemand öffnet mir die Eingangstür, dann kann ich ihm den Teller direkt vor seine Haustür stellen. Beseelt von dieser Vorstellung verstaue ich mein Geschenk in einen Korb und mache mich auf den Weg.
Als ich jedoch in Christophs Straße einbiege, sehe ich auf einmal eine bekannte Gestalt an Christophs Briefkasten rumhantieren. Es ist Laura, die gerade einen Brief durch den Schlitz befördert hat.
Vor Schreck lasse ich beinahe den Korb fallen: Was um Himmels willen hat diese Frau hier zu suchen? Und was hat sie in den Briefkasten gesteckt? Was gibt es so Dringendes, das nicht noch Zeit bis Montag hätte?
Die Erklärung dafür ist meiner Meinung nach eindeutig. Es muss die Karte von Alexander sein, die Laura bis zu Christophs Rückkehr aus London aufgespart hat. Und weil sie zu feige ist, ihm dieses Hauptbeweisstück ihrer Anklage selbst zu geben, wirft sie es einfach in den Briefkasten. Einen Moment lang überlege ich, ob ich sie zur Rede stellen soll,

entscheide mich dann aber dagegen, weil ich erstens nicht weiß, was ich sagen soll (sag mal, habe ich gerade gesehen, wie du den Beweis für meine Untreue in Christophs Briefkasten gesteckt hast?), und zweitens, weil Laura sich auch schon wieder von dannen macht. Mit letzter Energie schaffe ich es gerade noch, meinen Adventskorb vor die Tür meines Freundes zu stellen und begebe mich dann mit schlotternden Knien auf den Heimweg.

Nein, so geht das nicht. Im Grunde meines Herzens bin ich eine ehrliche Haut – ich hätte Christoph meinen absurden Fehler gleich gestehen und nicht erst warten sollen, bis Laura die Dinge in die Hand nimmt. Überhaupt geht es mir unglaublich auf die Nerven, wie konfliktscheu und leicht zu verunsichern ich bin. Vorbei mein Optimismus und meine gute Laune vom Donnerstagabend bei »Paulino«, wo alles so klar und einfach aussah. Die Idee, Laura mit einem Trick aus meinem Leben zu befördern, ist ja auch nicht unbedingt das, was man als »erwachsene Konfliktbewältigung« bezeichnen würde. Überhaupt kann man mein Verhalten in den letzten Tagen nicht als erwachsen bezeichnen. Toll! Mein Körper trägt schon sichtliche Spuren des Alterungsprozesses, und ich selbst benehme mich immer kindischer …

Wütend und traurig schließe ich zu Hause meine Tür auf und sehe eine Nachricht auf meinem Anrufbeantworter blinken. Vielleicht ist die ja von Annalena?

Aber es ist Martina, die mir von ihrem neuen Liebesglück erzählen will, ein Themenbereich, auf den ich momentan gar nicht gut zu sprechen bin. Dennoch rufe ich sie zurück, denn ich muss doch erfahren, wie es nun mit Rolf und ihr weitergeht, und ob Sarah ihn schon kennen gelernt hat.

»Nein, das habe ich mich, ehrlich gesagt, noch nicht getraut. Sie kennt mich ja praktisch nur unbemannt – das muss ich ihr wirklich schonend beibringen« antwortet Martina auf meine Frage.
»Und seine Frau?«, erkundige ich mich interessiert. »Wie hat die reagiert?«
»Ach, eigentlich ganz okay, zumindest wenn ich Rolf glauben kann. Sie ist ja ebenfalls stark im Job engagiert, und die beiden hatten sich schon eine ganze Weile nichts mehr zu sagen. Und da sie keine Kinder haben, ist das ja auch nicht ganz so schlimm mit der Trennung. Sie wird jetzt vermutlich nach München ziehen und dort in einer Kanzlei anfangen, die auf Medienrecht spezialisiert ist, das hatte sie wohl sowieso schon länger vor.«
»Na, das klingt ja alles, als sollte es so sein, wie schön«, antworte ich und seufze innerlich. So eine Sache wie die mit Alexander würde einer wie Martina natürlich nie passieren. Ihr Leben ist irgendwie strukturierter als meins, und wenn sie mal ein Wagnis eingeht, dann selbst das mit Bedacht, was anscheinend auch besser funktioniert. Vielleicht wird man so, wenn man Kinder hat. Vielleicht sollte ich mal über diese Option nachdenken?
»Und wann kommt Rolf nun endgültig nach Hamburg?«, frage ich, denn schließlich will ich den Mann kennen lernen, der es geschafft hat, nach so vielen Jahren der Männerabstinenz Martinas Herz im Sturm zu erobern.
»Zum ersten Januar. In seiner Bank wird zum Jahreswechsel umstrukturiert, was eine seiner Hauptaufgaben sein wird. Und das ist von Hamburg aus sowieso einfacher als von Frankfurt. Er hat ja hier auch sein Firmenapartment, das

klappt also alles. Und wenn er und Sarah gut miteinander klarkommen, und es auch mit uns beiden so läuft, wie wir uns das vorgestellt haben, dann suchen wir uns Mitte des Jahres eine neue, gemeinsame Wohnung.«

Wow, das geht ja jetzt in Riesenschritten, denke ich und höre im Geiste schon die Kirchenglocken läuten.

»Darf ich Brautjungfer sein?«, frage ich prompt und Martina muss lachen.

»Na, ob du noch als Jungfer durchgehst, weiß ich ja nicht, aber ich würde mich freuen, wenn du meine Trauzeugin werden würdest, wenn es dann mal so weit ist. Aber bis dahin ist es noch ein weiter Weg, von daher hast du alle Zeit der Welt, dir zu überlegen, was du anziehen sollst.«

Ertappt! Schon muss ich grinsen, denn Martina kennt mich einfach zu gut. Wir verabreden uns für die kommende Woche, um mit Sarah ins Weihnachtsmärchen zu gehen, und dann bleibe ich allein mit meinen Gedanken an Christoph, Laura, Alexander und mich zurück ...

Der Zeiger rückt allmählich auf 19.00 Uhr vor, um 19.30 Uhr kommt Christoph mich abholen, weil wir ins Kino gehen wollen. Bleibt also nicht mehr viel Zeit, die letzten Tannennadeln aus meinem Haar zu friemeln und mich in Schale zu werfen.

Hand in Hand sitzen wir eine Stunde später, bewaffnet mit einer überquellenden Tüte Popcorn, vor der riesigen Leinwand des Cinemaxx und verfolgen gebannt den letzten Teil der »Herr der Ringe«-Trilogie. Peinlicherweise muss ich ja zugeben, dass ich zu den Banausen gehöre, die zwar die Filme gesehen, aber nicht die Bücher gelesen haben. Was daran liegen mag, dass ich mit Fantasy eigentlich nichts anfangen kann. Kleine Hobbits mit haarigen Füßen interessieren mich genauso wenig wie die Fußballergebnisse der Wochenendspiele. Und nachdem ich außer Italien und Frankreich nix auf der Landkarte finde, ist es mir auch völlig schleierhaft, wie man sich für Orte wie Mittelerde, Isengard und Trallala begeistern kann. Wären da nicht sexy Viggo Mortensen, alias Aragorn, und Orlando Bloom als Elbenschnuckel Legolas mit spitzen Ohren, würde mich dieser Film kein Stück interessieren. Aber was soll's, irgendwann sind die vier Stunden um, und ich muss zugeben, dass ich darüber tatsächlich mein Dilemma vergessen habe.

Das kommt mir erst wieder in den Sinn, als Christoph und ich vor seinem Briefkasten stehen, und er unter anderem den Brief herausnimmt, den Laura bei ihm eingesteckt hat. Noch ganz gefangen von dem Kinoerlebnis, achtet Christoph jedoch gar nicht auf den Inhalt seiner Post, die er zusammen mit einigen Werbeflyern achtlos auf den Küchentisch wirft.

Wenn ich das »Corpus Delicti« in die Finger bekommen kann, ohne dass er es bemerkt, fährt es mir durch den Kopf, als ich ihn dabei beobachte, dann könnte ich meinen Hals vielleicht noch einmal aus der Schlinge ziehen.

Was Christoph jedoch bemerkt, und was ihn sehr freut, ist mein Adventskorb, den er auch gleich gierig zu leeren beginnt. Es ist mir zwar schleierhaft, wie nach einer derartigen Portion klebrigsüßen Popcorns noch Nougatschnitten und Dominosteine in seinen Magen passen, aber er scheint damit keinerlei Probleme zu haben.

»Ich liebe Weihnachtsleckereien! Vielen, vielen Dank, das war eine sehr süße Idee von dir«, sagt Christoph im Brustton

der Überzeugung und leckt sich genüsslich seine Finger, während ich krampfhaft auf den Küchentisch schiele.
»Willst du dir nicht lieber die Hände waschen nach all dem klebrigen Zeug?«, frage ich, höre mich dabei an wie eine Mutter und lasse den Posthaufen auf dem Küchentisch keine Minute aus den Augen.
»Eigentlich würde ich dich jetzt viel lieber küssen, aber vermutlich verschmiere ich dann deine weiße Bluse (bloß nicht, die ist schließlich von Marco Polo), von daher bin ich also artig und tue, was du sagst.«
Mit diesen Worten tänzelt Christoph, »O du fröhliche« summend, ins Bad, und ich stürze an den Tisch. Hektisch wühle ich in dem Postwust, bis ich den Umschlag unter einem Flyer von »Joeys Pizza-Service« hervorziehe. Misstrauisch betrachte ich zunächst einmal das Format; nicht, dass es sich dabei doch um etwas anderes handelt, und ich einen weiteren Fehler begehe. Mist, der Umschlag ist eigentlich zu klein für die Karte. Vielleicht hat Laura sie zerschnitten? Ich halte das Kuvert gegen das Licht, in der Hoffnung, auf diese Weise etwas über dessen Inhalt zu erfahren. Aber auch auf diesem Wege ist weiter nichts zu erkennen. Wie war das noch mal mit heißem Wasserdampf? Kann man damit nicht unbemerkt Briefe öffnen? Aber zu so einer Aktion habe ich jetzt natürlich keine Zeit, weshalb ich beschließe, den Brief vorerst in meine Tasche zu stecken, um dann in aller Ruhe zu Hause nachzusehen, ob es sich hierbei um das gefürchtete »Corpus Delicti« handelt …
Immer noch gut gelaunt biegt Christoph wieder um die Ecke, und wir taumeln todmüde ins Bett. Der Film war sehr spät zu Ende, und Christoph hat ebenfalls eine ereignisreiche Woche mit Schlafmangel hinter sich, sodass wir zum ersten Mal ein-

fach so nebeneinander einschlafen. Meine Träume sind mal wieder sehr wirr und ranken sich allesamt um das Thema »Briefgeheimnis«.

Den Sonntag verbringen wir sehr kuschelig, gehen an der Alster spazieren und füttern mit den Resten unserer Frühstücksbrötchen Enten. Am späten Nachmittag verabschiede ich mich dann unter einem Vorwand, um mich in Ruhe dem Brief widmen zu können. Ich erhitze einen Topf Wasser, um Dampf zu erzeugen, und überlege schon, ob ich nicht gleich das Nützliche mit dem Angenehmen verbinden und im Anschluss an meine Aktion ein Kamillendampfbad zur Reinigung der Poren nehmen sollte. Aber natürlich hat der Brief Vorrang, und so öffne ich Millimeter für Millimeter (bin ich froh, dass es im heutigen Zeitalter keine Siegel mehr gibt!) den Umschlag. Doch heraus fällt nicht, wie erwartet, die Karte von Alexander, sondern ein handgeschriebener Brief von Laura. Ein paar Sekunden ringe ich mit mir, ob ich ihn wirklich lesen und nicht einfach wieder zurückbefördern soll, doch zu guter Letzt siegt meine Neugier. Denn was zum Teufel hat die blöde Laura Christoph privat zu schreiben? Mit zitternden Händen beginne ich zu lesen, soweit dies bei ihrer krakeligen Handschrift überhaupt möglich ist:

Sehr geehrter Herr Köllisch,
ich habe lange überlegt, wie ich am besten anfangen soll, um Ihnen mitzuteilen, was ich Ihnen gerne sagen möchte. Wie Sie wissen, fühle ich mich bei Bader & Köllisch sehr wohl, habe mich – wie Sie selbst sagten – in kürzester Zeit eingearbeitet und bin nun davon überzeugt, in diesem

Unternehmen noch weit mehr bewegen zu können, als es derzeit der Fall ist. Wie Sie sich bestimmt erinnern, haben wir auf Sylt Tom Sander, den Darsteller der momentan so beliebten Daily Soap »Vernarrt in München« getroffen, von dem derzeit alle so schwärmen. Und wie Sie sicher ebenfalls wissen, arbeitet Frau Teufel derzeit an einem Kochbuch mit Tobias Langer, das allerdings noch weit davon entfernt ist, zum geplanten Erscheinungstermin fertig zu werden, soweit ich es sehe. Ich bin der Meinung, dass ein Tobias Langer als Homosexueller lange keine so große Fangemeinde hat, wie sie nötig wäre, um ein solches Kochbuch zu einem Bestseller zu machen. Meines Erachtens müsste man eher auf die aktuellere Schiene der »Jungen Wilden« aufspringen und einen Jungstar zum Kochbuchautoren machen. Ich habe ein wenig recherchiert und dabei festgestellt, dass Tom Sander passionierter Hobbykoch ist. Was also halten Sie davon, wenn ich den auf Sylt geknüpften Kontakt dazu nutze, einen jungen, motivierten Schauspieler als Autor für unseren Verlag zu gewinnen?
Diese und weitere Ideen, die ich im Laufe der letzten Wochen entwickelt habe, würde ich Ihnen gerne näher unterbreiten. Gerne auch in einem ruhigen, privaten Rahmen. Es wäre schön, wenn wir noch einmal die Zeit für ein so intensives Gespräch hätten, wie wir es in der »Sansibar« geführt haben, wo ich den Eindruck hatte, dass es Ihnen durchaus wichtig ist, was ich zu sagen habe. Und das nicht nur in beruflicher Hinsicht.
Mit herzlichen Grüßen,
Laura von der Osten

Wie versteinert starre ich auf den Brief und weiß gar nicht, was ich zuerst denken soll. Hat die Frau sie noch alle, Christoph so einen Brief zu schreiben? Wie kommt sie eigentlich dazu, ohne mein Wissen Kontakt zu einem Promi zu knüpfen, mein Kochbuchprojekt anzugreifen und auch noch damit zu prahlen, sie hätte weitere tolle Ideen? Und diese dann auch noch im »privaten Rahmen« MEINEM Freund unterbreiten zu wollen! Das klingt doch ganz so, als wolle sie nicht nur meinen Freund, sondern auch noch meinen Job! Und sie hat als letzten Trumpf meine Karte von Alexander.

Ich bin zwar meinerseits auch im Besitz brisanter Informationen – kann diese aber keinesfalls verwenden, weil ich sie ja eigentlich gar nicht haben dürfte. Sofort beginne ich zu überlegen, was ich mit Lauras Brief machen soll. Wegwerfen und sie damit im Glauben lassen, Christoph sei so wenig an dem interessiert, was sie ihm mitzuteilen hat, dass er es noch nicht einmal für nötig hält, auf ihren Brief zu reagieren? Ihn wieder verschließen und zurück in den Kasten stecken? Dann ist er halt zwischen der ganzen Werbung nach hinten gerutscht und wird erst am Montag von Christoph entdeckt.

Fragen über Fragen ... Unruhig wandere ich in meinem Zimmer auf und ab, begleitet von Sissi, die mir ihre Stoffmaus vor die Füße wirft, damit ich mit ihr spiele. Gedankenverloren kicke ich das Teil durch meine Wohnung, und Sissi jagt begeistert hinterher.

Was soll ich denn jetzt tun? Annalena um Rat fragen? Martina? Meine Mutter auf ihrer Nilkreuzfahrt anrufen? Zu einer Astrologin gehen und die Sterne entscheiden lassen? Selbst eine Entscheidung treffen? Hmm.

Ich entschließe mich für Letzteres und überwinde mich, in die

Offensive zu gehen. So kann es schließlich nicht weitergehen, mit all der Geheimniskrämerei. Ich werde jetzt diesen Brief verschließen und ihn Christoph in den Briefkasten werfen, und dann werde ich die beiden in den kommenden Tagen sehr genau im Auge behalten. Schließlich muss ich wissen, ob Laura gerade dabei ist, an meiner Position als Promijägerin zu sägen. Oder noch schlimmer: an meiner Position als Christophs Freundin. Allerdings muss ich da eigentlich gar nichts weiter im Auge behalten, denn gerade die letzten beiden Sätze des Briefes sprechen doch Bände. Ich sehe im Geiste vor mir, wie Christoph gebannt an Lauras Lippen hängt, während sie ihm wer-weiß-was erzählt. Und vielleicht war diese ganze Handy-vergessen-Geschichte auch erstunken und erlogen.

Gedacht, getan, ziehe ich meinen Mantel wieder über, verklebe den Brief mit etwas Prittstift, weil die Gummierung nun endgültig im Eimer ist und mache mich auf den Weg zu Christoph. Positiver Nebeneffekt: Ich muss bald gar nicht mehr über Sport nachdenken, da ich sowieso ständig wie ein Hüpfball zwischen den beiden Wohnungen hin- und herpendle. Mit dem Gesichtsausdruck einer Geheimagentin will ich gerade den Brief in den Kasten stecken, als mich plötzlich eine Erkenntnis durchfährt: Ich gewinne gar nichts, wenn ich wieder den Weg des geringsten Widerstandes wähle und hoffe, alle Dinge würden sich ohne mein Dazutun von selbst lösen. Auf diese Art und Weise verschiebe ich das Problem doch nur noch weiter und übernehme für mein Schicksal keine Verantwortung. Und ehe ich mich versehe, klingle ich bei Christoph – Lauras Brief in meiner Hand.

Christoph ist zunächst etwas verwundert, mich zwei Stunden, nachdem ich »so dringend« nach Hause musste, wieder zu sehen, freut sich aber, wenn auch sicher nicht mehr lange.

Ich setze mich auf seine Couch und eröffne das Feuer: Ohne Punkt und Komma prasselt nun schonungslos auf ihn ein, was in den letzten beiden Wochen passiert ist. Mit Laura, mit ihm, mit Alexander und mir. Ich erzähle ALLES – von meinem Verdacht gegenüber Laura und ihm auf Sylt, meinem heimlichen Date mit Alexander und seinen Folgen, meiner Vermutung hinsichtlich Laura und der Karte, und, last but not least, überreiche ich ihm den Brief und gebe zu, ihn gelesen zu haben.

Während ich mich um Kopf und Kragen rede, tigert Christoph im Wohnzimmer auf und ab, was mich zwar anfangs aus dem Konzept bringt, mir dann aber lieber ist, weil ich ihm auf diese Weise nicht in die Augen sehen muss, während ich meine Geschichte beichte. Doch eigentlich ist es mehr als eine Beichte, denn ich bringe sehr wohl deutlich zum Ausdruck, dass ich auch ihm misstraue, nicht zuletzt wegen des Briefes von Laura.

»Fertig?«, fragt Christoph, als ich einmal Luft hole und meine Rede nicht weiter fortsetze.

»Ähem, im Prinzip ja«, stottere ich, »mehr gibt es, Gott sei Dank, wirklich nicht zu erzählen.«

Ich lege mir Christophs Couchdecke um die Schultern, weil mir plötzlich sehr kalt ist. Noch kälter wird mir allerdings, als Christoph sich zu mir umdreht und mich ansieht. Sein Gesicht ist kalkweiß, und jeder Hauch von Zuneigung oder Humor ist aus seiner Miene verschwunden.

»Na, das ist ja eine ganze Menge, was du mir da auftischt, liebe Marie Teufel. Momentan weiß ich nicht so recht, was ich dazu sagen soll.«

»Ich auch nicht«, erwidere ich trotzig, denn meiner Meinung

nach bin ich nicht allein diejenige, die Schuld an dieser Situation hat. Ich hoffe nur, dass Christoph das auch so sieht.
»Ich weiß ja auch nicht, was ich davon halten soll, dass da anscheinend was zwischen Laura und dir läuft. Oder von ihrem Angriff auf meinen Job«, schmolle ich weiter und ziehe die Decke noch enger um mich.
»Zwischen Laura und mir läuft gar nichts, und das mit dem Job bildest du dir nur ein. Nur weil sie einen Möchtegern-Promi angesprochen hat, den ich, nebenbei bemerkt, für völlig ungeeignet für unseren Verlag halte«, bellt Christoph auf einmal in einem Ton, den ich noch nie zuvor bei ihm gehört habe. »Und überhaupt verbitte ich mir solche blödsinnigen Unterstellungen. Wofür hältst du mich eigentlich? Unterhalten wir uns doch lieber mal über deinen neuen Freund Alexander Bräuer. Carlotta hatte mir schon von eurem Rendezvous erzählt, aber ich habe dich nicht darauf angesprochen, weil ich es lieber von dir selbst hören wollte. Aber das habe ich ja jetzt. Nur gut, dass Carlotta nichts von der Fortsetzung des Abends mitbekommen hat, auch wenn ihr nicht entgangen ist, wie eilig ihr es plötzlich hattet zu verschwinden.«
Nun bin ich einen Augenblick sprachlos. Carlotta hat also geplaudert, was ich ihr an sich noch nicht einmal übel nehmen kann, und Christoph hat die ganze Zeit Katz und Maus mit mir gespielt. O mein Gott, wie komme ich denn jetzt wieder aus diesem Schlamassel heraus? Christoph sieht derart wütend aus, dass eine Erklärung meinerseits momentan keinen Sinn zu machen scheint. Und was sollte ich auch sagen? Ich habe doch eigentlich nur aus Rache gehandelt? Es war Alkohol im Spiel? Und jede Menge verletzte Eitelkeit? Da schweige ich besser.

»Mir wäre es lieber, wenn du jetzt gehst«, höre ich auf einmal Christophs Stimme, die meine Gedanken unterbricht. »Ich muss erst einmal eine Weile für mich sein und darüber nachdenken, was passiert ist. Ich möchte dich außerhalb des Büros eine Zeit lang nicht mehr sehen. Und ich muss dich dringend bitten, Alexander Bräuer klarzumachen, dass Bader & Köllisch mit Sicherheit nicht der richtige Verlag für ihn ist. Wenn Herr Bader das herausfindet, bist du deinen Job los, das ist dir doch hoffentlich klar, oder?«

Wortlos wickle ich mich aus Christophs Decke, ziehe meinen Mantel an und greife mir meine Tasche. Ich gehe mit langsamen Schritten zur Tür und hoffe wie ein kleines Kind, dass Christoph es sich doch noch anders überlegt, mich an sich zieht und sagt, alles wäre nur ein Scherz gewesen oder ein böser Traum, und jetzt sei alles wieder gut. Doch mein Freund vermeidet jeden Blickkontakt mit mir und begibt sich grußlos in sein Schlafzimmer. Es bleibt mir nichts anderes übrig als zu gehen.

Draußen ist es dunkel, und es weht ein scharfer Wind, wie es ihn nur in Hamburg um diese Jahreszeit gibt. Er treibt mir Tränen der Kälte in die Augen, zumindest glaube ich, dass sie daher rühren. Ich gehe die Straße entlang und sehe in die hell erleuchteten Fenster. Sonntagabend, alle sind zu Hause. Der erste Advent lässt Familien enger zusammenrücken, mit Glühwein und Keksen vor ihrem Kaminfeuer, oder an der Heizung sitzen, sich unterhalten, was sie in den letzten Tagen erlebt haben. Oder sie spielen eine Partie Scrabble mit Freunden. Vielleicht liegt ein Hund auf ihren Füßen, um sie zu wärmen, oder ein kleines Kind macht gerade die ersten Schritte seines Lebens auf dem Parkettfußboden einer gemütlichen Altbauwohnung.

Mit einem Mal fühle ich mich so allein, wie noch nie in meinem Leben.
Ich war so nah dran am perfekten Glück, und ich habe es selbst kaputtgemacht. Ich kann niemandem die Schuld geben. Ich, Marie Teufel, hab's versaut, und zwar richtig.
Zu Hause angekommen habe ich noch nicht einmal Lust, den Pilcher-Film zu sehen, so elend fühle ich mich. Sissi spürt, dass etwas mit mir nicht stimmt und verfolgt mich auf Schritt und Tritt, während sie mit meinen Knöcheln schmust.
»Christoph wird ab sofort nicht mehr kommen«, flüstere ich ihr zu, und in dem Moment beginnen meine Tränen zu fließen. Hemmungslos und scheinbar ohne je wieder enden zu wollen.
Mein letzter Rest Vernunft rät mir, einen Baldriantee zur Beruhigung zu kochen – von Alkohol werde ich eine Weile die Finger lassen. Während ich versuche, in den Pausen zwischen den Schluchzern meinen Tee zu trinken, frage ich mich, wie ich morgen in den Verlag gehen soll. Wie kann ich in diesem Zustand Laura und Christoph unter die Augen treten? Vielleicht sollte ich mich krankmelden?
Die Heulerei hat mich so erschöpft, dass ich über diesen Gedanken einschlafe, und das um 20.30 Uhr. Bis zum nächsten Morgen schlafe ich tief und fest wie ein Baby – etwas, das ich seit Wochen nicht mehr getan habe.

Als ich aufwache stehen mir die Ereignisse des gestrigen Abends deutlich ins Gesicht geschrieben, es ist völlig verquollen, und ich sehe aus, als hätte ich mehrere Nächte durchgemacht. Doch es nützt alles nichts, ich muss jetzt mit den Konsequenzen leben, und das bedeutet auch, heute arbeiten zu gehen, möglichst ohne mir etwas anmerken zu lassen. Ich schütte mir literweise eiskaltes Wasser ins Gesicht, was die Schwellung etwas zurückgehen lässt, und schminke mich diesmal besonders sorgfältig. Mein knallroter Givenchy-Lippenstift zaubert zumindest etwas Farbe in mein Gesicht, und so mache ich mich auf den Weg in den Verlag. Als ich an der Bushaltestelle stehe, beginnt es zu schneien. Ein paar vereinzelte Flocken lassen sich auf meiner Nasenspitze nieder – die ersten Boten des Winters.

Als ich im Verlag ankomme, ist Annalena auch schon da und hat mir bereits einen dampfenden Becher auf meinen Platz gestellt.

»Soja-Latte, ist jetzt der neueste Schrei nach Latte Macchiato, probier mal«, grinst sie, bis sie meinen Gesichtsausdruck sieht. »Okay, okay, wenn du es nicht magst, kannst du ja immer noch Milchkaffee trinken«, sagt sie entschuldigend. »Oder ist etwas anderes los? Du siehst so traurig aus.«

In wenigen Worten versuche ich meiner Freundin zu schildern, wie mein Wochenende verlaufen ist und vor allem mit welchem Ergebnis. Vor Schreck nimmt Annalena einen tiefen Schluck von dem für mich gedachten Soja-Latte und sieht mich einen Augenblick lang sprachlos an, was für ihre Verhältnisse sehr, sehr ungewöhnlich ist.

»Diese Kuh«, ruft sie schließlich empört, als sie ihre Marie-Teufel-Gedenkminute beendet hat. »Die muss jetzt endgültig weg. Ich ruf sofort Stefanie an und frage sie, wann Laura dort anfangen kann.«

»Nein, lass mal. Ist lieb, aber es ist schon okay. Übermorgen ist Vertretertagung, und wir sollten uns lieber darauf konzentrieren. Hast du schon deine Präsentationsunterlagen fertig?«, erkundige ich mich in einem professionellen Tonfall, der klarmachen soll, dass ich hier bin, um zu arbeiten und

nicht, um mich selbst zu bemitleiden oder bei meiner Freundin auszuheulen. Annalena akzeptiert meine Reaktion, und so verbringen wir den Vormittag mit konzentrierter Arbeit. Ich schicke eine E-Mail an Leonie-Emma Körner, um sie zu dem Mysterium der identischen Texte zu befragen und bin sehr gespannt auf ihre Antwort, die aber wohl auf sich warten lassen wird, weil sie gerade bei Dreharbeiten ist.
Von der Produktionsabteilung lasse ich mir die ersten Korrekturfahnen für das Tierbuch von Sophie Harbach kommen und frage auch wegen des Kochbuchs der beiden Jungs bei diesen nach. Gott sei Dank hat Tobias sich offensichtlich wieder gefangen und beschlossen, den »Jungen Wilden« den Kampf anzusagen. Brauchen wir also nur noch ein schickes Layout und ein paar gute Fotos – und fertig ist das Buch.
Auch Christoph hat sich ganz offensichtlich in seinem Büro verschanzt, ich höre ihn nur ein paarmal auf dem Gang, ansonsten bekomme ich ihn aber nicht zu Gesicht. Laura ist ebenfalls beschäftigt, schließlich muss sie zusammen mit Frauke die Power-Point-Präsentation für die Tagung vorbereiten. Zu blöd, dass ich ihr noch meine Daten geben muss, denn eigentlich könnte ich momentan ganz gut darauf verzichten, sie zu sehen.

Am Mittwoch ist es dann so weit: Pünktlich um 9.00 Uhr morgens beginnt unsere Vertreterkonferenz. So eine Konferenz ist immer eine aufregende Sache, denn an diesem Tag kommen alle unsere Außendienstmitarbeiter zusammen, um sich von den Lektoren das kommende Programm präsentieren zu lassen. Zweimal jährlich findet so ein Ereignis statt – fast die wichtigsten Termine im Leben einer Lektorin! Vor lauter Aufregung und Weinen habe ich die letzten beiden Nächte

kaum geschlafen, und am vergangenen Abend musste ich noch bis 22.00 Uhr an meiner Präsentation feilen. Leider habe ich schreckliche Hemmungen, vor einer Gruppe von mehr als drei Leuten zu sprechen, und der bloße Anblick einer Bühne und eines Mikrofons lösen bei mir heftige Panikattacken aus. Ich erinnere mich immer wieder mit Schaudern an peinliche Versprecher oder an Mikros, die beim Versuch, sie auf meine Mini-Höhe einzustellen, herunterkrachen. Außerdem habe ich panische Angst davor, meine lieben Kollegen aus der Herstellungsabteilung könnten versuchen, kleine lustige Spielchen mit mir zu spielen, so wie neulich auf der Konferenz mit einer Lektoratskollegin. Diese präsentierte mit Inbrunst ihren Lieblingstitel – während im Hintergrund auf der Leinwand zu lesen war: Miriam ist doof. In Kinderschrift. Alles lachte sich halb tot, während besagte Miriam gerade mit todernster Miene über die Biografie eines berühmten Architekten referierte.
Bestimmt wird mir heute auch so etwas passieren, denke ich und bin schon mal präventiv schlecht gelaunt.
Und neben der Nervosität habe ich da ja auch noch dieses andere Problem: Ich kann heute Christoph und Laura keinesfalls aus dem Weg gehen, und mir graut schon davor, Christoph das erste Mal seit Sonntag wieder zu begegnen. Nach einer kurzen Kaffeepause, im Rahmen derer die Außendienstmannschaft begrüßt wird, geht es auch schon los: Christoph und Herr Bader halten ihre Eröffnungsrede und lassen das vergangene Buchjahr Revue passieren. Danach beginnen die einzelnen Lektoren mit der Präsentation ihrer Projekte, gefolgt von Annalena, die über ihre PR-Erfolge berichtet und Videos von Talkshow-Auftritten unserer Autoren zeigt.
Nach dem Mittagessen bin ich an der Reihe, flankiert von

Dirk Baumann und Sophie Harbach, die beide ihre neuen Bücher selbst vorstellen werden. Ich freue mich wirklich, Sophie wieder zu sehen. Wir tauschen ein paar kurze Erinnerungen an Mallorca aus (auf der Finca von Miguel Vargas sind wir uns seinerzeit zum ersten Mal begegnet und haben die Idee zu ihrem Tierbuch ausgeheckt), und dann geht es auch schon los: Wie in Trance präsentiere ich meinen Part und bin so neben der Spur, dass ich noch nicht einmal nervös bin. Ich bemühe mich vergebens, nicht in Christophs Richtung zu gucken, und immer, wenn mein Blick ihn zufällig streift, fange ich an zu stottern oder vergesse, was ich gerade sagen wollte. Am Ende meines peinlichen Vortrages gebe ich noch einen kleinen Ausblick auf künftige Promi-Projekte, Alexander Bräuers Buch lasse ich jedoch aus.
Am Abend feiern wir alle in einem ländlich gelegenen Gutshaus, das weihnachtlich dekoriert eine behagliche Atmosphäre ausstrahlt. Im Eingangsbereich sind Feuertöpfe aufgestellt, und wir werden mit Glühwein empfangen. Aus dem Augenwinkel sehe ich, wie Laura mit hochrotem Gesicht (durch die Wärme des Feuers? Durch den Glühwein? Durch Christoph?) neben meinem Exfreund steht und sich offensichtlich gar nicht von ihm losreißen kann. Christoph vermeidet geschickt jeglichen Blickkontakt mit mir, und so plaudere ich ein wenig mit Werner Stumm und Sophie Harbach, während Annalena sich mit Dirk Baumann amüsiert.
Nach einem üppigen Büfett (von dem ich so gut wie gar nichts probiert habe) hat ein DJ seinen Auftritt, und die Scheune des Landhauses verwandelt sich in Minutenschnelle in eine Diskothek. Man sieht den Mitarbeitern an, dass ein hartes Jahr hinter ihnen liegt, und sie sich heute richtig

amüsieren wollen, denn dieser Abend ist gleichzeitig unsere Weihnachtsfeier. Annalena zieht mich mit sich auf die Tanzfläche, und für eine Stunde kann ich vergessen, wo ich bin und was alles passiert ist. Tanzen ist wie Schwimmen, es hat etwas Meditatives, und wenn ich erst einmal im »Rausch« bin, fällt es mir schwer, wieder nach Hause zu gehen. Aber das muss ich ja erst einmal gar nicht, denn schließlich ist der Abend noch lang. Nach den aktuellen Charts spielt der DJ einige Runden Achtziger-Hits und leitet dann eine »Schmuserunde« ein, wie er es nennt.

Die meisten der eifrigen Tänzer (vorwiegend der weibliche Teil des Verlags) verlassen fluchtartig die Tanzfläche. Nur Werner Stumm umklammert mich und macht mir damit klar, dass er gerne weiter mit mir tanzen würde. Annalena dreht mit Lektor Sven Hansen eine Runde, und plötzlich zieht Laura Christoph auf die Tanzfläche, und die beiden kommen neben mir zum Stehen. Zu den Klängen von »Star« von Reamonn – Christophs und meinem Lied – tanzen beide unmittelbar in meiner Nähe. Laura völlig versunken an Christophs Schulter, während er etwas unbeteiligt in eine andere Richtung sieht, so viel kann ich immerhin erkennen. Bei dieser Melodie zerreißt es mir fast das Herz. Zu diesem Lied haben wir in Frankfurt auf der Straße im Abendlicht getanzt.

»Sei mir nicht böse, aber mir tun die Füße weh«, sage ich zu Werner, lasse den armen Kerl allein auf der Tanzfläche stehen und begebe mich zurück an meinen Tisch. Am liebsten würde ich mich verkrümeln und erst im neuen Jahr wieder auftauchen, wenn die Wunde etwas verheilt ist.

Um 2.00 Uhr morgens bin ich dann endlich im Bett, so lange hat es gedauert, bis der Bus uns alle wieder eingesammelt hat.

Ich bin dankbar, dass wir am nächsten Morgen alle erst mittags in den Verlag kommen müssen, früher hätte ich es eh nicht geschafft. Die ganze Nacht habe ich von der tanzenden Laura geträumt – ihr Kopf auf Christophs Schulter gebettet. Auch Annalena sieht etwas angeschlagen aus, als wir uns um 13.00 Uhr an der Kaffeemaschine treffen, anscheinend hat sie zusammen mit Sven ein wenig zu tief ins Glas geguckt. Im Gegensatz zu mir, die seit ein paar Tagen abstinent ist und den ganzen Abend nur Wasser getrunken hat. Ich bin sehr stolz auf mich, denn meine Waage hat heute morgen zwei Kilo weniger angezeigt, und das, obwohl ich weder Sport getrieben habe noch unter Blondis Einfluss stehe. Wahrscheinlich macht das der Liebeskummer. Damit hat die Situation immerhin etwas Gutes.

Den Rest des Tages arbeiten wir die Notizen unseres Workshops auf, den wir gestern noch mit den Vertretern abgehalten haben, und tüfteln an neuen Programm- und Vermarktungsstrategien, die uns vom Außendienst vorgeschlagen wurden. Auch muss das eine oder andere Cover überarbeitet werden, weil es nicht die Zustimmung des Vertriebs gefunden hat.

Um 17.00 Uhr steht plötzlich Laura vor uns, in der Hand eine große Tasche. Ihre Wangen sind gerötet, und sie sieht aus wie eine Katze, die in einen Sahnetopf gefallen ist. Viel zu gut gelaunt für meinen Geschmack.

»Ich wollte mich von euch beiden verabschieden«, beginnt sie, und ich kann ihr ansehen, wie viel Freude es ihr bereitet, in unsere verdutzten Gesichter zu schauen.

»Ich habe ein Jobangebot vom Hüthing & Rhein-Verlag in der Presse- und Öffentlichkeitsarbeit bekommen. Und weil die mich sofort brauchen (das Wort »sofort« betont sie besonders stark), habe ich meinen Vertrag hier fristlos gekün-

digt. Das geht ja, Gott sei Dank, innerhalb der Probezeit, und Herr Köllisch war netterweise sehr verständnisvoll und hat mir keine Steine in den Weg gelegt.«
»Na, dann wünschen wir dir viel Glück. Lass mal hören, wie es dir bei den Bayern so ergeht«, sage ich und stelle zu meiner eigenen Verwunderung fest, dass ich tatsächlich meine, was ich sage. Denn jetzt wo sich mein Traum erfüllt und sich meine Widersacherin in Luft auflöst, kann ich mich ja durchaus großherzig zeigen.
»Macht's auch gut«, antwortet Laura und dreht uns den Rücken zu. Und schon steht das Taxi vor dem Eingang, um meine ehemalige Rivalin in ihr neues Leben und damit aus meinem hinaus zu befördern.

»Tss, tss, wer hätte das gedacht?«, wundert sich Annalena, als Laura aus dem Verlag entschwunden ist. »Da hat meine euphorische Lobrede auf Laura im Hüthing-Verlag wohl mächtig Eindruck gemacht«, grinst sie und sieht sowohl zufrieden als auch verwundert aus.
Ich denke einen Augenblick nach, weil ich noch nicht weiß, was ich von dem Ganzen halten soll. Momentan kann ich es noch gar nicht fassen. Das, was ich mir in den vergangenen Tagen am meisten gewünscht habe, ist plötzlich eingetreten: Laura ist nicht mehr im Verlag und bald noch nicht einmal mehr in Hamburg. Doch sosehr ich es will – irgendwie kann ich mich gar nicht so recht freuen.
»Du machst ja ein Gesicht wie sieben Tage Regenwetter. Nun freu dich doch! Der erste Schritt ist getan, das Biest ist weg, und du wirst sehen, bald wird sich auch das mit Christoph und dir wieder einrenken. Was hältst du davon, wenn wir für heute

Schluss machen und noch in die Stadt fahren. Wir könnten doch schon mal anfangen, Weihnachtsgeschenke zu kaufen. Was meinst du?«, schlägt meine Freundin vor, und ich nicke artig. Wie in Trance krame ich in meiner Schublade nach meiner Mastercard, und während ich so wühle, ertaste ich auf einmal ein Stück Pappe – die Karte von Alexander, sie ist wieder da. »Sieh mal einer an«, murmle ich und bin mir nicht sicher, was ich davon halten soll. Bedeutet das nun, dass ich Tomaten auf den Augen hatte und die Karte die ganze Zeit übersehen habe, oder hat Laura sich eines Besseren besonnen und die Karte zurückgelegt? Jetzt, wo sie auch für ihre Begriffe etwas Besseres gefunden hat …

Ich beschließe, dieses Thema endgültig hinter mir zu lassen und die Karte bei nächstbester Gelegenheit abzufackeln. Am besten in einem stilvollen Kaminfeuer, passend zur Jahreszeit. Allerdings habe ich keinen Kamin, also wird wohl ein handelsüblicher Mülleimer herhalten müssen.

Bis es aber so weit ist, möchte ich die Karte noch ein Weilchen behalten. Schließlich ist sie der schriftliche Beweis dafür, dass ich wenigstens einem Mann etwas bedeute, wenn schon nicht Christoph …

Am Mittwoch bin ich bei Martina zum Nikolausessen eingeladen. Nachdem ich ihr erzählt habe, ich würde diesen Tag wohl nicht bei einem romantischen Tete-a-Tete mit Christoph verbringen, hat sie spontan beschlossen, dies sei der ideale Tag, um Rolf und mich miteinander bekannt zu machen. Es ist auch seine erste Begegnung mit Sarah, aber Martina verspricht sich von einem Vierer-Date eine etwas zwanglosere Atmosphäre, auch wenn ich sie bereits vorgewarnt habe, weil es um

meine Laune und meine Präsentabilität (gibt es so ein Wort überhaupt?) im Moment nicht allzu gut bestellt ist.
»Ach was, das wird bestimmt lustig«, tröstet Martina mich, »ich bin mir sicher, ihr werdet einander mögen. Und das Wichtigste ist doch, dass du Rolf endlich kennen lernst und Sarah und er sich gut verstehen. Es gibt übrigens Gänsekeulen, die magst du doch, oder?«

Gänsekeulen ... hmm, lecker ... und unglaublich fett, denke ich, während mein Blick über meinen Bauch wandert, und ich schnuppernd vor Martinas Ofen stehe. Es duftet alles wundervoll, Martina hat vor Aufregung gerötete Wangen und sieht hinreißend aus. Passend zum Anlass trägt sie ein weinrotes Kleid, das schlicht und doch umwerfend sexy ist.
»Wenn Rolf dich so sieht, hat er bestimmt keinen Sinn mehr für Gänsekeulen«, sage ich und sehe meine Freundin bewundernd an. »Und? Bist du schon aufgeregt?«, frage ich, doch Martina schüttelt den Kopf und hantiert weiter mit der Sauce herum, während ich den Tisch decke.
Unterdessen ist Sarah sich noch nicht ganz im Klaren darüber, welches Outfit das richtige für diesen Anlass ist und zieht sich bereits zum x-ten Male um.
»Kannst du mal kommen, Marie?«, grölt es aus ihrem Zimmer, und nun ist Eile geboten, denn in ungefähr zehn Minuten wird Rolf seinen großen Auftritt haben. Sarah steht vor ihrem hellblau gerahmten Zimmerspiegel und lässt ihren Bauchnabel blitzen. Sie trägt ein pinkfarbenes T-Shirt, das bestenfalls bis unter die Achselhöhlen geht und eher an ein Bikinioberteil erinnert als an ein winterliches Kleidungsstück. Zwischen dem Shirt und dem Beginn der äußerst tief sitzenden Hüftjeans

(Neid!) klaffen mehr als einige Zentimeter weiße, zarte Kinderhaut – ich friere schon, wenn ich Sarah nur ansehe. Und was ist das? Sehe ich da tatsächlich am Bauchnabel etwas glitzern? Das muss ich aber mal genauer in Augenschein nehmen.

»Was hast du denn da?«, frage ich nahezu atemlos, denn Sarah hat das Zimmerfenster sperrangelweit geöffnet, was ich temperaturtechnisch schon mit Moonboots, Ohrenschützern und Thermoanzug als Zumutung empfinden würde. So stehen wir uns beide nun gegenüber: Sarah in ihrem Sommeroutfit (ihre kleinen Füßchen stecken zu allem Überfluss auch noch in rosa Flip-Flops mit einer ausladenden Blüte obendrauf) und ich mit knielangem schwarzen Rock (mit Wollstrumpfhose drunter), Anna-Karenina-Schnürstiefeln und einer schwarzen Strickjacke mit Puschelfellkragen bekleidet, vor Kälte mit den Zähnen klappernd.

»Ein Piercing, wieso?«, antwortet Sarah ungerührt und lässt dabei einen tiefen Blick auf ihre neueste Zahnlücke zu.

»Du hast dich doch nicht allen Ernstes piercen lassen?«, frage ich entsetzt nach, in der Hoffnung, mich verhört zu haben.

»Doch, hab ich wohl. Haben wir in der Schule gemacht«, antwortet Sarah keck und wühlt in ihrem Kleiderschrank nach einem türkisfarbenen Shirt mit einer Manga-Schönheit drauf.

»Oder soll ich lieber das anziehen?«, erkundigt sie sich, als ob sie sich zu einem Fotoshooting stylen müsste.

»Süße, ich fände es am besten, wenn du zu deiner Jeans etwas tragen würdest, was etwas weniger, na, seien wir ehrlich, kurz ist. Das hier zum Beispiel«, schlage ich in lockendem Tonfall vor und zerre einen Pulli im Siebzigerjahre-Look hervor.

»Aber dann sieht Rolf mein Piercing doch gar nicht«, krakeelt Sarah und schmeißt den Pullover schwungvoll aufs Bett.

Dabei wird der Blick auf das angebliche Piercing wieder frei, und ich stelle mit Erleichterung fest, dass es sich bei dem vermeintlich in den Bauchnabel gerammten Brilli lediglich um einen Strassstein handelt, der aufgeklebt ist und somit jederzeit problemlos entfernt werden kann. Hoffe ich wenigstens. Doch bevor wir mit unserer Mode-Diskussion zu einem Ergebnis kommen können, klingelt es auch schon an der Tür, und ich merke, wie auch ich ein wenig nervös werde.
Wie gesagt: Ich kenne Martina nicht in Kombination mit einem Mann, und diese Premiere macht selbst mich ein wenig unruhig. Zumal ich ihr eigentlich zusammen mit Christoph beiwohnen wollte …
Schnell bemühe ich mich, den traurigen Gedanken abzuschütteln und mich stattdessen darauf zu konzentrieren, was mich erwartet: ein stimmungsvoller Abend im Kreise netter Menschen, mit leckerem Essen und weihnachtlicher Atmosphäre. Aus der Küche schlagen mir der Duft von Rotkohl und die Stimme von Brenda Lee entgegen, die »Rockin' Around the Christmas Tree« singt. Sarah stürzt voller Begeisterung zur Tür und kann es offensichtlich kaum erwarten, ihren zukünftigen Ersatz-Daddy kennen zu lernen.
Ich höre feste, männliche Schritte die Treppe heraufkommen, und dann steht er auch schon vor Sarah und mir – Rolf, Martinas große Liebe.
Ich schlucke einen Moment, denn Rolf sieht nicht nur ausgesprochen sympathisch, sondern auch umwerfend gut aus. Scheint so, als hätte Martina sich da ein echtes Prachtexemplar geangelt.
»Hallo, ich bin Rolf«, stellt der Traummann sich uns mit einem strahlenden Lächeln vor. »Und du bist sicher Sarah«,

sagt er zu Martinas Tochter, die jedoch schlagartig nicht mehr so gut gelaunt wirkt und ihn finster mustert.
»Wer soll ich denn sonst sein?«, fragt sie unüberhörbar schnippisch zurück und verschwindet ohne weiteren Kommentar wieder in ihrem Zimmer.
»Und Sie sind Marie«, lächelt Rolf unbeirrt weiter und schüttelt mir die Hand. Sie ist eisig von der Kälte draußen, fühlt sich aber trocken und fest an. Auch das ist ein gutes Zeichen.
»Ja, aber wir können uns gerne duzen«, schlage ich vor und nehme Rolf den Blumenstrauß ab, den er in seiner Hand hält, damit er sich seines Mantels entledigen kann. Ein Hauch wunderbaren Männerparfüms schleicht sich in meine Nase – auch diesen Test hat Rolf erfolgreich bestanden.
»Ach, da bist du ja«, flötet nun Martina – ihre Stimme mindestens zwei Oktaven höher als sonst – und fällt ihrem Traummann um den Hals.
Beide strahlen sich derart verliebt an, dass es mir fast das Herz zerreißt. Bis vor kurzem haben Christoph und ich auch so ausgesehen und waren nach außen hin bestimmt auch ein absolutes Dreamteam, wenn auch nur für kurze Zeit. Martina und Rolf küssen sich derweil leidenschaftlich und können sich kaum voneinander lösen.
»Ich stelle dann schon mal die Blumen ins Wasser«, erkläre ich mit einem Räuspern und trete den Rückzug in Richtung Küche an.
Auch der Strauß ist mehr als geschmackvoll, als hätte ihn eine Frau besorgt. Tannenzweige und kleine rote Zieräpfel umrahmen eine dunkelrote Amaryllis, schöner kann man keinen Weihnachtsstrauß zusammenstellen.

»Auch einen Schluck Champagner?«, fragt Martina. Ein Satz, den ich noch nie aus ihrem Mund gehört habe. Prosecco, Sekt, Wein, das ja. Aber Champagner? Ich will fast schon »Ja« sagen, als sich plötzlich wie durch Geisterhand die Badezimmertür öffnet und mir eine alte Bekannte entgegenschwebt: Es ist Blondi.
Sie trägt einen roten Bikini, einen Hauch von nichts, der ihr aber umwerfend gut steht, und eine Nikolausmütze. Nicht unbedingt das passende Outfit zu einem Gänsekeulen-Essen, aber was soll's ...
Während ich noch in ihren Anblick vertieft bin und überlege, was an diesem Bild nicht stimmt, unterbricht Martina jäh meine Betrachtungen.
»Erde an Marie. Willst du ein Glas Champagner?«
Hilfe suchend sehe ich Blondi an, die verneinend den Kopf schüttelt, und antworte:
»Ist ganz lieb, aber ich bleibe erst mal bei Wasser.«
Martina hebt zum Zeichen ihrer Verwunderung die linke Augenbraue, gießt mir jedoch ohne weiteren Kommentar Evian ein. Auch das ist neu. Sonst gab's entweder Wasser aus dem Soda-Streamer, den ich im Übrigen für eine grauenhafte Erfindung halte, oder Volvic, das zwar ökologisch superkorrekt ist, aber schmeckt, als hätte man eine Ladung rostiger Nägel verschluckt.
»Wo ist eigentlich Sarah?«, fragt Martina, und ich mache mich umgehend auf den Weg in das Zimmer der kleinen Querulantin, um zu sehen, welche Laus ihr über die Leber gelaufen ist. Blondi folgt mir. Sarah liegt bäuchlings auf ihrem Bett, Kopfhörer über die Ohren gestülpt, und blättert in einem Wendy-Magazin. Die beiden zur Diskussion stehen-

den T-Shirts und die Hüftjeans liegen auf dem Fußboden, die Flip-Flops wurden anscheinend in eine Ecke geschleudert.
»Mäuschen, willst du gar nicht essen kommen?«, frage ich vorsichtig, denn es läuft hier ganz offensichtlich gerade etwas gründlich schief.
»Mäuschen« tut so, als hätte sie mich nicht gehört und wippt im Takt mit der Musik, die so laut ist, dass sogar ich sie hören kann. Es ist »Toxic« von Britney Spears.
Also müssen härtere Maßnahmen ergriffen werden. Ich nehme ihr einen der beiden Kopfhörer ab und wiederhole meine Frage.
»Nö, kein Bock«, lautet die lapidare, aber eindeutige Antwort, während sie sich den Kopfhörer energisch wieder heranzieht.
Wenigstens hat das Kind jetzt etwas Wärmeres an, denke ich, während mein Blick über ihren Flanellschlafanzug mit Snoopy-Motiv gleitet.
»Ich glaube, deine Tochter hat heute andere Pläne«, informiere ich Martina, die gerade dabei ist, die Vorspeise auf (neuen!) Tellern zu arrangieren. Es gibt Terrine von Entenleber mit Sauternesgelee und winterlichen Blattsalaten, und ich falle beinahe in Ohnmacht ob der Vorstellung, wie sich die fette Entenleber anschließend mit der Gänsekeule vertragen wird. Und frage mich, ob meine Waage noch in der Lage sein wird, meine neu erworbene Kilozahl anzuzeigen. Blondi hat inzwischen auf einem Stuhl in der Ecke der Küche Platz genommen, und ich beginne, mir ernsthaft Sorgen zu machen, ob sie sich in ihrem knappen Bikini nicht erkältet. Ich sollte ihr wenigstens eins von Sarahs T-Shirts besorgen.
»Für mich bitte nur ein ganz winziges Stück und etwas mehr vom Salat«, wage ich zaghaft einen Einwand gegen diese

vorweihnachtliche Essensorgie und frage mich, ob die beiden etwa immer so üppig speisen. Ansehen tut man es ihnen auf alle Fälle nicht.

»Was ist denn heute mit dir los?«, fragt Martina, allmählich etwas beleidigt ob meiner ungewohnten Askese.

»Hab nur nich so'n Hunger«, murmle ich, dabei könnte ich die ganze Terrine alleine aufessen, so lecker sieht das Ganze aus. Doch Blondi fixiert mich mit ihrem Raubkatzenblick und räkelt sich demonstrativ auf ihrem Stuhl. Ich würde sie am liebsten rauswerfen, aber vor Zeugen will ich jetzt keine Diskussion mit ihr beginnen. Sie bekommt einfach kein T-Shirt, vielleicht holt sie sich dann ja eine Lungenentzündung.

»Wollen wir denn wirklich ohne deine Tochter essen?«, erkundigt sich Rolf besorgt, mit Blick auf Sarahs Zimmertür.

»Die wird schon kommen, wenn Sie den Rotkohl und die Klöße riecht«, antwortet Martina lässig und gießt noch etwas Champagner ein. Also beginnen wir zu dritt zu tafeln und uns zu unterhalten. Rolf ist intelligent, charmant, aufmerksam und betet Martina offensichtlich an. Je länger ich die beiden zusammen sehe, desto mehr habe ich das Gefühl, sie sind füreinander bestimmt. Wow – so etwas gibt es ja heutzutage eher selten, wenn ich da an Annalenas und meine letzten Beziehungsversuche denke.

Apropos: Auch Annalena hat heute ein Nikolaus-Date – ein neuer Versuch, Günthers Jägerherz zu brechen oder ihn zu knacken oder wie auch immer. Ich bin schon sehr gespannt, was sie morgen zu berichten hat.

Und natürlich wüsste ich zu gerne, wie es Christoph wohl so geht. Schließlich ist Nikolaus doch etwas Besonderes, so eine Art Mini-Vorweihnacht.

In den letzten drei Tagen, nachdem Laura gegangen ist, habe ich meinen Exfreund praktisch gar nicht mehr zu Gesicht bekommen. Angela ist für ein paar Tage da und will ihm helfen, den Stapel an Bewerbungen zu sichten, der bestimmt ab Montag über ihn hereinbrechen wird, nachdem Lauras Stelle umgehend nach ihrem Ausscheiden aus dem Verlag ausgeschrieben wurde, und heute eine Annonce im »Abendblatt« steht. Wen er sich dann wohl aussuchen wird? Ich mag gar nicht daran denken …

»Marie? Rolf hat dich was gefragt«, ertönt plötzlich Martinas Stimme an meinem Ohr, und ich bin einen Moment hilflos. Und sehe wohl auch so aus.

»Ich wollte nur wissen, welche Promis ihr demnächst im Programm haben werdet«, fragt Rolf beharrlich weiter und grinst. Wie nett er dabei aussieht.

»Och, ich weiß noch nicht so genau«, stottere ich und in der Tat, im Augenblick fällt mir keiner ein. Denn ich werde gerade von einer gigantischen Sehnsuchtswelle überrollt, die mir die Luft abschnürt. Ich sehne mich so unendlich nach Christoph! Doch dann reiße ich mich zusammen und berichte von Marita Vogel und unserem Erlebnis mit der Signierstunde. Allerdings erzähle ich nur das Notwendigste, denn ich habe absolut keine Lust zu kommunizieren und übrigens auch noch immer keine Lust auf ein Buch mit La Vogel. Aber ich fürchte, an einer Zusammenarbeit mit ihr führt wohl kaum ein Weg vorbei, denn sie hat sich bereits im Verlag gemeldet und um Rückruf gebeten.

»Also, dein Job würde mir auch Spaß machen«, fährt Rolf tapfer weiter fort, in der Hoffnung, aus mir doch noch etwas mehr als ein »Ja« oder »Nein« herauszubekommen. Arme Martina! Sie hat sich so viel Mühe gegeben, und nun probt

Sarah den Hungerstreik in ihrem Zimmer, und ich bin einfach nur traurig. Deprimiert. Trübsinnig.
Nein, ich bin einfach unausstehlich!
»Ach, der ist gar nicht so toll, wie die meisten denken.« Ich reiße mich endlich zusammen und schaffe es dadurch immerhin, elf Worte sinnvoll aneinander zu reihen.
»Hast du denn noch so eine Anekdote auf Lager wie die von der Vogel?«, fragt Rolf beharrlich nach, und ich komme ins Grübeln.
Plötzlich muss ich kichern, weil ich an Alexander und unsere erotische Episode denken muss, doch Martina und Rolf sind wohl nicht das richtige Publikum für diese Geschichte.
»Na ja, wenn du mich so fragst. Du kennst doch vielleicht Norbert Tannenzweig, den Schauspieler, der in ›Melodie des Herzens‹ mitgespielt hat?«, frage ich und sehe Rolf erwartungsvoll an. Jetzt kann er ja zeigen, wie es um seine Qualifikation im Entertainment-Bereich bestellt ist.
»Norbert Tannenzweig? DER Norbert Tannenzweig? Der auch in ›Burg Hohenstein‹ und in ›Freunde für immer‹ mitgespielt hat? Der hat ein Buch geschrieben? Wusste ich ja gar nicht!«
Wow – jetzt bin ich aber echt beeindruckt. Martina? Kann ich mir bitte mal eben deinen neuen Lover ausleihen? Er hat ja schon fast Christoph-Qualitäten. Norbert Tannenzweig ist einer der besten Schauspieler, die es hierzulande gibt, steht aber in Sachen Exzentrik einer Marita Vogel in nichts nach. Mir ist es bis heute ein Rätsel, wie die beiden gemeinsam in »Melodie des Herzens« spielen konnten (ein kleiner Ausflug der Sängerin in die Welt des Films), ohne dabei einen größeren öffentlichen Eklat zu provozieren. Auch habe ich nicht

gehört, dass sich Drehbuchautor, Kameramann oder der Regisseur anschließend das Leben genommen hätten.
Vor circa einem Jahr hatte ich Norbert Tannenzweig, der eigentlich viel lieber auf der Theaterbühne steht als vor der Kamera, in seiner Wohnung in Berlin (wo sonst?) aufgesucht, um mit ihm die Möglichkeit einer Zusammenarbeit mit Bader & Köllisch auszuloten. Bereits das telefonische Vorabgespräch gestaltete sich etwas skurril und verlief in etwa so:

Die Lektorin und der Schauspieler – Drama in zehn Szenen.
Ein Stück von Bader & Köllisch.
Regie: Marie Teufel & Norbert Tannenzweig
Darsteller: Marie Teufel, Norbert Tannenzweig, eine Möwe, eine Krähe, ein Teebeutel und ein Telefon

Szene 1: Marie Teufel; Verlagslektorin, ungefähr dreißig Jahre alt, von kleiner, nicht ganz schlanker Statur, wählt Nummer des berühmten Theaterschauspielers Nobert Tannenzweig. Ist etwas aufgeregt, weil sie nicht weiß, was sie erwartet, und großen Respekt vor der schauspielerischen Leistung des Herrn Tannenzweig hat. Büro liegt im Dämmerlicht, ganz normaler Mittwochspätnachmittag. Marie Teufel sitzt am Schreibtisch. Tasse Tee inklusive Teebeutel steht vor ihr. Tee dampft. Im Hintergrund das berühmte Poster mit dem Kuss-Motiv von Robert Doisneau. Langsam setzt Regen ein. Marie lässt es ein paarmal läuten. Ihre Zehen wippen. Draußen zieht eine Möwe ihre Kreise. Es herrscht Stille.

Beginn Dialog, Auftritt Norbert Tannenzweig:
»Hmmm.«

Szene 2: Marie Teufel irritiert. Herz beginnt, einen Takt schneller zu schlagen. Wer ist der Mann am anderen Ende der Leitung? Soll sie nachfragen? Oder einfach auflegen? Entschließt sich nachzufragen. Regen nimmt an Intensität zu. Möwe ist außer Sicht. Tee wird allmählich stärker. Es ist immer noch Spätnachmittag.
»Marie Teufel hier, vom Verlag Bader & Köllisch in Hamburg. Könnte ich bitte Herrn Tannenzweig sprechen?«

Szene 3: Erneuter Auftritt Norbert Tannenzweig:
»Hmmm.«

Marie Teufel kaut unhörbar am Bleistift, der auf Schreibtisch liegt. Uhr zeigt eine Minute später. Statt der Möwe kommt nun Krähe ins Bild. Ein Zeichen? Tee allmählich dunkelgrün und vermutlich bitter. Lektorin beschließt, aufs Ganze zu gehen.
»Herr Tannenzweig? Sind Sie es persönlich?«

Szene 4: Norbert Tannenzweig beschließt sich als der erkenntlich zu geben, der er wirklich ist.
»Hmmm.«

Marie Teufel will auf Konfrontationskurs gehen. Kaut stärker am Bleistift. Steckt diesen dann in Anspitzer. Nimmt endlich Teebeutel aus Becher. Atmet tief durch. Regen wird zum Wolkenbruch.

»Na dann ist's ja schön. Ähem, ich wollte, ich wollte Sie fragen, ob Sie schon mal daran gedacht haben, ein Buch zu schreiben?«

Szene 5: Theaterschauspieler wartet ab, was Verlagslektorin von ihm will.
»Hmmm.«

Verlagslektorin beschließt, nun aufs Ganze zu gehen. Bleistiftspiralen auf Schreibtisch. Krähe fliegt fort. Teebeutel landet im Papierkorb.
»Heißt das in diesem Falle, Sie haben schon drüber nachgedacht und sind zu einem positiven Ergebnis gekommen?«

Szene 6: Tannenzweig lässt Marie zappeln.
»Hmmm.«

Lektorin (gefühltes Alter um die 60) wird nervös. Aus Teebeutel läuft Flüssigkeit in den Papierkorb. Schmiedet Reisepläne. Nicht die Flüssigkeit, sondern die Lektorin.

»Oh, na, das klingt ja toll und ist eigentlich genau das, was ich gerne von Ihnen hören wollte. Könnten wir uns denn mal treffen, um das alles persönlich zu besprechen?«

Szene 7: Schauspieler lädt Lektorin zu sich nach Hause ein.
»Hmmm.«

Lektorin glaubt sich am Ziel ihrer Wünsche, wird geschäftsmäßig. Flüssigkeit aus Teebeutel trifft auf Papiere im Korb, tröpfelt allmählich auf Slingpumps von Lektorin. Draußen immer noch Regen und später Nachmittag. Irgendwo eine Stimme, die singt.

»Also, dann interpretiere ich Ihre Antwort mal positiv. Soll ich zu Ihnen nach Berlin kommen, oder sind Sie ab und zu mal in Hamburg?«

Szene 8: Theaterschauspieler wird die Anfrage zu persönlich.
»Hmmm.«

Marie hat schweren Fehler begangen. Hätte keine Entweder-oder-Frage stellen dürfen. Beschließt, Situation zu retten, indem sie Tannenzweig vor vollendete Tatsachen stellt. Wischt flüchtig Tee von vermeintlichen Manolo Blahniks, die in Wirklichkeit von »Schuh Albers« sind.

»Also am besten komme ich dann wohl mal zu Ihnen nach Berlin?«

Szene 9: Theaterstar blättert lustlos in Terminkalender. Findet das Telefonat sinnlos und leer.
»Hmmm.«

Lektorin blättert lustlos in Terminkalender. Findet das Telefonat sinnlos und leer.

»Passt es Ihnen kommende Woche? Wie wär's am Dienstag? Ich könnte so gegen 11.30 Uhr bei Ihnen sein. Wäre der Termin Ihnen recht?«

Szene 10: Tannenzweig trägt Termin ein. Sieht aus dem Fenster. Es regnet.
»Hmmm.«

Lektorin organisiert, treibt die Dinge zu einem Abschluss.

»Wenn das so ist, bin ich einfach um 11.30 Uhr bei Ihnen. Sollte Ihnen etwas dazwischenkommen, melden Sie sich einfach im Verlag. Ansonsten freue ich mich schon sehr darauf, Sie kennen zu lernen.«

Lektorin lügt, dass sich die Balken biegen …
Draußen tiefe Dunkelheit. Ein Orkan tobt über der Stadt. Lektorin lässt Kopf auf Schreibtischplatte fallen und weint. Tee mittlerweile eiskalt. Rechter Schuh im Eimer.

Völlig versunken in die Erinnerung an dieses komplett absurde Telefonat werde ich durch das Lachen von Martina und Rolf jäh in die Realität zurückgeholt. Meine Klöße sind fast so kalt und klamm wie weiland mein Teebeutel, und der Rotkohl trocknet allmählich aus. Aber so ist das nun mal: Ich kann nicht gleichzeitig reden und essen. Und schon gar nicht schauspielern. Oder doch?
Martina tupft sich Lachtränen mit der Rentier-Motiv-Serviette aus den Augen, und Rolf grinst sich eins.
»Du solltest Schauspielerin werden«, sagt er im Brustton der Überzeugung, und fast bin ich geneigt, ihm zuzustimmen. Schließlich mache ich in meinem Beruf tagtäglich fast nichts anderes. Nur mit dem Unterschied, dass ich kein Star bin, und mich auch keiner fragt, ob ich ein Buch schreiben will.
»Und wie ging die Geschichte weiter?«, piepst es auf einmal hinter der Küchentür hervor. Es ist Sarah, die dort barfuß, noch immer mit ihrem Snoopy-Schlafanzug bekleidet und

mit ihrem Uraltteddy unterm Arm, dasteht und offensichtlich schon eine Weile meiner Darbietung gelauscht hat.
»Und außerdem habe ich Hunger«, verkündet sie energisch, um sich daraufhin gleich auf ihren Stuhl gleiten zu lassen. Ohne weiteren Kommentar füllt Martina ihr einen Teller, und Sarah beginnt zu essen, als wäre sie vierzehn Tage mit Blondi auf Hungerkur gewesen. Martina und Rolf wechseln rasch bedeutungsvolle Blicke, und ich weiß nun gar nicht, wie ich die Situation einzuschätzen habe. Bedeutet Sarahs Auftauchen, dass sie ihre kurze Krise überwunden hat, oder ist sie einfach vom Hunger überwältigt und tritt danach wieder den Rückzug in ihr Zimmer an?
»Erzähl doch einfach weiter!«, ermuntert mich Rolf, und das ist mit Sicherheit das Beste, das ich momentan tun kann, um etwas Spannung aus dieser Situation zu nehmen. Also fahre ich fort:

Noch immer schwer gebeutelt durch das Telefonat mit Norbert Tannenzweig hatte ich mich also eines Dienstagmorgens auf den Weg nach Berlin gemacht. Herr Tannenzweig wohnte in Steglitz – nicht gerade der place to be in Berlin. Hätte es nicht wenigstens in Mitte sein können? In der Nähe des Hackeschen Marktes oder zumindest neben der Galerie Lafayette? Dann hätte ich immerhin meinen Frust im Anschluss in einer Kauforgie ertränken können … Aber was will man schon in Steglitz ausrichten?
Noch etwas übermüdet vom frühen Aufstehen und beladen mit unseren Verlagsvorschauen klingelte ich an der Tür und hoffte irgendwie, dass Norbert Tannenzweig sich in Luft aufgelöst haben möge. Doch das Glück war mir nicht hold, der Summer ertönte, und ich trat den langen Weg in den fünf-

ten Stock ohne Fahrstuhl an. Steile Treppen in Altbauten sind an sich schon so eine Sache, aber in Kombination mit Schlafmangel und Hunger (ja, den hatte ich leider auch) absolut tödlich. Bereits im zweiten Stock begann mein Herz zu rasen, im dritten schlotterten mir die Knie, im vierten dachte ich, ich schaffe es nicht und brach dann schlussendlich im fünften Stock keuchend und Sternchen sehend auf Tannenzweigs durchgescheuerter Fußmatte zusammen. Während ich noch nach Luft japste und versuchte, einen aufkeimenden Schluckauf in den Griff zu bekommen, öffnete sich die Tür, und vor mir stand er. ER – der Star des Films »Melodien der Liebe«, mein Held, mein Idol, mein was auch immer. Er sah viel kleiner und schmaler aus als in seinen Filmen. Und er verzog keine Miene, als er meiner ansichtig wurde. Auch versperrte er mir leider den Weg in seine Wohnung, und da ich bekanntlich keine Elfe bin, machte ich mir so meine Gedanken darüber, ob ich nun quasi zu seinen Füßen liegend auf einer »Hotel Mama«-Fußmatte mein junges Leben aushauchen sollte, ob Norbert Tannenzweig mich für eine Zeugin Jehovas hielt und die Verlagsvorschauen für den »Wachturm«, oder ob er einfach ein höflicher Mensch sein würde, der mich hereinbittet und mir etwas zu trinken anbietet.
Zu meinem Glück war Letzteres der Fall, und so fand ich mich Minuten später auf einem knallroten Plüschsofa wieder, das schon so durchgesessen war, dass ich mit dem Po fast am Boden hing. Was wirklich keinesfalls mit meinem aktuellen Gewicht zu tun hatte, um das mal gleich klarzustellen!
»Was zu trinken?«, kam dann auch tatsächlich die heiß ersehnte Frage, und ich wagte kaum zu spekulieren, was ich wohl gleich kredenzt bekommen würde. Schachtelhalmkrauttee?

Ingwerwasser? Unpasteurisierte, lauwarme Kuhmilch von glücklichen Kühen aus Mecklenburg-Vorpommern?
Wieder wenige Minuten später wurde ich jedoch eines Besseren belehrt – es stand ein dampfender Cappuccino vor mir, auf dessen Schaumkrone eine Spur Zimt schwamm, dazu ein Glas Wasser und ein Teller Kekse. Offensichtlich auch noch selbst gebacken. Oder zumindest teuer käuflich erworben. In meinem schwachen Zustand wusste ich gar nicht, worauf ich mich zuerst stürzen sollte. Den Autor? Das Wasser? Den Kaffee? Die Kekse?
Ich entschied mich für das Gebäck, um meinen Blutzuckerspiegel wieder etwas zu stabilisieren, und betrachtete neugierig sowohl Norbert Tannenzweig als auch den Raum, in dem wir uns befanden.
Norbert Tannenzweig wiederum betrachtete ebenfalls etwas neugierig die Verlagsvorschauen, die ich ihm mit letzter Kraft überreicht hatte, bevor das erste Vanillekipferl in meinem Mund verschwand und einen Hauch von Puderzucker auf meinen Lippen hinterließ. So was von köstlich!
»Bader & Köllisch also?«, fragte mich das Objekt meiner Lektorinnenbegierde, und ich konnte lediglich nicken, weil ich mit einem Stück Walnuss zu kämpfen hatte, das sich nach dem Genuss des zweiten Plätzchens ungünstigerweise eine Lücke in meinen Zähnen als Ruhestatt ausgesucht hatte. Ich musste mich arg konzentrieren, um Norbert Tannenzweig freundlich anzusehen, anstatt permanent mit meiner Zunge nach dem Übeltäter zu fahnden.
»Kenne ich nicht«, konstatierte Herr Tannenzweig trocken, und ich spürte, wie mein Herz eine Etage tiefer rutschte. Quasi direkt auf den Fußboden, über dem ich, auf dem Plüschsofa

sitzend, ja nur knapp schwebte. Na, das konnte heiter werden. Wenn ich eines hasse, dann Leute, die unseren Verlag nicht kennen, davon zu überzeugen, dass wir superbekannt und superwichtig sind. Nun ja, wir heißen nicht Rowohlt, Fischer oder Droemer Knaur, aber mittlerweile haben auch wir einen Status erworben, auf den man durchaus stolz sein kann.

»Aber das muss ja nichts heißen«, fuhr der werte Herr Autor in spe fort, sodass mein Herz sich wieder auf den Weg zurück zu seinem angestammten Platz machen konnte, »denn ich achte sowieso nie darauf, von welchem Verlag die Bücher sind, die ich lese.«

Tolle Antwort, dachte ich und biss vor lauter Begeisterung in das nächste Plätzchen. Vielleicht würde das ja doch noch ein netter und produktiver Vormittag werden.

»Und hatten Sie schon Gelegenheit, sich meine Anfrage durch den Kopf gehen zu lassen?«, fragte ich in einem Anfall von wiedererwachter Professionalität nach und war stolz auf mich. Ich besaß definitiv die Qualitäten, selbst die härtesten Nüsse zu knacken. Nicht unbedingt Walnüsse in Keksen, dafür aber die echten, die komplizierten, die menschlichen. Ich war so was von prädestiniert für diesen Job, jawohl! Ich war einfach ein Kommunikationsgenie.

»Ja, hatte ich«, lautete die erwartete Antwort, und ich wähnte mich schon bei der Vertragsunterzeichnung, als ein »Aber ich habe mich dagegen entschieden«, jäh meinen Höhenflug unterbrach.

»Ähem, Entschuldigung, aber ich verstehe nicht recht?«, fragte ich nach, vielleicht eine Spur zu kleinlaut für jemanden, der überzeugend auftreten will, dennoch in der Hoffnung, mich verhört zu haben.

»Nun, wie ich schon sagte, ich habe darüber nachgedacht. Und es gibt für mich nur zwei Möglichkeiten: Entweder ich schreibe gar nichts, oder ich schreibe ein Epos, das in der Weltliteratur seinesgleichen suchen wird.«
Aber wo genau ist denn dann das Problem?, überlegte ich und versuchte, mir nichts weiter anmerken zu lassen. In einem psychologischen Seminar aus meiner Buchhändlerzeit hatte ich gelernt, wenn ein Gespräch ins Stocken gerät, ist es ratsam, einfach so lange nichts zu sagen, bis dem anderen die Situation derart unangenehm wird, dass er schließlich anfängt, sich um Kopf und Kragen zu reden. Dann wird sogar aus einem Sprachautisten ein Wortakrobatiker. Das Problem war allerdings, dass ICH es meist nicht allzu lange aushielt, nichts zu sagen, da mir die peinliche Stille, die dann entstand, körperliches Unwohlsein bereitete. Was zur Folge hatte, dass ich mich noch nie persönlich davon hatte überzeugen können, ob der Expertenrat in Sachen Kommunikation wirklich Erfolg versprach.
»Aber ein Epos – das klingt doch toll«, ermunterte ich ihn denn auch, »Dostojewski, Tolstoi, Margret Mitchell (na ja, ›Vom Winde verweht‹ war in dieser Kategorie wohl eher fehl am Platz), das sind doch alles wunderbare Autoren. Ihre Werke überdauern Jahrzehnte, Jahrhunderte, ach, was sage ich – Jahrtausende – und werden immer noch mit Begeisterung von Millionen Lesern weltweit verschlungen. Wenn Sie derartiges schreiben können, dann nur zu«, fuhr ich fort, mein literarisches Halbwissen vorzubringen, und versuchte es mit einem Lächeln.
Welches jedoch nicht erwidert wurde.
Schade eigentlich.

»An welches Thema hatten Sie denn gedacht?«, pirschte ich mich wieder unheimlich listig an mein Gegenüber heran.
»Ach, Frau Teufel, wenn Sie wüssten«, entfuhr Norbert Tannenzweig ein abgrundtiefer Stoßseufzer. »Wenn Sie in meinen Kopf schauen könnten, wüssten Sie, wie viel da herumschwirrt. Gedanken über Gedanken ...«
»... die Sie nur noch zu Papier bringen müssen«, ergänzte ich freudig erregt seinen Satz. Dem Mann konnte doch auf alle Fälle geholfen werden.
»Aber das ist ja gerade das Problem«, antwortete Tannenzweig und schlug damit wieder einen Kurs ein, der mir so ganz und gar nicht gefiel. Allmählich wurde ich wütend. Wozu hatte er mich eigentlich nach Berlin kommen lassen, wenn seine Antwort sowieso negativ ausfiel. Hätten wir das nicht telefonisch klären können? Aber vielleicht hatte er ja auch auf seine ganz persönliche Weise versucht, mir genau das klarzumachen und war mit seinen »Hmmms« deshalb so großzügig verfahren?
»Weshalb haben Sie mich dann eigentlich nach Berlin kommen lassen?«, hörte ich mich auf einmal fragen und bereute den Satz bereits, ehe er noch ganz ausgesprochen war.
»Weil ich im Grunde meines Herzens auf eine solche Anfrage gewartet habe. Weil ich seit ich denken kann immer schon schreiben wollte.«
»Und? Haben Sie's jemals getan?«, fragte ich mittlerweile mehr genervt als wirklich interessiert. »Gab's Schulaufsätze? Tagebücher? Briefe?«
»Nein, das alles gab es nicht. Ich hätte wirklich gewollt – bitte, verstehen Sie mich nicht falsch, Frau Teufel. Aber auch da gab es dieses Problem.«

»Welches Problem?«, fragte ich nun konkret nach, in der Hoffnung, dennoch meinen Zug um 13.00 Uhr zurück nach Hamburg zu bekommen. Das fehlte mir gerade noch. Mit einem Psychopathen auf einem durchgesessenen Plüschsofa über Bücher zu diskutieren, die es nie geben würde.
Obwohl die Kekse ja ausgesprochen lecker waren.
Und der Cappuccino war ein Gedicht.
Ob er wohl kochen konnte?
Auf meine Frage folgte leider keine Antwort, weshalb ich durch diskretes Hüsteln und Blättern in unserer Vorschau signalisierte, dass es mir sehr lieb wäre, wenn wir bald zu einer Entscheidung gelangen würden.
Müsste ja nicht unbedingt eine positive sein, denn mittlerweile war ich der festen Überzeugung, dass es definitiv der bessere Weg wäre, wenn Herr Tannenzweig sich künftig auf das konzentrierte, was er am besten konnte: Schauspielern und Kekse backen.
Konnte nicht endlich mal mein Handy klingeln?, betete ich innerlich und versuchte, auf Basis von Telepathie mit Annalena Kontakt aufzunehmen. Doch nichts passierte. Ich war der Unentschlossenheit von Norbert Tannenzweig auf Gedeih und Verderb ausgeliefert.
»Ich habe einen Vorschlag«, setzte ich, gezwungen dynamisch, zu einem letzten Versuch an, möglichst schnell und unfallfrei aus diesem Dilemma herauszukommen. »Ich fahre jetzt wieder zurück nach Hamburg, Sie überlegen sich in aller Ruhe, ob und worüber Sie schreiben wollen, und wenn Sie zu einem Ergebnis gekommen sind, rufen Sie mich einfach an. Hier ist meine Karte!«
Ob ich wohl noch einen Abstecher zur Friedrichstraße ma-

chen könnte? Das Quartier 2001 soll doch so schön sein, ein wahres Shoppingmekka, überlegte ich, während Herr Tannenzweig unruhig im Zimmer auf und ab tigerte.

Ich hätte ihn schütteln können.

Schließlich war auch meine Zeit wertvoll und begrenzt.

»Oder ich rufe Sie einfach in regelmäßigen Zeitabständen an, um zu hören, wie die Dinge stehen (Gott, Marie, so wichtig ist dieser Mann nun auch wieder nicht), vielleicht spornt Sie das ja an?«

»Das ist eine gute Idee«, antwortete Norbert Tannenzweig und blieb nun direkt vor mir stehen. »Aber bitte drängen Sie mich nicht zu sehr. Das vertrage ich nicht und hemmt mich eher.«

Na dann ... dachte ich und fand mich vierzig Minuten später im ICE nach Hamburg wieder. Zum Shoppen hatte ich einfach keine Energie mehr gehabt, und das will schon was heißen.

»Und was ist nun aus dem Buch geworden?«, erkundigt sich Rolf, der gebannt meiner Erzählung gelauscht hat.

»Na, dreimal darfst du raten«, antwortet Martina an meiner Stelle und beginnt, den Tisch abzuräumen.

»Wann kommt denn endlich der Nikolaus?«, erkundigt sich nun Sarah. Was interessieren sie schon durchgeknallte Nicht-Autoren, die, obwohl sie nicht schreiben, an einem Epos arbeiten?

»Wenn du dich erinnerst, mein Schatz, war er heute Nacht schon da und hat deinen Stiefel gefüllt. Schon vergessen?«, antwortet Martina ihrer Tochter und deutet auf das neue Kinderbuch, die Haargummis mit Glitzer, eine CD von »Silbermond« und die neue Bibi-Blocksberg-Kassette. Eine ziemliche Ausbeute, wie ich finde. Als ich noch klein und wohnhaft in Bayern war, hatte ich, soweit ich mich erinnern kann, eher Angst vor dem Nikolaus. Also, nicht vor dem Nikolaus direkt, der hatte ja diesen kuscheligen roten Mantel an und einen weißen Rauschebart, sondern eher vor seinem Begleiter, dem »Knecht Rupprecht«.

Der hatte eine Rute in der Hand, schaute den Kindern tief in die Augen, und die sollten unter diesem psychischen Druck dann auch noch ein Liedchen singen oder ein Gedicht aufsagen, welches genervte Kindergärtnerinnen in wochenlanger Aktion mit ihnen geprobt hatten. Klar, dass das nicht funktionieren konnte, zumindest nicht bei mir. Und so gab's eben nicht so viele Geschenke, wie jetzt bei Sarah. Damals war man ja schon froh über Marzipankartoffeln und Lebkuchenherzen. Auch wenn ich die Dinger nicht mag, weil da irgendso ein Fruchtzeugs drin ist, was immer in den Zähnen kleben bleibt. Da lobe ich mir doch die »Comtessas« von Bahlsen. Die kann man relativ unfallfrei essen (wenn man nicht auf die Kalorien und den Fettanteil achtet), und sie schmecken auch noch nach Marzipan.

Aber ich schweife ab …

Sarah packt also murrend ihre Geschenke zusammen, verabschiedet sich unverbindlich und lässt uns drei ratlos zurück.

»Na, das kann man ja nicht als Erfolg werten«, stöhnt Martina und beginnt, die Gänseknochen dem Müll zuzuführen.

»Mach dir nichts draus«, umarmt Rolf sie tröstend, und ich habe das Gefühl, ich sollte langsam gehen.

»Gute Nacht, ihr beiden, vielen Dank für den schönen Abend«, murmle ich und stürze mich, in meinen Mantel gehüllt, hinaus in die eiskalte Winternacht. Ich habe sogar vergessen, mir ein Taxi zu bestellen, weil ich es nicht erwarten konnte, dem jungen Glück zu entfliehen. Missmutig stapfe ich zum Taxistand am Winterhuder Marktplatz und schubse dabei letzte Relikte vom rot gefärbten Herbstlaub vor mir her.

Ob es dieses Jahr wohl endlich mal so richtig schneit?

Ob ich einfach mal bei Christoph vorbeischaue und ihm einen fröhlichen Nikolaus wünsche?

Ob ich ihm einfach einen Heiratsantrag mache?

Das Taxi hält direkt vor Christophs Wohnung, ich steige aus und starre sehnsüchtig nach oben zu seinem Fenster im vierten Stock. Und tatsächlich: Ich sehe seine Silhouette. Er hält ein Glas in der Hand. Vielleicht denkt er ja gerade auch an mich, seufze ich innerlich, nehme all meinen Mut zusammen und will mich soeben auf die Klingel stürzen, als eine zweite Silhouette im Fenster sichtbar wird, ziemlich dicht (für meinen Geschmack ZU dicht) an meinen Exfreund geschmiegt. Die Silhouette ist ziemlich groß, schlank, ja fast dünn, und hat lange Haare.

Das kann eigentlich nur … Carlotta sein.

Ich fühle mich, als hätte mir jemand einen Eimer Wasser über den Kopf gegossen und trete beschämt den Rückzug an. Wie gut, dass ich nicht geklingelt habe. Das wäre ja ein superpeinlicher Auftritt geworden.

Während ich schnellen Schrittes zu meiner Wohnung eile, macht meine Traurigkeit auf einmal unbändiger Wut Platz: Was will ich eigentlich mit einem Typen, der sich nie wirklich zu mir bekannt hat und jetzt nichts Besseres zu tun hat, als Nikolaus mit seiner Exfreundin zu feiern?

Marie, es ist Zeit, den Tatsachen ins Gesicht zu sehen und dich auf ein Leben ohne Christoph einzustellen ...

»... und dich stattdessen auf dich selbst zu konzentrieren«, vervollständigt Blondi, die auf einmal neben mir aufgetaucht ist, meinen Satz. Gott sei Dank, hat sie sich einen Mantel über ihr knappes Nikolaus-Outfit geschmissen.

»Was machst du denn hier?«, knurre ich entnervt. »Ich habe dich doch gefeuert. Ich kann mich nicht erinnern, dich wieder eingestellt zu haben.«

Kampfeslustig fixiere ich den blonden Nikolaus und lege noch einen Zahn zu.

»Ist mir schon klar«, lautet Blondis lapidare Antwort, »aber ich hatte gerade das Gefühl, du bräuchtest mich zurzeit dringender als Sophie Dahl. Ich habe dich in den letzten Tagen beobachtet (danke, das habe ich bemerkt) und wollte dir ein paar Strategien vorschlagen. Was hältst du davon:

1) alleine nach Sylt in den Weihnachtsurlaub zu fahren?
2) dich mal wieder um dein Äußeres zu kümmern?
3) dich mal wieder um dein Inneres zu kümmern?

Solche klugen Ratschläge haben mir gerade noch gefehlt, denke ich, als ich Minuten später zu Hause ankomme, mir eine Kanne »Winterzauber« koche und schließlich einen tiefen Schluck des dampfenden Tees nehme. Auf Klassik Radio bemüht sich DJ Houndall vergebens darum, mich mit seiner Chill-out-Musik zu entspannen. Mir ist gerade nach dem kompletten Gegenteil zumute. Eher nach Till-out als nach Ruhe. Am liebsten würde ich alles zusammenschlagen, zuallererst Christoph, dann Laura (auch wenn sie weit weg ist), Carlotta, Alexander, ach, überhaupt alle, die mich in diese

Situation gebracht haben. Und wo ist eigentlich meine Mutter? Sollte sie mir in dieser schweren Zeit nicht beistehen? Und überhaupt, wofür soll das gut sein, alleine nach Sylt zu fahren? Was redet Blondi sich da bloß für einen Quatsch zusammen?
Ich bin erst einmal in meinem Leben ohne Begleitung weggefahren und habe danach beschlossen, es bei diesem einen Mal zu belassen.
Und was ist eigentlich mit meinem Äußeren?
Hat Blondi die gespeicherten Daten meiner Digitalwaage gecheckt?
Oder meine Blutfettwerte?
Oder hat sie die Größe meiner neuen Samthose gesehen (42)?
Und was gibt es gegen meine Gefühlslage einzuwenden?
Ist mein Liebeskummer etwa nicht normal, nach allem, was passiert ist?
Während ich meine Wohnung nach einem Gegenstand absuche, den ich gegen die Wand schmettern kann, ohne ihn hinterher nachhaltig zu vermissen, piepst auf einmal mein Handy – eine SMS.
Von Christoph, denke ich und renne beinahe Sissi über den Haufen, um so schnell wie möglich an eine mich von meinem Kummer erlösende Nachricht zu gelangen. Doch die SMS ist nicht von Christoph, sondern von Alexander, der mir einen fröhlichen Nikolaus wünscht und fragt, ob ich ihn nicht an Weihnachten in Paris besuchen will.
Eigentlich müsste ich das machen, knurre ich innerlich, während ich mir die Zähne putze. Aber Paris im Winter? Ist das nicht furchtbar kalt und ungemütlich? Wie in einem Truffeaut-Film, wo die Schauspieler wegen der unzumut-

baren Temperaturen alle irre verfroren und melancholisch in die Kamera gucken, während ihnen die freie Hautpartie zwischen dem wollenen Minirock und den Schaftstiefeln blau gefriert? Nein, dann schon lieber ein schönes Wellness-Hotel auf Sylt.

Mit Sauna, Whirlpool, prasselndem Kaminfeuer, Glühwein oder Punsch und flauschigen Bademänteln.

Eigentlich gar keine so schlechte Idee.

Warum soll ich mir den Plan versauen lassen, nur weil Christoph es sich anders überlegt hat?

Genau!

Es sollte schon Sylt sein – WEIL ICH ES MIR WERT BIN, denke ich und schleudere zur Bekräftigung meine Haare durch die Gegend, wie in der L'Oréal-Werbung.

Wozu habe ich schließlich gerade Weihnachtsgeld bekommen?

»Na, wie war der Abend mit Sarah und vor allem: Wie ist Rolf?«, fragt Annalena mich am nächsten Morgen, während ich meine E-Mails durchgehe. Leider kann ich mich gerade nicht auf meine Freundin konzentrieren, weil ich eine Nachricht von meinen »Jungs« aus München bekommen habe: Nachdem ihr Kochbuchskript so gut wie fertig ist, soll ich nun zu ihnen nach München kommen, um das eine oder andere Rezept mit ihnen zusammen Probe zu kochen.

»Na, da haben sie sich mit mir ja die Richtige ausgesucht«, knurre ich unwirsch, denke an mein Fischrouladen-Debakel und überlege, ob ich diesen Job nicht Annalena, dem Kochgenie, aufs Auge drücken könnte. Ich antworte, strategisch geschickt, ich sei derzeit im Verlag sehr im Stress , würde sie

aber selbstverständlich so bald wie möglich gerne in München besuchen.
Genau das liebe ich an dieser Form der unpersönlichen Kommunikation, keiner kann einen sehen oder ein leises Zittern in der Stimme hören, wenn man mal gezwungenermaßen zu der einen oder anderen Ausrede (okay, ich gebe es zu, Lüge) greifen muss.
»Hallo! Ich habe dich was gefragt«, hakt Annalena nach und reißt erwartungsvoll ihre Augen auf. Rasch schildere ich ihr den Verlauf des Abends und schwärme in höchsten Tönen von Rolf.
»Na, das klingt ja, als hätte Martina einen echten Glücksgriff getan! Hat dieser Rolf nicht noch einen Bruder für mich?«, fragt meine Freundin.
Oho, das klingt nicht danach, als hätte Annalena endlich Erfolg bei Günther Maaßen gehabt. Da sie aber scheinbar nicht willens ist, mir von ihrem Abend zu erzählen, widme ich mich weiter meinem elektronischen Postfach und öffne meine zweite E-Mail: Das Management von It-Girl Juliane Heppner sagt den geplanten Partyführer ab, weil Frau Heppner sich gerade von ihrem Mann getrennt hat und sich nun zwecks Verarbeitung der Trennung auf eine halbjährige Ayurveda-Kur nach Sri Lanka begibt. Ob wir eventuell an einem Buch über diese Thematik interessiert wären, wenn sie von ihrem Selbsterfahrungs-Trip zurück ist?
Na wunderbar. Da renne ich Frau Heppner wochenlang hinterher, erhalte seitens der Agentur immer nur vage Rückmeldungen und muss mich vertrösten lassen, und nun das.
Aber okay, dann muss ich halt flexibel sein, und wenn ich darüber nachdenke, hätte so ein Ratgeber vielleicht sogar

Vorteile gegenüber einem Partyführer, was die Verkäuflichkeit angeht. Und so tippe ich rasch eine positive Antwort, denn das Eisen muss ich schmieden, solange es heiß ist und die ätherischen Öle Frau Heppner noch nicht komplett das Gehirn vernebelt haben.

Diese Info trage ich auch sofort in meine Promi-Datei ein, denn die will ja stets auf dem Laufenden gehalten werden. Kurios, was sich da mittlerweile alles so an Ideen und Konzepten angesammelt hat. Jede Talkshow, jede Lektüre einer Zeitschrift, jedes Gespräch mit einem Promi, der wieder einen anderen kennt, eröffnet völlig neue Perspektiven ...

Während ich also den aktuellen Status quo bezüglich Frau Heppner eintrage, klingelt mein Telefon, und der Name Bader prangt bedrohlich im Display.

»Bader hier (ach, wirklich?), könnten Sie bitte mal in mein Büro kommen, und zwar schnell?«

Oha, was kann der denn jetzt von mir wollen?, frage ich mich, setze noch rasch Annalena in Kenntnis und schnappe mir meinen Mulberry-Planer. Das sieht immer professionell aus, und wenn es etwas zu notieren gibt, bin ich bestens ausgerüstet.

Im Chefbüro angekommen, sehe ich mich nicht nur mit Klaus Bader konfrontiert, sondern zu allem Übel auch noch mit Christoph, der irgendwie müde und übernächtigt aussieht und jeden Blickkontakt mit mir meidet. Na, kein Wunder, wenn er die ganze Nacht mit Carlotta ..., wüte ich innerlich, versuche aber dennoch, einen coolen Gesichtsausdruck aufzusetzen.

»Liebe Frau Teufel (das fängt ja schon mal ganz viel versprechend an), wir beide wollten uns mal bei Ihnen erkundigen, wie es eigentlich um Ihre Projekte steht, die Sie uns im

September so vollmundig angekündigt haben. Denn mit Ausnahme des Tierbuches von Sophie Harbach ist mir eigentlich nichts davon bekannt, ob sich Ihre Pläne auch in die Realität umsetzen lassen werden, und nun haben wir mittlerweile schon den siebten Dezember. Herr Köllisch und ich haben Sie nach unserem letzten Gespräch, in dem Sie uns überzeugend geschildert haben, wie das Geschäft mit den Promis so läuft, ganz bewusst ein wenig in Ruhe gelassen. Wir gehen davon aus, Sie waren die ganze Zeit so beschäftigt damit, neue Autoren zu rekrutieren, dass Sie es einfach versäumt haben, uns in regelmäßigen Abständen über Ihre Fortschritte zu berichten. Darum sind wir jetzt umso neugieriger. Also, ich höre!«

Nun nimmt das Gesicht von Herrn Bader einen geradezu haimäßigen Ausdruck an, auweia, gleich frisst er mich.

»Also, ich, ähem ...«, beginne ich zu stottern, obwohl ich mir keiner Schuld bewusst bin, und kralle mich an meinem Timer fest. Ich habe nicht einmal einen Stuhl, an den ich mich in dieser schweren Stunde lehnen kann (auch keine männlich breite Schulter, danke, Christoph), weil mein Chef es noch nicht mal für nötig befunden hat, mir einen Sitzplatz anzubieten. Geschweige denn Kaffee oder Tee.

Doch dann öffnet sich wie durch Zauberhand die Tür, und herein kommt eine Dame mittleren Alters, die ich noch nicht kenne und die ein Tablett mit drei Cappuccinos (wie lautet noch mal der Plural dieses Heißgetränkes? Cappuccini? Cappuccinate?) hereinbalanciert. Und einen Teller voller Kekse. Weihnachtsmischung. Mit Zimtsternen. Lecker! Verwundert starre ich sie an. Wer ist diese nette Frau?

»Ach ja, Frau Teufel, Sie kennen ja Frau Petersen noch gar

nicht«, erhebt auf einmal Christoph seine Stimme (na also, es geht ja, er kann ja doch noch sprechen) und macht uns beide miteinander bekannt.
»Darf ich vorstellen: Polly Petersen, meine neue Assistentin, und Marie Teufel, Lektorin.«
»Mit der Lizenz zum Promijagen«, vervollständige ich den Satz und kann nicht umhin, wegen ihres Namens innerlich ein wenig zu kichern.
Polly Petersen – das kann doch wohl nur ein Scherz sein. Doch so albern ihr Name auch klingt, so sehr schließe ich Polly umgehend in mein Herz. Und zwar nicht nur wegen des Cappuccinos und der Kekse, sondern und vor allem weil sie das genaue Gegenteil von Laura von der Osten ist: Dreifach so alt (na ja, nicht ganz), halb so klein, doppelt so dick und offensichtlich nicht im Besitz von Markenklamotten.
»Frau Teufel, wollen Sie sich nicht setzen?«, reißt mich nun jäh die Stimme Klaus Baders aus meinen Betrachtungen, und ich leiste geflissentlich seiner Anweisung Folge.
»Danke, Frau Petersen«, nicke ich Polly huldvoll zu und straffe meinen Rücken. Irgendwo habe ich gelesen, das Blut würde dann besser zirkulieren, und man könne sich besser konzentrieren. Und weil man dadurch auch größer wirkt, bekommt das, was man sagt, mehr Gewicht.
Nur: So viel habe ich leider gar nicht zu sagen …
»Meine Promiprojekte, ja richtig«, setze ich zu meiner Rede an und stelle mit Entsetzen fest, dass sich offensichtlich mein gesamtes Blut aus dem Gehirn ins Rückenmark verkrümelt hat, und ich plötzlich gar nichts mehr weiß.
Herr Bader sieht mich währenddessen gespannt an, Christoph nestelt nervös an seiner Krawatte.

»Nun, es sieht also folgendermaßen aus«, starte ich dann doch endlich durch. »Das Buch von Sophie Harbach ist so gut wie fertig, es erscheint im März. Dirk Baumann, der Radiomoderator, hat ebenfalls abgegeben, und ich habe die passende Illustratorin für das Cover gefunden, sodass auch dieses Buch termingerecht im Frühjahr fertig sein wird. Von Juliane Heppner, Sie wissen schon, der Münchner Partyqueen und Discothekenbesitzerin, die ich im Sommer angesprochen hatte, habe ich gerade eben, bevor Sie mich hereingerufen haben, eine Absage bekommen, weil sie für ein halbes Jahr nach Sri Lanka fährt. Sie möchte statt des anvisierten Partyführers nun einen Ayurveda-Ratgeber schreiben, aber das wird wohl aufgrund ihrer Reise erst nächstes Jahr etwas. Also, eher Ende nächsten Jahres. Dennoch erwarte ich mir von diesem Ratgeber weitaus höhere Verkaufszahlen als von einem regionalen Partyführer.
Herr Langer ist mit seinem Kochbuch fertig, und ich soll nach München fliegen, um bei einem Probekochen die endgültige Rezeptauswahl zu treffen.«
An dieser Stelle verschluckt Christoph sich an seinem Cappuccino. Vermutlich denkt er gerade an meinen Versuch, Spaghetti mit Scampi zu kochen …
»Frau Vogel habe ich – wie Sie wissen – vor Kurzem getroffen, jetzt warte ich auf ihre Rückmeldung. Darauf hatten wir uns verständigt. Sie ist ja nicht gerade einfach.
Leonie-Emma Körner und Alexander Bräuer, der, nebenbei bemerkt, im September noch gar nicht auf meiner Liste stand (nun hustet Christoph schon wieder), haben bereits ihre Krimi-Skripte abgegeben, aber merkwürdigerweise ist der Plot identisch.«

»Der Plot ist identisch?«, fragt Herr Bader verwundert nach und runzelt die Stirn. »Wie kann das denn sein? Haben Sie da mal nachgehakt?«

»Ich, also, ähem, habe per E-Mail um Klärung gebeten, aber bislang noch keine Antwort erhalten.«

»Noch keine Antwort erhalten?«, fragt mein Chef in bedrohlich lautem Tonfall und erhebt sich aufgeregt von seinem Sitz. »Wieso denn das nicht? Was ist denn daran so schwierig, zwei Autoren etwas zu fragen, was für Ihre und damit unsere Arbeit existenziell wichtig ist? Warum muss denn in diesem Laden hier immer alles so lange dauern?«, schreit er nun fast, und ich befürchte einen seiner berühmten cholerischen Anfälle. Mein einziger Trost ist, dass diese Szene offensichtlich mehr mit seiner allgemeinen Gemütsverfassung zu tun hat als tatsächlich mit mir und meiner Arbeitsweise ...

»Ich werde versuchen, das so schnell wie möglich zu klären, und Sie dann umgehend informieren«, versuche ich, meinen Chef zu beschwichtigen und suche dann nach den richtigen Worten für das, was ich jetzt sagen will. Bloß keinen Fehler machen.

»Es ist nur so, dass Herr Bräuer anscheinend besonderen Wert auf eine Zusammenarbeit mit mir legt und unbedingt ein Buch in unserem Verlag veröffentlichen möchte.«

Angesichts dieser Worte wird Christoph nun endgültig weiß um die Nase, und ich kann nicht umhin, mich irgendwie zu freuen. Ätschbätsch, denke ich und strecke ihm innerlich die Zunge raus. Was du kannst, kann ich schon lange. Schöne Grüße auch an Carlotta. Und an Laura.

»Soso, er arbeitet also gerne mit Ihnen zusammen und möchte unbedingt bei Bader & Köllisch veröffentlichen. Das höre ich natürlich gerne. Aber nun weg von diesem ganzen emotionalen Quatsch und persönlichen Beziehungen und hin zu den realen Fakten. Wer von den beiden Autoren hat denn nun das bessere Skript?«, fährt Herr Bader fort, und ich stelle erfreut fest, dass sich seine Gemütslage offensichtlich wieder etwas stabilisiert hat.

Aber was sage ich denn jetzt um Himmels willen? Denn wenn ich wahrheitsgemäß Frau Körner das größere Talent bescheinige, ist es zugleich das Aus für Alexander. Und wer weiß, wie er dann reagiert? Zumal ich ihn ja gefragt habe, ob er nicht ein Buch für uns schreiben möchte. Wie unangenehm.

Trotz allem beschließe ich, bei der Wahrheit zu bleiben.

»Frau Körner ist definitiv besser«, stoße ich atemlos hervor und starre Herrn Bader fragend an.

»Na also, dann ist ja alles klar«, freut sich mein Chef. »Jetzt habe ich allerdings noch ein Anliegen beziehungsweise eine neue Aufgabe für Sie: Können Sie nicht mal ein paar männliche Autoren auftreiben? Es sind zwar in erster Linie Frauen, welche die Bücher kaufen, aber ein paar Herren hätte ich schon ganz gerne mal wieder im Programm. Was ist denn mit Fußballern? Schließlich haben wir bald die WM in Deutschland. Mit Politikern? Mit Ärzten? Mir ist das alles ein wenig zu einseitig. Ich möchte Sie bitten, mir bis Ende der Woche ein paar neue Projekte vorzuschlagen.«

Mit dieser Ansage bin ich offenbar entlassen, denn Herr Bader sortiert bereits seine Unterlagen und greift zum Hörer seines Telefons.

Gesenkten Kopfes verlasse ich das Büro und würde am liebsten sofort nach Hause gehen. Wo soll ich denn auf einmal schreibende Fußballer auftreiben? Das haben doch schon Oliver

Kahn und Stefan Effenberg erledigt. Und dieser Uli Hoeneß. Die, die da sonst noch so rumlaufen, kenne ich ja nicht mal dem Namen nach. Und dass ich nicht einfach nach Madrid fliegen kann, um David Beckham zu fragen, ohne dass Noch-Gattin Victoria mir die Augen auskratzt, ist ja wohl auch klar.
Was für ein bekloppter Job!
Was zum Teufel hat mich geritten, ihn jemals anzunehmen? Warum bin ich nicht einfach Buchhändlerin geblieben? Und bei meinem Exfreund Andreas?
Da wäre das Leben jetzt einfacher und überschaubarer.
Ich säße gemütlich mit Andreas vor dem Fernseher, ließe mir von ihm meine geschundenen Füße massieren, würde tonnenweise Chio-Chips ultrascharf in mich hineinstopfen, und wir würden gemeinsam alt und moppelig werden. Und wahnsinnig belesen. Man würde mich wegen meines breit gefächerten Allgemeinwissens bewundern, und ich würde sämtliche Runden Trivial Pursuit gewinnen.
Vielleicht hätte ich dann – weil ich nicht mit so viel anderem Unsinn beschäftigt wäre – auch endlich einen Führerschein. Beim Gedanken an das Thema Auto werde ich wieder ganz melancholisch, denn das werde ich wohl immer und ausnahmslos mit Christoph verbinden. Ich stelle überhaupt fest, dass mich das Wiedersehen mit ihm ganz schön aus der Bahn geworfen hat: Meine Knie zittern, und das sicher nicht wegen der Begegnung mit Herrn Bader. Ich beschließe, schnell einen Moment an die frische Luft zu gehen, denn momentan bin ich nicht in der Stimmung, mich in meiner Besenkammer wie eine Wilde auf neue Projekte zu stürzen. Ein paar Schritte an der Alster werden mir sicher gut tun, denke ich und nehme meinen Mantel vom Haken. Annalena, die anscheinend gerade die

»Damen« besucht, lege ich einen Zettel hin, damit sie weiß, wo ich mich rumtreibe, falls mich jemand sucht.
Falls Christoph nach mir fragen sollte, haha.

Draußen fällt mein Blick zuerst auf den Porsche meines Exfreundes, den er mitten in der Einfahrt geparkt hat, wohl weil Herr Witte, unser Mann für alle Fälle im Verlag, ihn mit irgendwelchen Bücherkisten beladen soll.
Doch ich lasse den Wagen links liegen, begebe mich direkt ans Alsterufer und beobachte dort ein paar Schwäne, die ihre Runden ziehen, bevor sie mit ihren Kollegen zusammen ins Winterquartier gebracht werden, wo es warm und kuschelig ist. Ich seufze und muss unwillkürlich an einen Samstagmorgen denken, an dem mit Christoph und mir noch alles in Ordnung war.
Ich hatte mal wieder bei ihm übernachtet, und wir beide mussten früh aufstehen, weil Christoph um 9.00 Uhr einen Friseurtermin hatte. Charmant bot Christoph zwar an, ich könne liegen bleiben und warten, bis er mit frischen Brötchen wieder nach Hause käme, aber mir war eingefallen, dass ich an diesem Tag wieder größere Mengen Katzenfutter für Sissi und vor allem Katzenstreu kaufen musste. Und da ich keine Lust hatte, alles zu schleppen, hatte ich mit Christoph vereinbart, bei der Gelegenheit gleich für unser Wochenende einkaufen zu gehen, sodass mein Liebster mich später mit dem gesamten Kram nach Hause bringen könnte.
Gesagt, getan. Christoph hatte seinen Wagen auf dem Parkplatz des Schlemmermarktes geparkt, war in Richtung Friseur davongestiefelt und ich zu SPAR. Bewaffnet mit einem ganzen Arsenal an Lebensmitteln, Katzenfutter und Dingen

des täglichen Gebrauchs fuhr ich mit meinem Einkaufswagen direkt an das Hinterteil des Porsche und fand mich dabei irre pfiffig. Dann hangelte ich nach dem Wagenschlüssel, um den Kofferraum zu öffnen. Etwas misstrauisch, weil ich eher selten im Besitz von Wagenschlüsseln mit Fernbedienung bin, beäugte ich das schwarze Teil aus Plastik, auf dem fett das Porsche-Logo prangte.
Angeber, schmunzelte ich innerlich, weil ich eigentlich nichts für Wagen dieser Art übrig habe. Meiner Meinung nach müssen Autos ein nettes Gesicht haben, das reicht. Am besten mit runden Kulleraugen und einem freundlichen Grinsen.
So wie der Audi TT – das einzige Auto, das ich jemals fahren würde, wie ich Christoph bereits mehrfach mitgeteilt habe, wenn das leidige Thema »Führerschein« wieder einmal zur Sprache kam.
Ein Porsche hat traurige Triefaugen und zieht depressiv die Mundwinkel nach unten. Aber was soll's, jeder, wie er es mag, und dieses Gefährt hatte ja nun auch nicht die Aufgabe, mich heiter zu stimmen, sondern mich und meine Einkäufe bequem nach Hause zu transportieren. Doch welchen Knopf galt es nun zu drücken? Aus Angst, mich zu blamieren, hatte ich Christoph nicht gefragt und war nun schwer verunsichert.
Ach, was soll da schon groß passieren? Schlimmstenfalls geht die Klappe halt nicht auf, sprach ich mir Mut zu und bemerkte zu meinem Unwillen, dass erste Regentropfen vom Himmel fielen. Na, prima! Einen Regenschirm hatte ich natürlich nicht dabei. Ich versuchte, mich schützend vor die Tüte mit der Katzenstreu zu stellen, denn diese war aus Papier, und das sollte ja nun keinesfalls durchweichen. Beherzt drückte ich also einen Knopf, auf dem das Symbol (ein nach oben zeigender Pfeil)

mir logisch und viel versprechend erschien. Doch nichts passierte, außer dass der Regen immer stärker wurde – in Hamburg ja nichts Ungewöhnliches. Während ich mich innerlich mit Umzugsplänen (Italien? Frankreich? Spanien?) aufzuheitern suchte, drückte ich erst ein zweites und dann ein drittes Mal auf den Knopf, weil sich immer noch nichts tat.

Doch dann tat sich etwas.

Etwas Grauenvolles, an das ich bis heute nur mit Schamesröte im Gesicht zurückdenken kann und einer der Gründe, weshalb ich nicht mehr bei SPAR einkaufe.

Die Alarmanlage ging an.

Ganz Eppendorf wurde beschallt von einem durchdringenden Signalton, den abzustellen, ich nicht in der Lage war. Leider war ich auch nicht mehr in der Lage, klar zu denken und hätte mich am liebsten – Einkäufe hin oder her – sang- und klanglos aus dem Staub gemacht.

Hysterisch, weil es mir selbst beinahe das Trommelfell zerriss, und ich mittlerweile klitschnass war, versuchte ich durch wildes Drücken der anderen Knöpfe den Schlamassel zu beenden.

Doch nichts passierte.

Zumindest war die Alarmanlage nicht totzukriegen, was im Fall versuchter Autoentführung sicher durchaus sinnvoll gewesen wäre. Leider aber in diesem konkreten Fall nicht besonders passend. Immerhin war es erst 9.30 Uhr an einem Samstagmorgen. Und jeder Eppendorfer, der etwas auf sich hält, schläft bis mindestens 11.30 Uhr, wenn nicht noch länger.

Nur nicht an diesem Tag, wie mir der eine oder andere drohend zu verstehen gab, indem er den Kopf aus dem Fenster steckte, mich schnell als Übeltäterin in Sachen Ruhestörung

entlarvte und drohte, die Polizei zu verständigen, wenn der Lärm nicht binnen Sekunden ein Ende habe.
Mit zitternden Händen wählte ich Christophs Nummer, um ihn von meinem Missgeschick in Kenntnis zu setzen und gleichzeitig um Hilfe zu bitten, bekam aber lediglich seine Mailbox an den Apparat.
Klar, er wollte beim Friseur nicht gestört werden …
Mittlerweile waren einige SPAR-Mitarbeiter auf den Parkplatz geeilt, vermutlich weil sie befürchteten, es könnte eine wichtige Ladung Kiwis aus Neuseeland in Gefahr sein oder aber der Container mit frischem Hummer. Doch alles, was sie fanden, war ein regennasses Bündel mit einem Handy in der Hand, das offenbar kurz davor stand, sich das Leben zu nehmen.
»KKKKönnten SSSie mmmmmir bbbbbbitte hhhelfen?«, stotterte und schluchzte ich in einem Atemzug und versuchte, dem Herrn, der am nettesten aussah, meine missliche Lage zu erklären.
Dieser nahm mir beherzt den Autoschlüssel aus der Hand, den ich noch immer umklammert hielt, und versuchte nun seinerseits sein Glück. Mittlerweile hingen fast sämtliche Anwohner an den Fenstern, und ich vermied es tunlichst, vom Boden aufzuschauen.
Hoffentlich notiert sich keiner das Kennzeichen, betete ich innerlich und beobachtete meinen Helfer in spe, der jedoch auch bald aufgab.
So viel zum Thema Männer und Technik.
»Tja, da bleibt Ihnen wohl nichts anderes übrig als zum Friseur zu gehen und Ihren Mann zu holen«, schlug der freundliche SPAR-Mitarbeiter mir vor. Ich nickte stumm

und überlegte, ob das nicht so aussehen würde, als beginge ich eine Art Fahrerflucht, nur ohne Führerschein …
»Nun machen Sie sich man keine Sorgen, min Deern«, klopfte der Herr mir auf die Schulter, »ich passe schon auf den Wagen auf. Nun aber mal los!«
Das ließ ich mir natürlich nicht zweimal sagen und war heilfroh, dem Ort meiner Schande kurzfristig entrinnen zu können. So schnell ich konnte, rannte ich Richtung Friseur und betete inständig, Christoph möge nicht gerade mit aufgeschäumtem Haupthaar dort sitzen, sondern schon fertig sein. Und ich hatte Glück.
Christoph war gerade beim Zahlen, als ich ihm völlig atemlos an die Brust fiel und in verwirrten Sätzen versuchte zu erzählen, was seinem Wagen und mir soeben widerfahren war. Ohne weitere Nachfragen sprintete mein Freund – mich im Schlepptau – zum Parkplatz, wo der Herr von SPAR noch immer tapfer und standhaft den Porsche bewachte.
»Ein schönes Auto haben Sie da«, beglückwünschte er Christoph und hatte trotz des ohrenbetäubenden Lärms scheinbar die Ruhe weg. »Aber ich fürchte, da müssen Sie den Pannendienst anrufen, denn ich hab hier schon alles versucht.«
Während ich so tat, als sei ich gar nicht da, tippte Christoph in Windeseile die Nummer des Porsche-Dienstes seines Vertrauens ein und ließ sich via Ferndiagnose die nächsten Schritte erklären.
Und dann endlich kehrte wieder Stille auf dem Eppendorfer Baum ein.
Die Köpfe hinter den Gardinen wurden spärlicher, und ich begann allmählich, mich zu entspannen. Ich hörte noch, wie

Christoph versprach, gleich am Montagmorgen mit dem Wagen in Lübeck beim Vertragshändler vorbeizukommen und setzte mich beschämt auf den Beifahrersitz. Die Katzenstreu, deren Verpackung sich mittlerweile aufgelöst hatte und die vor sich hin quoll, hatte ich der parkplatzeigenen Mülltonne anvertraut und wusste schon, dass ich am Montag neues würde besorgen müssen …

Und wieder seufze ich tief, als ich daran denke, wie lieb und verständnisvoll Christoph damals auf diese Panne reagiert hat. Nicht ein Wort des Vorwurfs oder der Klage, weil er am Montag verdammt früh aufstehen musste, um pünktlich vor Jobbeginn den Wagen nach Lübeck zu bringen.
Auch kein Meckern, weil er für ein paar Tage einen simplen Golf als Leihwagen fahren musste, bis die Elektronik seines Autos wiederhergestellt war. Lediglich ein gemurmeltes »Wird aber echt mal Zeit, dass du deinen Führerschein machst« hatte davon gezeugt, dass dieser Vormittag doch nicht ganz spurlos an ihm vorübergegangen war.

Nachdem ich über eine halbe Stunde draußen herumgelaufen bin, trete ich nun doch den Rückweg an, schließlich habe ich ja noch einiges zu klären und zu tun. Als Erstes werde ich Alexander anrufen, um ihn davon in Kenntnis zu setzen, dass das mit seinem Krimi in unserem Verlag nichts werden wird.
Während ich noch überlege, wie ich ihm das möglichst schonend beibringen kann, renne ich fast in Christoph hinein, der gerade die Wagentür öffnet und offensichtlich seinen Porsche aus der Einfahrt fahren will.
»Hallo, Christoph«, grüße ich ihn zaghaft, weil ich immer

noch nicht verstehen kann, wie das mit uns so schrecklich schief gelaufen sein kann.
Wir haben uns doch geliebt?
Und wir haben doch so gut zusammengepasst?
Doch Christoph gönnt mir nur ein knappes Kopfnicken und schließt die Wagentür hinter sich. Das ist mehr als deutlich.
Missmutig trotte ich in den Verlag, nur mäßig bereit, meinen Aufgaben als Promijägerin tapfer ins Auge zu blicken.

»Wo warst du denn so lange?«, schimpft nun Annalena, die offensichtlich meinen Zettel nicht gesehen hat.
»An der Alster, spazieren«, knurre ich unwirsch und erwecke meinen PC aus seinem Dämmerschlaf. Und was sehe ich? Eine E-Mail von Marita Vogel!

Liebe Frau Teufel,
bitte entschuldigen Sie, dass ich es bei unserem letzten Treffen so eilig hatte, und wir gar keine Gelegenheit gefunden haben, über mein Buch zu sprechen.
Bitte rufen Sie mich doch bei Gelegenheit an.
Danke und herzliche Grüße aus Berlin, Marita Vogel.

O nein, auch das noch, denke ich – ich habe jetzt so gar keine Lust, bei der Zicke anzurufen, ich würde mich viel lieber hemmungslos in meinem Liebeskummer suhlen ... Bei diesem Stichwort fällt mir allerdings wieder der von Herrn Bader geforderte Telefonanruf ein. Ich muss endlich Alexander Bräuer benachrichtigen. Zu meinem Glück erreiche ich ihn auf seinem Handy. Er ist gerade mal wieder in Köln oder sonst wo, eigentlich ist es mir aber auch egal!

»Marie!« Anscheinend freut er sich, meine Stimme zu hören. »Wie schön, dass du dich meldest. Wie geht es dir?«, fragt er ganz süß, und ich überlege fieberhaft, ob nicht doch vielleicht er den besseren Krimi geschrieben haben könnte …

»Alexander? Können wir uns in den nächsten Tagen mal treffen? Wegen deines Manuskriptes?«, höre ich mich auf einmal fragen, obwohl ich ihm das Problem doch hier und heute am Telefon erklären wollte.

»Ja sicher, gerne«, antwortet Alexander hocherfreut, und ich könnte mich selber ohrfeigen wegen meiner Blödheit (eigentlich will ich mich doch gar nicht wirklich mit ihm treffen).

»Ich bin nur leider in der nächsten Zeit nicht in Hamburg. Ich bin jetzt in Berlin, und nächste Woche drehe ich für ein paar Tage in München auf dem Bavaria-Filmgelände.«

München, denke ich, das passt ja gut. Vielleicht kann ich das Treffen mit einem Besuch bei den Jungs verbinden, die wollten mich ja sowieso sehen.

»Ich bin auch nächste Woche in München (glaube ich jedenfalls)«, antworte ich wie in Trance. »Und zwar am Donnerstag und Freitag.« Mein Gott, was mache ich da eigentlich?

»Aber das ist doch wunderbar! Was hältst du von Freitag? Zum Abendessen? Ich kenne da ein wundervolles Restaurant, in das ich dich gerne entführen würde. Das ›Ritzi‹. Dort isst auch Boris Becker regelmäßig, und ich übernachte im gleichnamigen Hotel. Was meinst du? 20.30 Uhr? Ich reserviere den Tisch?«

O mein Gott, denke ich erneut, während sich um mich herum alles zu drehen beginnt. Worauf habe ich mich denn da schon wieder eingelassen? Kann ich ihm nicht einfach am Telefon sagen, dass wir sein Buch nicht verlegen wollen und damit basta? Doch plötzlich beschleicht mich eine Idee, die zu meinem Gespräch mit Herrn Bader passt, und auf einmal finde ich den Plan, Alexander Bräuer in München zu treffen, gar nicht mehr so idiotisch …

»Sag mal, Süße, du hast noch gar nichts von deinem Nikolausabend mit Günther erzählt?«, frage ich nun meine Freundin, weil ich ja zum einen beschlossen habe, mich mehr um das Wohlergehen meiner Mitmenschen zu kümmern, und zum anderen, weil ich für meine Begriffe gerade sehr fleißig war und eine Pause verdient habe … Neugierig sehe ich Annalena an, die widerwillig ihr Headset auf den Schreibtisch legt.

»Ach, da gibt es eigentlich nichts zu erzählen«, wiegelt sie ab, sieht aber gleichzeitig so aus, als gäbe es ganz im Gegenteil darüber furchtbar viel zu sagen.

»O nein, hat es wieder nicht geklappt?«, frage ich mitfühlend. »Aber das gibt es doch gar nicht. Hat der Mann denn Rosinen auf den Augen?«, bohre ich weiter nach.

»Das heißt Tomaten auf den Ohren«, lacht Annalena und sieht schon etwas besser aus. »Ach, ich weiß doch auch nicht. Vielleicht sollte ich einfach die Finger von ihm lassen und aufgeben. Gestern war's wie immer supernett, er hat mir sogar etwas zum Nikolaus geschenkt«, erzählt sie und zieht gleichzeitig einen Schlitten aus bunt bemaltem Zink, gezogen von Rentieren, aus der Schublade.

Der Schlitten ist randvoll mit Annalenas Lieblingstrüffeln, den »Himmlischen«, kein sooo schlechtes Zeichen, wie ich finde. Den Schlitten würde ich mir am liebsten zu Dekozwecken unter den Nagel reißen, und ehe Annalena mich

daran hindern kann, verschwindet auch schon die erste Praline in meinem Mund.
»Möchtest du etwa auch eine?«, fragt meine Freundin amüsiert und gönnt sich selbst ein Exemplar dieser zuckersüßen Köstlichkeit. Vielleicht sollte ich Günther Maaßen mal anrufen, überlege ich, während ich nach meiner Flasche Vittel greife, um nicht noch mehr von Annalenas Pralinen zu vertilgen. Höre ich da nicht leise Blondi Beifall klatschen?

Der Freitag vergeht schnell, ich hake bei den Managements diverser potenzieller Autoren nach und erkundige mich nach dem neuesten Stand der Dinge. Alle Promis sind mal wieder unglaublich busy, daher schwer bis gar nicht erreichbar, und so bleibt mir nichts anderes übrig, als meine gestapelten »Gala«- und »Bunte«-Hefte nach möglichen neuen Projekten zu durchforsten.
Freitagabend rufe ich bei Martina an, um mich zu erkundigen, wie es mit Sarah und Rolf vorangeht.
»Leider gar nicht«, antwortet Martina und klingt sehr besorgt. »Sarah weigert sich, über Rolf zu sprechen, und als ich sie gefragt habe, ob wir Sonntag zu dritt in Hagenbecks Tierpark gehen wollen, hat sie rundum abgelehnt.«
Und das, obwohl Sarah es liebt, in den Zoo zu gehen, überlege ich und erinnere mich daran, wie Sarah am liebsten ins Eisbärengehege eingezogen wäre, als »Lars, der kleine Eisbär« im Kino lief.
»Soll ich mal mit ihr reden?«, frage ich eher rhetorisch, nicht, weil ich wirklich an meine pädagogischen Fähigkeiten glaube.
»Wenn du meinst, dass das was nützt«, antwortet Martina

vage – auch sie vertraut anscheinend meinem vermittlerischen Geschick nicht besonders.

»Gib sie mir doch mal, vielleicht hat sie ja Lust, mit mir am Sonntag in den Zoo zu gehen«, schlage ich vor und habe Sekunden später eine begeisterte Sarah an der Strippe, die sich irre auf den Ausflug mit mir freut. So kann ich wenigstens mein schlechtes Gewissen wegen des Wochenendes besänftigen, an dem ich Annalena meine Babysitter-Pflichten überlassen habe.

»Ich hole dich Sonntag um 11.00 Uhr ab und bringe euch zu Hagenbecks«, kommt mir Martina erfreulicherweise entgegen, so kann ich mir wenigstens das teure Taxi-Geld sparen.

Und so stapfen Sarah und ich an einem eiskalten, aber strahlenden Adventssonntag zusammen durch den Zoo. Für Bergziegen, Pampashasen und anderes Kleingetier haben wir spezielles Futter gekauft, für die Elefanten sind Karotten und Äpfel im Gepäck. Für uns selbst Schokobrownies (von Martina gebacken) und eine kleine Kanne Tee.

Aber neben dem Anschauen und Füttern der Tiere habe ich natürlich den Plan, Sarah auf Rolf anzusprechen, und bei der Gelegenheit ein gutes Wort für ihn einzulegen. Mal sehen, wann sich dazu eine Gelegenheit ergibt. Sarah ist, Gott sei Dank, gut drauf und freut sich auf den Tag. Als Erstes will sie zu den Pinguinen, was ich gut nachvollziehen kann. Gemeinsam betrachten wir die possierlichen Tierchen, die aussehen, als hätten sie vergessen, ihren Smoking abzulegen, und die majestätischen Eisbären im Hintergrund, die sich faul vor ihrer Höhle zusammengerollt haben. Nach dem Affenfelsen (ich hasse Affen!), dem Löwengehege und dem Streichelzoo nähern wir uns nun den Ponys. Klar, dass Sarah unbedingt eine Runde reiten will. Ich selbst halte lieber etwas Abstand von den Tieren, da ich fürchterlich allergisch gegen jede Form von Pferdehaar bin. Während Sarah glücklich davontrabt und wahrscheinlich schon von einer Karriere als Turnierreiterin träumt, trete ich von einem Bein aufs andere, weil ich so friere. Um mir die Zeit zu vertreiben, beobachte ich die Zoobesucher und male mir in Gedanken aus, wie wohl deren Leben so verläuft. Zum Beispiel die glückliche, junge Familie, die da gerade auf mich zukommt: er, dunkelhaarig, groß, attraktiv, sie ebenfalls, flankiert von einem Weimeraner Jagdhund und zwei süßen Jungs, circa vier und sechs Jahre alt. Welch ein hübsches Paar, so ein Bild möchte ich später auch mal abgeben, wenn ich mit meinem Kind (sollte es jemals dazu kommen) und meinem Mann (wer auch immer das sein mag) den Sonntag im Zoo verbringe.

»Hallo, Marie, na, das ist ja eine Überraschung«, vernehme ich auf einmal meinen Namen. Verwirrt mustere ich den Dunkelhaarigen, der nun näher kommt und ganz offensichtlich mit mir gesprochen hat.

»Na, so ganz allein im Zoo?«, fragt die Stimme unbeirrt weiter, und ich stelle zu meinem Schrecken fest (vielleicht sollte ich die Stärke meiner Kontaktlinsen mal wieder überprüfen lassen), dass es Christoph ist, der da auf heile Welt macht und mit mir spricht.

»Oh, hallo, Christoph«, stammle ich und mustere die Frau an seiner Seite. »Was machst du denn hier?«, frage ich verdattert, denn etwas anderes fällt mir an dieser Stelle leider nicht ein. Und wer zum Teufel ist diese Frau? Und wessen Kinder sind das?, grüble ich, und in meinem Inneren tobt ein Orkan.

»Ach, darf ich übrigens vorstellen«, kommt Christoph mir zuvor, bevor meine Fantasie endgültig Amok läuft. »Marie Teufel, Lektorin in unserem Verlag, und Katharina, meine Schwester. Und das hier«, Christoph zeigt stolz auf die beiden Jungs, von denen der kleinere sich schüchtern hinter seinem Hosenbein versteckt und der andere mit dem Hund schmust, »sind meine Neffen Anton und Philipp.«
»Nett, euch alle kennen zu lernen«, antworte ich stockend und versuche, diese vielen Informationen zu verarbeiten. Wie gut, dass Sarah noch mit dem Pony unterwegs ist. Mein Gehirn rotiert: Seit wann hat Christoph denn eine Schwester? Und zwei Neffen? Und wieso spricht er eigentlich wieder mit mir?
»Und du?«, fragt Christoph und sieht mich dabei mit undefinierbarem Gesichtsausdruck an, während seine Schwester diskret hüstelnd die beiden Jungs davonschiebt in Richtung Kiosk.
»Ich, äh, ich bin mit Sarah hier. Du weißt schon, Sarah, Martinas Tochter«, stammle ich und bete inständig, dass ich jetzt nicht rot werde.
»Ist Martina denn auch hier?«, erkundigt sich Christoph, und meine Knie werden ganz weich, weil seine Stimme so zärtlich klingt. Oder bilde ich mir das nur ein?
»Marie, ich wollte eigentlich schon seit einiger Zeit mit dir sprechen, weil ich dir …«
Doch diesen Satz kann Christoph leider nicht mehr beenden, weil Sarah nun mit hochroten Wangen und offensichtlich völlig in Ekstase ob ihres Ausrittes auf mich zustürzt und damit alles zerstört, was auch immer sich da gerade angebahnt hat.
»Wer ist das denn, Marie?«, fragt Sarah und deutet ohne jede Hemmung mit dem Finger auf Christoph.

»Das ist ... (mein Gott, was soll ich denn jetzt sagen: Das ist ein Kollege, ein Exfreund, die Liebe meines Lebens?) Christoph, mein Chef«, beende ich den Satz.
»Kommst du mit zu den Kattas?«, fragt Sarah nun »meinen Chef« und hat offensichtlich Christoph zu ihrem neuen besten Freund auserkoren.
Ich überlege fieberhaft, was um Himmels willen Kattas sind. Und wie kann ich es verhindern, dass Sarah Feuer für einen Mann fängt, den sie nie wieder sehen wird. Soll sie sich stattdessen doch lieber für Rolf erwärmen, verdammt!
Christoph sieht so aus, als wüsste er ebenfalls nicht genau, was zu tun ist, und bekommt unverhoffterweise Schützenhilfe von seiner Schwester.
»Hier, habe ich mitgebracht«, sagt sie und hält Christoph und mir je eine Portion Zuckerwatte unter die Nase.
»Hallo, ich bin Katharina. Und das sind Anton und Philipp«, stellt sie sich nun Sarah vor, die daraufhin Christoph vergisst und sofort Feuer und Flamme für die beiden Jungs ist.
»Habt ihr nicht Lust, zu den Elefanten zu gehen, oder wart ihr da schon?«, fragt Christoph, der sich aus seiner Erstarrung gelöst hat und nun seine Zuckerwatte isst.
Und so wandern wir gemeinsam – als wären wir eine echte Großfamilie – zum Elefantengehege. Die Kinder haben tierischen Spaß, die behäbigen, grauen Dickhäuter zu füttern und reichen den Tieren mit ihren kurzen Kinderarmen Karotten und Äpfel. Die Elefanten saugen mit ihren langen Rüsseln in null Komma nichts alles weg, was es zu saugen gibt, und ich halte sicherheitshalber Sarah fest, damit sie nicht auch noch im gierigen Maul dieses Tieres entschwindet, das aussieht wie ein Relikt aus einer anderen Zeit.

Wie alt diese Augen aussehen, denke ich, während ich parallel versuche, Blickkontakt mit Christoph aufzunehmen. Doch dieser ist plötzlich ganz in seinem Element als Onkel und tobt mit den beiden Jungs rum. Süß.
Nach einer halben Stunde wird uns jedoch kalt, und ein Blick auf die Uhr bestätigt, dass wir gleich von Martina abgeholt werden. Sarah und ich verabschieden uns und stapfen zum Ausgang. Christoph sagt nichts weiter, als »Wir sehen uns dann morgen«, und mit diesem unverbindlichen Satz bin ich in den restlichen Tag entlassen.
»Du bist in den verliebt«, stellt Sarah fachmännisch fest, während wir ins Auto steigen. Eine kleine Träne schleicht sich in meinen Augenwinkel, und ich nicke, während Sarah schon Martina ausführlich von ihrem Ponyritt und Katharinas tollem Hund vorschwärmt. Leider haben wir nun gar nicht mehr über Rolf gesprochen …

Eine Woche später sitze ich mit Annalena im »Sombreros«, unserem zweitliebsten Restaurant nach dem »Paulino«. Das »Sombreros« ist – wie der Name schon vermuten lässt – ein Mexikaner, bei dem es sich vorzüglich Fajitas essen und vor allem Margaritas trinken lässt.
Und eine Margarita ist genau das, was ich an diesem Samstagabend brauche. Denn hinter mir liegt – mal wieder – eine aufregende und arbeitsreiche Woche, von der ich Annalena nun berichten will, weil sie wegen einer Redaktionstour mehrere Tage außerhalb Hamburgs geweilt hat.
Ich erzähle ihr von einem weiteren Treffen mit Radiomoderator Dirk Baumann, einem wirren Telefonat mit Marita Vogel, die mir nun ihr Romanskript schicken will, einem

nicht minder wirren Gespräch mit Leonie-Emma Körner, die mir nach langem Hin und Her ziemlich widerwillig gestanden hat, dass sie vor längerer Zeit ein Techtelmechtel mit Alexander Bräuer hatte und in dieser Zeit gemeinsam mit ihm an der Idee zu dem Krimi gearbeitet hat. Nach der Trennung hat dann offensichtlich jeder für sich an seiner Version weitergeschrieben, nur mit dem kleinen Unterschied, dass Frau Körner schreiben kann und Alexander Bräuer leider nicht ganz so gut.

»Was? Echt? Die Körner und der Bräuer?«, wundert sich nun Annalena, während Ali, der nette Besitzer des Restaurants (ein Ägypter, kein Mexikaner, aber das nur am Rande), uns Guacamole und Nachos bringt.

»Tja, wer hätte das gedacht?«, sage ich, und nun müssen wir beide grinsen, weil Alexanders Name beinahe automatisch die Erinnerung an meine erotische Episode mit ihm heraufbeschwört.

»Wo doch seine Kronjuwelen nicht so besonders majestätisch sind und so …«, kichert Annalena nun völlig enthemmt, und ich kann nicht umhin, ebenfalls zu lachen.

»Kein Wunder, dass sie nicht mehr mit ihm zusammen ist«, füge ich hinzu und puste mit dem Strohhalm ein paar Blasen in meine Margarita.

»Und wie war's mit den beiden Jungs? Habt ihr nett gekocht?«, fragt Annalena nun, offensichtlich begierig, schnellstmöglich auf meinen München-Trip und mein Treffen mit Alexander zu sprechen zu kommen.

»War ganz nett und superlecker«, antworte ich, habe aber keine Lust, weitere Details zu erzählen, denn das Probekochen ist weitgehend unfallfrei verlaufen, wahrscheinlich aber auch deshalb, weil ich nur assistieren und Berge von Karotten, Kartoffeln und Zwiebeln schnibbeln musste. Denn nachdem ich den Jungs von meinem Unfall mit dem Mälzer-Rezept berichtet hatte, waren die davon überzeugt, es wäre das Beste für alle Beteiligten, wenn ich mich auf Hilfstätigkeiten beschränkte. Im Grunde genommen war die ganze Kocherei sowieso nur ein Vorwand, um mit mir weitere Buchprojekte zu besprechen. Offensichtlich hat nun Paul, dessen bei uns erschienenes Adoptionsbuch für kurze Zeit oben auf der »Spiegel«-Bestsellerliste stand, nun Blut geleckt und will sich weiter als Autor betätigen. Denn schließlich möchte er Ruhm und Ehre, die Tobias hoffentlich bald mit seinem Kochbuch einheimsen will, nicht nur als Co-Autor mit ihm teilen, sondern auch mal wieder selbst, und vor allem allein, im Rampenlicht stehen.

»Und mit Alexander? Nun sag schon, muss ich dir denn heute alles aus der Nase ziehen?«, quengelt Annalena rum, während ich mich dabei ertappe, bereits fast alle Nachos alleine vertilgt zu haben. Blondi ist heute Abend Gott sei Dank auf einer Weight-Watchers-Gala, sonst hätte sie mir den Besuch im »Sombreros« ganz sicher untersagt.

»Tja, mit Alexander habe ich mich auch geeinigt ...«, sage ich langsam und grinse, weil Annalena vor Neugier beinahe platzt.

»Und, jetzt heiratet ihr?«, fragt sie, und ich überlege, dass das vielleicht gar keine so schlechte Idee wäre. Eine Hochzeit in Paris im Schatten von Notre-Dame, dann Flitterwochen in der Provence und an der Côte d'Azur. Das stelle ich mir wirklich sehr romantisch vor. Nur leider ist Alexander Bräuer als dazugehöriger Ehemann an meiner Seite die absolute Fehlbesetzung.

»Nun, wir haben uns wie verabredet im ›Ritzi‹ getroffen, wo es auch wirklich schön ist, und man traumhaft essen kann. Alexander hat wieder all seine Geschütze aufgefahren, um mich in sein Bettchen zu zerren, aber diesmal war ich standhaft, habe kaum Alkohol getrunken, habe mich nicht einwickeln lassen und ihm stattdessen erklärt, dass wir seinen Krimi nicht veröffentlichen können.«

»Und das hat er so ohne Weiteres geschluckt?«, fragt meine Freundin und sieht mich bewundernd an.

»Ja, das hat er, denn ich habe ihm etwas viel Besseres vorgeschlagen«, antworte ich und sehe Annalena triumphierend an.

»Und was? Einen Bildband über Kronjuwelen?«, fragt sie, und nun ist es auch mit meiner Fassung endgültig aus. Der arme Alexander, wenn der wüsste, wie wir hier über ihn herziehen.

»Nun sei doch mal ernst, so kann ich ja gar nicht weitererzählen«, beschwere ich mich, und Annalena verspricht hoch und heilig, nie wieder das Gespräch auf meinen Erotikunfall zu bringen.

»Alexander wird für uns ein Fitness-Buch schreiben. Mit Bodybuilding-Anleitung, Ernährungstipps, Körperpflege et cetera. Also alles, was den metrosexuellen Mann von heute interessiert.«

»Coole Idee«, pflichtet meine Freundin mir bei. »Und weiß Bader schon davon?«

»Ja, den habe ich heute Morgen noch aus München angerufen, bevor ich zum Flughafen gefahren bin. Er war natürlich wie immer im Verlag, scheint auch nicht viel Privatleben zu haben. Und er war total begeistert. Was man bei ihm so nennt. Ist zwar keine Fußballerbiografie, aber die Idee hat er

sowieso schon wieder aufgegeben, weil er gerade erfahren hat, dass die sich nicht so gut verkaufen.«
»Na, dann hast du ja mal wieder Schwein gehabt«, konstatiert Annalena und ich finde, in diesem Fall hat sie absolut Recht.
Den restlichen Abend verbringen wir damit, es uns gut gehen zu lassen. Wir sprechen über meinen nahenden Sylt-Urlaub, und Annalena versteigt sich in wilde Fantasien, was mich dort alles ereilen könnte. Eine Affäre mit dem Vorstand des Robbenschutzbundes ist dabei noch das Harmloseste. Danach sind wir damit beschäftigt, uns einzureden, wie toll wir es finden, an einem Samstagabend als Single tun und lassen zu können, was wir wollen. Wir sind nicht gezwungen, mit unserem Liebsten dumme Actionfilme im Kino zu gucken, Steak essen zu gehen, obwohl wir eigentlich kein Fleisch mögen, oder schlimmer noch: auf der Couch zu sitzen und »Wetten dass?« zu schauen. Wozu brauchen wir einen Christoph oder einen Günther, wenn wir es doch auch so ganz schön haben, bekräftigen wir uns gegenseitig, während wir beide regelmäßig heimlich auf unsere Handys schielen und inständig beten, es möge sich dort etwas tun.

»Tja, den Christoph sehen wir hier wohl nie wieder«, teile ich Sissi mit, als ich nach dem Essen mit Annalena todmüde ins Bett sinke. Denn erstens habe ich ihn vergangene Woche so gut wie gar nicht zu Gesicht bekommen, und zweitens hat er auch keine weiteren Anstalten unternommen, mit mir Kontakt aufzunehmen. Von wegen »ich wollte mit dir reden«, so ein Unsinn.
Um mich ein wenig von dem traurigen Thema abzulenken, denke ich noch einmal an mein Date mit Alexander Bräuer in

München. Denn diesmal habe ich meiner Freundin gegenüber ein wenig geschummelt und ihr nur die halbe Wahrheit erzählt …

Nach der lustigen Kochaktion bei den »Jungs« war ich ins Hotel gegangen, um mich noch ein wenig hinzulegen, bevor ich mich abends mit Alexander im »Ritzi« treffen wollte. Kaum im Hotel angekommen, fand ich in meinem Zimmer eine Flasche Champagner vor und eine Karte, flankiert von einer roten Rose, mit folgendem Text: »Ich kann es kaum erwarten, dich zu sehen! Alexander.«

Verwirrt betrachtete ich den Champagner und überlegte, was genau ich damit anfangen sollte, jetzt und hier, nachmittags, alleine im Hotelzimmer. Keine Frage, dass ich zu jeder Tages- und Nachtzeit gewillt bin, Champagner zu trinken, aber wenn ich damit erst einmal anfange, mir dann auch noch Chips aus der Minibar hole und mich genüsslich einer Folge »Bianca – Weg zum Glück« hingebe, schaffe ich es hinterher wohl kaum noch, mich aufzuraffen, um im Restaurant des Hotels, in dem ich logiere, über ein Buch zu diskutieren, das in dieser Form nie in unserem Verlag erscheinen wird. Während ich noch überlegte, ob ich mir vielleicht ein schönes Schaumbad gönnen (roch ich nicht ein wenig streng nach den Zwiebeln, die ich vorhin unter Protest schneiden musste?) und dabei ein oder zwei Gläschen Champagner trinken sollte, klopfte es plötzlich an der Tür.

Nanu, dachte ich, wer konnte das sein? Ich beschloss zu öffnen, obwohl ich so etwas normalerweise nie mache, und hereinspaziert kam ein schnuckeliger Boy vom Roomservice, der ein festlich gedecktes Tischchen auf Rollen ungefragt ins Zimmer schob, auf dem sich – Schreck lass nach, ich kam doch gerade vom Essen – Kaviar auf Eis, sowie diverse Brötchensorten in einer Silberschale tummelten. Während ich gerade lautstark etwas von »Irrtum« und »kann nicht für mich sein« von mir geben wollte, schob sich hinter dem Kellner (fehlte nur noch, dass er eine Rose zwischen den Zähnen trug) Alexander Bräuers Konterfei in meinen Blick.

Um Himmels willen, dachte ich, der hat mir gerade noch gefehlt. Es war doch erst 16.00 Uhr, bis zu unserem verabredeten Termin waren es noch Stunden. Und wie sah ich eigentlich aus? Ich steckte noch in meiner Jeans und einem blöden T-Shirt, das ich extra angezogen hatte, falls ich aus irgendwelchen Gründen wieder mit etwas Farbigem, wie zum Beispiel Tomaten oder Curry, konfrontiert werden würde. Wie gesagt, ich hatte das Gefühl, nach Zwiebeln und Gebratenem zu müffeln, meine Haare hingen schlapp wie Schnittlauch herunter, weil Paul es irre komisch gefunden hatte, mir eine von Tobias' alten Profi-Kochmützen auf den Kopf zu setzen, kurzum: Das war eindeutig nicht der Anblick, den ich dem Mann bieten wollte, mit dem ich beinahe mal im Bett gelandet wäre oder eigentlich auch bin.

»Hallo, Alexander«, stammelte ich wirr, während der Zimmerservice dezent den Rückzug antrat, nachdem ihm Alexander einen Geldschein zugesteckt hatte. »Schön, dich zu sehen (glatte Lüge)! Aber sind wir nicht eigentlich für später verabredet? Unten? Im Restaurant?«, fuhr ich fort, während Alexander sich mir immer weiter näherte, elegant den Tisch mit dem Kaviar umschiffte, hinter den ich versucht hatte, mich zu flüchten, und mir somit gefährlich nahe kam.

Reflexartig versuchte ich, das Weite zu suchen, denn wenn ich jetzt etwas gar nicht gebrauchen konnte, war es ein neuerliches

kompromittierendes Zusammentreffen in einem Hotelzimmer mit Mister Wahnsinnigvonsichüberzeugt Alexander Bräuer.
»Freust du dich denn gar nicht, mich zu sehen?«, hörte ich genau die Worte, die ich befürchtet hatte zu hören, während ich mich schon in der Ecke des Hotelzimmers befand, wie eine Maus, die nicht von der Katze verspeist werden möchte.
»Dddoch, doch«, stotterte ich und manövrierte mich wieder aus der Sackgasse heraus, denn ich wollte die Situation nicht noch peinlicher werden lassen, als sie ohnehin schon war.
»Doch, ich bin nur verwirrt, weil ich befürchte, mich im Termin vertan zu haben, das ist alles. Aber jetzt, wo du schon mal hier bist, können wir ja auch hier essen und über das Buch sprechen«, sagte ich und schielte gleichzeitig auf die Schale mit dem Kaviar. Ob der wohl echt war? Sevruga oder Beluga? Hmm, so etwas hatte ich noch nie gegessen. Amüsiert verfolgte Alexander meinen Blick. Aber hatte er mir nicht damals im »Henssler & Henssler« gesagt, er habe eine Schwäche für Frauen, die gerne essen? Nun damit wenigstens war er bei mir an der richtigen Adresse. Und als hätte der liebe Gott tatsächlich mal ein Einsehen mit mir, setzte sich Alexander einfach artig auf einen Stuhl und sah mich lange an.
Was kommt denn jetzt?, dachte ich aufgeregt. Fragt er mich als Nächstes, ob ich Kaviar mag? Seine Frau werden will? Seine Ghostwriterin für den Krimi? Mir schossen Millionen wirre Gedanken durch den Kopf, und um eine etwas bessere Figur in diesem Szenario zu machen, setzte ich mich auf den anderen Stuhl, ihm gegenüber, und sah nun meinerseits Alexander an.
»Leonie hat dir das mit uns und dem Krimi erzählt«, kam es nun von ihm, und ich wurde stutzig. »Und sie hat mir auch

erzählt, sie hätte einen Vertrag mit euch. Also schließe ich daraus, dass ich keinen bekommen werde …«
Schlau, der Mann, dachte ich und wartete gespannt darauf, was er weiter sagen würde.
»Schade, ich hätte sehr gerne mit euch zusammengearbeitet, denn wie du weißt, mag ich dich sehr …«
Das war exakt der Moment, in dem ich die Chance hatte, ihm meinen Plan B zu unterbreiten. Die Idee mit dem Fitnessbuch. Das würde Alexander dann vielleicht auch davon ablenken, unserer Episode im Hotel in Hamburg eine Fortsetzung folgen zu lassen. Und siehe da: Mein Vorschlag fiel auf fruchtbaren Boden, und binnen Minuten waren wir derart in Ideen und Konzeption verwickelt, dass es im Handumdrehen spät wurde. Bei Alexander keine Spur mehr von erotischer Begehr – mittlerweile begann ich mich zu fragen, weshalb er eigentlich den ganzen Aufwand mit dem Champagner, dem Kaviar und dem Roomservice betrieben hatte. Sollte diese ganze Schmusenummer lediglich dazu gedient haben, mich irgendwie dazu zu bekommen, ihm trotz allem ein Buchprojekt zu verschaffen? Sollte es wirklich Menschen geben, denen es derart wichtig war, ihren Namen auf einem Buchdeckel zu lesen?
Menschen vermutlich nicht. Aber Promis. Und denen war ja nahezu alles zuzutrauen, wie ich mittlerweile weiß.
Und so endete unser Date in München friedlich, zukunftsverheißend und vor allem mit einem Projekt, das ich Herrn Bader präsentieren konnte.

Am nächsten Morgen erwache ich voller Tatendrang und habe tatsächlich Lust auf einen Spaziergang. Nach einer ganzen Woche Rumgesitze, Klimaanlagen im Flugzeug und im Hotel in München brauche sogar ich mal frische Luft.

Gedacht, getan, ich frühstücke, ziehe mich an und mache mich motiviert auf den Weg. Ich spaziere durch das weihnachtlich geschmückte Eppendorf, drücke mir die Nase an dem einen oder anderen Schaufenster platt, entdecke dabei einen traumhaften Cashmere-Pulli, den ich mir sowieso nicht leisten kann, und grüble dabei über das Liebesleben von Martina, Annalena und natürlich auch über mein eigenes, nicht vorhandenes. Martina ist momentan die Einzige, die Glück hat, denn das mit Sarah wird sich über kurz oder lang schon regeln. Aber Annalena? Das sieht irgendwie gar nicht gut aus. Was wohl mit diesem Günther los ist? Und je mehr ich darüber nachdenke, desto stärker beschleicht mich das Gefühl, dass ich mich in diesen Fall mal einschalten sollte. Schließlich habe ich die beiden ja auch zusammengebracht, trage also irgendwie die Verantwortung für ihre Liebe.

Völlig beseelt von der Vorstellung, wenigstens Annalena zu ihrem Glück zu verhelfen, eile ich nach Hause und rufe bei der Auskunft an, um mich nach Günther Maaßens Telefonnummer zu erkundigen. Gott sei Dank hat bei »11880« nicht wirklich Verona Feldbusch, oder Pooth Dienst, sodass ich binnen kürzester Zeit mit Herrn Maaßen verbunden werde. Zuerst ist mir meine Einmischerei ein bisschen peinlich, aber Günther Maaßen reagiert so nett, dass wir spontan beschließen, uns auf einen Kaffee zu treffen.

Zwei Stunden später sitzen wir im »Petit Café«, schlürfen heiße Schokolade und essen Apfelkuchen mit viel Sahne.

»Also, was ist denn nun mit Ihnen und Annalena?«, gehe ich in medias res, denn es hat ja keinen Sinn, lange um den heißen

Brei herumzureden. Das haben die beiden ja nun schon zur Genüge selbst getan.
»Ich liebe Annalena«, lautet zu meinem Erstaunen die überaus klare Antwort. »Aber Ihre Freundin ist auch eine kleine Diva und sehr verwöhnt von Männern, die ihr hinterherlaufen, und in diese Riege will ich mich keinesfalls einreihen«, erklärt er und putzt dabei seine Brille. Ich verstehe gar nichts mehr …
»Aber wenn Sie sie lieben, dann müssen Sie ihr das doch auch zeigen«, empöre ich mich und sehe mein Gegenüber erwartungsvoll an.
»Im Prinzip haben Sie ja Recht, und normalerweise bin ich auch schneller bei der Sache. Aber als Sie mir Ihre Freundin auf der Buchmesse vorgestellt haben, dachte ich, die oder keine. Da war ich mir ganz sicher. Und dann fing sie aber an, von ihrem Heiko zu erzählen und davon, dass er sie verlassen hätte, und ich bekam schnell das Gefühl, es wäre besser, noch ein wenig Zeit verstreichen zu lassen, denn ich wollte auf keinen Fall so etwas wie ihr …«
»… Übergangsmann sein«, vervollständige ich den Satz, den wir alle aus dem Film »Harry und Sally« kennen.
»Genau«, antwortet Günther und lächelt. »Ich sehe, Sie kennen den Film. Nein, mir ist Annalena viel zu wertvoll, als dass ich mich von ihr benutzen lassen will, um über etwas hinwegzukommen oder womöglich noch den Ex eifersüchtig zu machen (autsch, das hat gesessen). Da ist es eindeutig ein Vorteil, wenn man ein klein wenig älter ist als vierzig«, schmunzelt Günther, und mein Blick bleibt an seinen charmanten Lachfältchen hängen. »Da hat man es nicht mehr so eilig und kann die Dinge mit ein wenig mehr Gelassenheit und Ruhe angehen.«

»Ich weiß, ich weiß«, seufze ich und stochere in meinem Kuchen herum. Irgendwie ist mir der Appetit vergangen. Ich wünschte, ich hätte auch ein Quäntchen dieser Gelassenheit. Aber ich will ja immer alles, und zwar SOFORT!
»Und, wie geht es nun mit Ihnen beiden weiter?«, frage ich neugierig und hoffnungsvoll.
»Tja, ich denke, ich werde Annalena nachher mal anrufen und fragen, was sie von einem romantischen Abendspaziergang hält, denn nun habe sogar ich lange genug gewartet«, antwortet Günther und begleicht netterweise die Rechnung für uns beide.
»Na dann: Herzlich willkommen in Annalenas und meiner Welt, wir sehen uns ja dann sicher bald öfter! Und das hier bleibt bitte unter uns«, lächle ich ihm zu, während wir beide das Café verlassen, und ich mich wieder alleine auf den Heimweg mache.

Am nächsten Morgen ist es meiner Freundin an der Nasenspitze anzusehen, dass die beiden endlich zueinander gefunden haben. Nicht nur hat Annalena verschlafen und ist über eine Stunde zu spät, sie hat auch tiefe Ringe unter den Augen, strahlt aber gleichzeitig wie das sprichwörtliche Honigkuchenpferd.
»Na, dir scheint es ja heute gut zu gehen. Ist etwas passiert?«, frage ich scheinheilig und grinse in mich hinein. Glückwunsch, Marie, wenigstens das ist dir gelungen! Annalena erzählt in knappen Worten, es hätte zwischen ihr und Günther beim Spaziergang an der Elbe endlich gefunkt und sie schwebe jetzt im siebten Himmel. Ich freue mich sehr für meine Freundin, kann aber auch nicht umhin, die kleinen Stiche zu bemerken, die mir ihre Worte ins Herz versetzen.
Halt durch, noch eine Woche bis Sylt, spreche ich mir selbst

Mut zu, und statt weiter in Selbstmitleid zu schwelgen, umarme ich meine Freundin.

»Ich freue mich ja so für dich«, rufe ich überschwänglich und meine das auch so. Den Rest des Tages verbringe ich damit, kleine Geschenke für unsere Autoren zu verpacken und längst überfällige Weihnachtskarten zu schreiben.

Es ist Montag, der siebzehnte Dezember. Noch sieben Tage bis Weihnachten und noch vier Arbeitstage, bis ich endlich zwei Wochen Urlaub habe und am Samstag nach Sylt abdüse.

Die Woche vergeht unheimlich schnell, ich akquiriere noch ein paar neue Autoren, liefere Herrn Bader meinen Abschlussbericht für das Jahr. Außerdem setze ich Verträge auf, unter anderem für Leonie-Emma Körner, Alexander Bräuer und auch Marita Vogel, die in der Tat einen wunderschönen und poetischen Roman geschrieben hat. Zwischendurch war ich noch einmal bei ihr in Berlin, wo sie sich weitaus handzahmer zeigte als bei unserem Treffen in Hamburg. Die Vogel bewohnt eine traumhafte Penthouse-Wohnung, die leicht esoterisch eingerichtet ist. Alles nach Feng-Shui-Prinzip, und wenn man nicht aufpasst, verhakt man sich, selbst wenn man so klein ist wie ich, in einem der vielen australischen »Traumfänger«, die überall herumhängen. Unter Ausschluss der Öffentlichkeit zeigte die exaltierte Sängerin ein ganz anderes Gesicht: Sie kochte zur Begrüßung leckeren Tee, zu fortgeschrittener Stunde einen Teller Pasta, und wir unterhielten uns angeregt über Bücher, die wir beide toll finden. Und zwar so lange und so intensiv, dass ich den ursprünglich geplanten Zug verpasste und erst mitten in der Nacht wieder in Hamburg war. Unterm Arm ihr Romanmanuskript,

welches ich während der Bahnfahrt verschlungen hatte und nachts im Bett bis zum Ende weiterlas, so sehr war ich gefesselt von ihrer Sprachgewalt und der Handlung. Das würde ein echter Knaller werden, dessen war ich mir sicher.
Die Kochrezepte der »Jungs« werden gerade im Kochstudio nachgekocht und fotografiert. Alles läuft soweit, und ich kann eigentlich zufrieden mit mir sein.
Herr Bader findet sogar mal das eine oder andere lobende Wort für mich, erst recht, nachdem er selbst das Skript von der Vogel gelesen hat und auch der Meinung ist, dass wir hier etwas ganz Besonderes haben.
Nach der Arbeit kaufe ich wie eine Wilde Weihnachtsgeschenke, treffe mich mit meiner Mutter, die vorgestern nach Hause gekommen ist, bevor sie morgen auf die Bahamas abdüst, und schaue mir mit ihr das Musical »Tanz der Vampire« an, ihr Weihnachtsgeschenk an mich. Mit Martina und Sarah gehe ich ins Weihnachtsmärchen und fädle dabei ein, dass uns Rolf danach zum Schlittschuhlaufen abholt, auch wenn es eigentlich schon zu spät für Sarah ist. Wie jedes Jahr ist im Park »Planten un Blomen« (zu deutsch: Pflanzen und Blumen) eine künstliche Eislaufbahn aufgebaut, und wir leihen uns alle – noch ganz benebelt vom Theaterstück – Schlittschuhe aus und stürzen uns ins eisig kalte Vergnügen.
Zunächst noch etwas wackelig, weil ich seit meiner Kindheit nicht mehr auf den Dingern gestanden geschweige denn darauf gelaufen bin, drehe ich dennoch tapfer meine Runden, angefeuert von Sarah, die sich über mich totlacht. Martina und Rolf laufen Hand in Hand und geben ein wunderschönes Paar ab. Sarah versucht zunächst ein paarmal, den armen Rolf mit Blicken abzuschießen, als er jedoch mit ihr ein Wett-

laufen auf der Eisbahn veranstaltet und sie gewinnen lässt, schaut sie schon ein bisschen freundlicher unter ihrer tief sitzenden Bommelmütze hervor.
Sicher nur eine Frage der Zeit, bis zwischen den beiden das sprichwörtliche Eis gebrochen ist.

Am Freitag ist dann endlich mein letzter Arbeitstag in diesem Jahr, und ich verabschiede mich von allen Kollegen, um ihnen schöne Feiertage und einen guten Rutsch zu wünschen. Ich raffe mich sogar auf, bei Herrn Bader vorbeizuschauen, der heute milde gestimmt ist und sich sogar interessiert danach erkundigt, ob ich über die Feiertage wegfahre.
»Ja, nach Sylt«, antworte ich mit stolzgeschwellter Brust beim Hinausgehen und pralle dabei fast mit Christoph zusammen, der gerade auf dem Weg in das Büro seines Partners ist.
Christoph sieht mich irritiert an, fast so, als wollte er mich fragen, mit wem und wie ich mir das leisten könne, doch ich lächle ihm nur freundlich zu und mache, dass ich davonkomme.
Für den Abend habe ich Martina und Annalena zum Vorweihnachtsfest eingeladen. Auf Sarah passt Rolf auf, ein echtes Experiment, gegen das sich Sarah zunächst auch mit Händen und Füßen gewehrt hat. Nur der neue Harry-Potter-Film auf DVD, den die beiden gemeinsam schauen wollen, stimmte sie einigermaßen versöhnlich, und ich hoffe auf Nachhaltigkeit dieser Milde, damit wir drei Mädels ungestört feiern können.
In meiner kleinen Wohnung duftet es nach Orangen und Zimt, nicht zuletzt, weil ich einen Glühwein gekocht habe. Der Tisch ist voll von Weihnachtsköstlichkeiten, von denen wir so lange und so viel essen, bis uns schlecht wird. Von

Martina bekomme ich in diesem Jahr einen ultrakuscheligen Schal mit passender Mütze und von Annalena ein Paar dieser quietschbunten Gummistiefel im Pucci-Retrodesign, die momentan so hip sind. Von beiden zusammen bekomme ich auch noch einen Sylt-Reiseführer.

»Für deinen Weihnachtsurlaub«, tönen die beiden unisono, und ich bin wahrhaft gerührt.

»Na, dann kann da ja nix mehr schief gehen«, freue ich mich und überreiche den beiden meine Präsente. Annalena bekommt von mir einen Handwärmer, einen Feldstecher und warme Socken.

»Wenn du mit Günther auf den Hochsitz musst«, kommentiere ich meine äußerst praktischen Geschenke. Dieses Jahr gibt's keine Dessous mit Engelsgesichtern drauf oder ähnlichen Quatsch, diesmal sind wir ja schon ein Stück erwachsener.

Martina schenke ich einen Gutschein für einen romantischen Frühstücksbrunch für zwei im »Café Engel« mit seinem wundervollen Elbblick. Beide freuen sich sehr über ihre Geschenke, tauschen ihrerseits noch eine Kleinigkeit aus, und nach einer Weile singen wir – ganz enthemmt durch den Glühwein – alle Lieder vom Ally-McBeal-Weihnachtssoundtrack mit und tanzen wie die Wilden durch meine Mini-Wohnung, was Sissi (die eine rote Weihnachtsschleife um den Hals trägt) veranlasst, sich im Badezimmer zu verkrümeln.

Gegen 1.00 Uhr morgens ist die Weihnachtsparty dann beendet, und ich muss ins Bett, weil ich am nächsten Tag nach Sylt fahren will. Ein letztes Mal höre ich noch »All I Want for Christmas is You« von Mariah Carey, und dann weine ich mich leise in den Schlaf …

Um 9.00 Uhr stehe ich verschlafen auf, beseitige die Reste der Party und mache mich ans Packen. Sissi schleicht unruhig um mich herum, sie fühlt, dass heute etwas anders ist als sonst.
»Sissi, meine Süße, sei nicht traurig, dass du Weihnachten diesmal ohne mich verbringen musst. Aber Jens und Martina werden sich liebevoll um dich kümmern, das verspreche ich dir«, tröste ich meine Katze und würde sie am liebsten mit in den Koffer packen, so sehr werde ich sie vermissen.
Um 12.00 Uhr bin ich endlich mit allem fertig und lasse mich mit dem Taxi zum Bahnhof Altona bringen, von wo aus der Zug nach Westerland startet.
Ein winziger Teil von mir hat bis eben noch inständig gehofft, das Telefon würde klingeln und Christoph wäre dran, um mich zu bitten, nicht zu fahren. Oder dass eines der Mädels mich abholt und zur Bahn bringt, aber beide schweben derzeit im siebten Himmel der Frischverliebten, und nun muss ich eben alleine auf meine Mission. Selbst schuld, warum habe ich mich auch entschlossen, Weihnachten alleine auf Sylt zu verbringen?
Wenige Minuten später sitze ich im Zug, nicke ein, weil die Nacht doch etwas kurz war, und wache erst wieder auf, als ich auf dem Hindenburgdamm bin. Es ist zwar schon etwas dämmrig, weil heute die Sonne nicht scheint, aber im Halbdunkel kann ich dennoch erkennen, wie ein paar Schafe auf dem Deich entlanglaufen, die Hinterteile mit unterschiedlichen Farben bemalt. Wäre der Zug nicht so laut, könnte man sicher ihre Glöckchen bimmeln hören. Verzaubert schaue ich auf die Priele und Siele und erkenne von Ferne einen Kirchturm. Das muss die Keitumer Kirche sein, denke ich und seufze. Gerade als mich die Melancholie wieder einfangen

will, fällt mir ein, dass mir meine Mutter noch ein kleines Päckchen für unterwegs mitgegeben hat, das ich während der Zugfahrt auspacken soll.
Ich wühle in meiner riesigen Handtasche und fördere dann ein schmales, mit Weihnachtspapier verpacktes Etwas heraus, das verdächtig nach einem Briefumschlag aussieht. Was das wohl ist?, frage ich mich neugierig und packe aus.
Aus dem Umschlag (es ist tatsächlich einer) fällt ein Gutschein eines Taxi-Unternehmens auf Sylt heraus, vielmehr ist es eine Art Scheckheft. Dabei liegt eine Karte meiner Mutter:
»Frohe Weihnachten, meine Süße. Da du, wie ich weiß, nichts mehr hasst, als mit öffentlichen Verkehrsmitteln zu fahren, und das Hotel bereits dein Urlaubsbudget gefressen hat, sollst du wenigstens warm verpackt und trocken über die Insel kommen. Der Gutschein ist unbegrenzt – Taxihaus ›Hansen‹ rechnet mit mir direkt ab, wenn ich wieder zu Hause bin. Amüsier dich gut, mein Schatz, ich denk an dich. In Liebe, deine Mama.«
Nein wie süß von ihr, welch eine tolle Idee, beinah habe ich schon wieder Tränen in den Augen – diesmal aber vor Rührung. Wie gut sie ihre Tochter doch kennt. Das bedeutet, dass ich mich nach meiner Ankunft auf der Insel gar nicht erst mit dem Busfahrplan auseinandersetzen und schauen muss, wo genau eigentlich das Hotel »Benendiken-Hof« liegt, sondern mich bequem mitsamt Gepäck (das mal wieder recht umfangreich ist) in ein Taxi werfen und dekadent den Namen des Hotels nennen kann, zu dem ich gebracht werden möchte.
Und so ist es dann auch: Eine halbe Stunde später lädt der nette Fahrer meinen Koffer und meine Reisetasche an der Rezeption des Hotels ab und wünscht mir noch eine schöne Zeit auf Sylt.

Die werde ich haben, nehme ich mir innerlich fest vor und kann es kaum erwarten, mein Zimmer in Augenschein zu nehmen. Eine Woche habe ich hier in diesem Luxushotel gebucht. Das hat mich zwar mein komplettes Weihnachtsgeld und eine Finanzspritze meines Dispokredits gekostet, aber momentan ist mir das alles egal. Meine Erwartung wird nicht enttäuscht: Das Zimmer ist zwar winzig (klar, billigste Kategorie), aber unheimlich schnuckelig. Als Weihnachtsdeko findet sich eine Bodenvase gefüllt mit Tannenzweigen und einer roten Amaryllis, was mich an den Weihnachtsstrauß erinnert, den Rolf Martina zum Nikolaus mitgebracht hat. Auf der Fensterbank liegen ebenfalls Tannenzweige, dekoriert mit kleinen, rotwangigen Zieräpfeln und Tannenzapfen. Zum Naschen lädt ein bunter Adventsteller ein, randvoll gefüllt mit Mandarinen, Nüssen und allerlei selbst gebackenen Plätzchen. Das Badezimmer ist ein Traum, und ich registriere erfreut einen flauschigen, weißen Bademantel und dazu passende Frotteeschuhe.
Na, hier lässt es sich aushalten, denke ich und beginne, meine Koffer auszupacken. Danach schicke ich jeweils eine SMS an Annalena und eine an Martina, um Bescheid zu geben, dass ich heil angekommen bin. Und natürlich eine an meine Mutter, die bereits auf dem Weg auf die Bahamas ist.
Tja, und nun?, frage ich mich dann und werfe einen Blick auf die Uhr: 17.30 Uhr, eigentlich noch recht früh. Am besten, ich schaue mich noch ein wenig im Hotel um. Ich inspiziere den traumhaften Wellness-Bereich, den ich gleich morgen in Beschlag nehmen werde, drehe dem Fitnessraum mit seinen bedrohlichen Geräten angewidert den Rücken zu, schlürfe schließlich in der Bibliothek einen trockenen Sherry und blättere in Sylt-Bildbänden.

Wieder in meinem Zimmer, versuche ich mir vorzustellen, was ich wohl jetzt mit Christoph gemacht hätte, wäre ich mit ihm hier. Hatte er nicht was davon gesagt, am ersten Tag müsse man immer erst einmal zu Gosch nach List? Zur nördlichsten Fischbude Deutschlands?

Na, dann wollen wir mal, sage ich mir, nachdem ich ein Bad genommen und mich wieder angezogen habe. Die freundliche Dame an der Rezeption besorgt mir ein Taxi, und auf geht's an das andere Ende der Insel. Leider ist es zu dunkel, um viel zu sehen. Im Scheinwerferlicht des Wagens erkenne ich lediglich ein paar riesige Dünen und einige putzige Häuser.

»So, da wären wir, die ›Alte Bootshalle‹ liegt direkt da vorne«, erklärt mir mein Fahrer, und ich stelle fest, dass es höchste Zeit wird, etwas zu essen, weil mir der Magen nun echt in den Kniekehlen hängt.

Verwundert, weil ich mir das Restaurant ganz anders vorgestellt habe (Selbstbedienung, nicht ganz mein Geschmack), stelle ich mich mit den anderen Gästen am Tresen an und betrachte das fischige Angebot: Hier hat sich wirklich alles versammelt, was es in den Untiefen des Meeres zu finden gibt. Berge von Hummern, Austern, Garnelen, Nordseekrabben, Seezungen und Muscheln liegen hier und warten darauf, von hungrigen Gästen ausgewählt und in die Pfanne oder auf den Grill gehauen zu werden.

»Na, können Sie sich nicht entscheiden?«, fragt plötzlich ein älterer Herr neben mir und lächelt mich freundlich an.

»Nicht wirklich«, antworte ich und bestelle dann entschlossen eine »Sylter Fischpfanne«. Der Herr neben mir ordert die »Thai-Nudeln mit Shrimps«, die eigentlich viel leckerer aussehen …

»Haben Sie Lust, mir Gesellschaft zu leisten, Sie sind doch auch alleine hier?«, fragt mich der Herr, und ich nehme das Angebot dankend an. In einem Restaurant alleine zu essen, hat nämlich etwas Deprimierendes, vor allem, wenn man Liebeskummer hat.
»Vielen Dank, das würde ich gerne, wenn ich Sie nicht störe«, antworte ich etwas schüchtern und trage meine Fischpfanne hinter ihm her zu einem der langen Holztische, die von Bänken gesäumt werden.
»Was kann ich Ihnen zu trinken holen? Einen Chablis?«, fragt mein Retter in der Not, und ich nicke zustimmend. Ist das noch zu fassen? Da habe ich ja echt Glück, denke ich, während ein verführerischer Duft von frischen Kräutern und Knoblauch in meine Nase steigt. Minuten später steht der kühle Weißwein vor mir auf dem Tisch, und ich proste meinem Tischnachbarn zu. Er heißt Walter Hansen und ist siebzig Jahre alt, wie er mir stolz erzählt. Er erzählt mir auch, dass er bis vor fünf Jahren jedes Jahr Weihnachten mit seiner Frau hier verbracht hat. Aber auch jetzt, nachdem sie gestorben ist, kommt er ihr zu Gedenken immer noch alleine her. Die beiden haben in der Keitumer Kirche geheiratet, dort ihre fünf Kinder taufen lassen, und seine Frau ist auch hier begraben, obwohl Walter in Kiel lebt.
»Und wenn ich sterbe, dann liege ich neben ihr«, lächelt Walter ganz verklärt, und mir treten die Tränen in die Augen. Welch eine traurige Geschichte, aber auch wunderschön! Ob ich so etwas wohl je erleben werde?
»Und was ist mit Ihnen, junge Frau?«, erkundigt sich Walter nun bei mir, als ich mit einer zweiten Flasche Chablis für uns beide vom Bartresen zurückkehre. Und ehe ich mich versehe,

erzähle ich einem mir fast wildfremden Menschen die ganze Geschichte mit Christoph und mir, und zwar in allen Details. Walter hört geduldig zu und sagt ab und zu interessiert »Ach was«, oder »Aha«. Als ich fertig bin und vor Aufregung rote Wangen habe, nimmt er meine Hände fest in seine und sieht mich an.

»Also, wenn Sie mich fragen, klingt das alles so, als ob sich zwei Menschen sehr lieben, es aber nicht schaffen, es sich richtig einzugestehen. Wo ist also Ihr Problem?«

»Aber was war das dann mit dem Brief, den Laura ihm geschrieben hat?«, halte ich dagegen, denn ich will mir nicht vorwerfen lassen, alles wäre an meiner übersteigerten Fantasie gescheitert.

»Tja, das weiß ich auch nicht, Kindchen. Das müssen Sie Ihren Christoph wohl selbst fragen«, antwortet Walter, und ich muss mir heimlich eingestehen, dass er damit vielleicht Recht haben könnte.

Andererseits war ich doch auch ehrlich mit Christoph und habe ihm alles gestanden, auch wenn die Aktion mit Alexander Bräuer superpeinlich war und ein eher erschreckendes Bild auf mich wirft.

»Ich habe einfach das Gefühl, dass Sie beide dringend miteinander reden müssten«, fährt Walter fort und schenkt sich noch ein Glas Wein nach. Mittlerweile haben wir beide schon fast zwei Flaschen gekillt.

»Aber das wollte ich ja«, maule ich nun weinerlich herum. Der Wein hat mal wieder eine fatale Auswirkung auf meine Stimmung. »Aber Christoph musste sich ja eine Auszeit nehmen und ist mir ab da ständig ausgewichen. Er hat mir gar keine Chance zu einem Gespräch gegeben.«

»Und halten Sie sich in ihrem Leben immer an Anweisungen von anderen? So schätze ich Sie gar nicht ein. Sie sind doch kein kleines Mäuschen, das sich einfach so seinem Schicksal ergibt. Warum kämpfen Sie denn nicht einfach um den Mann, den Sie lieben?«, fragt Walter ungerührt weiter und langsam bin ich echt beleidigt.
»Soll er doch um mich kämpfen!«, quake ich in mein Weinglas.
»Aber wenn man es genau nimmt, waren Sie doch diejenige, die entschlossen war, mit diesem Herrn Schauspieler ins Bett zu gehen. Sie haben Ihr Vorhaben doch nur nicht in die Tat umgesetzt, weil er – wie Sie es so schön formuliert haben – nicht so gut ausgestattet war. Sonst hätten Sie sich doch eine nette Nacht gemacht und wären jetzt vielleicht sogar seine neue Geliebte. Und das alles weiß Ihr Christoph. Und ehrlich gesagt, kann ich schon verstehen, dass er erst mal eine Weile nachdenken muss. Er weiß ja gar nicht mehr, ob er Ihnen vertrauen kann. Und Vertrauen ist doch das Wichtigste in der Liebe, oder?«
Weise Worte, weiser Walter.
Irgendwie stimmt ja alles, was er sagt, auch wenn mir das jetzt gar nicht passt. Aber was soll ich denn jetzt tun? Ihn anrufen? So kurz vor Weihnachten?
Nö, eigentlich habe ich auch meinen Stolz. Schließlich wäre das alles nicht passiert, wenn er nicht darauf bestanden hätte, die blöde Laura einzustellen.
Und außerdem ist er doch bestimmt wieder mit Carlotta zusammen. Wieso sonst hätte sie mit ihm gemeinsam Nikolaus feiern sollen?
Nein, nein, nein – ICH werde mich bestimmt nicht bei Christoph melden.

Walter und ich beenden den Abend mit einem »Küstennebel«, der eklig nach Anis schmeckt, und von dem ich die Hälfte stehen lasse.
Beim Hinausgehen fällt mein Blick auf ein Regal mit »Gosch Merchandising«-Artikeln, unter anderem mit niedlichen Plüschrobben mit großen, dunklen Kulleraugen. Auf genau so ein Stofftier, wie Christoph es mir nach seinem Sylt-Wochenende mit Laura mitgebracht hat.
Walter und ich wanken nun beseelt in die eiskalte Winternacht und teilen uns ein Taxi. Er wohnt in einer kleinen Pension in Keitum, ich im »Benendiken-Hof«, das passt ganz hervorragend. Zum Abschied umarmen wir uns und beschließen, am ersten Weihnachtsfeiertag einen Strandspaziergang zu unternehmen. Auch wenn ich bekanntlich nicht so gerne spazieren gehe …

Der Sonntag vor Heiligabend beginnt mit einem ausgiebigen und kalorienhaltigen Frühstück. Ich bin entzückt davon, wie hübsch die Kellnerinnen in ihren blau-weiß gestreiften Schürzen aussehen. Ich bestelle mir Rührei mit Krabben (ja, ich lasse es richtig krachen) und amüsiere mich über die berühmten Hotel-Teekannen, die seitlich gekippt auf den Tisch gestellt werden, was irgendwie merkwürdig aussieht, aber wohl Tradition im »Benendiken-Hof« hat.
Nach dem Frühstück erforsche ich Keitum, ein zauberhaftes Dörfchen, das schönste auf Sylt, wie ich mir habe sagen lassen. Die reetgedeckten Häuser mit ihren wunderschönen Gärten müssen im Sommer ein absoluter Traum sein. Aber auch im Winter sehen sie wirklich charmant aus, und ich überlege, wie es wohl in ihrem Inneren aussehen mag. Sicher wie in einer

Puppenstube. Nach einem Abstecher ins Dorfmuseum und in einige – ja, ich muss es zu meiner Schande gestehen – Klamottenläden (leider gibt's da fast ausschließlich teure Marken wie Marco Polo, Ralph Lauren, Malo und Closed), nehme ich schließlich meinen Nachmittagstee (russische Mischung mit heißen Rumkirschen), flankiert von einer ultraleckeren Friesenwaffel, in der »Kleinen Teestube« ein.

Morgen ist Weihnachten, sinniere ich, als ich beim Postkartenschreiben eine Pause einlege. Wie sich das wohl anfühlen wird? Weihnachten ganz alleine?

Bangemachen gilt nicht, Marie, rede ich mir gut zu und entscheide mich dafür, den Rest des Tages der Schönheitspflege zu widmen. Ich frequentiere die Sauna, das Dampfbad, drehe ein paar Runden im Pool und lasse mich anschließend erschöpft auf die Liege im Ruheraum sinken. Mein Blick fällt auf die Orchideen, die überall im Wellness-Bereich verteilt sind, und ich schlürfe beglückt meine »Sylt-Quelle«, die hier ebenfalls für durstige Gemüter bereitsteht. Am Abend beschließe ich, das Essen ausfallen zu lassen, zum einen, weil Dinner-Cancelling bekanntlich gut für die Figur ist, und zum anderen, weil ich mir im Ralph-Lauren-Shop eine teure Bluse gekauft habe. Sozusagen als Weihnachtsgeschenk für mich selbst.

Ich kuschle mich gemütlich, eingehüllt in den schönen Bademantel, ins Bett, schaue »Sissi, Mädchenjahre einer Kaiserin«, den ich zwar schon tausendmal gesehen habe, der aber für mich zu Weihnachten gehört wie »Dinner for One« für manche Menschen unabdingbar zu Silvester. Doch bereits vor Sissis Hochzeit mit ihrem Franz Joseph rafft es mich dahin, und ich höre im Schlaf die Glocken der Schafe, die im Vorgarten des Hotels herumlaufen.

24. Dezember. Heiligabend!
Nach dem Frühstück will ich mir nun endlich mal das Meer von der Nähe angucken und von Keitum nach Munkmarsch wandern. Die Strecke ist nicht allzu lang und liegt an der Wattseite, wo der Wind nicht ganz so stark peitschen dürfte wie am Roten Kliff in Kampen. Warm eingemummelt, meine »Pucci«-Gummistiefel an den Füßen, stapfe ich los und stelle fest, dass es auch hier sehr windig ist. Innerhalb Keitums war mir das gar nicht so aufgefallen, aber hier am Meer ist das etwas anderes. Ich beobachte die Möwen, die ihre Kreise ziehen, und das rückläufige Wasser, das ein paar nasse Grasbüschel freigibt.
Unterwegs treffe ich nur wenige Spaziergänger, die mich aber dafür alle mit einem freundlichen »Moin«, grüßen, als ob wir uns seit Jahren kennen würden.
Erstaunlicherweise macht mir das Spazierengehen sogar Spaß. Ich denke über das hinter mir liegende Jahr nach und bin froh, Blondi im Weihnachtsurlaub in Kitzbühel zu wissen, sodass sie mir jetzt nicht dauernd dazwischenquatschen kann.
Was für ein Jahr! Was andere vielleicht nicht in fünf Jahren erleben, habe ich innerhalb von sechs Monaten gehabt: Mein Ausflug nach Mallorca, um Miguel vom Schreiben seiner Memoiren zu überzeugen, auf der Insel ein heißer Flirt mit Ramon, dann die vielen Promis mit all ihren Macken, Martina und Rolf, Annalena und Heiko, dann Annalena und Günther und schließlich die Vierecksbeziehung Christoph, Laura, Alexander und ich. Alles ein ständiges Auf und Ab. Eigentlich habe ich so viel erlebt, dass man damit ein ganzes Buch füllen könnte …
Ein Buch?, grinse ich in mich hinein.
Vielleicht gar keine so schlechte Idee. Schließlich habe ich fast

mehr zu erzählen, als eine Ildikó von Kürthy. Die schreibt zwar toll, aber wenn man ehrlich ist, passiert in ihren Büchern doch eigentlich gar nichts.
Das wäre bei mir komplett anders. Da würde es immerhin drunter und drüber gehen, so wie in meinem realen Leben. Aber ob ich so etwas kann? Das ist doch sicher unheimlich schwierig?
Andererseits hat es mir immer sehr viel Spaß gemacht, in den Büchern meiner Autoren herumzuwerken und ganze Passagen neu zu schreiben.
Und vermutlich träumt jeder Lektor eigentlich heimlich von einem eigenen Roman.
Ja – das ist es! Ich werde meine Geschichte aufschreiben, und wenn es nur für mich ist. Zur Erinnerung. Wenn ich alt und grau bin und meinen Enkeln mal davon erzählen möchte, was für eine tolle Frau ich doch war, mit dreiunddreißig.
Und außerdem habe ich dann für den Rest meines Urlaubs noch etwas Sinnvolles zu tun.
Und wer weiß? Vielleicht werde ich dann ja Bestsellerautorin und kann meinen Job bei Bader & Köllisch endlich kündigen?
Die Promis und ihre Macken nerven mich allmählich sowieso, und auf diese Weise könnte ich wenigstens noch etwas Kapital aus meinen Erlebnissen schlagen. Allein die Episode mit Marita Vogel muss eigentlich für die Ewigkeit festgehalten werden.

Zurück im Hotel bedauere ich es schon, meinen Laptop nicht mitgenommen zu haben, denn ich bin so in Fahrt, dass ich gleich loslegen möchte. Doch vorerst muss es wohl der

Hotelschreibblock tun, denn an Heiligabend um 16.00 Uhr haben ja alle Geschäfte geschlossen.
Und um 20.00 Uhr muss (oder vielmehr will) ich in der »Sansibar« sein, wo ich es doch tatsächlich geschafft habe, noch einen Tisch zu ergattern, den man normalerweise Monate im Voraus buchen muss. Aber ich hatte Glück, und das sei mir zum Jahresabschluss ja schließlich auch mal gegönnt. Vielleicht verdanke ich mein Glück aber auch eher den hervorragenden Kontakten des Hotels zum Top-Restaurant der Insel.

Also, wo fange ich mit meinem Buch an?
Doch diese Frage scheint unbegründet.

Um 19.30 Uhr verlassen mich die Kräfte, und ich registriere einen Krampf in meiner Hand. Seit dreieinhalb Stunden habe ich geschrieben, ohne Unterlass. Es war, als hätte sich ein Wasserhahn geöffnet. Nach dem Schreibblock mussten die leeren Seiten meines Mulberry herhalten. Morgen muss ich unbedingt nach mehr Papier fragen.
Noch völlig verfangen in meiner Mallorca-Episode stelle ich mit einem Blick auf die Uhr fest, dass ich nun wirklich Schluss machen muss, wenn ich den Tisch in der »Sansibar« nicht verlieren will. In Windeseile style ich mich und werfe einen abschließenden Blick in den Spiegel. Was sich mir da zeigt, ist eigentlich ganz erfreulich: Meine Haare locken sich durch die Feuchtigkeit und den Salzgehalt der Sylter Luft mehr als sonst und lassen sich gut hochstecken. Mein weinrotes Samtkleid ist sehr sexy und passt hervorragend zu einem Anlass wie Weihnachten. In meinen Ohren stecken kleine rubinrote Ohrstecker, an den Füßen trage ich tolle,

schwarze Stiefel. Zusammen mit meinem Wintermantel im Anna-Karenina-Look sehe ich eigentlich ganz gut aus.
Also: Kopf hoch, tief durchatmen und auf in die »Sansibar«.

Mit leichter Verspätung treffe ich im Restaurant ein und werde sofort an einen Tisch geführt, an dem bereits jemand sitzt.
»Das muss ein Irrtum sein, ich bin alleine hier«, sage ich freundlich zu dem Kellner, der mich nun seinerseits verwirrt ansieht.
»Aber der Herr hat den Tisch für zwei Personen auf Ihren Namen reserviert«, antwortet er, und nun verstehe ich gar nichts mehr. Und ich traue meinen Augen kaum:
Der Mann, der da dreist meinen Tisch okkupiert, ist der, mit dessen Anwesenheit ich am allerwenigsten gerechnet hätte: Es ist Christoph.
Mein Gehirn rotiert fieberhaft, während der Kellner mich fast zum Tisch schieben muss, weil ich nicht weiß, wie ich reagieren soll und am liebsten die Flucht ergreifen möchte.
»Hallo, Marie«, lächelt Christoph und sieht mich mit seinen wundervollen warmen Christoph-Augen an. Auch er hat sich in Schale geschmissen und trägt einen wunderschönen anthrazitfarbenen Anzug.
»Wwwwas machst du denn hier?«, frage ich und sehe vermutlich aus wie die Kuh, wenn's donnert.
»Ich wollte doch Weihnachten mit dir auf Sylt verbringen, schon vergessen?«, fragt die Liebe meines Lebens und nimmt mir den Mantel ab. Ganz Gentleman! Ich weiß immer noch nicht, was ich sagen oder wie ich reagieren soll und bin dankbar, als Christoph mir ein Glas Champagner in die Hand drückt.
»Hier, nimm! Ich dachte, den kannst du jetzt gebrauchen.

Also, liebe Marie: Frohe Weihnachten.« Doch bevor ich einen rettenden Schluck nehmen kann, küsst Christoph mich, dass mir Hören und Sehen vergeht. Ich wehre mich nicht und überlege immer nur, ob ich träume und gleich aufwache und stattdessen in Walter Hansens Armen liegen werde.

Nachdem wir bestellt haben (beziehungsweise Christoph für mich, weil ich das alles noch immer nicht fassen kann), beginnen wir endlich zu reden.

Das, was – und da hatte Walter durchaus Recht – wir die ganze Zeit schon hätten machen sollen. Ich erzähle noch einmal meine Sicht der Dinge und Christoph die seine.

»Und warum hast du dich an Nikolaus mit Carlotta getroffen? Seid ihr jetzt wieder zusammen?«, frage ich, denn so leicht bin ich auch nicht zu ködern.

»Na, so was, hast du mir nachspioniert?«, fragt Christoph amüsiert, und ich schäme mich ein bisschen.

»Keine Sorge. Carlotta hat mich nur besucht, weil sie es traurig fand, dass ich an Nikolaus alleine war. Und nach zwei Stunden ist sie wieder gegangen, weil sie noch mit Gregor, ihrem neuen Freund, im ›Tafelhaus‹ verabredet war. Aber du? Was ist mit dir? Wie ich gehört habe, hast du dich ein zweites Mal mit Alexander Bräuer getroffen, und zwar in München. Hast du denn dazu irgendetwas zu sagen, das mich ein wenig beruhigt?«

Ja, das habe ich in der Tat, und nach einer Weile habe ich den Eindruck, dass es mir gelungen ist, auch Christoph davon zu überzeugen, dass Alexander in meinem Leben keine Rolle mehr spielt, außer als künftiger Autor eines Fitnessbuches.

Nachdem das alles geklärt ist, schweben wir beide im siebten Himmel. Das Essen wird (ausnahmsweise) zur Nebensache, weil wir einfach nicht anders können, als uns tief in die Augen zu schauen, uns immer wieder an den Händen zu fassen oder uns zu küssen, und es damit den Kellnern schwer machen zu servieren.

Als allmählich alle Gäste um uns herum in die Nacht entschwinden und unser Kellner beginnt, höflich zu hüsteln, fällt uns auch wieder ein, dass ja eigentlich Weihnachten ist, und alle Mitarbeiter des Restaurants darauf warten, endlich nach Hause zu ihren Familien zu kommen.

»Sag mal, woher wusstest du eigentlich, dass ich heute hier bin?«, fällt mir ein, als die kalte Luft mein Gehirn wieder etwas freipustet.

»Vom Hotel«, antwortet Christoph einfach.

»Hä?«, frage ich wenig damenhaft nach, denn offensichtlich habe ich irgendetwas nicht richtig verstanden …

»Nun, noch einmal im Klartext für dich: Dass du auf Sylt bist, wusste ich von dir selbst. Das hast du ja laut genug über den Flur gebrüllt. Dass du im ›Benendiken-Hof‹ bist, wusste ich von deiner Freundin Annalena. (Ach was, na, das ist ja toll!) Und dass du heute Abend hier zum Essen bist, wusste ich wiederum vom Hotel. Die haben dir ja den Tisch hier besorgt. Das war doch gar nicht so schwierig, oder?«

»Na, Hauptsache, du bist da«, murmle ich vor mich hin und kuschle mich tief in den Sitz von Christophs Porsche, der, Gott sei es gedankt, über eine Sitzheizung verfügt.

»Und, wo fahren wir nun hin?«, erkundige ich mich mit einem letzten Rest von Energie, weil ich auf einmal ungeheuer müde bin.

»Ins Hotel. Aber ich denke, wir nehmen lieber mein Doppelzimmer, oder was meinst du?«

»Wasauchimmerhauptsacheichkannbaldschlafen«, murmle ich und wache erst wieder auf, als Christoph die Wagentür öffnet.
Im Halbschlaf sammle ich alles in meinem Zimmer zusammen, was ich für die Nacht in Christophs Zimmer benötige. Und trotz der Müdigkeit bin ich so aufgeregt wie vor unserer ersten Nacht.
Irgendwie kann ich immer noch nicht glauben, was mir da widerfahren ist.
Ich sehe ein paar Minuten aus dem Fenster, um mich zu sammeln.
Die Sterne funkeln mit den Lichtern des großen Tannenbaums am Eingang des Hotels um die Wette. Sollte es sich bei der Sache mit Christoph um mein ganz persönliches Weihnachtswunder handeln?
Ich atme noch mal ganz tief die kalte Luft ein, und dann stürme ich los, um endlich wirklich in die Arme des Mannes zu sinken, den ich liebe.

In Christophs Zimmer angekommen, staune ich zunächst über den geschmückten Tannenbaum, der neben der Couch steht. Und dann über die Größe des Raumes. Das hier ist mitnichten ein normales Doppelzimmer. Das muss eher so etwas wie eine Suite sein. Auf dem Tisch vor der Couch steht ein silberner Sektkühler mit einer Flasche »Dom Perignon« und eine Schale voller Trüffel. Neben der Schale liegt ein kleines Päckchen mit roter Schleife.
O nein, Christoph hat ein Weihnachtsgeschenk für mich und ich keins für ihn. Konnte ja aber auch niemand ahnen, dass ich eines benötigen würde.

»Komm her, mein Stern«, sagt Christoph und zieht mich an sich. Im Radio läuft »Last Christmas«, und ich schwebe auf rosa Wolken. »Und bist du gar nicht neugierig auf dein Geschenk?«, fragt Christoph amüsiert, der offensichtlich sehr wohl bemerkt hat, wie es in mir rumort.
Bei Weihnachten werde ich sofort zum Kleinkind und kann es kaum erwarten, meine Päckchen zu öffnen. Obwohl ich dabei nicht ungeduldig die Verpackung herunterreiße, das muss zu meiner Ehrenrettung gesagt sein.
»Na, nun mach schon auf«, sagt Christoph und sieht mich erwartungsvoll an.
»Aber ich habe doch gar nichts für dich«, sage ich beschämt, halte das Päckchen aber bereits in meinen Händen.
»Noch nicht«, widerspricht Christoph mir, »aber du hast gleich die Chance dazu«, sagt er geheimnisvoll, und ich überlege, ob ich wohl gleich in »Naturalien« zahlen soll. Wie gut, dass ich heute Abend meine schönste schwarze Wäsche trage …
Und so öffne ich klopfenden Herzens das Päckchen. Was das wohl sein mag? Zuerst lese ich die Karte, die mir entgegenfällt:
»Liebste Marie, vor uns liegt hoffentlich noch ein langer, weiter Weg. Wollen wir den in Zukunft gemeinsam gehen, pardon – fahren, denn du gehst ja nicht so gerne zu Fuß?«
Ich bin verwirrt. Was kommt jetzt?
Mit zitternden Händen packe ich nun das Geschenk aus und bin noch mehr verwirrt: Was ich in den Händen halte, ist ein Modellauto.
Ein Audi TT.
Was um Himmels willen hat das zu bedeuten?
Bekomme ich jetzt ein Auto geschenkt?
Oder ist das eine Form von Gutschein für den Führerschein?

Langsam fühle ich Enttäuschung in mir hochkriechen. So habe ich mir ein romantisches Weihnachtsgeschenk aber nicht vorgestellt.

»Ähem, ich verstehe nicht ganz«, stammle ich und sehe Christoph irritiert an.

»Na, dann mach doch mal das Erste, was man machen muss, um einen Wagen zu fahren«, grinst er und genießt ganz offensichtlich die Verwirrung, die er bei mir ausgelöst hat.

O nein, ich hasse Spielchen und Rätselraten dieser Art. Und erst recht, wenn es sich dabei um Autos dreht. Was zum Teufel macht man denn als Erstes? Den Zündschlüssel drehen, den Gang einlegen? Die Handbremse lockern. Keine Ahnung! Ich kann nicht Autofahren und ich will auch gar nicht damit anfangen!

»Wie wär's, wenn du als Erstes einfach mal die Wagentür öffnest?«, hilft Christoph mir nun netterweise auf die Sprünge.

Ach ja, stimmt, das macht Sinn.

Also öffne ich die Tür und finde auf dem Beifahrersitz (!) ein weiteres kleines Päckchen. Das ist ja wie bei diesen Puppen aus Russland, Babuschkas, oder wie die heißen. Da findet man in der größten eine kleinere und immer so weiter und so fort.

Und was wird in meiner Babuschka sein?

Und dann weiß ich es.

Es ist ein Ring.

Ein wundervoller, silberner Ring, mit einem glitzernden Stein.

Ich fasse es nicht. Das ist ja hier wie im Märchen.

»Und wie kann ich mich jetzt bei dir revanchieren?«, frage ich und mime dabei die Unschuld vom Lande.

»Wie wär's, wenn du einfach ja sagst …«
»… und dich zur Fahrschule anmeldest«, vervollständige ich den Satz mit letzter Kraft, bevor mir die Sinne schwinden.
»Nein, das meinte ich eigentlich nicht, auch wenn das sicher eine gute Idee wäre. Ich meinte eigentlich eher, ob du mich heiraten möchtest«, fragt er und sieht mich dabei fast unsicher an. »Ich liebe dich, Marie. Du bist zwar so ziemlich die verrückteste Frau, die mir je begegnet ist, aber genau das liebe ich ja so an dir. Also, Marie, noch mal ganz feierlich«, sagt er und geht tatsächlich vor mir auf die Knie, »ich liebe dich, Marie Teufel. Möchtest du meine Frau werden?«, fragt er nun, und ich hoffe sehr, dass ich das nicht alles träume …
»Ja, zum Teufel, das möchte ich«, antworte ich im Brustton der Überzeugung. »Aber nur unter einer Voraussetzung!«
»Und die wäre?«
»Dass ich meinen Namen behalten kann.«

»Top-Lektüre für die Badewanne!«
Jolie

Gabriella Engelmann

Die Promijägerin

Roman

14 Tage – mehr Zeit hat Verlagslektorin Marie Teufel nicht, um zehn Prominente davon zu überzeugen, dass sie unbedingt ein Buch schreiben müssen. Da trifft es sich gar nicht gut, dass sie gleich den ersten Kandidaten, den berühmten Schriftsteller Miguel Vargas, so verärgert, dass er sich wütend auf seine Finca auf Mallorca zurückzieht. Was tun? Am Telefon kniefällig um Verzeihung bitten? Demütige Bettelbriefe schreiben?
Doch Marie bekommt eine zweite Chance und reist ihm nach …

»Da wird man doch gern gejagt, wenn anschließend so heiter über einen geschrieben wird!«
Ann-Kathrin Kramer

Möchten Sie Marie Teufel, Lektorin mit der Lizenz zum Promijagen, noch einmal in Aktion erleben? Dann viel Vergnügen mit der nachfolgenden Leseprobe aus »Die Promijägerin« von Gabriella Engelmann:

Knaur Taschenbuch Verlag

Leseprobe

aus

Gabriella Engelmann

Die Promijägerin

erschienen bei

Knaur Taschenbuch Verlag

»Kann ich Sie bitte einmal unter vier Augen sprechen, Frau Teufel?«, hatte Christoph Köllisch mich völlig ohne Vorwarnung gefragt und war extra deshalb in mein Büro gekommen. Ich hatte mich unheimlich erschrocken, weil Herr Köllisch nur extrem selten in unserer Besenkammer auftaucht. Verwundert folgte ich ihm wie ein braves Lämmchen in sein Büro. Dieser Raum verdient es wirklich, Büro genannt zu werden. Zwei Panoramafenster, die einen unverstellten Blick auf die Alster freigeben. Ich liebe diesen Ausblick. Segelboote schaukeln im Wind, Vögel ziehen ihre Kreise am blauen Himmel, und am Horizont erscheint wie ein Silberstrahl der Kondensstreifen eines Flugzeuges. Das Büro ist geschmackvoll eingerichtet, dunkler Sisalteppich erstreckt sich von einem Ende des Raumes zum anderen, auf dem Schreibtisch steht ein großer Strauß weißer Callas, sicher ein Geschenk von Carlotta. Die einzige Wand, die nicht von Bücherregalen verstellt ist, wird durch ein Bild meines Lieblingsmalers Modigliani geschmückt – ein wunderschönes Frauenporträt. Beeindruckt versuchte ich, auch alle weiteren Details in mich aufzunehmen. Ein kleiner Elefant aus Elfenbein, eine Buddhastatuette aus grünem Jade, ein geschmackvoller Montblanc-Füller, alles sehr gediegen und elegant.
»Weshalb ich Sie sprechen wollte, Frau Teufel«, drang Christoph Köllischs Stimme an mein Ohr und riss mich aus meinen Betrachtungen, während ich auf dem Besucherstuhl Platz nahm. »Wie Sie sicher wissen, ist es derzeit um die Verlagsbranche nicht sehr gut bestellt, sodass auch wir bei Bader & Köllisch neue Wege gehen müssen. Nicht dass wir Grund

hätten, uns Sorgen zu machen, aber wir werden die kommenden Wochen darauf verwenden müssen, um uns über unsere Programmausrichtung für die nächste Zeit klar zu werden. Derzeit bestehen – und das bleibt bitte unter uns (ich nickte heftig und bekräftigend) – Überlegungen, programmatisch gesehen neue Felder zu erschließen. Wir denken dabei ganz konkret daran, unsere Schiene mit Promibüchern weiter auszubauen (wieder heftiges und zustimmendes Nicken meinerseits). Sie wissen selbst, wie gut die Titel gelaufen sind, die Sie zusammen mit Frau Kluge konzipiert und entsprechend im Fernsehen vermarktet haben (noch heftigeres Nicken meinerseits, schließlich bin ich stolz auf die Arbeit, die ich geleistet habe). Mit Freude haben Herr Bader und ich festgestellt, dass Sie offensichtlich ein Händchen für Prominente haben und immer am Puls der Zeit sind (kein Wunder, wo ich doch immer die »Gala« und die »Bunte« lese, dachte ich und nickte wieder fleißig weiter. Nur eine Frage der Zeit, bis mein Kopf herunterfallen würde). Bislang haben sich diese Projekte ja eher zufällig ergeben, aber das ist genau das, was wir in Zukunft ändern möchten. Wir möchten nichts mehr dem Zufall überlassen und diesen Bereich professionalisieren. Mit einer Person an unserer Seite, die dieses Segment für uns aufbaut (nun fing ich auch noch an, mit den Füßen zu wippen, und mein Herz begann zu pochen). Kurzum, Frau Teufel: Wir brauchen Sie, und ich möchte Sie fragen, ob Sie sich das vorstellen könnten. Haben Sie Lust dazu?«

Ob ich Lust dazu hatte? Ich fühlte mich gerade wie eine Braut, die mit ihrem Chef vor dem Altar steht und vom Personalvorstand gefragt wird: Wollen Sie, Marie Teufel, diesen Ihnen angetrauten Job annehmen, ihn lieben und ehren, bis dass der Tod euch scheidet? Ich hauche zart errötend »Ja« und verlange eine fette Gehaltserhöhung, lüfte den Schleier und küsse Christoph Köllisch.

»Frau Teufel, Sie sagen ja gar nichts. Ist Ihnen nicht gut?«, fragte mein Vorgesetzter, offensichtlich besorgt und reichte mir geistesgegenwärtig ein Glas Wasser.

»Nein, nein, schon okay«, stammelte ich, während ich versuchte, mein Fußwippen unter Kontrolle zu bringen und schleunigst meinen Tagtraum zu verscheuchen. »Es ist nur, nun, ich würde das sehr, sehr gerne machen, und ich denke auch, dass ich dafür geeignet bin.«

»Fein, das freut mich, dann sind wir uns ja einig«, antwortete Christoph Köllisch, und ich war bemüht, meine Freude nicht zu sehr zu zeigen. Schließlich ist ein gewisses Maß an Coolness immer förderlich bei Gehaltsverhandlungen. Ach ja – apropos Gehalt: DAZU hatte Herr Köllisch sich noch gar nicht geäußert …

»Und was Ihre Gehaltserhöhung betrifft (toll, der Mann denkt mit), so werde ich während Ihres Aufenthaltes in Berlin einen Vorschlag von der Personalabteilung anfertigen lassen. Den können wir dann gemeinsam durchgehen, wenn Sie wieder da sind. Ich hoffe, die Personalabteilung beeilt sich! (DAS hoffe ich allerdings auch!) Also dann, liebe Frau Teufel, viel Erfolg in Berlin!«

Mit diesen Worten war ich entlassen. Wenige Minuten später fand ich mich in Annalenas Armen wieder und weinte. Nur ausnahmsweise mal nicht aus Verzweiflung, sondern aus Freude. Erst gestern fand ich hier alles noch öde und eingefahren, und aus heiterem Himmel bekam ich ein so sensationelles Angebot und eine Gehaltserhöhung. GEHALTSERHÖHUNG. Ich wusste ja kaum, wie man das Wort schreibt. Hatte mein Chef eigentlich die genaue Summe gesagt, und wenn, wie viel war es? Egal – in Windeseile malte ich mir aus, was ich mir von dem vielen Geld alles würde leisten können. Endlich einen Friseurbesuch bei Starfigaro Marlies Möller, die tolle Joop!-Tasche, die ich neulich gesehen hatte, ein Sheba-Dauerabonnement für Sissi und einen Bauch-weg-Trainer. Oder vielleicht eine neue Wohnung? Ein Auto? Einen Bulgari-Ring? Einen Trip nach Cannes zu den Filmfestspielen?

»Annalena, das müssen wir feiern! Ich lade dich zu einem Wellness-Wochenende ein, da lassen wir uns mal richtig verwöhnen«, schwadronierte ich und war verzückt über meine Selbstlosigkeit. Ich sah uns schon im Geiste in einem Heubad liegen, mit einer Ewig-jung-Maske im Gesicht und einem knackigen Masseur, der NUR für uns da war. Auch Annalena ließ ihren Fantasien umgehend freien Lauf, und wir beschlossen, uns so bald wie möglich Prospekte von Wellness-Hotels zu besorgen.

»Wie gut, dass ich nun wieder hier bin und mich in mein eigenes Bett legen kann«, denke ich nach meinem kleinen Ausflug in die Vergangenheit, während ich mir das Pyjamaoberteil über den Kopf ziehe. Dabei fällt mein Blick unweigerlich auf meinen Bauch. Jemand hat mal zu mir gesagt, ich sei ein eher barocker Typ. Nicht sehr schmeichelhaft, aber momentan leider allzu wahr. Blondi hat umgehend auf meiner Bettkante Platz genommen und präsentiert mir die kulinarische Gesamtsumme des heutigen Tages: Croissant, Latte Macchiato, Vitello tonnato, Pasta mit Trüffeln in Sahnesauce und Mousse au chocolat. Ein Kaloriensupergau. »Ab sofort gibt's nur noch Obst und Salat«, nehme ich mir vor und sinke endlich in einen tiefen Schlaf.

Der nächste Morgen ist hart. Es regnet, ich weiß nicht, was ich anziehen soll, weil ich es mal wieder nicht geschafft habe zu waschen und weil ich in den Rest der Sachen einfach nicht mehr reinpasse. Und natürlich habe ich auch nicht eingekauft, womit das geplante Obstfrühstück schon mal flachfällt und ich mich an einen Toast mit Erdnussbutter halten muss. Macht schon am frühen Morgen zirka 500 Kalorien, die Hälfte der Brigitte-Diät-Tagesration. Während ich mich schlecht gelaunt im Spiegel mustere und auch Sissi mich scheinbar kritisch beäugt, beschließe ich, den Dingen ins Auge zu sehen und mein Leben wieder in Ordnung zu bringen. Ich mache mir im Geiste eine Liste mit Vorsätzen, während ich versuche, meine störrischen, roten Locken zu einem Pferdeschwanz zu knoten:

a) einkaufen
b) zum Friseur gehen
c) Katzenfutter für Sissi besorgen (vielleicht guckt sie nur deshalb so böse, weil sie seit Tagen nur Trockenfutter bekommen hat?)
d) mit Joggen anfangen
e) meine Mutter besuchen
f) abnehmen
g) meinen Führerschein machen
h) Italienisch lernen
i) Miguel versöhnlich stimmen

Mich beschleicht das ungute Gefühl, dass i) die eigentliche Priorität hat, denn wenn mir dies nicht gelingt, fehlt schlicht und einfach das nötige Kleingeld für die Punkte a) bis h). Dies hat mir Herr Bader ja unmissverständlich klargemacht. Okay, also tief einatmen, Bauch rein, Brust raus und ab ins Büro. Und nur nicht daran denken, dass meine unselige Pleite sicher schon die Runde unter den Kollegen gemacht hat.

Völlig durchnässt, weil ich meinen Regenschirm mal wieder irgendwo habe stehen lassen, betrete ich das Büro. Annalena ist noch nicht da, und so habe ich Gelegenheit, ungestört zu überlegen, welche Strategie ich anwenden soll, um Miguel versöhnlich zu stimmen. Anrufen? Es ist 8.00 Uhr morgens und Ferngespräche nach Mallorca sind teuer. Außerdem gibt es nichts, was ich mehr hasse, als zu telefonieren. Zu Hause muss jeder erst einmal auf meinen Anrufbeantworter sprechen, damit ich Zeit habe zu entscheiden, ob ich das Telefonat entgegennehmen will oder nicht. Ich entscheide mich also für den schriftlichen Weg und beginne, ein Fax zu entwerfen, das zur Erhaltung meines Arbeitsplatzes und der Sicherung des Futters für Sissi beitragen soll. Im ersten Moment weiß ich allerdings gar nicht so recht, wie ich anfangen soll. Von diesem Fax hängt vielleicht meine gesamte berufliche Zukunft ab! Ich merke, wie meine Hand zu zittern und mein Herz zu rasen beginnt. Aber ich muss mich ja auch noch nicht festlegen. Vielleicht versuche ich es ja einfach mal mit einem Probelauf, korrigieren kann ich dann ja immer noch. Ich tippe munter drauflos …

Sehr geehrter Herr Vargas,
wie mir zu Ohren gekommen ist, sind Sie mit meiner Vorgehensweise Ihre Memoiren betreffend nicht einverstanden …

Nein, so geht das nicht, das klingt viel zu förmlich und gestelzt. Und »wie mir zu Ohren gekommen ist« geht schon gleich fünfmal nicht. Also noch einmal:

Lieber Herr Vargas,

oder soll ich lieber »Senor« schreiben? Wäre ja eigentlich die korrektere Anrede. Aber das Problem dabei ist, dass ich die Taste für das wellenförmige Zeichen, das eigentlich auf das »n« gehört (und dessen Bezeichnung mir dummerweise gerade entfallen ist), nicht auf meinem Computer finden kann. Aber Señor hin, Herr her, eigentlich darf ich ihn ja seit Leipzig »Miguel« nennen. Ich weiß zwar nicht, ob das nach unserem Berlin-Trip auch noch gilt, aber davon lasse ich mich nicht irritieren. Schnell noch einen Schluck Tee, der durchblutet das Gehirn. So, jetzt aber los, sonst sitze ich morgen noch hier. Und dann haue ich in die Tasten, was das Zeug hält:

Lieber Miguel,

Herr Bader hat mich davon unterrichtet, dass Sie unseren Abend in Berlin nicht besonders erfreulich fanden und es aus diesem Grunde vorziehen würden, nicht mehr mit mir beziehungsweise dem Verlag zusammenzuarbeiten.
Sicher können Sie sich vorstellen, dass ich darüber sehr erschrocken bin und dass dies keineswegs in meinem Interesse liegen kann.
Es ist selbstverständlich nicht meine Absicht gewesen, Sie zu verärgern. Sie wissen doch, wie sehr ich mich über unser gemeinsames Projekt gefreut habe, und es gibt für mich kaum einen wundervolleren Roman als ›Jene Tage‹.

Sie haben den Lesern in aller Welt so viel zu sagen und das meines Erachtens nicht nur im Bereich des Fiktionalen. Ein Mann wie Sie, begabt und reich an Erfahrungen, hat so viel zu erzählen. Und was läge da näher, als seine Memoiren zu schreiben? Viele Erinnerungen verblassen schließlich im Laufe eines langen Lebens und werden dadurch wieder lebendig, dass man sich intensiv mit ihnen beschäftigt. Außerdem hat gerade IHRE Generation Dinge erlebt, die sowohl in geschichtlicher Hinsicht als auch in künstlerischer von unschätzbarem Wert für die Nachwelt sind. Denken Sie daran, wie vielen potentiellen Lesern Sie womöglich noch über Generationen hinweg eine Freude machen würden.
Bitte verzeihen Sie, dass ich Ihnen das Gefühl gegeben habe, zu wenig an Ihrem aktuellen Buch interessiert zu sein und stattdessen nur noch Ihre Autobiografie im Sinn zu haben. Dies ist selbstverständlich nicht der Fall. Es ist nur so, dass man als Lektorin natürlich immer schon das kommende Programm im Blick haben muss – und da sind dann wohl die sprichwörtlichen Pferde mit mir durchgegangen.
Ich hoffe, dass Sie mir Gelegenheit geben, meinen Überfall in Berlin wieder gutzumachen und würde mich sehr, sehr freuen, wieder von Ihnen zu hören.

Mit herzlichen und hoffnungsvollen Grüßen,
Marie Teufel

Brrr, wie schleimig. Ich ekle mich vor mir selbst. Aber andererseits: Was soll ich tun? Ich kann ja schlecht dasitzen, die Hände in den Schoß legen und zusehen, wie sich die Warteschlange der Bewerberinnen bis auf den Bootssteg bei »Paulino« erstreckt. Denn dass MEIN Job zahllose arbeitslose Lektorinnen reizen könnte, die sich derzeit monatlich zum Arbeitsamt schleppen, ist völlig klar.
Ich bin im Zwiespalt: Einerseits habe ich Angst um meinen Job (was soll nur aus Sissi werden, wenn sie gezwungen ist, ALDI-Katzenfutter zu essen. Das verzeiht sie mir nie! Da reagiert sie sicher wie diese Katze aus der Whiskas-Werbung, deren Herrchen versucht, sie mit billigem Futter von der Tankstelle zu beschummeln, indem er einfach das alte Etikett ablöst und das von Whiskas draufklebt. Aber sowohl diese Katze als auch Sissi haben ein Gespür für so etwas, die kann man nicht betrügen!).
Und andererseits platze ich vor Wut auf diesen selbstherrlichen Typen, würde ihm am liebsten einen Knigge schenken und ihn damit zum Mond jagen. Soll er es sich dort gemütlich machen und am besten nie wieder meinen Weg kreuzen. Es ist vielleicht verständlich, dass ihn mein Anliegen nicht sehr erfreut hat. Das ist aber noch lange kein Grund, sich derart gehen zu lassen, und vor allem nicht dafür, auf meiner Figur herumzuhacken. Unverschämtheit! Ob und welches Dessert und wie viel davon ich esse, entscheide ja wohl immer noch ich! Dass Miguel mit seiner Aussage dabei absolut Recht hat, steht schließlich auf einem völlig anderen Blatt.

Bisher hatte ich nur mit Männern zu tun, die mir versichert haben, wie sehr sie es genießen, endlich mal mit einer Frau zu essen, die nicht nur angewidert ein kümmerliches Salatblatt von der einen Seite des Tellers zur anderen schiebt, die nicht den Wein ablehnt, sich den ganzen Abend an einem stillen Wasser festhält und alle fünf Minuten zur Toilette stürmt, um ihr Aussehen zu kontrollieren. Mit mir kann man stundenlang die Speisekarte studieren, immer neue Menüs zusammenstellen, über den passenden Wein philosophieren – eben einen netten Abend verleben. Nicht so mit Miguel Vargas. Alleine das hätte mich schon misstrauisch machen müssen: ein Mann, der das Restaurant vor dem Dessert verlässt! So etwas würde in Frankreich oder Italien nie passieren. Die Menschen dort leben für das Essen, sie zelebrieren es, sie sprechen Köche heilig und würden für ein gutes Glas Wein morden. Der Spanier an sich scheint hingegen zu den eher asketischen Exemplaren zu gehören. Menschen, die sich für den Stierkampf begeistern, ist auch sonst alles zuzutrauen. Das wird es sein. Machohaftes, genussunfähiges Volk! War nicht auch Picasso so einer? Sicher kennt Miguel Picasso oder einen seiner Nachfahren und hat sich durch ihn inspirieren lassen, gifte ich innerlich vor mich hin, während ich nach der Faxvorwahl für Mallorca fahnde. Der arme Chopin musste sich schließlich auch in der Kartause von Valldemossa totfrieren und hat sicher nichts Anständiges zu essen bekommen. Kein Wunder, dass er so jung verstorben ist.

»Mogggen«, tönt es dynamisch an mein Ohr, Annalena ist da. Strahlend und gut gelaunt, sichtlich ausgeruht und geradezu unverschämt schlank. Wie macht sie das nur? Schließlich haben wir gestern Abend beide gleich viel gegessen und waren beide gleich spät im Bett. Ihr Bauchnabel blitzt verführerisch unter einem kleinen T-Shirt hervor, das sie eigentlich nur in der Babyabteilung erstanden haben kann. Im Regal für sechs bis neun Monate. In der Hand der übliche Cappuccino mit einer Extraportion Sahne. Wie oft habe ich ihr schon gesagt, dass der echte, italienische nur mit geschäumter Milch gemacht wird. Alles andere ist ein grober Verstoß gegen die guten Sitten.

»Du ahnst gar nicht, was mir gestern noch passiert ist«, beginnt sie fröhlich draufloszuquatschen und merkt ganz offensichtlich nicht, dass ich gerade einen sehr schweren Schritt vor mir habe, nämlich das blöde Entschuldigungsfax nach Mallorca zu befördern. Ich will gar nicht wissen, was ihr schon wieder passiert ist. Ihr passiert nämlich andauernd irgendetwas, und jeder zweite Satz beginnt mit dieser Fragestellung. Und es ist mir auch absolut schleierhaft, was ihr in diesen wenigen Stunden zwischen unserer Verabschiedung bei »Paulino« und heute Morgen widerfahren sein könnte. Aber in wenigen Sekunden werde ich es ja wissen, also nicke ich ihr aufmunternd zu, während sie sich aus ihrem Mantel schält und dabei um ein Haar ihren Cappuccino auf mein Fax kippt.

»Ah, ein Fax an Mephisto persönlich«, ruft Annalena und wirft sich in eine dramatische Pose. Vor ihrer Zeit als

PR-Referentin bei Bader & Köllisch war Annalena nämlich am Theater, der weitaus geeignetere Platz für sie, wie ich persönlich finde. Sie fischt mein Schreiben aus dem Faxgerät und deklamiert den Inhalt so laut, dass es alle hören können.
»Schon mal was von Briefgeheimnis gehört?«, knurre ich unwirsch, weil mir das Ganze peinlich ist.
»Sag mal, du entschuldigst dich doch nicht etwa bei diesem Idioten? Für dieses unhöfliche und beleidigende Benehmen? Würde ich ja nie im Leben machen«, tönt meine beste Freundin lauthals, und sie muss es ja wissen. Aber sie hat Recht. Eigentlich wäre es ja Sache meines Chefs, sich bei Miguel zu entschuldigen, denn schließlich war das mit den Memoiren seine Idee, und ich hatte ihn gleich vorgewarnt, dass das nicht so einfach werden dürfte. Aber wenn ich meinen Arbeitsplatz in diesem Verlag behalten will, tue ich wohl besser daran, die Anweisungen meines Vorgesetzten zu befolgen und alles wieder »in Ordnung« zu bringen.
Am Samstag werde ich die Stellenangebote im »Abendblatt« wälzen und mich woanders bewerben. Am besten komme ich Herrn Bader zuvor und kündige, bevor er mich entlässt. Mich beruflich zu verändern, nehme ich mir ja sowieso immer wieder mal vor. Ein Vorsatz, der allerdings mindestens so oft zur Umsetzung kommt wie der des Hungerns und des Sporttreibens. Also nie. Das Lesen der Anzeigen alleine ginge ja noch, aber die Vorstellung, meine Unterlagen zusammentragen zu müssen, treibt mir sofort den Schweiß auf die Stirn.
Durch zahlreiche Umzüge sind alle meine Unterlagen auf

viele unausgepackte Kartons verteilt, die irgendwo im Keller herumstehen. Auch das berühmte Bewerbungsfoto habe ich nicht griffbereit wie andere Menschen, die in diesen Dingen organisierter sind als ich. Aber um zum Fotografen zu gehen, müsste ich erst einmal zum Friseur, und abnehmen wäre sicher von Vorteil. In meinem jetzigen Zustand nimmt mich nämlich kein Arbeitgeber, der etwas auf sich hält. Außerdem bin ich im Moment mehr als schlecht gelaunt, das macht sich auf einem Bewerbungsfoto ja auch nicht so gut …

»Ich will dir gerade von der romantischsten Nacht erzählen, die ich je erlebt habe, und du machst ein Gesicht, als müsstest du gleich zum Arbeitsamt«, reißt meine Freundin mich aus meinen Überlegungen.

»Ja, genau, das muss ich auch sicher bald, wenn ich das hier nicht sofort nach Mallorca schicke«, antworte ich genervt.

Leise tuckernd arbeitet sich mein Schreiben durch den Faxeinzug, um irgendwo am anderen Ende der Welt im Büro von Miguel wieder aufzutauchen. Das Gerät gibt per Piepston kund, dass mein Versuch, Abbitte zu leisten, sicher in Spanien gelandet ist. Vermutlich hat sich gerade eine Haushälterin namens Maria das Schreiben geschnappt und serviert es Miguel zusammen mit dem Morgentee und einer Rose auf dem Silbertablett direkt ans Bett. So stelle ich mir zumindest ein solches Fincaleben im Luxus vor. Wie lange es wohl dauern wird, bis ich wieder von ihm höre? Was, wenn er nicht reagiert, sondern mich auflaufen lässt?

Wie es Marie wohl gelingt, Miguel Vargas doch noch umzustimmen?

Lesen Sie die ganze Geschichte in:

Die Promijägerin

von Gabriella Engelmann

Knaur Taschenbuch Verlag